釈迢空全歌集

折口信夫
岡野弘彦＝編

角川文庫
19833

『水の上』出版の頃

目次

海やまのあひだ　7
春のことぶれ　99
水の上　191
遠やまひこ　259
天地に宣る　327
倭をぐな　357
私家版・自筆歌集　483
安乗帖　485
ひとりして　499
短歌拾遺　531

（編集付記）
○各歌集の底本はそれぞれ冒頭に記した。
○原則として、漢字は新字体に変更し、仮名遣いは底本のままとした。
○編者が適宜加えた読み仮名には（　）を付した。

海やまのあひだ

『海《うみ》やまのあひだ』

○大正十四年五月三十日、改造社より〈現代代表短歌叢書〉第五篇として刊行。四六判函入り、二七六頁。定価一円八十銭。装幀森田恒友。本文庫はこの初版本を底本とした。その際、数か所で語句を改めている。

○明治三十七年頃より大正十四年(作者十七歳より三十八歳)までの作品六九一首を、逆年順に収める。なお、「蒐道」以後の一五二首は私家版・自筆歌集『ひとりして』よりの採録歌である。

○後、昭和四年五月二十三日、改造文庫第二部第五十九篇として再刊。その際、著者による多少の加筆改編があった。三度の『折口信夫全集』はこれを底本にしている。

大正十四年　——一首——

この集を、まづ与へむと思ふ子あるに、

かの子らや　われに知られぬ妻とりて、生きのひそけさに　わびつゝをゐむ

大正十三年　——五十二首——

島山

葛の花　踏みしだかれて、色あたらし。この山道を行きし人あり

谷々に、家居ちりぼひ　ひそけさよ。山の木の間に息づく。われは

山岸に、昼を　地《ヂ》虫の鳴き満ちて、このしづけさに　身はつかれたり

山の際《マ》の空ひた曇る　さびしさよ。四方《(ヨモ)》の木《コ》むらは　音たえにけり

この島に、われを見知れる人はあらず。やすしと思ふあゆみの さびしさ

わがあとに 歩みゆるべずつゞき来る子にもの言へば、恥ぢてこたへず

ひとりある心ゆるびに、島山のさやけきに向きて、息つきにけり

ゆき行きて、ひそけさあまる山路かな。ひとりごゝろは もの言ひにけり

もの言はぬ日かさなれり。稀に言ふことばつたなく 足らふ心

いきどほる心すべなし。手にすゑて、蟹のはさみを もぎはなちたり

沢の道に、こゝだ逃げ散る蟹のむれ 踏みつぶしつゝ、心むなしもよ

いまだ わが ものにさびしむさがやまず。沖の小島にひとり遊びて

蜑《アマ》の家 隣りすくなみあひむつみ、湯をたてにけり。荒《アラ》磯のうへに

ゆくりなく訪ひしわれゆゑ、山の家の雛の親鳥は、くびられにけむ

鶏《トリ》の子の ひろき屋庭に出でゐるが、夕焼けどきを過ぎて さびしも

蜑の村

網《アビ》曳きする村を見おろす阪のうへ　にぎはしくして、さびしくありけり

磯村へますぐにさがる　山みちに、心ひもじく　波の色を見つ

すこやかに網《アビ》曳きはたらく蜑の子に、言はむことばもなきが　さぶしさ

蜑をのこ　あびき張る脚すね長に、あかき褌《ヘコ》高く、ゆひ固めたり

あわびとる蜑のをとこの赤きへこ　目にしむ色か。浪がくれつゝ

蜑の子のかづき苦しみ　吐ける息を、旅にし聞けば、かそけくありけり

行きずりの旅と、われ思ふ。蜑びとの素肌のにほひ　まさびしくあり

赤ふどしのまあたらしさよ。わかければ、この蜑の子も、ものを思へり

蜑の子や　あかきそびらの盛り肉《ジ》の、もり膨れつゝ、舟漕ぎにけり

あぢきなく　旅やつゞけむ。蜑が子の心生きつゝはたらく　見れば

蜑をのこのふるまひ見れば さびしさよ。脛《（ハギ）》長々と 砂のうへに居り

船べりに浮きて息づく 蜑が子の青き瞳は、われを見にけり

蜑の子のむれにまじりて経なむと思ふ はかなごゝろを 叱り居にけり

山

若松のみどりいきるゝ山はらに、わが足おとの いともかそけさ

目のかぎり 若松山の日のさかり 遠峰《トホミネ》の間の空のまさ青《ヲ》さ

田向ひに、黒檜《ビ》たち繁《シ》む山の崎 ゆたになだれて、雨あるに似たり

気多川

きはまりて ものさびしき時すぎて、麦うらしひとつ鳴き出でにけり

麦うらしの声 ひさしくなきつげり。ひとつところの、をぐらくなれり

むぎうらし ひとつ鳴き居し声たえて、ふたゝびは鳴かず。山の寂けさ

ふるき人 みなから我をそむきけむ 身のさびしさよ。むぎうらし鳴く
麦うらしは、早蝉。鳴いて、麦にみを入れる、と言ふ考へからの名。

山中《ナカ》に今日《ケフ》はあひたる 唯ひとりのをみな やつれて居たりけるかも

にぎはしく 人住みにけり。はるかなる木むらの中ゆ 人わらふ声

これの世は、さびしきかもよ。奥山も、ひとり人住む家はさねなし

気《ケ》多川のさやけき見れば、をち方のかじかの声は しづけかりけり

ひるがほのいまださびしきいろひかも。朝の間と思ふ日は 照りみてり

あさ茅《ヂ》原《ハラ》 つばな輝く日の光り まほにし見れば、風そよぎけり

家裏に鳴きつゝうつる鶏の声。茅の家《ヤ》壁を風とほり吹く

夜

啼き倦《ウ》みて 声やめぬらし。鴉《カラス》の止《スマ》へる木は、おぼろになれり

山の霧いや明りつゝ鴉の　唯ひと声は、大きかりけり
鴉棲《キ》る梢　わかれずなりにけり。山の夜霧はあかるけれども
さ夜ふけと風はおだやむ。麓べの沢のかや原そよぎつゝ聞ゆ
山中《ナカ》は月のおも昏《クラ》くなりにけり。四方のいきもの絶えにけらしも
山深きあかとき闇や。火をすりて、片時見えしわが立ち処《ド》かも

山住み

夕かげのあかりにうかぶ土の色。ほのかに　霧は這ひにけるかも
ほの〴〵と道はをぐらし。土ぼこり踏みしづめつゝ　われは来にけり
青々と山の梢のまだ昏れず。遠きこだまは、岩たゝくらし
はたごの土間に　餌をかふつばくらめの　声ひそけさや。人おとはせず
をとめ一人　まびろき土間に立つならし。くらき声にて、宿せむと言ふ

大正十二年　——三十首——

十二月二十七日

あまつ日の　み冬来向ふ色さびし。わが大君はものを思へり

霜月の　日よりなごみの　あまりにも寂けき空の　したおぼゝしも

木地屋の家

うちわたす　大茅原となりにけり。茅の葉光る暑き風かも

鳥の声　遥かなるかも。山腹《プク》の午後の日ざしは、旅を倦ましむ

高く来て、音なき霧のうごき見つ。木むらにひゞく　われのしはぶき

篶《ス、》深き山沢遠き見おろしに、轆轤《(ロクロ)》音して、家ちひさくあり

沢なかの木地屋《キヂヤ》の家にゆくわれの　ひそけき歩みは　誰知らめやも

山々をわたりて、人は老いにけり。山のさびしさを われに聞かせつ

夏やけの苗木の杉の、あか〳〵と つゞく峰《ヲ》の上《ヘ》ゆ わがくだり来つ

山びとは、轆轤ひきつゝあやしまず。わがつく息の 大きと息を

誰びとに われ憚りて、もの言はむ。かそけき家に、山びとゝをり

沢蟹をもてあそぶ子に 銭くれて、赤きたなそこを 我は見にけり

わらはべのひとり遊びや。日の昏るゝ 沢のたぎちに、うつゝなくあり

友なしに 遊べる子かも。 うち対《ムカ》ふ 山も、父母も、みなもだしたり

戻るとき、よびとめて手にくれたのは、木ぼっこであった。木地屋でなくてはつくりさうもない、如何にもてづゝな、親しみのある、童子《ボッコ》といふ名のふさはしい人形である。

木ぼっこの目鼻を見れば、けうとさよ。すべなき時に、わが笑ひたり

山道に しば〳〵たゝずむ。目にとめて見らく さびしき木ぼっこの顔

山峡《カヒ》の激《タギ》ちの波のほの明り　われを呼ぶ人の声を聞けり

供養塔

数多い馬塚の中に、ま新しい馬頭観音の石塔婆の立ってゐるのは、あはれである。又殆、峠毎に、旅死《ジ》にの墓がある。中には、業病の姿を家から隠して、死ぬるまでの旅に出た人のなどもある。

人も　馬も　道ゆきつかれ死に丶けり。旅寝かさなるほどのかそけさ

道に死ぬる馬は、仏となりにけり。行きとゞまらむ旅ならなくに

邑《ムラ》山の松の木《コ》むらに、日はあたり　ひそけきかもよ。旅びとの墓

ひそかなる心をもりて　をはりけむ。命のきはに、言ふこともなく

ゆきつきて　道にたふる丶生き物のかそけき墓は、草つ丶みたり

谷中清水町

家ごとを処女にあづけ、年深く二階に居れば　もの音もなし
水桶につけたるまゝの菊のたば夜ふかく見れば、水あげにけり

静物

紫陽花のまだと、のはぬうてなに、花の紫は色立ちにけり
あぢさゐの蕾ほぐれず粒だちて、うてなの上にみち充ちにけり

風の日

さるとりの若き芽生《メオ》ひの、ひたぶるに　なよめくものを　刺《ハリ》たちにけり
さるとりの鬚しなやかに濡れにけり。露はつばらに、こまやかにして
うすみどり　まだやはらかに、つゞらの葉。つやめく赤《アケ》に筋とほりたり
たえまなく　梢《ウレ》すく風に日かげ洩り、はげしきものか。下草のかをり

大正十一年　―四十五首―

遠州奥領家

山ぐちの桜昏れつゝ　ほの白き道の空には、鳴く鳥も棲《ヰ》ず

燈《ヒ》ともさぬ村を行きたり。山かげの道のあかりは、月あるらしも

道なかは　もの音もなし。湯を立つる柴木のけぶり　にほひ充ちつゝ

山深く　こもりて響く風のおと。夜の久しさを堪へなむと思ふ

山のうへに、かそけく人は住みにけり。道くだり来る心はなごめり

ほがらなる心の人にあひにけり。うや〳〵しさの　息をつきたり

山なかに、悸《イキドホ》りつゝ　はかなさよ。遂げむ世知らず　ひとりをもれば

山深く　われは来にけり。山深き木々のとよみは、音やみにけり

軽塵

人ごとのあわたゞしさよ。閭《チマタ》より立ちうつり行く　ほこりさびしも
庭土に、桜の蕊《シベ》のはらゝなり。日なか　さびしきあらしのとよみ
もの言ひの　いきどほろしき隣びとの家うごくもよ。あらしに見れば
春のあらし　静まる町の足《ア》の音を　心したしく聞きにけるかも
春の夜の町音聴けば、人ごとに　むつましげなるもの言ひにけり
心ひく言をきかずなりにけり。うと〳〵しきは、すべなきものぞ
ひとりのみ憤りけり。ほがらかに、あへばすなはち　もの言ふ人
人の言ふことばを聞けば、山川のおもかげたち来ること　多くなれり
人来れば　さびしかりけり。かならず　我をたばかるもの言ひにけり
ほがらに　心たもたむ。人みな　はかなきことを言ひに来にけり

かたくなにまもるひとりを堪へさせよ。さびしき心 遂げむと思ふに

雪のうへ

雨のゝちに 雪ふりにけり。雪のうへに 沓《(クツ)》あとつくる我は ひとりを

十年あまり七とせを経つ。たもち難くなり来る心の さびしくありけり

新しき年のはじめの春駒の をどりさびしもよ。年さかりたり

道なかに、明りさしたる家稀に、起きてもの言ふ声の静けさ

町中《ナカ》に、鶏鳴きにけり。空際《ギハ》のあかりまされるは、夜深かるらし

犬の子の鳴き寄る声の 死にやすき生きのをに思ふ恋ひは、さびしも

遂げがたき心なりけり。ありさりて、空しとぞ思ふ。雪のうへは解け

軒ごもりに 秋の地《ヂ》虫の声ならで、つたはり来るは、人鼾《イビ》くらし

うるはしき子の 遊びとよもす家のうちに、心やすけき人となりぬらむ

直面《ヒタオモテ》に たゝひ満ちたる暗き水。思ひ堪へなむ。ひとりなる心に

水の面《オモ》の暗きうねりの上あかり はるけき人は、我を死なしめむ

水のおもの深きうねりの ゆくりなく目を過ぎぬらし。遠びとのかげ

闇夜の 雲のうごきの静かなる 水のおもてを堪へて見にけり

みぎはに、芥焼く人居たりけり。静けき夜らを 恋ひにけるかも

川みづの夜はの明りに うかびたる木群《コムラ》のうれは、揺れ居るらしも

くら闇に そよぎ親しきものゝ音。水蘆むらは、そがひなりけり

遠ぞく夜風の音や。 いやさかる思ひすべなく 雨こぼるめり

父母の庭の訓《(ヲシ)》へにそむかねば、心まさびしき二十年《(ハタトセ)》を経つ

川波の白くゝだくる橋柱の あらはれ来つゝ 人は還らめや

あかり来る橋場の水に、あかときのあわ雪ふりて、消えにけるかも

夏になりゆく頃

春山の青葉たけつゝつやめける　日となりながら、昼のさびしさ

はやち吹く　並み木の原は、なきみてる蟬よりほかの声　たゝずけり

かの二三子に寄す

この日ごろ　ことばけはしくなりたりけり。さびしき心　人を叱るも

若き人の怠りくらす心はさびし。いましめ易きことにあらず　その一

うつそみの人はさびしも。すさのをぞ　怒りつゝ　国は成しけるものを　その二

土佐へ帰る人に

洋《ワタ》なかに　おだやむ風や。目をあきて、親のいまはの息の音　きけり

大正十年　――三十四首――

をとめの島

―琉　球―

朝やけのあかりしづまり、ほの暗し。夏ぐれけぶる　島の藪原

「なつぐれ」は、ゆふだちの方言

諸《(イモ)》づるのすがるゝ砂は　けぶりたち、洋《ワタ》の朝風　島を吹き越ゆ

洋《ワタ》なかの島に越え来て　ひそかなり。この島人は、知らずやあらむ

地べたから十歩二十歩、深いのになると、四五十歩もおりねばならぬ水汲み場さへ、稀ではない。降《ウ》り井《カア》・穴井《アナカア》など、方言では言ふ。

をとめ居て、ことばあらそふ声すなり。穴井《アナヰ》の底の　くらき水影《ミツカゲ》

処女《(ヲトメ)》のかぐろき髪を　あはれと思ふ。穴井の底ゆ、水汲みのぼる

島の井に　水を戴くをとめのころも。その襟細き胸は濡れたり

鳴く鳥の声　いちじるくかはりたり。沖縄じまに、我は居りと思ふ

あまたゐる山羊みな鳴きて　喧《カマビス》しきが、ひた寂しもよ。島人の宿に

島をみなの、戻りしあとの静けさや。縁のあかりに、しりのかたつけり

かべ茅ゆ洩れゆく煙　ひとりなる心をたもつ。ゆふべ久しく

壁は、茅の葺きおろしである。内地の古語のまゝ、えつりと言うてゐる。

目ざめつゝ聴けば、さびしも。壁茅のさやぎは　いまだ夜ぶかくありけり

人の住むところは見えず。荒浜に向きてすわれり。刳《ク》り舟二つ

糸満《イトマン》の家《ヤ》むらに来れば、人はなし。家五つありて、山羊一つなけり

糸満。糸満人を、方言風の言ひ方で、かう言ふ。糸満の町から、一軒二軒五六軒、出れいふに来る。寂しい磯ばた・島かげなどに小屋がけして、時を定めて来ては帰る。一年中の大方は、そこで暮してゐる。

夜

下伊那の奥、矢矧川の峡野《カフチ》に、海《ウミ》と言ふ在所がある。家三軒、皆、県道に向いて居る。中に、一人の翁がある。何時頃からか狂ひ出して、夜でも昼でも、河原に出てゐる。色々の形の石を拾うて来ては、此小《コ》名《ナ》の両境に並べて置く。其《(ソノ)》一つひとつに、知つた限りの聖聚の姿を、観じて居るのだと聞いた。どれを何仏・何大士と思ひ弁《ワカ》つことの出来るのは、其翁ばかりである。

ながき夜の ねむりの後も、なほ夜なる 月おし照れり。河原菅原
川原の樗《アフチ》の隈の繁《シ》み〱に、夜ごゑの鳥は、い寝あぐむらし
川原田に住みつゝ曇る月の色 稲の花香《ガ》の、よどみたるかも
かの見ゆる丘根《ヲネ》の篶《スヽ》原 ひたくだりに、さ夜風おだやむ 月夜のひゞき
をちかたに、水霧《ミナギラ》ひ照る湍《セ》のあかり 龍女《リユウニヨ》のかげ 群れつゝをどる
光る湍《(セ)》の 其処につどはす三世《ミヨ》の仏《ホトケ》 まじらひがたき現身《ウツソミ》。われは

ひたぶるに月夜《ツクヨ》おし照る河原かも。立たすは　薬師。坐《キ》るは　釈迦文尼《モニ》
湍を過ぎて、淵によどめる波のおも。かそけき音も　なくなりにけり
時ありて　渦波《ウツナミ》おこる淵のおも。何おともなき　そのめぐりはも
うづ波のもなか　穿《ウ》けたり。見る〳〵に　青蓮華《シヤウレンゲヱ》のはな　咲き出づらし
水底《ミナソコ》に、うつそみの面わ　沈透《シヅ》き見ゆ。来む世も、我の　寂しくあらむ
川霧にもろ枝翳《サ》したる合歓《ネム》のうれ　生きてうごめく　もの〻けはひあり
合歓の葉の深きねむりは見えねども、うつそみ愛《ヲ》しき　その香たち来も
(飯田町國學院の庭)

午後

霜凍《イ》ての、ぬくもり解くる西おもては、夕かげすでに　もよほしにけり

友よ

目ふたぎて　いまだは睡《ネ》ねど、しづご〻ろ　怒りに堪ふる思ひになり来《ク》

たはやすく 人の言をまことあるものとし憑《タノ》む。さびしき我がさが

鉄瓶の 鳴り細りゆくゝら闇の 熾火《オキビ》のいろに、念ひ凝すも

面《オモ》むかへば、たゞちに信じ、ひたぶるに心をゆるす すべなきわがさが

とまりゆく音と聞きつゝ 目に見えぬ時計のおもてに、ひた向ひ居り

いきどほる心おちつく すべなさや。門弟子ひとり 今宵とめたり

もろともに 若きうれひはとひしかど、人の悔しき年にはなりつ

大正九年 ――四十七首――

大　阪

風吹きて 岸に飄蕩《カヒロ》ぐ舟のうちに、魚を焼かせて 待ちてわが居り

川風にきしめく舟にあがる波。きえて 復《マタ》来る小き鳥 ひとつ

はやりかぜに、死ぬる人多き町に帰り、家をる日かず 久しくなりぬ

ふるさとの町を いとふと思はねば、人に知られぬ思ひの かそけさ

ふるさとはさびしかりけり。いさかへる子らの言も、我に似にけり

をり〳〵に しいづる我のあやまちを、笑ふことなる 家はさびしも

久しくはとまらぬ家に、つゝましく 人ことわりて、こもる日つゞく

兄の子の遊ぶを見れば、円《マロ》くゐて 阿波のおつるの話せりけり

いわけなき我を見知りし町びとの、今はおほよそは、亡くなりにけり

みぞれ

よろこびて さびしくなれり。庭松に 霙のそゝぐ時うつりつゝ

国さかり この二十年を見ざりけり。目を見あひつゝ あるは すべなし

をぢなきわらはべにて 我がありしかば、我を愛《カナ》しと言ひし人はも

つぶ〱に　かたらひ居りて飽かなくに、年深き町のとゞろき聞ゆ

若き時　旅路にありしものがたり　忘れずありけり。われも　わが友も

過ぎにし年をかたらへば、はかなさよ。牀《(トコ)》の黄菊の　現《ウツ》しくもあらず

酒たしむ人になりたる友の顔　いまだわかみと　言に出でゝほめつ

宵あさく霙あがりし闇のそらなほ雪あると　仰ぎけるかも

あはずありし時の思ひあり。夜の街　小路《コウヂ》のあかり、大路にとゞく

雨のゝち　あかりとぼしきぬかり道に、心たゆみのしるきをおぼゆ

星満ちて　霜気《(ゲハ)》霽れたる空闊《(ヒロ)》し。値《(ア)》ひがたき世に　あふこともあらむ

行きとほる　家《ヤ》並みのほかげ明ければ、人いりこぞる家　多く見ゆ

夜の町に、室《ムロ》の花うるわらはべの　その手かじけて、花たばね居り

道なかに　花売れりけり。別れ来し心つゝしみに　花もとめたり

過ぐる日は、はるけきかもと 言ひしかば、人はすなはち はるけくなりつ

　山うら

御柱海道《オンバシラ》 凍《(イ)》てゝ真直なり。かじけつゝ 鶏はかたまりて居る

うちわたす 大泉《オホヅミ》 小泉《コヅミ》 山なほ見え、刈り田の面は、昏くなりたり

その山かげには、赤彦さんの生家がある。

八《ヤツ》个《(ガ)》嶺《ネ》の その山並みに、蓼科の山の腹黄なり。霧霽れ来れば

八ヶ嶽の山うらに吸ふ朝の汁 さびしみにけり。魚のかをりを

諏訪びとは、建御名方《タケミナカタ》の後といへど、心穏《オダ》ひの あしくもあらず

　母

この心 悔ゆとか言はも。ひとりの おやをかそけく 死なせたるかも

かみそりの鋭刃《トバ》の動きに おどろけど、目つぶりがたし。母を剃りつゝ

あわたゞしく 母がむくろをはふり去る心ともなし。夜はの霜ふみ

見おろせば、朧湧《ウナワ》きにごるさかひ川　この里いでぬ母が世なりし
まれ〳〵は、土におちつくあわ雪の　消えつゝ、庭のまねく濡れたり
苔つかぬ庭のすゑ石　面《オモ》かわき、雨あがりつゝ　昼の久しさ
古庭と荒れゆくつぼも　ほがらかに、昼のみ空ゆ　煙さがるも
町なかの煤ふる庭は、ふきの薹《タウ》たちよごれつゝ　土からび居り
庭の木の立ち枯れ見れば、白じろと　幹にあまりて、虫むれとべり
二七日《フタナノカ》近づきにけり。家深く　蔵に出で入る土戸のひゞき
家ふえてまれにのみ来る鶯の、かれ　鳴き居りと、兄の言ひつゝ
静けさは　常ともなし。店とほく、とほりて響く　ぜに函の音
さびしさに馴れつゝ住めば、兄の子のとよもす家を　旅とし思ふ
はらからのかくむ火桶に唇《クチ》かわき、言《コト》にあまれる心はたらへり

顔ゐみて　その言しぶる弟の　こゝろしたしみは、我よく知れり
たまく〳〵は　出でつゝ間ある兄の留守　待つにしもあらず　親しみて居り
若げなるおもわは、今は　とゝのほり、叔母のみことの　母さびいます
遠くより　帰りあつまるはらからに、事をへむ日かず　いくらも残らず

大正八年　――百二十七首――

霜夜

竹山に　古葉おちつくおと聞ゆ。霜夜のふけに、覚めつゝ居れば
わがせどに　立ち繁《シ》む竹の梢冷《ウレ》ゆる　天《アメ》の霜夜と　目を瞑《ツブ》りをり
とまり行く音と聞きつゝ　さ夜ふかき時計のおもてを　寝て仰ぎ居り
枕べのくりやの障子　あかりたり。畳をうちて、鼠をしかる

ひき牕《マド》のがらすにあたる風のおと　霜の白みは、夜あけかと思ふ

くりや戸のがらすにうつる　こすもすの夜目のそよぎは、明け近からし

息ざしの　土に触りたる外のけはひ　誰かい寝らし。わが軒のうちに

蒜の葉

叱ることありて後

薩摩より、汝がふみ来到《キタ》る。ふみの上に、涙おとして喜ぶ。われは

蒜の葉

雪間にかゞふ蒜《ヒル》の葉　若ければ、我にそむきて行く心はも

おのづから　歩みとゞまる。雪のうへに　なげく心を、汝《ナ》は　知らざらむ

朝風に、粉雪けぶれるひとたひら　会津の桜　固くふゝめり

雪のこる会津の沢に、赤きもの　根延《ハ》ふ野櫨《シドミ》は、かたまり咲けり

踏みわたる山高原《ヤマタカハラ》の斑《ハダ》れ雪 心さびしも。ひとりし行けり

会津嶺《(アヒツ)ネ》に ふりさけゝぶる雪おろしを 見つゝ呆《ホ》れたる心とつげむ

榛《ハリ》の木の若芽つやめく昼の道。ほと〳〵心くづほれ来る

屋の上は、霜ふかゝらむ。会津の山 思ひたへ居り。夜はの湯槽に

鹿児島

島山のうへにひろがる笠雲あり。日の後の空は、底あかりして

ゑまひのにほひ なほいわけなき子を見まく 筑紫には来つ。心たゆむな

憎みつゝ来し汝がうなじに 骨いでゝ 痩せたる後姿《ウシロ》見むと思へや

うなだれて、汝はあゆめり 渚の道。憎しと思ふ心にあらず

憎みがたき心はさびし。島山の緑かげろふ時を経につゝ

汝が心そむけるを知る。山路ゆき いきどほろしくして、もの言ひがたし

叱りつゝ もの言ふ夜はの牀のうちに、こたへせぬ子を あやぶみにけり

庭草に、やみてはふりつぐつゆの雨 心怒りのたゆみ来にけり

わが黙《モダ》す心を知れり。燈のしたに ひたうつむきて、身じろかぬ汝《ナレ》は

虔《ツヽ》ましきしづまに 対《ムカ》ふ汝がうなじに、一つゐる蚊を、わが知りて居り

ころび声 まさしきものか。わが声なり。怒らじとする心は おどろく

燈のしたに、怖《オ》ぢかしこまる汝《ナ》が肩を 痩せたりと思ひ、心さびしも

からくして 面《オモテ》を起す 汝の頬 白くかわきて 胸はかりがたし

一言を言ひ疏《ト》くとせぬ汝の顔 まさに瞻《モ》りつゝ あやぶみにけり

言に出でゝ言はゞゆゝしみ、搏動《イキドホ》る胸を堪へつゝ 常の言いへり

待ちがたく 心はさだまる。庭冷えて 露くだる夜となりにけるかも

さ夜深く 風吹き起れり。待ち明す 心ともあらず。大路のうへに

額《ヌカ》のうへに　くらくそよげる城山の　梢を見れば、夜はさかりなり
篠垣の夜深きそよぎ　道側《ヅラ》に、立ちまどろめる心倦みつゝ
はるけき　辻ゆ来向ふ車の燈　音なきはしりを瞻《モ》る夜はふけぬ
をちこちの家に、ま遠に　うつ時計。大路の夜の　くだつを知れり
夜なか迄　家には来ずて、わが目避《ヨ》く汝があるきを　思ひ苦しも

寄物陳思

尾張ノ少《ヲ》咋《グヒ》のぼらず。年満ちて、きのふも　今日も、人続《ツ》ぎて上る
つくしの遊行《ウカレ》嬢子《ヲトメ》になづみつゝ、旅人《タビト》は　竟《ツヒ》に還りたりけり
よき司　われは持《モ》たらぬ憶良ゆゑ、汝がゐやまひは、受け得ずなりたり

かの少咋の為に

国遠く、我におぢつゝ　汝が住みてありと思ふ時　悔いにけるかも

何ごとも、完《ステ》にをはりぬ。息づきて　全《マタ》く霽《ハル》けむ心ともがな

寛恕《ユルシ》なき我ならめや。汝を瞻《(モ)》るに、心ほと〳〵息づくころぞ

庭の木の古葉掃きつゝ、待ちごゝろ失せにし今を　安しと思はむ

めひ

私の姉なるその母と、十一二の頃から、私の生家に来てゐた女姪福井富美子は、去年女学校もすまして、今年十九になつてゐたのであつた。

わが家のひとり処女の、常黙《ツネモダ》すさびしきさがを　叱りけり。わがをとめはも。肩の太りのおもりかに、情《ヨ》づかず見えし　その後姿《ウシロ》はも

われの家にをとめとなりて、糾《アザ》ね髪　たけなるものを　死なせつるかも

茨田野《マムダ》の水湧き濁る塚原を、処女の家と　思ひ堪へめや

あきらめてをり　と告げ来る　汝が母のすくなきことばゝ、人を哭かしむ

郡上八幡

八月末、長柄川の川上、郡上《グジヤウ》の町に入る。この十二日の昼火事で、目抜きの街々、家千二百軒が焼けてゐた。

焼け原の町のもなかを行く水の　せゝらぎ澄みて、秋近づけり

ゆくりなき旅のひと日に、見てあるけり。家亡びたる　山の町どころ

町びとは、いまだ愕《(オドロ)》くことやまず　家建ていそげり。焼け原の土に

焼け原の町の庭木は、幹焦げて　立ちさびしもよ。山風吹くに

夕されば、丘根《ヲネ》吹きくだる山颪《(オロシ)》の青葉　散りわたる。焼け土の原

青山の山ふところにほこり立ち、夕日かすめり。焼け原のうへ

山の際《マ》にほこりたなびき　うらがなし。夕日あらはに、町どころ見ゆ

　始羅の山

もの言ひて　さびしさ残れり。大野らに、行きあひし人　遥《ハル》けくなりたり

はろ〴〵に　埃をあぐる昼の道。ひとり目つぶる。草むらに向きて

遂げがたく 心は思《モ》へど、夏山のいきれの道に、歎息《ナゲキ》しまさる

言《コト》たえて 久しくなりぬ。始羅《アヒラ》の山 喘《ア》へつゝ越ゆと 知らずやあらむ

日の照りの おとろへそむる野の土の あつき乾きを 草鞋にふむも

火の峰の山ふところに 寝て居りと思ふこゝろは おどろかめやも

木々とよむ雨のなかより 鳥の声 けたゝましくして、やみにけるかも

児湯の山 棚田の奥に、妹《イモ》と 夫《セ》と 飯《イヒ》はむ家を 我は見にけり

つばらに さゝ波光る赤江《アカエ》灘。この峰《ヲ》のうへゆ 見窮《キハ》めがたし

海風の吹き頻《シ》く丘の砂の窪。散りたまる葉は、すべて青き葉

木のもとの仰ぎに 疎《アラ》き枝のうれ。朝間の空は、色かはり易し

朝日照る川のま上のひと在所。台地の麦原《ムギフ》 刈りいそぐ見ゆ

夏やまの朝のいきれに、たど〳〵し。人の命を愛《ヲ》しまずあらめや

緑葉のかゞやく森を前に置きて、ひたすらとあるくひとりぞ。われは

焼き畑のくろの立ち木の　夕目には、寂しくゆらぐ。赤き緒の笠

児湯《コユ》の川　長橋わたる。川の面《モ》に、揺れつゝ光る　さゞれ波かも

森深き朝の曇りを　あゆみ来て、しるくし見つも。藤のさがりを

青空になびかふ雲の　はろ〴〵し。ひとりあゆめる道に　つまづく

山原の茅原《チフ》に　しをるゝ昼顔の花。見過しがたく　我ゆきつかる

裾野原　野の上《ヘ》に遠き人の行き　いつまでも見えて、かげろふ日の面《オモ》

諸県《モロガタ》の山にすぐなる杣《(ソマ)》の道。疑はなくに　日は夕づけり

山下《ヤマシタ》に、屋庭まひろきひと構へ。道はおりたり。その夕庭に

山の子は、後姿《ウシロ》さびしも。風呂たきて、手拭白く　かづきたりけり

この家の人の　ゆふげにまじりつゝ、もの言ひことなる我と思へり

旅ごゝろのおどろき易きを叱りつゝ　柴火のくづれ　立てなほし居り

日のゝちを　いきれ残れり。茶臼原《バル》の夏うぐひすは、草ごもり鳴く

こすもすの蕾かたきに、手触りたり。旅をやめなむ　心を持ちて

谷風に　花のみだれのほの〴〵し。青野の槿《(ムクゲ)》　山の辺《ヘ》に散る

焼けはらの石ふみわたるわがうへに、山の夕雲　ひくゝ垂れ来も

ゆふだちの雨みだれ来る茅原ゆ、むかつ丘《ヲ》かけて　道見えわたる

野のをちを　つらなりとほる馬のあし　つばらに動く。夕雲の下《シタ》に

幹だちのおぼめく木々に、ゆふべの雨　さやぐを聞きて、とまりに急ぐ

麦かちて　人らいこへる庭なかの　榎のうれに、鳥あまた動く

庭の木に、ひまなくうごく鳥のあたま　見つゝ　遠ゆくことを忘れ居り

並み木原　車井のあと　をちこち見ゆ。国は古国。家居さだまらず

峰《ヲ》の上《ヘ》の町　家並みに人のうごき見ゆ。山高くして、雲行きはやし

道のうへにかぐろくそゝる高山の　山の端あかり　居る雲の見ゆ

窓のしたに、海道《カイダウ》ひろく見えわたり、さ夜の旋風《ツムジ》に　土けぶり立つ

山岸の葛葉のさがり　つら〳〵に、仰ぎつゝ来し。この道のあひだ

一周忌

山茱萸《（サンシユこ）》のふゝめるまゝの冬の枝　傾ける　土の霜はとけたり

山茱萸の　春のさかりはいまだ遠し。母います土を偲びて居らむ

冬木原

梢《ウレ》高き椚《クヌギ》が原に、朝日さし、仰げば　目につく。山繭のから

森の木のほつ枝にのこる山繭のから　ひとりすべなき心を持てり

黙《モダ》ゆく心たへがたし。下向きて　その孔《（アナ）》見ゆれ。山繭のから

まだ暮れぬ檜原《ヒバラ》をゆする風のおと、あゆみをとめて、ひとりと知れり

風の音は 暮れしに似たる檜原のなか。梢を見れば、まだあかりあり

枯れ茅の 見おろし遠きどてのもと 穴に吸はるゝ 水の音すも

かれ茅のなづさふ川の雪消《ユキゲ》の水 青みふかくして、上《ウハ》にごりをり

朝来たり ふたゝびとほる雪のうへに、鳥の足がた みだれてありけり

檜原《ヒハラ》の うしろにさがる丘根《ヲネ》の側面《ツラ》。斑雪《ハダレ》の色は、いまだもくれず

宵の間の冱《さ》えはゆるべる夜のくだち 雨ふるらしも。雪道のうへに

きさらぎの朝間の照りに、霜けぶる 茅枯れ原の臥しみだれはも

枯山

枯山《カラヤマ》の梢 さや／＼雪散りて、山こがらし吹きたつ。山の窪みに

から山の木《コ》むらに向きて吐く息を ひとりさびしめり。深く入り来て

冬山の木原《コバラ》の霜の見わたしに、おのづからひらく。いきどほる胸

霜とくる冬草の葉の濡れ色の　目に入りきたる。心なごみに

春　隣

草の株まじりて黒き冬畑の　畝《(ウナ)》はぬ土は、霜にふくれたり

正月、梧平に寄す

よべいねし部屋にさめたる　あかつきの目に揺れてゐる　牀の山蘰《ヤマカゲ》

さ夜深く醒めて驚く。こは早も　年変りぬる時計のひゞき

子どもあまた育つる家に　子らい寝て、親は起き居り。春のいそぎに

いとけなき太郎男《ヲ》の子の、肩はりて横座に坐《ヰ》るを　笑み瞻《マモ》る親

仲子《ナカチコ》と　末の女《メ》の子《コ》の赤ら頬に、つきをかしもよ。おしろいの色

三人子《(ミタリゴ)》の母となりて、友の妻　つまさびゐるも。春立てる家に

朝山

おのづから まなこは開く。朝日さし 去年《（コゾ）》のまゝなる部屋のもなかに
猿曳きを宿によび入れて、年の朝 のどかに瞻《マモ》る。猿のをどりを
遠き代の安倍《アベ》の童子《ドウジ》のふるごとを 猿はをどれり。年のはじめに
目の下の冬木の中の村の道 行く人はなし。鴉おりゐる
麦の原《フ》の上にひろがる青空を こは 雁わたる。元日の朝
元日は 悠々《ウラ〳〵》暮れて、ふゆ草の原 まどかに沈む赤き日のおも
故《モト》つびと 山に葛掘り、む月たつ今朝を入るらむ。深き林に

大正七年 ——五十六首——

金富町

この家の針子は いち日笑ひ居り。こがらしゆする障子のなかに

昼さめて こたつに聞けば、まだやめず。弟子をたしなむる家刀自《トジ》のこゑ

馴れつゝも わびしくありけり。家刀自《トウジ》 喰はする飯を三年《(ミトセ)》はみつゝ

はじめより 軋《(キシ)》みゆすれしこの二階 風の夜ねむる静ごゝろかも

雇はれ来て、やがて死にゆく小むすめの命をも見し。これの二階に

お花

高梨の家のお花が死んだのは、ちぶすでだつた。年は十三であつたと思ふ。

したに坐《ヰ》て もの言ふすべを知りそめて、よき小をんなとなりにしものを

朝々に 火を持ち来り、炭つげるをさなきそぶり 牀よりぞ見し

よろこびて 消毒を受く。これのみが、わがすることぞ。うなゐ子のため

村の子

笹の葉を喰《（ハ）》みつゝ 口に泡はけり。愛《カナ》しき馬や。馬になれる子や

麦芽たつ丘べの村の土ぼこりに 子どもだく踏む。馬のまねして

雪

さ夜なかに 覚めておどろく。夜はの雪 ふりうづむとも 人は知らじな

ひそやかに あゆみをとゞむ。夜はの雪踏み行くわれと 人知らめやも

鴉なくお浜離宮の松のうれ つら〳〵白き 雪のふりはも

足柄の小峰《コミネ》の原に、昼の雪淡《アサ》らにふりて、雀出てゐる

松むらに、吹雪けぶれる丘のうへ 閑院さまの藁の屋根 見ゆ

堀の内

藪そとの石橋に出て、道ひろし。夕さゞめきて 人つゞき来る

端山

やどり木の、枯れて繁《シ》み立つ谷の樫《カシ》 梢見かけて、なぞへ急《キフ》なり

谷ごしに、黒く墳《ウゴモ》る松山や、青嶺《アヲネ》の斑雪《ハダレ》。夕日かゞやく

級畠《シナバタ》の 柑子《カウジ》の山に残る雪。あかり身にしむ。春の 日の入り

まさ青《ヲ》に ゆふべなだるゝ草の原。この峰《ヲ》のあかりきえはてにけり

日のゝちの明り久しき岨道《ソバミチ》に、そよぎをぐらし。柑子の葉むら

峰亘《ワタ》す崖路《ホキ》のはだれは、草かげの昏れての後ぞ、目に沍え来る

ひた落ちに、丘根《ヲネ》はさがれり。夕深き眼のくだり 雪の色見ゆ

峰《ヲ》の上《ヘ》には、さ夜風おこる木のとよみ。たばこ火あかり 人くだり来も

奥山の樒《（シキミ）》が原ゆ立つ鳥の 一羽のあとは、立つ鳥もなし

大つごもり

この霜にいで来ることか。大みそか　砂風かぶる。阪のかしらに

乾鮭《カラザケ》のさがり　しみゝに暗き軒　銭よみわたし、大みそかなる

病む母も、明日は雑煮《ザフニ》の座になほる　下《シタ》ゐましさに、臥《ネ》ておはすらむ

この部屋に、日ねもすあたる日の光り　大つごもりを、とすれば　まどろむ

屋向ひの岩崎の門に、大かど松たつるさわぎを見おろす。われは

鱈の魚　おもく〳〵持ちて来る女の、片手の菊は、雨に濡れたり

除　夜

年の夜の雲吹きおろす風のおと。二たび出で行く。砂捲く町へ

年の夜の阪のゝぼりに　見るものは、心やすらふ大樫《カシ》のかげ

年の夜《ヨル》　あたひ乏しきもの買ひて、銀座の街をおされつゝ来る

戻り来て、あか〳〵照れる電燈のもと。寝てゐる顔に、もの言ひにけり

第一高等学校の生徒来て　挨拶をしたり。年の夜ふかく

槐《エンジユ》の実　まだ落ちずあることを知る。大歳《オホトシ》の夜　月はふけにけるかも

髣髴《ケシキ》顕《タ》つ。速吸《ハヤスヒ》の門《ト》の波の色。年の夜をすわる畳のうへに

年玉は　もてあそび物めきて見ゆ。机に並べ、すべながりつゝ

金太郎よ　起きねと　夜はによびたれば、湯にや行かすと　ねむりつゝ聞けり

人こぞる湯ぶねの上のがすの燈を　年かはる時と　瞻《マモ》りつゝ居り

湯のそとに、はなしつゝ洗ふ人の声　げに　事多き年なりしかも

五銭が花を求めて　帰るなり、年の夜　霜のおりの盛りに

わが部屋に、時計の夜はの響きはも。大つごもりの湯より戻れば

年の夜は　明くる近きに、水仙の立ちのすがたをつくろひゐるも

年の夜を寝むと言ひつゝ　火をいけるこたつは、灰のしとりしるしも

年の夜の明くる待ちつゝ　久しさよ。こも〴〵起きて、こたつを掘るも

臥《ネ》て後も　しばし起きゐる　年の夜のしづまる街を、自動車来たる

しづまれる街のはてより、風のおと　起ると思《モ》ひつゝ　うつゝなくなれり

　だうろく神まつり

乾風《カラ》の　砂捲く道に日は洩れて、睦月八日《ヤウカ》の空片ぐもる

磯近き冬田に群れて　鳥鳴けり。見つゝ　聞きつゝ　道ゆく。われは

道なかに、御幣《オンベ》の斎串《イグシ》たちそゝり、この村深く　太鼓とゞろく

七ぐさの　今日は明くる日。里なかのわらべに問へば、道饗《ミチア》へに行く

もの忘れをして　我は居にけり。夫婦神《メヲトガミ》も、目を見あひつゝ　笑み居たまへり

村の子は、女夫《メヲ》のくなどの　肩擁《ダ》きています心を　よく知りにけり

供へ物 五厘が塩を買ひにけり。こゝの道祖《クナド》をはやさむ。われも

大正六年 ―百十二首―

霜

牕の外《ト》は、ありあけ月夜《ツクヨ》。おぼゝしき夜空をわたる 雁のつらあり

おのづから 覚め来る夢か。汽車のなかに、夜ふかく知りぬ。美濃路に入るを

陸橋の 伸《ノ》しかぶされる停車場《バ》の 夜ふけ久しく、汽車とまり居り

眉間《マナカヒ》に、いまはのなやみ顕《タ》ち来たる 母が命を死なせじとすも

死にたまふ母の病ひに趨くと ゐやまひふかし。汽車のとよみに

汽車はしる 闇夜にしるき霜の照り。この冷《サヤ》けさに、人は死なじも

汽車の燈は、片あかりをり。をぐらき顔うつれる牕に、夜深く対へり

牕の外《ソト》は　師走八日の朝の霜。この夜のねぶり　難かりしかも

汽車に明けて、野山の霜の朝けぶり　すがしき今朝を　母死なめやも

病む母の心　おろかになりぬらし。わが名を呼べり。幼名におよび

いわけなき母をいさむるみとり女《メ》の　訛り語りの　憑《タノモ》しくあり

山および海

速吸《ハヤスヒ》の門《ト》なかに、ひとつ逢ふものに　くれなゐ丸の　艫《(トモ)》じるし見ゆ

道の辺《ベ》の広葉の蔓《カツラ》　けざやかに、日の入りの後《ノチ》の土あかりはも

汽車の牕　こゝにし迫る小松山　峰《ヲ》の上《ヘ》の聳《ソゝ》りはるけくし見ゆ

夕闌《タ》けて　山まさ青《ヲ》なり。肥後の奥　人吉の町に、燈の　つらなめる

温泉《ユ》の上に、煙かゝれる栢《ツミ》の枝。空にみだるゝ　赤とんぼかも

遠き道したにもちつゝ、はたごの部屋　あしたのどかに、飯《イヒ》くひをはる

この町にたゞ一人のみ知る人の　彼も見たてぬ　船場《フナバ》を歩く

熊野

朝海の波のくづれに、あるく鴉。こゝの岸より行くわれあるを

鳥の鳴く朝山のぼり、わたつみのみなぎらふ光りに、頭をゆする

朝の間の草原《クサフ》のいきれ。疲れゆく　我《ワレ》を誰知らむ。熊野の道に

朝あつき村を来はなれ、道なかに、汗をふきつゝ　ものゝさびしさ

浜名

昼あつき家にこもれば、浜風の　まさごはあがる。竹の簀の子に

夕かげのまほなるものか。をちかたに　洲崎の沙の、静まれる色

夾竹桃

さめ〴〵と　今朝は霧ふる夾竹桃。片枝の荒れに、花はあかるき

群花《ムラバナ》の垂り著《シル》けれど、まともには、色おとろへず。夾竹桃の花

わが庭に、夾竹桃はしなえたり。ほこりをあびて、町より戻る

夕かげの庭のおくかの 隈深く片あかりして 夾竹桃はある

たま〳〵に目屬《フ》りやすらふ。いぶせさは、夾竹桃の花にさだまり

古がめに一枝をりさし はれ〴〵し。庭にも 内にも、夾竹桃の花

提燈《(チヤウチン)》のあかりのゝぼる闇の空 そこに さわめく 夾竹桃の花

片枝のすがれは、まほに あらはに見ゆ。日だまりに照る 夾竹桃のはな

十月十二日、もとの生徒の、自殺した噂を聞く、

血あえたる汝《ナレ》がむくろを、いぬじもの 道にすてつゝ 人そしりけり

左千夫翁五年忌

水むけの茶碗の湛《タヽ》へ 揺れしるし。備《ソダ》れる墓のぬしと なりませり

吹きとほる風のそよめき、線香は、ほむら立ち来も。卒都婆のまへに
包み紙の赤きが濡れて、塚のうへにくゆり久しも。線香のたば
さかりゐし松葉牡丹　へりにけり。み墓さやかになりにて　寂し
たゞひと言　ほめくれたりと思ふ翁《ヲヂ》がことば　うやくしけれど、思ひ出でず。今は
おくれ来て　寺の広間にとほる茂吉　あつさ暑さと　扇ならすも
大川のさつきの水の濁り波。秀《ホ》がしら光る。そのくづれ波

夏相聞

ま昼の照りきはまりに　白む日の、大地あかるく　月夜のごとし
ま昼の照りみなぎらふ道なかに、ひそかに　会ひて、いきづき瞻《マモ》る
青ぞらは、暫時曇《イサヽメ》る。軒ふかくこもらふ人の　息のかそけさ
はるけく　わかれ来にけり。ま昼日の照りしむ街に、顕《タ》つおもかげ

ま昼日のかゞやく道に立つほこり 羅紗《（ラシャ）》のざうりの、目にいちじるし

街のはて 一樹の立ちのうちけぶり、遠目ゆうかり 川あるらしも 「ゆうかり」木の名。

目の下に おしなみ光る町の屋根。こゝに、ひとり わかれ来にけり

鑽仰庵

うつり来て 麦原《ムギヲ》広原 たゞなかに、夜もすがら 燭《アカ》す庵なりけり

豊多摩の麦原のなかに、さ夜深く覚めてしはぶく。ともし火のもと

こよひ早 夜なか過ぐらし。東京の 空のあかりは薄れたりけり

長き日の黙《モダ》の久しさ 堪へ来つゝ、このさ夜なかに、一人もの言ふ

十方《（ジッパウ）》の虫 こぞり来る声聞ゆ。野に、ひとつ燈《モ》を守るは くるしゐ

更けて戻る夜戸のたどりに 触りつれば、いちじゅくの乳《チ》は、ふくらみたりけり

梅雨ふかく今はなりぬれ、暫時《イサヽメ》の照りのあかりを いみじがり居る

刈りしほの麦の穂あかり昏《ク》れぬれど、いよゝさやけく 蛙子《カヘルゴ》は鳴く

刈りしほの麦原のなかは 昼の如《ゴト》明り残りて 蛙鳴きゐる

二三人 汽車おり来つる高声の こゝにし響く。おし照る月夜

さ夜霽《バ》れのさみだれ空の底あかり。沼田の潦《フケ》に、蛍はすだく

暁《アケ》近き潦田の畦《クロ》の 列並《ツラナ》みに 蛍はおきて、火をともしをり

さみだれの夜ふけて敲《タヽ》く 誰ならむ。まらうどならば、明日来りたまへ

さ夜風のとよみのなかに、窓の火の消えで残れる たふとくありけり

鼠子の一夜のあれに 寝そびれて、暁はやく起きて、飯《イヒ》たく

めう〳〵と あな うまくさき湯気ふきて、朝餉《アサゲ》白飯《シライヒ》 熟《ウ》みにけるかも

くりやべのしづけき夜らのさびしもよ。よべの鼠の こよひはあれず

ゆふあへの胡瓜もみ瓜 酢《ス》にひでゝ、まだしき味を 喜びまほる

朝の森暮の森

耳もとの鳥の羽ぶきに、森深き朝の歩みを　とゞめたりけり
むしあつき昨夜《ヨベ》ひと夜さに　生れいでゝ　朝森とよめ　初蟬はなく
朝森の砂地に　長くうごもれる鼴鼠《モグラ》の道は、土新らしも
かの森の雑木のうら葉　さわだちに、照りみだりつゝ、風つのり行く
夕やけの空のあかりに　ほのぐらく　枝はゆれゐる　向つ峰《ヲ》の松
森の葉のをぐらきそよぎ　あまた夜を　こゝには聞きつ。家さかりをり

野あるき

白じろと　経木真田《キヤウギサナダ》を編みためて、うつゝなきかも。草の上《ウヘ》のをとめ
道なかの庚申塚に穂麦さし、わが来て去ると、誰知るらめや
草の藪深く入り立ち、火をもやす男もだせり。さびしともなく

桑

桑の畑　若枝《（ワカエ）》のもろ葉うちゆすり、とほり照りつゝ　光りしづけし

さ芽だちのみどりのいろひ　にほはしき桑の若枝は　塵からむれり

うちわたす窪田のなだれ　ひとゝころ。桑の若枝の、日にかゞやけり

吹きとよむ桑の中路の向ひ風　眩《マギラ》はしもよ。若葉の光り

荒蕪《（クワウブ）》

草のなか　光りさだまるきんぽうげ。いちじるしもな。花　群れゆらぐ

きんぽうげ　さわだつ花はほのかなれど、たゞこゝもとに、ま昼日は照る

きんぽうげ、むら〳〵黄なり。風のむた　その花ゆらぐ。いろひ　かげろひ

草かげに、九《ク》品仏《ホンボトケ》はいましつれ。現《ウツ》しくゆれて、きんぽうげの花

麦畑

かゞやかに 穂並みゆすれて、吹きとほる 麦原《ムギフ》の底の風はほとれり

麦の原の穂《フ》だち はるけくおしなみに、照り白む日は 光りしづめり

黒土の畝に、穂立ちのひたさ青《ヲ》に 端正《イツク》しきかも。麦秀《ホ》き並ぶ

麦の花 ひそかなれども、目につきて咲きゐる暮れを 風のさびしさ

山岸に 穂麦のあかり照りかへり、あらはなるかも。赤松の幹

夕畑や 黒穂の立ちの まざ〳〵と をちこち見えて さびし。入る日の

夕かげる麦原《フ》中道おち窪に、踏み処《ド》をぐらく 日は洩り来る

草のうへに 踏みためがたきわが歩み。はだしになれど、いたもすべなし

昼ぎらふ麦原めぐりて来たる音 車かたりと、土橋にかゝる

午後二時

わが山に戻り来にけり。くりやべに、昼を鳴けるは、こほろぎならむ

ゆくりなく 目につきにけり。薔薇の後《ノチ》、庭木のうれの みな緑なる

わが庭のやつでの広葉 ゆすりたち、さやかに こゝを風の過ぎゆく

いろものせき

うすぐらき 場すゑのよせの下座《ゲザ》の唄。聴けば苦しゑ。その声よきに

白じろと更けぬる よせの畳のうへ。悄然《ボツサリ》ときてすわりぬ。われは

衢風《チマタカゼ》砂吹き入れて、はなしかの高座のまたゝき さびしくありけり

誰一人 客はわらはぬはなしかの工《タクミ》 さびしさ。われも笑はず

高座《カウザ》にあがるすなはち 処女ふたり 扇ひらきぬ。大きなる扇を

新内の語りのとぎれ おどろけば、座頭紫朝《シテウ》は目をあかずをり

「富久《トミキウ》」のはなしなかばに 立ちくるは、笑ふに堪へむ心にあらず

清志に与へたる

臥《ネ》たる胸しづまりゆけば、天さかるひなの薩摩し さやに見え来も

告げやらば 若き心に歎かめど、汝《ナ》が思ひ得むわびしさならず

しごとより疲れ帰りて、うつゝなく我は寝《ヌ》れども、明日さめにけり

朝鮮《テウセン》の教師に ゆけと慂《スヽ》め来る あぢきなきふみに、うごく わが心

校正室

まのあたり ま日薄れ来る牕がらす 今はほのめくわが手の動き

捲きたばこ 藁灰ふかくさしたれば、夕づく部屋に、いぶりいでつも

新橋停車場

金澤先生の、東京を去られた時

こがらしの凪ぎにし後のあかるさや ゆきとゞまらず。あすふぁるとの道

いさゝめの町のあるきに、並み来つゝ相知らなくも、さびしかりけり

芝口の車馬のとよみの、昼たけて け近く聞ゆ。この足もとに

高架《カウカ》線《セン》のぷらっとほうむ 長ながと、今日も冱えつゝ昏るゝなりけり

汽車のまど そこにさびしく さし対ひ めをといませて 汽車遠ざかる

大正五年 ――二十五首――

火口原

しんとして 声あるものか。わが脚は、明星ヶ嶽の草に触り行く

靡き伏す羊歯《シダ》はをれつゝ、重れる葉裏 目いたし。霜じめる色

日だまりの山ふところに居たりけり。四方の梢のこがらし 聞ゆ

峰ごしに 鳴く鳥居つゝ 時久し。山ふところに、日はあたり居り

足柄の金時山に　入り居りと　誰知らましや。この草のなか
峰遠く　鳴きつゝわたる鳥の声。なぞへを登る影は、我がなり
這ひ松の這ひの上《ノボ》りや。はるぐ〳〵に　目をまかせつゝ、山腹《ヤマハラ》に居り
をちこちに　棚田いとなみ、足柄の山の斜面に、人うごく見ゆ
向つ峰《ヲ》の橅《ブナ》の梢の　霧ごもり、今はしづまる。夕空のもと
ころぶせば　膚にさはらぬ風ありて、まのあたりなる草の穂は揺《ユ》る
日の後《ノチ》のうすあかるみに、山の湯へ　手拭さげて、人来たるなり

森の二時間

森ふかく　入り坐《キ》てさびし。汽笛鳴る湊の村に　さかれる心
この森の一方に　はなしごゑすなり。しばらく聴けば、女夫《メヲト》　草刈る
この森のなかに　誰やら寝て居ると、はなし声して、四五人とほる

此《コ》は　一人童児坐《ヰ》にけり。ゆくりなく　森のうま睡《イ》ゆ　さめしわが目に

まのあたり　幹疎《モトアラ》木々の幹あまた　夕日久しくさして居にけり

楢《(ナラ)》の木の乏しき葉むら　かさ〳〵と　落ちず久しみ、たそがれにつゝ

初七日

今西甚三郎のために

この家の伊予簾《ス》のなかに、汗かきて　酒のみをらむ心にあらず

わが前に、ふたり立ち舞ふ　をみな子の手ぶり見まもり、いぶかしくあり

今日の日の　すべなきかもよ。おもしろき手ぶりを見れば、心哭かれぬ

初七日のほとけを持てり。この酒に、今し　くるしく　酔ひてあるべしや

夕かげに　呆《ホ》れつゝ居れば、蜩《(ヒグラシ)》も　今は声絶え　しづまりにけり

生き死にの悠《ヒサ》なるものか。うつそみの人のわかれに、目をとぢにつゝ

いろは館

夏かげの　この居間に客来るなり。四方のもの音　しづまるま昼

ま日深くこもれ家に　待ち久し。蚊は鳴き寄り来。ほのにま遠に

大正四年以前明治四十四年迄　――八十七首――

おほとしの日

除夜《ヂヨヤ》の鐘つきをさめたり。静かなる世間にひとり　我が怒る声

大正の五年の朝となり行けど、膝もくづさず　子らをのゝしる

墓石の根府川石に水そゝぐ。師走の日かげ　たけにけるかも

どこの子のあぐらむ凧ぞ。大みそかゝむなしき空の　たゞ中に鳴る

机一つ　本箱ひとつ　わが憑む　これの世のくまと、目つぶりて居り

左千夫翁三周忌

牛の乳《チ》のにほひつきたる著《き》る物を、胸毛あらはに 坐《ヰ》し人あはれ

あぢきなき死にをせしかと、片おひのうなゐを哭きし その父もなし

裏だなを 背戸ゆ見とほし 夏の日の照りしづまりに けどほき墓原

あわたゞしく 世はありければ、たま〳〵も 忘れむとする墓をとぶらふ

菟《ウ》道《ヂ》

わが腹の、白くまどかにたわめるも、思ひすつべき若さにあらず

如月の雪の かそけきわがはぎや。白き光りに 目をこらしつゝ

順礼は鉦《カネ》うちすぎぬ。さびしかる世すぎも、ものによるところある

なむあみだ すゞろにいひてさしぐみぬ。見まはす木立ち もの音もなき

ざぶ〳〵と、をり〳〵水は岸をうつ。ひとりさびしく 麦踏みてゐむ

白じろとたゞむき出し畝をうつ　畠の男　あち向きて久し
日の光り　そびらにあびて寒く行く百姓をとこ。ものがたりせむ

錢

たなぞこに　燦然《サンゼン》としてうづたかき。これ　わが金と　あからめもせず
道を行くかひなたゆさも　こゝろよし。この　わが金の　もちおもりはも
目ふたげば、くゎう〳〵として照り来る。紫摩黄金《シマワウゴン》の金貨の光り
たなそこのにほひは、人に告げざらむ。金貨も　汗をかきにけるかな

海軍中尉三矢五郎氏の心をかなしみて

わたつみの海にいでたる富津《フツ》の崎　日ねもすまほに霞むしづけさ
そのむくろ覓《ト》むと　わがいはゞ、わたなかの八尋《ヤヒロ》さひもち　こたへなむかも
うろくづのうきゐる浪になづさひて　ありとし君を　人のいはずやも

家びとの消息来て

家のため博士になれと　いひおこす親ある身こそ　さびしかりけれ

我孫子

道のうへ　小高き岡に男ゐて、なにかもの言ふ。霙ふるゆふべ

野は　昼のさえしづまりに、雑木山　あらはに　赤き肌見せてゐる

藪原のくらきに入りて、おのづから　まなこさやかに　眸《(ミヒラ)》きにけり

心ふと　ものにたゆたひ、耳こらす。椿の下《シタ》の暗き水おと

霙ふる雑木のなかに、鍬《(クハ)》うてる　いとゞ　女夫《メヲト》の唄の　かそけき

太秦寺

常磐木のみどりたゆたに、わたつみの太秦寺《ウツマサデラ》の昼の　しづけさ

二人あることもおぼえず。しんとして　いさごのうへに　鵄《(トビ)》一羽ゐる

おそろしきしゞまなりきな。梢より、はたと一葉は おちてけるかな

ほれ〴〵と人にむかへば、昼遠し。寺井のくるま 草ふかく鳴る

まさびしくこもらふ命 草ふかき鐘の音しづみ、行きふりにけり

塩原

馬おひて 那須野の闇にあひし子よ。かの子は、家に還らずあらむ

わがねむる部屋をかこめる 高山の霜をおもひて、燈を消しにけり

神のごと 山は晴れたり。夜もすがら おもひたはれし心ながらに

にはとりの踏みちらしたる芋の茎 泣きつゝとるか。山の処女ら

朝日照る山のさびしさ。向つ峰《ヲ》に斧うつをとこ。こちむきてゐよ

かくしつゝ、いつまでくだち行く身ぞや。那須野のうねり 遠薄《トホスヽキ》あり

生徒一

夜目しろく　萩が花散る道ふめば、かの子は　母の喪にゆきにけり

生徒 二

白玉をあやぶみ擁《イダ》き　寝ざめして、春の朝けに、目うるめる子ら

このねぬる朝けの風のこゝちよき。寝おきの　顔の　ほのあかみたる

こゝちよき春のねざめのなつかしさ。片時をしみ、子らが遊べる

砂原に砂あび　腰をうづめゐつ。たはぶれの手を　ふと　止めぬ。子ら

わが子らは　遊びほけたる目を過《ヨギ》る何かおふとて、おほゞれてをり

わが雲雀《ヒバリ》　今日はおどけず。しかすがに　つゝましやかにふるまひにけり

くづれふす若きけものをなよ草の牀《トコ》に見いでゝ、かなしみにけり

倦みつかれ　わかきけものゝ寝むさぼる　さまはわりなし。かすかにいびく

やせ〳〵て、若きけものゝ　わが前にほと息づきぬ。かなしからずや

すく〳〵と　のびとゝのほりゆく子らに、しづごゝろなき　わがさかりかも

生徒　三

二三尺　藜《アカザ》のびたるくさむらの　秋をよろこびなく虫のあり
沓《クツ》とれば、すあしにふるゝ砂原の　しめりうれしみ、草ぬきてをり
わが病ひ　やゝこゝろよし。なにごとかしたやすからず　やめる子のある

生徒　四

小鳥　小鳥　あたふた起《タ》ちぬ。かたらひのはてがたさびし。向日葵《ヒマハリ》の照る
はるしや菊　心まどひにゆらぐらし。瞳かゞやく少年のむれ
かの子こそ　われには似つゝものはいへ。十年の悔いにしづむ目に来て
人の師となりて　ふた月。やう〳〵に　あらたまりゆく心　はかなし
わかやかに　こゝちはなやぎあるものを。さびしくなりぬ。子らを教へて

おろ〳〵に　涙ごゑして来つる子よ。さはなわびそね。われもさびしき

いくたびか　うたむとあぐる鞭のした、おぢかしこまる子を泣きにけり

阿蘇をこえて

よすがなき心　あやぶくゆられゐつ。馬車たそがれて、町をはなれつ

つまづきの　この石にしもあひけるよ。遠のぼり来て、阿蘇のたむけに

盆すぎて　をどりつかふる里のあり。阿蘇の山家《ヤマガ》に、われもをどらむ

奥熊野

たびごゝろもろくなり来ぬ。志摩のはて　安乗《アノリ》の崎に、燈《ヒ》の明り見ゆ

わたつみの豊はた雲と　あはれなる浮き寝の昼の夢と　たゆたふ

闇に　声してあはれなり。志摩の海　相差《アフサ》の迫門《セ》に、盆の貝吹く

天づたふ日の昏れゆけば、わたの原　蒼茫として　深き風ふく

名をしらぬ古き港へ　はしけしていにけむ人の　思ほゆるかも

山めぐり　二日人見ず　あるくまの蟻の孔に、ひた見入りつゝ

二木《ニキ》の海　追門のふなのり　わたつみの入り日の濤《ナミ》に　涙おとさむ

青山に、夕日片照るさびしさや　入り江の町のまざ〲と見ゆ

あかときを　散るがひそけき色なりし。志摩の横野の　空色の花

奥牟婁《ムロ》の町の市日《イチビ》の人ごゑや　日は照りゐつゝ　雨みだれ来たる

藪原に、むくげの花の咲きたるが　よそ目さびしき　夕ぐれを行く

大海にたゞにむかへる　志摩の崎　波切《ナキリ》の村にあひし子らはも

ちぎりあれや　山路のを草莢《サヤ》さきて、種とばすときに　来あふものかも

旅ごゝろ　ものなつかしも。夜まつりをつかふる浦の　人出にまじる

にはかにも　この日は昏れぬ。高山の崖路《ホキヂ》　風吹き、鶯のなく

那智に来ぬ。竹柏《ナギ》 樟《（クスノキ）》 の古き夢 そよ ひるがへし、風とよみ吹く

青うみにまかゞやく日や。とほ〲し 妣《ハヽ》が国べゆ 舟かへるらし

波ゆたにあそべり。牟妻の磯にゐて、たゆたふ命 しばし息づく

わが乗るや天《アメ》の鳥船 海《ウナ》ざかの空拍《（ウ）》つ浪に、高くあがれり

たま〱に見えてさびしも。かぐろなる田曾《タソ》の迫門《セト》より 遠きいさり火

わたつみのゆふべの波のもてあそぶ 島の荒磯《アリソ》を漕ぐが さびしさ

わが帆なる。熊野の山の朝風に まぎり おしきり、高瀬をのぼる

うす闇にいます仏の目の光 ふと わが目逢ひ、やすくぬかづく

明治四十三年以前三十七年頃まで　―七十五首―

焚きあまし　その一

竹の葉に　如月の雪ふりおぼれ、明くる光りに心いためり　「京、西山」二首

大空のもとにかすみて、あか〳〵と　くれゆく山にむかふ　さびしさ

木の葉散るなかにつくりぬ。わが夜牀《ヨドコ》。うづみはてねと、目をとぢて居り

かれあしに　心しばらくあつまりぬ。みぎはにゐつゝ　ものをおもへば

ちまたびと　ことばかはして行くにさへ　心ゆらぎは　すべなきものを　「所在なく暮した頃」五首

夕波の　佃の島の方とへど、こたへぬ人ぞ、充ち行きにける

さびしげに　経木真田の帽子著《キ》て、夕河岸たどる人よ　もの言はむ

両国の橋ゆくむれに、われに似て、後姿《ウシロ》さびしき人のまじれり

町をゆく心安さもさびしかり。家なる人のうれひに さかる

春の日のかすめる時に、つかれたる目をやしなふと、若草をふむ

戸を出で丶、百歩に青き山を見る。日ねもす おもひつかれたる目に

庭のくま ひそやかに鳴く虫あるも、今あぢはへる悔いにしたしき

ひそやかにぬればさびしも。たそがれの窓の夕かげ 月あるに似たり

青やまの草葉のしたに、なが丶りし心のすゑも みだれずあらむ

「宮崎信三、死んだにきまつた後」

あはれなる後《ノチ》見ゆるかも。朝宮《アサミヤ》に、祇園をろがむ匂へる処女

「母のつきそひに、京都大学病院にゐた頃」

ひや丶けき朝の露原 あしにふみ、なにかえがたきしたご丶ろやむ

京のやま。まどかにはる丶見わたしに、なにぞ、涙のやまずながる丶

秋の空 神楽ヶ丘の松原の、け近く晴る丶見つ丶さびしき

この道や 蹴《ケ》上《アゲ》の道。近江へと いやとほ〲し。あひがたきかも

しづかなる昼の光りや。清水《（キヨミツ）》の地主《ヂシュ》の花散る径を　来にけり

大空の鳥も　あぐみて落ち来たる。広野にをるが、寂しくなりぬ

中学の廓のかはらのふみごゝち　むかしに似つゝ、ものゝすべなさ　「卒業後五年」

雪ふりて昏るゝ光りの　遠じろに、小竹《シヌ》の祝部《ハフリ》のはかどころ見ゆ　「紀伊国日高」

焚きあまし　その二

わがともがら　命にかへし恋ながら、年来《サ》り行けば、なべてかなしも

いくさ君　武田がのちに、はかなさよ。わび歌多し。あはれ　わが友　「祐吉に」一首

君にわかれ　ひとりとなりて入りたてば、冬木がもとに、涙わしりぬ

はつくさに　雪ちりかゝる錦部《ニシゴリ》の　山の入り日に、人ふりかへる

牟婁の温泉《ユ》の　とこなめらなる岩牀《イハドコ》に、枕す。しばし　人をわすれむ　「紀州鉛山温泉」

月にむき、ながき心は見もはてず　わかれし人のおとろへをおもふ

木がらしの吹く日来まさず。わがゝどの冬木がられの　心うく鳴る

そのかみの　心なき子も、世を経つゝ、涙もよほすことを告げ来る

ひたすらに、荒山みちは越えて来つ。清きなぎさに、身さへ死ぬべし

「紀州由良浦」

十年へつ。なほよろしくは見えながら、かの心ひくことのはのなき

このわかれ　いく世かけてはおぼつかな。身さへ頼まぬ　はかなさにして

「出羽に帰り住む友に」

あはむ日のなしとおもはず。ふみわたる茅生の　ほどろに　心たゆたふ

秋の山　なく鳥もなし。わが道は、朝けの雲に末べこもれり

石川や　二里も　三里も、若草の堤ぬらして、雨はれにけり

はた／＼と翼うち過ぐ。あはと見る　まなぢはるかに　きその鳥行く

冬ぐさの堤日あたり　遠く行く旅のしばしを　人とやすらふ

萩が花はつかに白し。ひとりゐる　山のみ寺のたそがれの庭

「西山の善峯寺」

山の石 とゞろ〳〵と落ち来る。これを前に見、酒をたのしむ　「人に役せられて」二首

旅にゐて、さむき夜牀のくらがりに、うしろめたしも。いねしづむ胸

山のひだ さやかに見えて、大空に、昏れゆく菟道《ウヂ》の春をさびしむ

ともしびの見ゆるをちこち 山くれて、宇治の瀬の音《ト》は 高まりにけり

木ぶかく蜩なきて、長岡のたそがれゆけば、親ぞこひしき

春雨の古貂《フルキ》のころも ぬれとほり、あひにし人の、しぬにおもほゆ

杉むらを とをゝに雪のふりうづむ ふるさと来れど、おもひ出もなし

明日香風 きのふや千年。やぶ原も 青菅山《アヲスガヤマ》もひるがへし吹く　「高市郡」三首

なつかしき故家《フルヘ》の里の飛鳥には、千鳥なくらむ このゆふべかも

山原の麻生《ヲフ》の夏麻《ナツソ》をひくなべに、けさの朝月 秋とさえたり

あるひまよ。心ふとしもなごみ来ぬ。頬をたゞよはす 涙のなかに

天つ日の照れる岡びに　ひとりゐて、ものをしもへば、涙ぐましも

冬がれのうるし木立ちのひま〳〵に　積み藁つゞく　国分寺のさと

遠ながき伏し越えみちや。うら〳〵に　照れる春日を、こしなづむかも　「伏越峠」地名

庭の面《モ》にかり乾す藁の　香もほのに、西日《ニシビ》のひかり　あたゝかくさす

目をわたる白帆見る間に、ふと　さびし。やをら　見かへり、目のあひにけり

をり〳〵は　かなしく心かたよるを、なけばゆたけし。天ぞ来むかふ

見《ミ》のさびし。そともの雪の朝かげの　ほのあかるみに、人のかよへる

ねたる胸　いともやすけし。日ねもすにむかひし山は、わきにそゝれど

わがさかり　おとろへぬらし。月よみの夜ぞらを見れば、涙おち来も

わが恋をちかふにたてし　天つ日の、まのあたりにし　おとろふる　見よ

いにしへびと　あるは来逢はむ。神南備《カムナビ》の萩ちる風に、山下ゆけば　「飛鳥の村」

むさし野は　ゆき行く道のはてもなし。かへれと言へど、遠く来にけり

「親の心にそはないで、國學院にはひつた年の秋」二首

夕づく日　雁のゆくへをゆびざして、いなれぬ国を　また言ふか。君

わがゝづく朽葉《クチバ》ごろもの袖　たわに、ゆたかに　春の雪ながれ来ぬ

いふことのすこし残ると　立ち戻り、寂しく笑みて、いにし人はも

こちよれば、こちにとをより　なづさひ来《キ》、ほのに人香《ヒトガ》の。身をつゝむ闇

車きぬ。すぐる日我により来にし。今あぢきなくわがゝどをゆく

おもふことしば〳〵たがひ、おきどころなき身暫らく　君にひたさる

夕山路《ヂ》　こよひまろ寝むわがふしどの　うさ思はする　鶯のこゑ

この里のをとめらねり来《ク》。みなづきの　夕かげ草の　ほの〴〵として

おもひでの家は　つぎ〴〵亡びゆく。長谷の寺のみ　さやは　なげかむ

「大和初瀬寺炎上」

牧に追ふ馬のかず〴〵　何ならぬ　目うるみたりし後《ノチ》も忘れず

ほうとつく息のしたより、槌とりて　うてば、火の散る　馬のあし金

明治卅七年、中学の卒業試験に落第して、その秋。

秋たけぬ。荒涼《スヾロサム》さを　戸によれば、枯れ野におつる　鶸《ヒワ》のひとむれ

「大和傍丘の洪一の家にやどる」

この集のすゑに

鷗外博士の最後の文集は、確か「蛙」と言うた様に思ふ。長い愛著をふりきつて、学問に立ち戻らうと言つた語気を、その序文に見出して、寂しまずには居られなかつた。所謂とんぼう・蝶々を鳥のうちにかぞまへる態度からすれば、私なども、蛙は蛙である。其も、ほんのはかない、枝蛙である。しかも極めて、周囲に順応する事の拙い、蠢《ウゴメ》きを続けて来た。学者なかまに立ちまじると、文学者肌が目だつた。文学者の群れにゆくと、あまり著しく、自在を失うた学究臭さが省みられた。幾たの友だちも、長い携りから手をふりもいで、私の及ばぬ遠い処にのいてしまうた。先輩の多くは、私の、道草を嗜む事の甚しさを悪《ニク》んで、めんどうを見てくれなくなつて行つた。そんな中で、久しく私の上に、温かい「まもり」を続けてゐて下されたのは、故三矢重松先生である。血をおびた大きな先生の眼は、私にとつて、「かしこまり」でもあり、「やすらひ」でもあつた。併し、唯一つ私の上に臨んでゐたその温かい眼も、私を見棄てるに到るほど、私は長く中道に悶えて居た。さうなる間、私の一作々々を、私の研究を見るにひとしい歓びを以て、どんなに聴き入つて下された事であつたらう。安倍ノ晴明とうち臥しの巫女との術くらべを中心に置いた脚本は、王朝文学研究の具体化出来たものとして、過褒《カホウ》を賜つた。水漬《ミヅ》きつゝ敵愾を謡うた

「おほやまもり」の死の叙事詩の構想は、国学の窮極地だとまでの保証を、先生から受けた事であつた。

更に又、茂吉さん、赤彦さん等のひき廻しで、「あらゝぎ」の上に、自由に作物を発表する事の出来る様になつた時、本気になつて喜んで下されたのは、東京では、先生が第一の人であつたに違ひない。其先生すらも、最後には、私の低回を憐み、私の歌の、その鑑賞に入り難くなつた事を憎んで、やゝ、心を文学に断つやうに慂《スヽ》められる傾きになつて来られた。

かうして、人に悪まれ、飽かれても尚、文学の結界を踏み出す事は、えせなかつた私である。其間に俄かに、一筋の白道が、水火の二河の真中に通じて居るのを見た。柳田國男先生の歩まれた道である。私はまつしぐらに其道を駆け出した。けれども、白道を行きつゝも、二河のいぶきは、しきりなく私の身にふりかゝつた。

鷗外博士は、「蛙」一部を以て、その両棲生活のとぢめとして、文壇から韜晦《タウクワイ》した。愚かな枝蛙は、最後の目を見つめるまで、往生ぎはのわるい妄執に、ひきずられて行くことかも知れない。

八九歳の頃一首。十一歳一首。ひき続いて作り出したのは、十五位からの事と思ふ。二つ年がさの兄は、当時「少年園」から「文庫」と名を易《カ》へたばかりの雑誌を読み耽つて居た。与謝野鉄幹さんが、暫らく歌の選者をして後、服部躬治《モトハル》先生が、替つて歌を選ばれた。此頃になつて漸く、歌に睦《シタ》しみを感じかけた兄は、一足先きに、ある文学意識を持つた歌を作り出した。兄を凌ぐ事を為事《シゴト》にして居た弟は、すぐ、その跡をつけた。けれども、僅かな年齢の差も、文学動機の飽和の度に於いて、著しく、一方には強め、一方には弱めた。私は何時も、兄にまかされて居た。子どもながら、自ら鑑賞を晦《クラ》ます事の出来なかつた寂しさ。でも、競争意識の卑しさを知つた私は、一方ぼつ〴〵兄に学んで行く気にもなれた。兄の投書にまぜてくれた私の一首も、抜かれて居たのを見て、天に昇る様な気のした事もある。兄が遊学に出て後、創作動機の薄い私は、歌らしい物を作つた覚えもない。そのあくる年、明治卅五年には、武田祐吉・吉村洪一・浅沼直之助・宮崎信三・岩橋小彌太・西田直二郎と詩社様のものを組んだ。律気な武田にはたいられるのを常の事として、でも、毎週間二三首・五首と作つて居た。其頃のものは、武田が保存して居てくれたが、今度の選集に、一首も採れるのはなかつた。躬治先生の影響をばわるく受けた我執の姿が、どれにもこれにも、現れて居た。其上、鉄幹さん風の、発想を拗《ネヂ》らすよみぶりまでも、小賢しくうつして居た痕が見出される。新詩社に対する反感は、既に激しく心に動いて居たに拘らず、歌の上には、其印象らしいものが、今日からは紛れなく見えすいて居る。卒業試験に、劣等生としてふり残された私は、とり集めた寂しさを知つた。感傷にあまえもし、うち羸《カ》ちもした。焚きあまし「その一」・「その二」は、年の順序に並べられなかつた程、製作時の印象の乏しい即興歌が多い。國學院大学に学生として、気ずゐな生活をして居た間のものは、殆、実生活を無視し、実感を疎外した歌ばかりである。四十三年に卒業して、翌年秋、大阪府今宮中学校教員となるまでの一年あまりを、家に居て、所在ない日を送つた。その間に、大阪根岸短歌会の集りに加つて、安江不空さん・花田比露思さん・外山家人さん等から、今まで思ひ及ばなかつた、静かに、澄んだ境涯のある事を見知らされた。

根岸派の会には、東京をひき払ふまへ、二度、子規庵での歌会に出て、晩年の左千夫先生も見、若い茂吉・千樫・純・文明の方々の顔をも、記憶してゐる。

その頃、東西の根岸のよりあひに、いつも、第一に出された当座の題は、「席上即景」であつた。此《コレ》が非常に、私に影響した。併し、鈍根の上に我に執し勝ちの私には、其が急には、効果を顕さなかつた。早い話が、子規庵の「当座」に、

　杉垣の隣のへだて　上《ウハ》じろみ、夜目ひやゝけし。月の夜の霜

当時非常に若かつた文明さんが、激賞してくれた。それで、其時の幼稚な感謝と、好意とを、後年まで、同氏にむかうて持ちつゞけた事だ。が、此歌は実感を逸した形ばかりのものである。根岸派の写生を表面学びながら、実相に迫らないで、軽い詠歎に逃げてゐる。語の綾で美を盛り立てよう、としてゐる。歌に出て居る文法意識は、躬治風であり、修辞法は、前明星末期の姿である。だが、かう言ふ間に、次第に腹の据ゑどころが、段々きまつて行つたのも、事実である。

態度としては、全体に認めて居ない物の、部分の価値に囚はれると言ふ事は、学問文学をふり分けにした蛙の、常に負ふところの罰である。万葉研究に一生をつかひ果した木村正辞先生の歌が、極めて低調な「おとつ代ぶり」である事を罵りながら、私自身やつぱり、部分的に古今を認め、金葉・詞花を認め、新古今を容れ、玉葉・風雅を許してゐたのである。ひたみち万葉に進む人々よりは、誘惑や困憊を、多く凌がねばならぬ訣である。私の歌の、年久くして、尚且、此位の「ゆきあし」を示してゐるに過ぎないのは、甘受せねばならぬ応報であつた。

大正三年の春、二年半をしへた生徒たちを卒業させたのを吉祥《キッショ》に、私は職を罷《ヤ》めて、東京に来た。教へた生徒十人ばかりと、本郷赤門前の下宿の三階に住んだ。大正四年秋には、帰国せなければならないほどに窮《クル》しんだ。が、とう／＼東京に留りをふせた。小石川金富町のお針屋の二階の六畳に移つて居た金太郎の処に、いつ時と思うてかゝり人となつたのが、三年の間も其まゝで、居なりに居た。十余人の生徒の中、私の近まはりに残つた者は、高等工業学校に通うた金太郎と、近所にたよつて来て、高等学校入学試験の用意をしてゐた清志と、前年第一高等学校にはひつた雄祐とになつてしまうた。でも、後から後から私をたよつて来た生徒たちが、三四人は居たが、皆それ／″＼の方角が開けて、あちこちへ散らばつた。

自分では、さまでにも思はなかつたが、やつぱり「身は境涯《ヨ》に伴《ツ》れる」ものと見えて、敏感な清志から、私の動作の、以前の「なごやかさ」を失うた事を指摘せられた事も、幾度かあつた。不自由を知らずに育つた金太郎も、私と一つ処に住む為に、共に苦しいめを見る様な事があつた。其でも、黙々と私のあるく道を、専門こそ違へ、ついて来てくれた。五年の夏、清志を、強ひて鹿児島の造士館に入らせて後は、金太郎一人を、話相手にしてくらした。

「あらゝぎ」にはひつたのは、この年であつた。赤彦さんが富阪のいろは館に居た都合から、しげ／＼と出入りをした。其間に、「あらゝぎ」の同人の方々から、数へきれない程よい影響をうけた。

けれども、かうした実生活から来るものを、歌に表さうとして、認識の熟せないうちに、表現不足のまゝではふり出す事が多かつた。今見ても、さもしい気のする歌が限りなく出来た。しかも、此集にさう言ふ歌を、すつかり刪《ケツ》つてしまふ事の出来なかつた執著が恥かしい。

推敲に迷ふ事があると、赤彦さんの処に馳けつけた。赤彦さんが、「こゝはかう。そこはあゝ」と言ふ風に、決断してくれると、安心した。「あらゝぎ」同人の中、殊に赤彦さんのおかげを蒙つて居る事は、とりわけ書いて置かねばならぬ。

他の同人の方々にも、此際長らくの厚誼を謝して、一本づゝを献じたいと思ふ。

かうして、幸福な歌人としての生活を続けて居るうちに、ゆくりない機縁が、「あらゝぎ」を遠のく方へ私を導いた。さうして再、文学の上では相談相手のない、ひとりぼつちに、還つた。けれども、長い「あらゝぎ」生活の間に、やゝ腰もきまつて来た。これからだ、と言ふ気がする。しかし考へて見ると、寂しくなる。わたしの文学は畢竟、枝蛙の芸道である。どこまで行きとほす事が出来るか、又かうした歌集も、も一度出す心持ちになる時が来るか、どうか。恥かしながら、私には、さうした「かね言」をする元気がない。今度、此集をつくるにも、おほよそは、金太郎一人の努力に任せきつて居た。私はたゞその中から、出来るだけ多く刪つたゞけである。巌にしがみついて居る蠣貝《カキガヒ》をひつぺがす様にして、それでも、若い頃の作物の十の九までは棄てゝしまうた。さうして残つた中にも、なほして出さねば、目のあてられないものが、尚多かつた。併し、あまり時のかけ離れ過ぎたものは、今のいきかたから見れば、寧ろ作りかへても、物にはならぬのである。だから、さうした古い部分のものには、出来るだけ目を塞いで、手を入れずに置いた。わりあひに今の心もちにはひつて居る近年の分だけは、自由にしてもよいと言ふ考へから、直して見たものも、可なりにある。

こんなにしてまで、実は、古い頃無反省の口拍手で出来た様な歌を、保存する必要はないのである。純な文芸の動機からしては、勿論意味のない事である。けれども、私一人の歌心の展開を示すのには、少しは役に立つかと思ふ。もと／＼私如きの歌に、さう言ふ試みをする事々《コトジ》体《タイ》が、まちがひの様な気もするのだが、其にも一つの口実が伴うて居た。

真実私ほど、他人の影響を受けたものは少からう、と思ふ。此海月の様な歌心の漂ひまはつた澪《ミヲ》のあとを見れば、自ら、所謂新派和歌の変遷の姿が見えるのである。古い処では、躬治先生の口まねがはつきり見えるし、やゝ進んで子規居士のひようげた側ばかりを学んだところも残つて居る。鉄幹さんに対する反感が却て、其技巧に近づけた様なところも、十分に見える。だから、根岸派の人々の中、此点から見れば、私は蝙蝠《カウモリ》の様な形をとつて居る。其次に来たのは、千樫さんの若い時代の、しなやかな抒情の境地であつた。赤彦さんの「馬鈴薯の花」時代の歌も、此意味から、ある時期の私の養ひになつた事を覚えて居る。茂吉さんとはあまりに性格が違ひすぎてゐる為か、其印象は近年にぼつ〳〵見えて、以前には、ちつとも出て来ない。「見のかなし……」と言ふ変な歌を「焚きあまし」に容れたのは、此一首、確かにまだ中学生であつた頃の文明さんの墓場の蓬の歌から、来て居る事を示したかつたのである。啄木の影響は、考へて見ると、非常なものであつた。形の上ではさもない様に見えるか知らぬが、私自身の発想法に翻訳して表して居たのである。生活など言ふ側には、目をつぶり勝ちな私が、歌では、可なりさうしたものゝ出てゐるのは、やつぱりそれなのである。同じ生活派でも、善麿さんのは、あまりな特殊と特殊との対立から、かぶれ様がなかつた様に思ふ。而も、私自身も近年始めた新形式の歌には、同氏の影がさして来た様な気がしてならぬ。此人と言ひ、勇さんといひ、歌の上に印象の少いのは、育つた都会の気持ちに、相容れぬところがあるからと思ふ。私は、大阪で成人した。それで、かう言ふ、形といひ、心の入れ方と言ひ、ねばり強くあくぬけのせぬものになつたのである。白秋さんの影響も、「雪」「荒蕪」などには、十分見えて居る。

かうして、自身をいためつけて見ると、殆どこに、自身があるのだかわからない。「かうして居るおれは、だれか知ら」とはなしかがよくする、粗忽者《ソコツモノ》の話のさげに似た感じが深くする。それで居てやつぱり、人から見れば、私ひとり違ひ過ぎて居る様に思はれよう。併し其は、おもに「ことば」や「すがた」の上から来るものである。私はもつと本領がありさうな気がする。やつぱり前に言つた「これから」である。だが、「これから」がいつまでも「これから」でありさうな、心細い気もする。

私の歌を見ていたゞいて、第一に、かはつた感じのしようと思ふのは、句読法の上にあるだらう。私の友だちはみな、つまらない努力だ。そんなにして、やつと訣《ワカ》る様な歌なら、技巧が不完全なのだと言ふ。けれども此点では、私は、極めて不遜である。私が、歌にきれ目を入れる事は、そんな事の為ばかりではない。文字に表される文学としては、当然とるべき形式として、皆で試みなければならぬ事を、人々が怠つて居るだけなのである。短冊・色紙にはしり書きするのと、活字にするのとは別である。だらしない昔の優美をそのまゝついで、自身の呼吸や、思想の休止点を示す必要を感じない、のんきな心を持つて居て貰うては困る。そればかりか、かうした試みを、軽い意味に考へ易いのは、文字表示法に対して、あまり恥しいなげやりではないか。技巧に専念であればあるほど、字面の感じにまで敏感になる。漢字と仮名との配合や、字画の感触などにまで心を使ふのは、寧ろ誇るべき事である。しかも其《ソレ》よりも、一層内在して居る拍子を示すのに、出来るだけ骨を折る事が、なぜ問題にもならないのであらう。こんな点などでは、全く立ち場を異にして居ながらも、善麿さんのやつて居るろうま字書きの歌や、訳詩などの方が、正しい道を目がけてゐるものと思ふ。「わかれば、句読はいらない」など、考へてゐるのは、国語表示法は素より、自己表現の為に悲しまねばならぬ。

それに又、私の、かうしたじれつたい・めんどうな為事にいたつく理由が、も一つあるのである。其は、歌の様式の固定を、自由な推移に導く予期から出てゐる。五七五七七の形を基準にして、書きもし、読み下しもする為に、自然の拍子は既に変つて居ても、やはり、句跨りと思ひ〱、読んだり、感じたりして居る。これは表示法から来る読み方の固定なのである。私どもはどうしても、これだけは、われ〱の時代の協力によつて救ひ出さなければならぬ。歌の生命の為である。われ〱の愛執を持つ詩形の、自在なる発生の為である。

私は、地震直後のすさみきつた心で、町々を行きながら、滑らかな拍子に寄せられない感動を表すものとしての—出来るだけ、歌に近い形を持ちながら、—歌の行きつくべきものを考へた。さうして、四句詩形を以てする発想に考へついた。併しそれとても、成心を加へ過ぎて、自在を欠いてゐる。私は、かうして、いろ〳〵な休止点を表示してゐる中に、自然に、次の詩形の、短歌から生れて来るのを、易く見出す事が出来相に思うてゐる。私は、今も迷うてゐる。これをはじめてから、十年位にはなる。しかも、思想の休止と、調子の休止と、いづれを主にしてよいか、それさへまだ、徹底しきつては居ない。けれども、一人の努力よりは、多人数の協同作業《ユヒ》が、自然にある道筋を開くべきものと信じて、一人でも多くのなかまの出来るのを待つ為に、功利風に考へる人からは、むだと思はれるはずの為事をつゞけてゐる。しかしこの点は、私が自身の歌に「おぼつかなさ」を持つて居る様なものではない。いつかは実現の出来、さうして、古典としての歌から、自在な詩形の生れて来る事が、信ぜられてならないのである。

こんな事に力を入れるのも、或は枝蛙なるが故のことかも知れない。けれども、蛙なるが故に、思ひ捐《ス》てる事の出来ぬ、日本の詩形の運命なのである。

宮廷詩なる大歌《オホウタ》系統の詩形が、三十一文字に固定して来た間に、小唄、即《スナハチ》民謡は、限りない変化と、自在なる展開を経て来たのであつた。ほとんど、民族文学唯一の形式とも思はれて来た短歌が、生活の拍子にそぐはなくなつたのは、単に、近代の事ではない。もう、ほんとうの様式、求心的な発想を持つものが、歌から生れて来てよいはずである。われ〳〵の内側の拍子には、遠心的な俳句や、「詩」に任せきれないものが、永久にあると思ふ。

皆さん。私の焦慮を察して、この企てに、と申してお気にめさぬなら、どうか、次の時代の実現の為に、お力をお貸し下さい。

久邇ノ宮さまにかよふ自動車、しつきりなく家ゆする日

釈　迢　空

春のことぶれ

『春《はる》のことぶれ』

○昭和五年一月十日、梓書房より刊行。ノート判函入り、三二六頁。定価二円八十銭。表紙装画は早川孝太郎。

○大正十四年三月より昭和四年十二月（作者三十八歳より四十二歳）までの作品五〇一首を収める。

我がまをす
春のことぶれ　聴きたまへ

けふのあしたより後、
この国の文学
いよゝ盛りにおこり、
この国の歌
いよゝ弘くゆきとほらむ。

さるにても、
わが歌のいぶせさ。
かくしつゝ
いとゞさびしく　かそかに
ます〳〵に、思ひえがたくなり行きて、
つひに
花匂ふこの国の

文運に、あづかることもあらじ、とぞ思ふ。

昭和五年春王正月

釈　迢　空

羽沢の家

冬立つ厨

　くりやべの夜ふけ
あか〳〵火をつけて、
鳥を煮　魚を焼き、
　ひとり　楽しき
はしために、昼はあづくる
くりやべに、
　鍋ことめける
この夜ふけかも
米とげば、手《タナ》ひら荒るれ。
　今はもよ。

この手を撫でゝ、
　誰かなげかむ
年かへる春のあしたは、
四十《ヨソヂ》びとぞ
　と　思へど、
我は、たのしまざらめや
物ら喰ひ
腹のふくれて　たふれ寝る
われをあはれぶ人
　或《(アル)》はあらむ
人の世の嫁が　とりみる寒き飯
底《ソコ》れる汁に
　飽かむ　我かは

物見れば、
見る物ごとに、喰はむと思ふ。
むべ　わが幸《サチ》も
喰ふに替へつる

人に　な言ひそよ。
前《サキ》の世の　我が名は、
藤沢寺の餓鬼阿弥《ガキアミ》は、
我ぞ

過ぎ行ける　左千夫の大人《ウシ》は、
牛の腹の臓腑《キモゞ》を貪《マボ》り
よろこび給ひき

物喰《ハ》みの
一期《イチゴ》病《ヤマ》ひに足らへども、
かそけく

心　うごくことあり
胃ぶくろに満たば、
嘔《タグ》りてまた喰はむ。
あき足らふ時の
あまりすべなさ

枇杷の花

住みつきて、
この家かげに　あたる日の
寒きにほひを
なつかしみけり

この庭や、
冬木むら立つ土　さむし。
朝の曇りに、

鳥のおりゐる
家びとに、
心すなほに　もの言ひて、
かりそめ心
うちなごみ居り

たゞ　ひと木
花ある梢《ウレ》の　しづけさよ。
煤けてたもつ
枇杷の葉の減《ヘ》り

風出でゝ
やがて　暮れなむ日のかげりに、
花めきてあり。
枇杷の花むら

さ夜ふけ　と　夜はふけにけり。
起きてゐて、
いそしめる子の
二階の身じろき

さ夜なかに、
茶をいれて居るしづ心。
寝よと思ふに
起きゐる子かも

卒業する人々に

道なかに
人かへりみず　たちつくす
道祖神《クナド》と　われと
さびしと言はむ

桜の花ちり〳〵にしも
　わかれ行く 遠きひとり
　と 君もなりなむ
　　をとめに誨《ヲシ》ふ

ひたすらに
心さびしくなり来《キ》なむ 時
　と わが思ふ。
足らへるこゝろに
阪のうへに、
　白くかゞやく 町の屋ね。
ひたぶるに
　われ
人を憎まむ

　ゆくりなく
電車どほりに 出たりけり。
　われは あゆまむ。
おもて ひたあげて

ふろしきに持ちおもり来る
根葱《ネギ》のたば 肉の包みも、
　あしからなくに
今日の日も、
ゆふげ あさげの味ひに、かゝづらひつゝ、
　　うら安きかも
ふところに残り少き小銭《コぜニ》なり。
　あれを買ひ
　これを買ひ、
喜びにけり

はしためをとりて　往《イ》にたる門弟子《モンデシ》も、
　あやまりて来よ。
のどけき　此ごろ

わが家の
飯炊《イヒカシ》ぎ女《メ》をつれ行ける
かの　弟子の子も、
さびしくて居らむ

人みなのうとみに馴れて　住むわれを。
をとめはしたも、
　そむき行きけり

をとめ居て、
起《タ》ち居　寝し居間を見たりけり。
あはれに結《ユ》へる　残り荷の紐

密《ミソカ》びとの
むつび　けがれし屋ぬちぞ
と　憎み言ひつゝ
　さびしきものを
　　となりの音

うつり来しひそかごゝろは、
もりがたし。
聞けば
隣りの家にあらがふ

はらだちて
めをと　のゝしる声聞けば、
我がいきのをの思ひ
くるしも

生きの身の
しゝむら痛く　ひゞき来る
人うつ人の　たなそこの
音

さしなみの隣りの刀自の　いき膚は、
　ひきはたかれて、
響きけるかも

ひたすらに
なげうつものゝ　音響き、
隣りしづかに
なりて居にけり

あまりにも
　隣りしづかに　なりにけり。

畳のうへを
　わが　見つめをり

怒り倦《ウ》み
泣きつかれつゝ　寝たりけむ。
隣りのめをと
　明日は、さびしも

　あらそひし心なごみに
眠るらし、隣りびとをや
　さびしみて居む

くりやに　水音高く落したり。
隣りびとらよ。
　さめろと　思ひて

出勤前

この日ごろ
心もはらになりにけり。
とる箸の色も
目にしみておぼゆ

白飯《シライヒ》の湯気立つ
朝の暗けくに、
箸をとりつゝ
あはれ　と　言ふも

家の子よ。
今日のゆふげは　早く来よ。
きそも　をとゝひも
飯《イヒ》冷えて居し

わが家や
朝の飯にも、
なまぐさき　そへ一くさは
欠かれざりけり

もの忘れ
をとめらと
ことゞひ羞づること　しらず、
若き三十《ミツヂ》は
ありにけるかも

いとけなく
我とあそびしをみな子を
あはれ　と　思ふ時は
来にけり

あるき来て、
道にたゝずみ
　思ふことあり。
おほきもの忘れを
しける我かも

冬来る庭

山茶花《サザンカ》のはな散りすぎて、
庭のうへに
　あたる日の色
　　濃くなりにけり

朝々に来ること遅るゝ　くりやめの
　若き怠りは、
あはれ　と　思ふ

萩は枯れ
つぎて、芙蓉も落ちむ
　と　思ふ

庭土のうへを
掃かせけるかも

庭に掃く　木々の葉音の、
　つばらかに
今日は、
心の　かなひゆくかな

羽沢の家

　さびしさは、
大きむすめを　しなせつることを
言ひ出《デ》ずなりし　姉かも

大きなる袋を　二つ
　積みてかさね、
　　遠来しことを
姉は言ひ居り

その面《オモ》の
青きつやめきを　思ひ居り。
国びとのうへを
姉に　聴きつゝ

家びとの起《タ》ち居とよもす家　はなれ
　来し　さびしさの
姉と思はむ

弟の家より　家に
うつり来しこゝろは、

病みて
　のどかなるべし

家のうち
昼さへ暗し。
寝むさぼる姉のいびきに
　怒らじとする

読み書きの
人に劣れる小きをひを、
　わが前によびて、
すわらせにけり
　姉の子の二郎をの子よ。
睦ましみの　心たもちて、
　肩うたせ居り

顔色をよく見とる子　と悪《ニク》めども、
叱りがたしも。
　あはれに思ひて
子らの上に、
思ひかゝはらず
田舎の家を　姉は言ひ居り。
　その古家を
亡き娘にかゝる話を
　われはする。
うつら病む姉は　おどろかねども
　この日頃。
をとめの如く
ほがらかに
もの言ふ姉を　安しと思はむ

二郎子《ジラウゴ》を　叱るは
　母の心にあらず。
語はなやぎ
姉は　あらそふ
のどかなるうつけ心を
　よし　と思はむ。
うつら病む日を見るは
　さびしも
わが姉の
　心しまりに物縫ひて、
ゆふべの牕《マド》に、
今日は　居にけり
うつら病む姉を

ふたゝび家に送り、
　おちつく心
　した恥ぢて居り
留守まもる
をひのすさびを　叱らむとして、
うつけ心の姉に　悔いたり
　日のうちに、
幾たび　我のあくぶらむ。
日ごろの姉の　癖うつりけむ
はらからは　はらからゆゑに、
似もしなむ。
　おのも〳〵に
　思ひ　さびしさ

夜の茶

しば〳〵も
あくびの起る　今宵かも。
い寝むとしつゝ
　雨のおと聞ゆ
さ夜ふかく茶を　呑み飽けば
　い寝むと思ふ
汗をぬぐひて、床のうへに居り
　零時近く
寝欲《ネホ》しさを　こらへて
　人にむかひ居り。
をり〳〵　おどろく。

われのことば
この夜ふけて、
机のうへにふりたまる
　羽虫とぼしくなりにけるかも

別腸譫語

一

庭土のうへに、
素足の踏みごゝち。
このこゝろよさも
　忘れ居にけり
来しかたは、
　来しかたなり。
今はもよ。

よきねくたいの色も　このまむ
腹だちて
　ほしきまゝにも　言ふわれか。
人とある人を
　虫　鳥にせり

二

まれ稀は
われの煎《ニ》る茶を　嘗《（ナ）》めなめて、
　独り居よさ　と　ほめ行く人あり
我よりも　若き人
　多く　なりにけり。
妻得させむ
　と　つげに来るひと

昼のいこひ

静かなる　ひと日なりけり。
日ねもすに
心ねもごろのふみを　書きたり
もの言はむこゝろ頻《シキ》発るを
おちつきて、
誰に書かむと、
紙に向き居り
用もなき
ふみを書く今日の　安らさの
意《ココロ》を知らむ人　なきにあらず

山畠の麦の葉生《ハヾ》えを　踏み暮し
今日も経つとふ
古ぶみ。
あはれ
のどけさの
ゆふべ到りて
書き進み、
告げむと思はぬ　ことも書きたり
家の子
かどにいる　すなはち
我をよびたてゝ、
言ふ子のこゑの、
なにぞ　なごめる

わが家のわかき子ゆゑに、
老いびとの
　ものねだりする心
たのしさ

疲れつゝかへり来《キ》ぬらむ
いへの子の　わかきはだへを
洗はせにけり

うましもの　食はし
たらはす　家の子の
よろこびあさき心を
まもる

人ごと

先生

亡くなられた三矢重松先生の病気の、いよ〳〵重った頃、ひとり、箱根堂ケ島の湯に籠って、先生を記念するための、ある為事に苦しんでゐた。

山川《ガハ》のたぎちを見れば、
はろ〴〵に
満ちわかれ行く　音の
　かそけさ

山川の満ちあふれ行く
色見れば、
　命かそけく
ならむとするも

夕かげに
色まさり来る山川の
水のおもてを
堪へて見にけり

山川のたぎちに
向きてなぐさまぬ
心痛みつゝ
人を思へり

岩の間のたゝへの　水の
かぐろさよ。
わが大人は
今は　死にたまふらし
風ふけば、みぎはにうごく
花の色の
くれなゐともし。
ゆふべいたりて
月《(ツク)》よみの光りおし照る　山川の水
磧のうへに、
満ちあふれ行く
夕ふかく
瀬音しづまる山峡《カヒ》の
水に、
ときたま
おつる木の葉あり
先生、既に危篤
この日ごろ
心よわりて、思ふらし。

読む書のうへに、
　涕《(ナミダ)》おちたり
わが性《サガ》の
　人に羞《(ハ)》ぢつゝもの言ふを、
この目を見よ
　と　さとしたまへり
学問のいたり浅きは
責めたまはず
わがかたくなを　にくみましけり
憎めども、はた　あはれよ
　と　のらしけむ
わが大人の命《イノチ》
　末になりたり

先生の死

死に顔の
　あまり　空しくなりいますに、
涙かわきて
　ひたぶるにあり
ますらをの命を見よ
　と　物くはず、
　面《(オモ)》わかはりて、
死にたまひたり

赤彦の死

山かげの刈り田の藻草、
　春さむみ、
白き根つばらに

そなはりにけり

のぼり来て、
山葬《ハフ》りどに、
額《ヌカ》の汗　ひそかにぬぐひ
　わが居たりけり

　いちじるく生きにし人か。
風ふきて、
山はふりどは、
ほこり立ちつゝ

かそかなる　生きのなごりを
我は思ふ。
亡き人も、
　よくあらそひにけり

山岸の高処《タカド》めぐれる　道のうへに、
人を悔いやまぬ
　我が歩みかも

　千樫も、心はおなじかるべし
わが友のいまはの面に
ひたむかひて、
　言ふべきことば
　ありけるものを

山里の古家《フルヤ》の喪屋《モヤ》に
人こぞり、
おのも〱の
　言《コト》のしたしさ

　山里の人の
往き来のむつましさ。

こゝに臥しつゝ、
　ことゞひにけむ

ふかぐ\と
柩《ヒツギ》のなかにおちつける　友のあたまの、
髪の　のびはも

はろぐ\に
湖《ウミ》を見おろす丘処《ヲカ》の家に、
　こゝろぐゝあり。
　さゝ波の照り

さゞれ波
つばらに見ゆる　諏訪の湖。
心はつひに、
釈《と》けがたきかも

國學院大学生徒久保田健次君来たる

あらそひの心とけずて
　死にゆける　友の子にあふ。
心親しみ

すこやかに　いまだありける
亡き友と　われと、
かゝる夜ごろ茶を飲みて居し

柿蔭集の見返しに

七月二十六日、健次君よりよせ来つ

年たけて、
歌のこゝろの　ほそりゆく身を
　思ひけむ。
ひとりある時は

かゝる人あり

さびしさを　口にすることなくなりて、
ゐまひしづけく
もの言ひにけり

思ひつゝひとりあらむ
と言ふ人よ。
若きはたちの　ことばにあらず

☆

あやまたずあらしめし
かのをみな子も、
かつぐ〳〵
我を　忘れゆきけむ

鵠《クグヒ》の人々

橿《カシ》の葉の　掻けば、
あとより　ふり来たる。
その葉　また掻き、
わが居りにけり

言あらくあげつらひしが、
さびしもよ。
このごろ
歌の数へりにけり

よむ歌も　よむ歌も
我をおどろかしゝ
わかきゝほひは、
見せずなりたり

奥州に住む眞と金三と
国とほく
相住みにけり。
心荒《ウラサ》びて 相したしまず。
若き人の如

太　郎

火の国の
阿蘇の煙も、
見ずやあらむ。
仰ぐ心《ソラ》なき汝が心知る
思ひ見る
黒き目金の顔さびし。
こゝろ細りに
汝がいのち思ふ

家焼ける誠に
わが前に 来居て、
しづけくいふ言《コト》の、
かなしむに似ぬ 汝が心はも

昂　庵

をとめらも をとめの姉も。
この日頃
鄙《ヒナ》ぶる汝に おどろかずあらむ

増　衛

かたくなに 人な憎みそ。
をとめ子は
あしきも よきも、
愛《カナ》しきものを

智袽に

よき妻の
よきにつけても　叱る時、
ひそけき日々の心は、
をどらむ

夏のわかれ

十年まへの夏、子どもから育てた生徒の一人を、造士館高等学校へ送つた。其頃の寂しくて、乏しかつた日々は、この子の拘泥のない心持ちに救はれることが多かつた。たゝしてやつた日の記憶が、此ごろ頻りに鮮やかに浮んで来る。

青空の　うらさびしさや。
麻布《アザブ》でら
霞むいらかを
ゆびざしにけり

かげろへる大き銀杏の
梢《ウレ》を見よ。
わが言ふまゝに、
目翳《マカゲ》さす子か

飯倉の坂の　のぼりに、
汗かける白き額《ヌカ》見れば、
汝《ナ》は　やりがたし
昼早く　そばをうたせて
待ちごゝろ
ひそかなれども、
たのしみにけり
しづかなる昼餉《ヒルゲ》をしたり。
いやはてに、

そばのしるこを　啜《ス》ろひにけり

今日起きて
三夜《ミヨ》さを徹《トホ》すわが為事《(シゴト)》。
心悔いつゝ、
　たひらかにあり
喰ふそばの
腹にたらふが、
あぢきなし。
遠遣《ヤ》る心　さだまる如し
　時を惜しんで
さびしさを
我に告げむ　とする人よ。
　いこひて行かな。
円山《マルヤマ》の塔

塔《(タフ)》の山を　おり来るあゆみ
　黙《モダ》深し。
　　やゝ夕づきて、風そよぎ居り

　　二年後、時々おこす手紙は、私を寂しがらせる様になつた。

この憐《メグ》き心にも、
尚むくゆなと　言ひたまふか
　と詞哭《コトナ》きにけり
ふみの上に、
こと荒《アラ》らけく叱りつゝ、
下《シタ》むなしさの
　せむすべ知らず

秋山太郎

高良山の山脇に、温石鉱泉と言ふ湯場がある。そこの長男に生れて、一昨年國學院大学を出た。恐らくは、苦労も知らず過したであらう。唯一つ、我われ知り人の心を暗くする悩みを、自身一人で持つて死んだ。死んだ病ひは、肺結核である。杉千秋と仮り名をつけてゐた。

若くして 死にゆく人は、
日ごろさへ
言ひ出《ツ》る語《コト》の、
胸に沁みしか

日向《(ヒウガ)》の海

はじめて教師となつて行つたのは、日向高鍋の中学校であつた。そこからは、景清配流の物語りなど、伝承の採訪記を送つてくれた。こんなもどかしい為事に、興味は持ち相もなかつた彼であつたのである。

遠《トホ》 長浜《ナガハマ》に向き暮し、
　経がたくありけむ
言のしたしさ
霞ゐる児湯《コユ》の高原
行くへなく 出でつゝ 遊び
　かそけかりけむ
うき我の心も なぐや
　と 送り来し
生目《イクメ》八幡宮の由来書き あはれ
あり憂さを
　常《ツネ》言ふ我の むなしさや。
　　若き命の 尽きぬる
見れば

とりとめず、はた、つきつめた物思ひを、若い多くの人の上に見て来《ク》た自分も、彼ばかりには、慰めかける方がつかなかつた。さびしい血の流れ。さしあたつてのむごい病ひ。その国人は、私に、彼の底の心の悩みを、暗示してきかした。

若き時のひたぶるごゝろの
　危さを　言に出ず、
　我が
　あはれ　と思ひし
死ぬる子は、
　若き心を　いさぎよく　もち／＼てこそ、
　　さびしかりけめ
いまは、
われの心も　ひそかになりなむ
　と　目をつぶりけむ

牀《トコ》のうへはも
　その夜の七時
十一月　ついたち
秋山太郎　亡《ウ》せにけり。
この電報を
　疑はめやも
　　若き人の家
庭土のうへに照る日の
　あかるさや。
この月ごろを
　かくしつゝ経ぬ
この町の住みよさに、
　妻もなれぬらし。

父母のうへを
言はずなりぬる

宵早く子をねかせつゝ
音たてぬ妻も、
心の
さびしくあらむ

東京に行きて住まむ
と 言《コト》に言ひて 息づく心
妻は知りたり

しめやかに もの言ひて、
まれにゐまひけり。
この若き人も、
よく生きにけり

道遠く 疲れ来て、
人は欲《ホ》るらむを。
しめやかに ものは
言ひがたきかも

国遠く
この若き人を 住ましめて、
世のかそけさを 知れ
と 言ひつる

ある人に

妻のゐしくりやに向きて
思ふなり。
日に 稀にのみ
おもひでつゝ

絵をかく夏子へ

生れ子の汝《ナレ》を抱きて、
汝《ナ》が母の、愁へしことも、
きのふなりけむ

畳のうへに、
立ちつゝあるく汝《ナレ》を見て、
いぶせき時に、
父は笑ひし

腹だちて、口どもり言ふ
父の顔をさびしと見つゝ
この子はあらむ

うるみたる赤き眦《マナジリ》を かきそへよ。
父の似顔の
あまり足らへる

東京詠物集

東京詠物集

木場

木場の水
わたればきしむ　橋いくつ。
こえて来にしを
いづこか行かむ

橋づめの木納屋の　木挽《コビ》き
音やめよ。
大鋸《オガ》の粉光る
風のつめたさ

冬木

燈《ヒ》ともさぬ弁財天女堂《ベザイテンニヨ》
庭白し。
近みちしつゝ、
人行き　とほる

深川の　冬木の池に、
青みどろ　浮きてひそけき
このゆふべなり

深川神明

——友人なるその神主の為に

地震《ナキ》頻発《シキ》り
踏みためがたきひた土に
まづをろがみし
神のみ貌《カホ》

焼け原の たゞ中に坐《キ》て、
哭《(ナ)》きにけり。
わがみ社は、
やけまさずけり

明石町

あぢさゐの花の盛りの
かくありし 河岸《カシ》道来つる
幾年なりけむ

歌舞伎座

をとめ子の 黒髪にほひ
顔よきに、
声ほがらさの
さびしき 役者

銀座

街のうへに
いきれて あがる土ぼこり。
家並《ヤナ》みの飾り、
くるめきて見ゆ

この町の古家のしにせ
賑へど、
あきなひ早くなりて
さびしさ

かたよりて
我が立てる 銀座尾張町
かくも、
処女は 充ち行きにけり

いとけなくて、
我が見し町のむすめ子に

似つゝは 行かず。
　都のをとめ

　　芝浦

わが心 むつかりにけり。
砂のうへの 力芝を
ぬき
　ぬきかねてをり

　　芝　円山

かの子らも、
来ずなりぬる円山に、
　のぼり居て また
　　くだりか行かむ

　　増上寺山門

仰ぎつゝ

都ほろびし年を 思ふ。
　このしき石に、涙おとしつ

国びとの
心《ウラ》さぶる世に値《ア》ひしより、
　顔よき子らも、
頼まずなりぬ

　　麻布　善福寺

　おどろかぬ心にし ありけり。
麻布でら
大き銀杏を
　見に来たりけり

　　目黒不動

こゝにても、
行人《オコナヒヾト》は住み居りて、

賑ふ三味を
さびし と言ふらむ
東京すていしょん
停車場の人ごみを来て、
なつかしさ。
ひそかに
茶など飲みて 戻らむ

あわたゞしき人の 行きかひを
見て居たり。
心ほがらに、
まさびしきかも

ひたすらに 旅にむかへり。
我が心。
遠ゆくむれを まもり居りつゝ

宮 城

ほの〴〵と
み苑《ソノ》の芝原《シバフ》 色映えて、
大き御門《ミカド》の
をがまれ給ふ

司びと 事あやまてど、
何ごとを
大き御門に向きて
まをさむ

豊明殿

大君の昼のおまし
近からむ。
心明らかに
つゝましきかも

賢所

国土《クニ》稚《ワカ》く　世は太初《ハジメ》に還るらし。
心むなしく　大庭に居り

大君の内《ウチ》つみ庭の　土のうへに、
いちじるしもよ。
うつる　我《ワレ》の影

大君の御門の衛士《エジ》の
髯ぬきてあるに、
現実《ウツ》しき　我が身と知れり
大君の大き御門の門守りは、
叱らむとすも。

我が着る物を

隼町

日のうちを
おほかたとざす家のなかは、
物の在《ア》り処《ド》の、
ひそかにあらむ

人の家に、
ひそかに来り、ひそかに去る
このやすらさは、
人に告げじな

清水谷公園

なめらかに、
輪痕《ワダチ》をつくる自動車の　追ひ風
かろく

ほこりをあげず

　一つ橋

この国の語《(コトバ)》を
口にせずありし
羅《ラ》先生に、
我も似て来つ
　　——羅氏、語学校蒙古語科の旧講師

　飯田町

あゆみ来て
たゝずめりけり。
言出《コトイ》でゝ
　はたとせ遂げぬ　かね言のある
友多く　うとくなりゆく
時《ヨ》の末に、

國學院のあとを　見に来つ

　牛天神

いこひつゝ
心やすらになり居たり。
宮の屋根より、
煤《(スヽ)》ふり来るを

　金富町

寺山のなぞへを占めて、
　さがりたり。
くわぞくの庭
庭は　うらやまし
この町に、
遊びくらして　三年居き。
寺の墓藪

深くなりたり

富　坂

――こゝの下宿に、久しく赤彦が居た。

阪下に　街広らなり。
　生ける日の
　友としたしみ、
人を見に来つ

憎みがたき心
ほがらに言《コト》どひて
　我《ワ》はもよ。
　友を死なせざりけり
好《ウル》はしく　あひ見し時の
ひたやせてありし　面わを
思ひ見む。われは

山村《ヤマ》の人の愚かを
我に告げ、
　ゑみがたき時に、
　笑はせにけり

山の家に　還り住まむよ。
かたくなに、
我《ワ》を待つなり
　と　さびしがりけむ

雑司ケ谷

穂すゝきのみゝづく
呆《ホ》けて居たりけり。
　日ごろ
けはしく　我が居りにけり

面影橋

町溝と　濁り
泡浮く川のうへに、
　山吹栽《(ウ)》ゑて、
人すまひけり

須田町

　かれも　此も
ひと時　なりけり。
軍神《グンジン》の高き頬骨《ホボネ》は、
　ゐやまひを殺《ソ》ぐ
おもかげの広瀬中佐は、
　よかりけり。
現《ウツ》しきものは
さびしかりけり

神田明神

明神の建立《コンリフ》
　おそし。
善き人の目を　いたまする
焼け土の　つか

湯島天神

　まゐり来て、
とみに　あかるき世なりけり。
町家《チヤウカ》の人の
その顔　がほ

切り通し

　金持ちは、
金持ちとしてあらしめむ。
　この塀も

かの　大松もよし

西片町十番地
――椎の古木

とゝのほる屋並みに向きて、
いにしへの荒野の姿
想ひ見がたし
岡原の荒草なかを
彼行《ヲチ》此行《コチ》して、
館処《タチド》見立てし
いとなみ　あはれ
この館や、
南に向きて、
朝　夕日　直射《タヾサ》す館
と　祝《ホ》きはじめけむ

根津

道なかに、瀬をなし流れ行く水の
さゝ波清き
砂のうへかも

浅草

観音《(クワンオン)》のみ堂やかじ
と　言はざりし心々は、
したなげきけむ

門中瑣事

門中瑣事

近代の生活は、絶えざる過程のうへに、意義と価値とがある。其為こそ、反抗も破壊も、倫理的態度に這入つて来るのである。新しい生の論理を見出さう、との共通の負担から落伍して、のどかに途中の様式を享楽し、愧《ハ》ぢなく留つてゐる事は、遊戯であり、惑情である。山ノ上ノ憶良大夫の時代は、宗教的煩悶が社会をゆすつて居た。今は、両性生活の上に、不退転の自由が、仰望せられて来てゐる。其焦燥の傾向は、正しい纔《ワヅ》かの犠牲者以外に、数へきれぬ惑溺讃歎の徒を出した。

こゝにも、一人の男がある。国の道念・情感の本質を究める学黌に薫陶せられた間の五年、其後の三年、多くは私の指導に従うて来た。中年にして、門中に昵《シタシ》みを深めて来た者であつて、私の懐く新倫理主義の拍子に、一つ鼓動を搏《ウ》つてゐる様に見えた。妻なる者は、久しく私の家の廚を預けた女子。一旦、私及び彼の先妻の迂闊を窃かに嗤《ワラ》ひつゝ、相かたらふなからひを、彼等が契るや、私は労役を意とせぬ忠勤の婢を失ひ、家を逐はれた人となつた彼の妻は、泣いて備後の山村に還らねばならなくなつた。其後二年、復、先夫人と同じ境遇が、後の妻の上に来た。子を産んで、容易に癒えなかつた彼女の、思ひがけなくも、既《ハヤ》く肺癆を疾んで、第二期の末に傾いた症状に居る事が、彼の耳に告げられた。彼の欲情は既に、彼女に慊《ア》いて居り、うるさい私を脱れた彼の空想は、誇大想見痴者に近づいてゐる頃であつた。彼は、口実と実感とを仮託するに、国家有用の材、一婦人の衰病に染むことを、肯へてする事は出来ない、と唱へ続けて居ると聞いた。
大正の年も、数日に果てようとするある朝、生後二月に満たぬ子と枕を並べて、寝返りも哭く妻の悩みを見捐《ミス》て、姿を晦《クラ》まして、年改つても帰らなかつた。年の瀬に、巾着は一銭の銅貨をも蓄へず、餓ゑを喚く子の為に、一合の乳を購ふ事さへ出来なかつた。妻なる女子の心は、純にして粗、都に住み馴れて、尚いまだ、安房の岬の潮の香を失はなかつた。無知に近い彼女の情念が、身のある様を、どう思ひ廻してゐることであらう。

をとめ子の守《モ》りしくりやは、
蚯蚓《ミミズ》鳴き 冬菜凍《シ》みつき、
秋 冬を経ぬ

七

大歳の日ざし をどめる
牀のうへ。
身を思ふ力も なくなりにけり

しば〳〵も、
まどろむ我か。
うつ〳〵に
子を見れば、
常に ねむり居にけり

泣きあぐる声の みじかさ。
乳児《チゴ》の息の
いや細ぼそと
なりて ゆくらし

すこやかに　遊ぶ子どもか。
　うつら〱
　乳児を寝せつゝ、
　声　聞え来も

病み臥して、心なごめり。
年の瀬を遊ぶ　子の群れに、
身は　行かねども

小路《コウヂ》多き　麻布《アザブ》狸穴《マミアナ》。
　年くれて、
　明日の春衣《ハルギ》を着たる
子も居り
　おもかげに　たつふる里や。
海凪ぎて、
今日しも

人は、
潜《カツ》きしてゐむ
あり〱て
着欲《キホ》しき帯も　買はざりし
かゝる悔みも、
　今は　言ひけり

七

諒闇に　歳窮《キハマ》れり。
世の人のうへも、
しづかに
我は　おもはむ

まことあることばを
汝《ナレ》は　恋ひにけむ。
安房のみ崎の里　別れ来て

今はもよ。
歎かひ憊《ツカ》れ、
　ひたぶるに
身を悔ゆらむか。
　心のどかに

家びとの
めをと睦《ムツ》びて、もの言ふを
よしと聴くらむ。
心よわりに

　朝宵に、
粥をすゝろひ　思ふらむ。
喰はせてくれむ
　大き　白き手を

七

すべなきに似たるこの世も、
　相なごみ
　　おのづからにし
　　　道はとほれり
平凡《ヨノツネ》のこと
と　思ひて　在るものを、
目にあたりては、
　心くだけぬ

もの知らぬ鄙《ヒナ》つ女《メ》を　よしと
婚《マ》ぎけむに。
この　情濃《ナサケコ》き直妻《ナホツマ》を
　あはれ

こと足らぬ病の牀に、
妻をおきて、
棄てゝかへらぬ
汝が名宣《ノ》らさぬ

をみな子は、すべなきものか。
病みて 子を産み、
憑《タノ》みし人は
家に来らず

をみな子は、さびしかりけり。
身の壮《サカ》り ふみしだかれて、
なほ 恋ひむとす
寝し夜らの 胸触《ムナフ》る時の、
身に染《ソ》みて 忘れぬものを
あはれと思へ

わが家のくりや処女《ヲトメ》は、
赤ら頬《ホ》のすこやかにして、
汝《ナ》に思はれし

七

石見のや
山寒邑《フルサト》を目に熟《ナ》れて、
狭く さがしく
汝《ナ》は 生ひにけり
幼《ヲサナ》くて うからなごみを知らざりし
性《サガ》と思へど、
さびしかりけり
八年《(ヤトセ)》まで 叱りきためて、
かひなさよ。

このたはれ男《ヲ》は
うつらざりけり

いやはてに 我が言ふ語《（コト）》ぞ。
あはれよ と
自今以後《イマユクサキ》も、
汝《ナレ》を思はむ

ほと〳〵に
我が倦《ウ》みにけむ。
汝《ナ》を見じ と思ひさだめて
下《シタ》安らさよ
世の相《サガ》に 思ひ深めよ。
ありさりて、我が心を知ることも
ありなむ

乞丐《コツガイ》も、
虚無《キヨム》の徒党も、
偶双《ツマタグ》ひ 賑へる世は、
亡びざりけり
汝に説きて、強ふるは止《ヤ》めむ。
歩み来て
人間の道
さびしかりけり

わがあとに 来し跫音《アシオト》も
せずなりぬ。
身は ほがらさの
まさびしきかも

さびしさに　堪へむと思ふを、
人と居る　心饒柔《ニギビ》の
こほしかりけり

これの世は、
屋並《ナ》み賑ひ、人満ちて、
語《コト》なごやかに　とひかはすらし

あしき人に、
善き人双《タグ》ひ
善きひとも、事あやまちて、
あはれなる　世や

かならずも
親の　子思はぬ世なりけり。
ひたぶるに

人は　恋ふべかりけり

世の澆季《スヱ》の誠と思はむ。
恋ひゞとぞ
もの言ふ時に、
わなゝきにけり

山かげ

石見の道

邇磨《ニマ》の海
磯に向ひて、
ひろき道。
をとめ一人を
おひこしにけり

磯山の小松が下《シタ》の　砂の色
著《シル》きを見つゝ、
夕たけにけり

家《ヤ》群《ムラ》なき
邇磨の磯べを　行きし子は、
このゆふべ
家に　到りつらむか

甲斐　信濃

ま向ひの　棚田のくろをのぼりつゝ
子らの帯見ゆ。
赤き　その帯

山かげの沼べの草の
春の葉は、
芽ぐむとすらし。
ま日の　しづけさ

み山木の谿《(タニ)》きはまれる　山の上に、
ひとり　我が坐《ヰ》る
ことを思ふも

隼人の国

屋のうへに
声ふえて鳴く
朝鳥のさわぎを　聴けば、
　ねぶりけらしも

この夜明けて、
やがて　曇らふ
野のうへの青みを見つゝ、
わがあるき居り

日のくもり
ゆふべに似たる　野のおもに、
　色たち来たる
木ばちすの花

あゆみつゝ
　憂へむとする　心かも。
　児湯《コユ》の山路
ひたに　とほれり

ひたぐもる　水のうへかも。
　鹿児島の町のいらかは、
　波がくれたり

船のうへに、
幾時経たる思ひぞも。
日向の海を
　岸《へ》つきて行くも

曇る日の
まひる　と思ふ空の色

もの憂き時に、
　山を見にけり
船のうへに居つゝ
思へば、
　夕まけて
雨にさだまる　空明りはも

山道

徳本峠

ふたゝびを
　み雪いたれる山のはだ
　いまだ　緑にあるが、
さびしさ

　まむかひに
穂高个峯の　さむけさよ。
雪を　かうむる
　青草のいろ

小梨沢

——城破れて落ちのびて来た飛騨の国の上臈の、杣人の手に死んだ処。

いにしへや、
かゝる山路に　行きかねて、
　寝にけむ人は、
　ころされにけり

　雨霧のふか山なかに
息づきて、
寝《ヌ》るすべなさを
　言ひにけらしも

山がはの澱《(ヨド)》の　水《ミ》の面《モ》の
さ青《ヲ》なるに
死にの　いまはの
唇《クチ》　触りにけむ
をとめ子の心　さびしも。
清き瀬に
身はながれつゝ、
人恋ひにけむ
峰々に消《ケ》ぬ
きさらぎの雪のごと
清きうなじを
人くびりけり

上河内

夕空の　さだまるものか。

ひたぶるに
霽《(ハ)》れゆく峯に、
むかひ　居にけり
きそよりの曇り　きはまり
夕ふかく
遠山の際《ハ》に
澄める青空
山中に
わが見る夢の
あとなさよ。
覚めて思ふも、
かそけかりけり
山中にさめ行く
夢の

こゝろよき思ひに　沁みて、
　はかなきものあり
日のゆふべ
板へぐ音を　聞きにけり。
今日は、
日ねもす　聞え居にけむ
山小屋に、
　日てり　雨ふり
　ひねもすに
人のはたらく　音
聞えけり
山の湯の　夜はのたゝへに、
　つく〴〵に
目をみひらきて

わが　居りにけり
　山晴れて
寒さ　するどくなりにけり。
　膝をたゝけば、
身にしみにけり

ゆふやけの
たちまち暗き　夜となりぬ。
　山黒々と
雨たれてをり

　伊予ノ国

　久万

阪こえて、

またひらけ来る
山川《ヤマガハ》の 見のさやけさも、
我《ワレ》あきにけり

しづかなる いこひなりけり。
山岸に、
石を撫でつゝ
時経つ と思ふ

松山 ——町に入つて、八朔雛を売る子のむれにあふ。

旅を来て
心 つゝまし。
秋の雛 買へと乞ふ子の
顔を見にけり

上州河原湯

ひそ〳〵と
土にひゞけり。
山岸の この藪のうへゆ
人の行くらし

桂木の 早きもみぢの、
岩のうへに
散れる葉を見れば、
ともしかりけり

畔《クロ》ごとに、色わかれつゝ、
向つ山
見わたし曇る
青き田と 畠

秋にむかふ
山のたつきの　かそけきに
　ことしは早く、
　　雹《ヒョウ》ふりにけり
　雹ふりて
秋　たのみなし。
村のうちに、
旅をどり子も
入れじ　といふなり
村の子は、
　大きとまとを　かじり居り。
　　手に持ちあまる
　　　青き　その実を

村童
昼　すさまじく遊ぶなり。
田にとぶ　虫も
多く　喰はれつ
　山なれば、
秋のみのりの　うらさびし。
稗《ヒエ》田の穂なみ
かたく立ちたり
稗の田の水を　落して、
　何せむに
蚯蚓を掘りてゐる　翁あり
　やはらかに
　　眠りもよほす　こよひかも。
谷のまがりの

音ふけにけり

多武峯

神宝《カムダカラ》 とぼしくいますことの
　たふとさ。
古き社の
　しづまれる山

　僧定慧将来の奄羅《アムラ》果樹《クワジュ》と伝へる木が、栽ゑ継がれて、今にある。

人過ぎて、
　おもふすべなし。
伝へ来《コ》し 常世《トコヨ》の木の実
古木となれり

きその宵
多武《タフ》の峰より おり来つる
　道を思へり。
　心しづけさ

　いこひつゝ
朝日のぼれり。
幾ところ
山のつゝじの 白き
　さびしさ

わが居《ヰ》る 天《アメ》の香具山。
　おともなし。
春の霞は、谷をこめつゝ

風の音

古泉千樫

病ひをみまうた夜

ま夜なかに、
汗をぬぐひて　書きつがむ
文《フミ》の興味も、
たえてゐにけり

こぞよりまた
今年は　汗の　はなはだし。
物書き倦みて、
燈をあふぎつゝ

おほよそ
棒ほどの物を　ひくならし。
宵より荒るゝ
天井の鼠

わが友の　生きよわりつゝかく汗を
思ひ見がたく、
我がつかれ居り

あきらかにもの言はむ
とする友の顔。
かくしつゝ
息も　細りゆくらむ
あるじ病む家

まづしさは、
言《コト》のなぐさに言ふごとし。

疾《ヤ》みて
　その声ほがらなりけり
あるじ疾む屋ぬちつめたき
畳のうへに、
この子は
白き額《ヌカ》をあげたり
　青山に向ひて
赤松の繁《シ》みたつ山の
山の際《ハ》の
遠青ぞらは、
たゞに さびしさ
息づきて
　かそけかりけり。

夏ふかき山の木蓮子《イタビ》に、
朱《アケ》さす 見れば
　ひそかの心にて あらむ。
旅にして、
また 知る人を
　亡《ナ》くなしにけり
みなぎらふ光り まばゆき
　昼の海。
疑ひがたし。
人は死にたり
　遠く居て、
聞くさびしさも
　馴れにけり。
古泉千樫 死ぬ といふなり

まれ〳〵に
我をおひこす順礼の
跫音《アノト》にあらし。
遠くなりつゝ

なき人の
今日は、七日になりぬらむ。
遇ふ人も
あふ人も、
みな 旅びと

風のおと
雪の来ること
おそき年 と思ひ居り。
羽織のしつけ
とりて著《き》むとす

おしつまりて、
にはかに寒し。
人よびて、
夜着のつもりを
立てさせにけり

冬草

十二月十八日、粉雪しきりに降る。國學院の行くすゑ、思ふに堪へがたし。昼過ぎて霽れ、わびしけれども、心やゝ朗らかなり。

還り来む時を
なし と思ふ。
ひたぶるに
踏みてわが居り。

冬草のうへ

学校の庭
冬ふかくそよぐ　草の穂や。
なにを　はゞかりて居たる
我ぞも

学校の屋敷を　かぎる寺林
冬に入りぬる
ゆづり葉の垂り

なにゆゑの涙ならむ。
つくばひて
我がゐる前の　砂に
落ちつゝ

休み日の講堂に　立ちて居たりけり。

見る〳〵に、
こゝろ
　かろくなるらし

きのふは、おのれ、源氏物語全講会の事をつぎて後、四年目第二学期の最終日なりき。

十日《トヲカ》着て、
裾わゝけ来る　かたみ衣《ギヌ》。
　わが師は
つひに
とぼしかりにし

師の道を
つたふることも絶えゆかむ。
我さへに
人を　いとひそめつゝ

まづしさの
はたとせ堪へて
死にゆける 師の
みをしへは、
明《アキ》らめがたし

酒嗜む若き人に

いにしへのおほき聖《ヒジリ》は、
酔ひ〳〵て
ゑひなきてこそ
心 澄みけれ

七月十七日

七月十七日《シチグワツジフシチニチ》、
師の日と思ふ 今日の日や。

いたみ出づる歯を
こらへつゝ居む

師のおもわ
想ひ得がたくなり行くか。
写真のみ眉
見おぼえなくに

声張りて
わがものまをす いさゝかの
心勉《シマ》りをも、
喜びたまへり

王道

年どしに 思ひやれども、山水をくみて
遊ばむ 夏なかりけり
——明治御製——

大君は
あそばずありき。
髣髴《オモカゲ》に
夏山河《ガハ》を　見つゝ
なげゝり

大嘗会近く

霜月の日よりなごみの
空ひろし。
天つ日高は、
斎籠《モノオモ》ふらし
大嘗会《エ》　近づきにけり。
ことゞヽに足らふに似たる
心　さびしも

枝ひゞく

――平岩十四郎の為に

はやりかに
ものは　言ひしか。
かつゞヽに
よき十四郎《トシラウ》を
見ずならむとす
ほがらかに
心　ならむとす。
とぼしくて
ひそかになりし人　と思ふに
人の死ぬることを

かなし　と思はねば、
この伝言《ツテゴト》の
ひたに　さぶしさ

藤野一友

――はじめて来た日
畳のうへに
はらばひ　あぐる乳児《チゴ》の顔。
さびしき家を
うたがふらしも

旅の前夜

為事《シゴト》にありつかせよ　と言ふ人に、
向きて　さゝへをり。
熱のあるからだ

あすの夜の旅を　ひかへ、
つかれをり。
熱もちて思ふ。
壬生《ミブ》の念仏《ネブツ》を

気多はふりの家

　気多はふりの家

気多の村
若葉くろずむ時に来て、
遠海原の音を
　聴きをり

　気多の宮
蔀《シトミ》にひゞく　海の音。
耳をすませば、
　聴くべかりけり

海のおと　聞えぬ隈に、
宮立てり。

ひたに明るき
　蔀のおもて

たぶの杜《(モリ)》
こぬれことぐ〵　空に向き、
　青雲は、
　　今日も
雨　なかりけり

たぶの木のふる木の　杜に
入りかねて、
　木の間あかるき
　　かそけさを見つ

　はろぐ〵に
見隠れにけり。
ひとつらの

汽車のわだちの　音
残りつゝ
砂山の背面《ヲチ》のなぎさも、
昏れにけむ。
夕とゞろきは、
音つのりつゝ
　このゆふべ
潟の田うゑてもどるらし。
声にひゞくは、
遠世《トホヨ》の人ごゑ
わたつみの響きの　よさや。
松焚きて、
棲《キ》初《ソ》めし夜らに、
言ひにけらしも

見のかぎり
波なる浜を　わびにけむ。
あから頬の子も、
祖《オヤ》となりつゝ
祖々《オヤ》、
　さびしかりけむ。
蠣貝《(カキガイ)》とたぶの葉うづむ
吹きあげの沙
わたの風
沙吹きあぐる　しく／＼に、
　うき村住みを
　おもひけらしも
ひと列《(ツラ)》に

白きは、
斉墩果《チサ》の盛《サカ》りならむ。
　こよひの凪ぎに、
しづまる家《イヘ》むら

蜑《(アマ)》をみなの 去《イ》にしを思ふ。
あしがたの、
　いつまでもある
　門《モン》のしきゐ

　まれに来て、
心おちゐぬ。
目ぐすりの古法つたふる家
と 言ふなり

われに言ふ

人の心のかくれなし。
酔ふをおそれて、
　あるが さびしさ

酔へば
　心 ひとむきなりけり。
門弟子のさがを
　我が憎み、
　逐《(オ)》ひてうたむとす

いきどほりの 心
をさまり行くを 覚ゆ。
按摩をとらせ
　わが居たりけり

朝闇に、
郭公《クワクカウ》が

近く鳴きにけり。
今日は、
ひそかの心にてあらむ

灘　五郷

物喰《ハ》めば、
ほがらの心　わき来もよ。
細螺《シタヾミ》の殻を、
歯に破《ワ》らむとす

おりたちて、
磯の小貝を　つゝきくじり、
浦の子の喰ふ如く
喰ひつゝ
柴負ひて
来る子　くる子も、顔よろし。
かゝる磯わに、
なごむ村あり

子どもらは、
背負《ショヒ》縄《ナハ》かけて　続きたり。
放課時間の里ゆきとほる

山路来て、
髣髴《オモカゲ》さびし。
激《タギ》つ瀬の泡
唇《クチ》ひゞく
炭酸水のいろ

燈のつきて、おちつく心
とび魚の　さしみの味も、
わかり来にけり

黙《モダ》行く心　知らざらむ。
連《ツ》れ人は、みなから若く
たのしむらしも

はかなさは　告げじとおもふ。
おのづから
先だち歩み
　ひたすらにあり

緊《シマ》り来る夜目あはれなり。
若き人の、
起きてする如く
寝てふるまふに
ふたゝびは、
訪はずや　あらむ。

屋敷森の掘り井の水を
　口含みつゝ
にぎはしき　港なりけり。
　うち出でゝ
見る島々も、
　家むら多し
緑濃き
能登の島かも。
海ぎはまで、かたぶく畠に
　穂麦赫《アカ》れる
ありうさに　息づく人も、
なし　と思ふ。
能登の七尾に、
　われは来てけり

苦しみて
つひに 遂げざらむ
つく〴〵に、
世の和平《ニギハヒ》のこほしかりけり

甲種合格の大学生に

兵隊にとらるゝことの
にぎはしき 心をどりは、
さびしかるべし

兵隊のからだ苦しき
安らさは
告げやすからず。
若き人にむきて

柁楼底歌

さかりつゝ
昼となり来る 汽車のまど。
敦賀のすしの
とればくづるゝ

煤まぜに
すゞ風とほる 汽車のまど。
寝つゝ 思へば、
遠のきにけり

さかり来て、
いよ〳〵 さびし
と ぞ思ふ。
能登のみ崎の

　おほ海の色
夏海の
荒れぐせなほる昼の
　空。
　われのあゆみは、
　　音ひゞくなり

　一の宮

ことしも 来て、
この家《イヘ》の前庭《ニハ》に、向ひ居り。
あるじのやまひ
　こぞのまゝなる
声ふえて
鳴くなる蟬か。

あかり来る
　屋敷林の、梢《ウレ》を見につゝ
いとまつげて いなむ と思ふ。

　昼ふけて
あるじの臥処《ネド》は、
ひそまりて居り

朝の飯《イヒ》
湯気立ちてゐる のどけさを
人とむかひ居、
言へば さびしさ

日《ケ》ならべて、
　旅のくるしさ。
汗ぬぐふ われの心は、
泣かむとするも

大阪詠物集

大阪詠物集

梅田

家びとの老いを 省《ミ》に来し
大阪の
とよもす町は、
住みがたきかも

中の島

河波の夜の やはらぎを
聴き剰《アマ》し
洲《ス》に臥《ヌ》る人を
逐ひうつなかれ

河波の濁りかゞやく
曇り空
魚を焼かせむ。
船にいこひて

日本橋

道頓堀
橋のうへより、
おほさゞき 神のいらかに
棲《ヰ》る鳥の見ゆ

道頓堀

ひたすらの
心なごみや
小屋ひろし。
天井をながめ 人顔をながめ

顔見世のうち出しに、お福と彦徳《シホブキ》とに扮した二人が、太鼓囃しにつれて、人形身で、采をふりながら、踊る行事を、綴うちと言うた。

おもしろく
打つしころかな。
その踊りを見つゝ 思へば、
忘れ居にけり

千日前

おのれまづ
たはれ遊びし にはかしの
をこの笑ひは、
人忘れけむ

自安寺の髯剃小路
見しりあり。
残れるものゝ、

ゆくりなきかも
もろ膝を あらはに
土のうへにゐる
かたゐを見れば、
かれ 笑ひけり

木津

この村ゆ、
教如《ケウニヨ》上人 海に出でゝ、
村びとは
海を 望み来にけり

木津鷗町

やうやくに
族人《ウカラ》かずへり ゆき〳〵て、
歳の夜を 遠き

ふるさとの
　おもひ

あきうどのなりを守らず
　経し家や。
　去年は
我《ワ》を待つ兄も　居にけり
　　西の宮えびす舞し

朝戸あけて、
まづ聞く耳の　すがしさや。
　えびす舞しよ。
　何を献《オマ》さむ
　　天下茶屋

　年あけて、
初卯の今日ぞ。

道に出でゝ、人を眺めむ。
　春のころもを
　　十日戎

ほい駕籠を待ちこぞり居る　人なかに、
　おのづから
われも
　待ちごゝろなる
　　逢　阪

逢阪の増井の清水
　凍るらし。
　　歳の夜ふかく
　　思ひ居にけり
　　　合邦个辻

極めて幼い頃の夜の外出の記憶。其は夢であつたかも知れぬ。天王寺と木津との道の間。唯一つ憑みにした閻魔堂のみあかし。十数年来、大晦日になると、まざ〲と幻影のやうに浮ぶ。あつた事か。空想の固着か。

晦日夜の あらし
燈《ヒ》 煽《アフ》つ 堂の隈《クマ》。
目にのこりつゝ、
現実《ウツヽ》なりけむ
一心寺
道に向く逢阪寺《アフサカデラ》の
墓石の
夕つく色を、
見てとほるなり
四天王寺
西門《サイモン》はたそがれて
風吹きにけり。
経木書かむ
と 言ふ人あり
舎利寺
小橋《ヲバセ》過ぎ、
鶴橋 生野来る道は、
古道
と 思ふ 見覚えのなき
今宮中学校
世のなかにしたがふ道を
説かざりき。
あやまち多き
教へ子のかず
年を経て

聞くさびしさや。
教へ子は
おのもくに
よく生けれども
われの世のさびしきに、
ならひ　ゆくならし。
かそけく生きて
教へ子はあり
年を経て
思ふことこそはかなけれ。
おほくは、
古き教へ子のうへ
菊の花　まだきすがるゝ
煤の庭。

この校長も　老いそめにけり
天王寺中学校
あかしやの花　ふりたまる
庭に居りて、
人をあはれ
と　言ひそめにけむ
しみぐと
口あらそへり。
夏の木の　こずゑの蕊《シベ》は、
いまだ　さびしさ
ゆゑしらぬ　怒りに、
踏みくし蔵の段
みかげのおもて
たひらかに　あり

くらきまど。
　今日も見てけり。
庭蔵の高処《タカド》の牕は、
　ひそやかに　あり

中学の　庭くまに
　蔵は立てりけり。
この壁の触りは、
　忘れずありけり

わかゝりし　怒りやすさを
思ひ居り。
額薄れし友に向ひて

若ければ
　人の恋《コホ》しく
　　秘むべきも
　　　恥ぢはぢてこそ、
　　　　言《コト》に出にしか

雪まつり

山

ふり仰ぐ
こぬれ　木末《コヌレ》のやどり木や。
雪ぞら
いよゝ　曇り来にけり
山深く
雪のふる日に　来ることも、
思へば、
ひさし。
人遠くして
遠つ丘《ヲ》脈の梢を　わたる

風ならし。
音ともなく
聴きのかそけさ
こがらしの林の上に
浮ぶもの。
冬枯れ色の　草山の丘根《ヲネ》
冬深く
山は、もののげのなかりけり。
いで湯も、
今は　ひえてゐにけり
さ夜ふかく
月夜となりぬ。
山の湯に、
めざめて聴けど、

われ一人なる
雪のうへに、
とやを出で来し 大き顔。
ものを 瞻《モ》るらしき
鶏のつぶら目

別　所

雨霽れて、
山の木草の うち白《シラ》む
このも かのもに
見覚えのある
庭芝のいきれ くるしき
砂のうへに、
蟶《イトヾ》はむれて

出で居たりけり
暑き日を
幾たびか 湯にくだり来て、
いよゝ
疲るゝ身を思ひ居り
うつ〳〵に
疲れて居たり。
鳥おどす
湯の山裏の 鉄砲の音

雪まつり

三州北設楽の山間の村々に、行はれてゐる初春の祭り。旧暦を用ゐた頃は、毎年霜月の行事であつた。

山峡《ヤマカヒ》の残雪《ハダレ》の道を 踏み来つる

あゆみ久し
　と　思ふ
　　しづけさ
水脈《ミヲ》ほそる
山川《ガハ》の洲《ス》の斑《ハダ》ら雪。
かそかに　うごく
ものこそはあれ
ひたぶるに
磧《カハラ》の路をあゆみ行く
　ひくきこだまは、
　　われの跫音《アシ》
せど山も　向つ峰《ヲ》も
　見えわかれ居り。
殘雪《ハダレ》の明り

　色沈みつゝ
背戸山のそがひに、
　いまだ　雪かたき
　　信濃の国を
心に　もちつゝ
見えわたる山々は
　みな　ひそまれり。
こだまかへしの　なき
　夜なりけり
夜まつりの　こだまかへさぬ
　この夜かも。
山々の立ち
　しづけかりけり

鬼の子のいでつゝ
遊ぶ音聞ゆ。
設楽《シタラ》の山の
白雪の うへに
豊根村の奥、山内《ヤモオチ》に宿る。
人おとの遠きに居む
と 山深く
屋《ヤ》場《ニハマ》覓ぎけむ ひとの
さびしさ
坐《ヰ》ながらに
こだまこたふる 屋敷《ヤド》標《シ》めて、
山の深きに、
おどろきにけむ

遠き世の山家《（ヤマガ）》の夜居や、
をとめ子は、
息づき若く
まじり居にけむ
花祭りの夜
たど〳〵の 翁語りや。
かつ〴〵に
聴き判《ワ》く我も
旅の客《キャク》なる
川 阪を越えて
はろ〴〵 来つる旅。
翁の語る 聞けば、
思ほゆ
山びとは、

歓び 浅くなりにけり。
おきなの語り
淫《タハ》れ行けども

夜まつりに、
たはれ歓ぶ
山びとの このとよみに、
われ あづからず

さ夜ふかく
大き鬼出でゝ、
斧ふりあそぶ。
心荒らかに 我は生きざりき
榾《ホダ》の火は
一むら明り
消えむとす。

をとこを寄せず居る
をとめあり
優《イウ》なりし舞ひ子も、
かくて 山に経む。
山他妻《ヒトヅマ》に なづさふ
見れば

山の木根 枕《マ》きて、
迭《カタミ》に 思ふらし。
顔見知りつゝ
一夜かなしも

山びとの 徹宵《ヨヒト》たはれて
明けにけむ
木原《コハラ》 くさむら
踏みつゝも 思ふ

屋庭《ニハ》　後苑《ハタケ》
朝霧おもし。
　人づまは
　家のかしぎに、帰りけらしも

をとめ子は、
　きそのをとめに還りゐむ。
　木の根の夜はの
　人もおぼえで

いやはてに、
鬼は　たけびぬ。
　怒るとき
かくこそ、
いにしへびとは　ありけれ

遠き世ゆ、
　山に伝へし　神怒り。
　　この声を
われ
　聞くことなかりき

山懐《ホド》の舞ひ屋《ヤ》
夜明くる　中倦《ナカダユ》み。
　まばらに、
　よべの人顔の　見ゆ

夜まつりは、
　朝に残れり。
日のあたり強き　舞ひ処《ト》に、
　鬼は　まだゐる

洗馬　長興寺

寺庭のゆふべ。
木の葉のおちつゞき、
つゞきつゝ
色は見えずなりたり

寺の子ども
わが前をさらず　語るなり。
山のかそけさは、
なれがたきかも

寺の庭
秋の日もはら
みちにけり。
ものゝ音なく
明るくてあり

樗散留韵

身のさかり
われは、はかなくなしにけり。
よき子の　わかき
見れば、おもほゆ

かならずも
さびしきことにあらねども、
死にゆく人の、みな
若きをおもふ

鳥のこゑ
鐘のひゞきの
身にしみて、かそけき山に
めざめけるかも

はろ〲に
若葉もえ立つ くぬぎ山。
山原 やゝに
傾きて 見ゆ
山峡《(カイ)》の明《アカ》るを見れば、
あはれなり。
瀬々のたぎちの
うち白みつゝ

昭和職人歌

昭和職人歌

さんか

山住みの 心安さよ。
ぬすみ来し 里の鶏《カケロ》も、
痩せて居にけり

木地屋

山の木のともしきを 思ふ。
たまさかの 轆轤《ヒキレ》の
おとに、
心澄みつゝ

教　授

かへりみて、
紙魚《シミ》のすみかも
馴れにけり。
六十《ムソヂ》の鬚は、
黄にかはりぬる

軍　人

町の子の　大刀《タチ》ふり遊び
見るさへに、
世は　静けさに、
倦みにけらしも
辻碁うち

東京を　せましとぞ思ふ。
すくなくも
賭け碁《カゴ》の銭は、
へらざりにけり
ゑいとれす
くちびるに、
色ある酒も　冷えにけり。
頬《ホ》にまさぐれば、
髪のみじかさ

朝鮮人足

ふる国《グニ》も
こゝも　住みよし。
妻も　子も、
人のそしりに　安けき
見れば

失業人

山川の激《タギ》つ急湍《ハヤセ》に
　妻をやりて
家ごもりつゝ、
　思ふそらなき

　その若き身すら思ほゆ。
かすみたつ 春日
すべなく あそぶ
と 言ふなり

　朝けより
ほこりのにほひ 鼻に沁み、
　しく／＼に
　腹の ひもじかりけり

切り通し道
　滑《ナメ》らに 潤《ウルホ》ふ埴《ハニ》の面《ツラ》。

まなこ瞑《ツブ》れば、
　舌うごきけり

餌《エ》に満《タ》りて、
ゆるぎあるける 犬のよさ。
大白《オホシロ》犬に
　生れざりけり

死ぬるより
　さびしきことあり。
　　人多く
　鼠に食《カ》ふ薬をら 嚥《ノ》む

川波の光り ともしく
　昏れにけり。
ひたすらに 来て、
　つかれを おぼゆ

大橋の下に
　かぐろき波のおも。
倦める心は、
思はじとすも

　　自由労働者

今日は
　よくはたらきにけり。
　かにかくに
からだ疲れて、
　満《タラ》ふ我なり
大橋の夕やけ鴉
寝に帰る心をもちて、
我は
　越え来る

富家《トムイヘ》の女《ヲミナ》のよさや。
戯《アザ》れ寄る心うごきは、
憎むにあらず
うち和《ナゴ》む目に見ゆるもの
砂あげて行く自動車も、
賑はしきかも
　今日三日《ミッカ》。
朝ひたぶりの昼あがり。
虱《(シラミ)》つぶして、臥《ヌ》るが
すべなさ

　　鍛工

牀《トコ》のうへに、
輪なりにおろす

うなりはも。
身も飛べ　と思ひて、
ふりおろす鎚
熱鉄を　撃ちきる鎚。
とすれば、
うまびとの身のまぼろしを
撃つ

怠業工人

もろともに
喰《ハ》まざるべからず。
飢ゑ怒る妻子《メコ》を
なだめて居る　心はも
軒並みに、
今日も　声せぬ朝晏《オソ》し。

漱ひの音も、
憚りて吐く
我が心　知らざるにあらず。
ひた背向《ソム》き、
鏡に、
髪をうつしゐる妻

七

客間の氈《カモ》
柔《ナヨ》に乗りゐる　我が足の
この幅にすら
当る銭なき
よろしさは、
朝のたばこの　葉まきの香。
つく〲に、

われを　さもし　と思ふ
朝咽喉《ノド》をそゝる旨《ウマ》し香　立つこうひ。
友も 友も
今は
手を伸べて居《ヰ》る
仇の家に、
あげつらひに来し　ひた心。
崩《ク》ゆるに似たる
居ごゝちのよさ
白く肥えて
大き手を
さし出したり。
握手求むる
みづ〴〵しき手

この若きをとこに
預け居しを思ふ。
悔しくも
我《ワレ》の 命生きつゝ
千人《ニン》の怨み負ふ顔か。
この顔が。
つく〴〵に
見れど、
朗らなりけり
世を博く 説くあるじかも。
しかすがに、
技人《ワザビト》われ
身もて知りたり

よき人に、口吃り言ふ　我や。
世の階級《シナ》を無視《ナミ》す
と　揚言《コトア》げて来し

くやしくも　涙ながれぬ。
あはれよ
と　妻子《メコ》のうへ言ふ
若き人の前に

旗じるし　いふことやめよ。
我どちは、
おのが面《オモ》すら
血もて塗りたり

春のことぶれ

春のことぶれ

歳深き山の
かそけさ。
人をりて、まれにもの言ふ
声きこえつゝ

年暮れて山あたゝかし。
をちこちに、
山　さくらばな
白く　ゆれつゝ

冬山に来つゝ
しづけき心なり。

われひとり 出でゝ
踏む
道の霜
しみ〴〵と ぬくみを覚ゆ。
山の窪。
冬の日 やゝに くだり行く
いろ

七

あけ近く
冱えしづまれる 月の空
むなしき山に
こがらし つたふ
かさなりて
四方《ヨモ》の枯山《カラヤマ》 眠りたり。

遠山おろし 来る音の
する
目の下に
たゝなはる山 みな
低し
天つさ夜風
響きつゝ 過ぐ
せど山へ けはひ
過ぎ行く 人のおと
湯屋《ユヤ》も
外面《ソトモ》も
あかるき月夜《ツクヨ》

製作年表

大正十四年

三　月　卒業する人々に（二首）
九　月　枇杷の花（七首、日光二の八）
をとめに誨ふ（内、十首、同上）
羽沢の家（内、三首、同上）
甲斐　信濃（内、一首、同上）
十一月　となりの音（内、六首、くゞひ一の五）
冬来る庭（内、二首、同上）

大正十五年

一　月　冬立つ厨（十一首、改造八の一）
となりの音（内、三首、同上）
出勤前（四首、同上）
もの忘れ（三首、同上）
冬来る庭（内、二首、同上）
先生（内、八首、日光三の一）
二　月　先生（内、六首、日光三の二）
石見の道（三首、同上）

三　月　羽沢の家（内、十二首、日光三の三）
五　月　赤彦の死（内、十一首、日光三の五）
甲斐　信濃（内、二首）
六　月　東京詠物集（内、七首、日光三の六）
夜の茶（二首、同上）
かゝる人あり（内、二首、同上）
赤彦の死（内、一首、同上）
隼人の国（八首、同上）
鵠の人々（内、六首、くゞひ二の四）
七　月　東京詠物集（内、七首、日光三の七）
鵠の人々（内、三首、くゞひ二の五）
零時近く（二首、同上）
赤彦の死（内、二首）
八　月　東京詠物集（内、二十三首、日光三の八）
別腸譫語（内、三首、同上）
九　月　夏のわかれ（内、十一首、改造八の九）
十　月　家の子（三首、くゞひ二の七）
鵠の人々（内、一首、同上）
十一月　山道（十六首、日光三の十一）
東京詠物集（内、四首、同上）

昭和二年

一　月　大阪詠物集(内、七首、大阪朝日新聞)
秋山太郎（九首、くゞひ三の一）
昼のいこひ（五首、日光四の一）
別腸讃語（内、二首、同上）
二　月　大阪詠物集(内、三首、くゞひ三の二)
三　月　門中瑣事（内、七首、くゞひ三の三）
四　月　門中瑣事（内、六首、改造九の四。
内、十五首、近代風景二の四）
五　月　若き人の家(内、五首、くゞひ三の五)
六　月　東京詠物集(内、十三首、日光四の四)
絵をかく夏子へ(四首、子供の創作六)
ある人に（一首）
七　月　気多はふりの家（内、五首、東京朝
日新聞。内、八首、くゞひ三の七）
灘　五郷（内、一首、東京朝日新聞。
内、六首、くゞひ三の七）
八　月　気多はふりの家（内、六首、國學院
雑誌三十三の八）
灘　五郷（内、五首、同上）
九　月　青山に向ひて（七首、日光五の一）
伊予ノ国（二首、同上）
古泉千樫（内、二首、同上）
十　月　上州河原湯(内、四首、くゞひ三の十)
十一月　大阪詠物集（内、五首、くゞひ三の
十一）
十二月　昭和職人歌(内、七首、改造九の十
二)
上州河原湯(内、六首、日光五の二)
灘　五郷（内、二首、同上）
甲種合格の大学生に（二首、同上）
風のおと（二首、くゞひ三の十二）
古泉千樫（内、二首、同上）

昭和三年

一　月　大阪詠物集（内、四首、大阪朝日新
聞）
冬草（八首、くゞひ四の一）
四　月　酒嗜む若き人に（一首）
旅の前夜（二首、くゞひ四の四）
七　月　七月十七日（三首、くゞひ四の七）

八月　多武峯（五首、同上）
　　　王道（一首）
十二月　柁楼底歌（四首、改造十の十二）
　　　一の宮（五首、同上）
　　　大嘗会近く（二首、くゞひ四の十二）

昭和四年

一月　大阪詠物集（内、八首、大阪朝日新聞）
　　　枝ひゞく（三首、渋谷文学四の一）
四月　山（七首、改造十一の四）
　　　昭和職人歌（内、六首、同上。内、
　　　二首、くゞひ五の四）
五月　別所（内、一首）
七月　藤野一友（一首）
八月　雪まつり（内、十一首、改造十一の八）
　　　昭和職人歌（内、十一首、同上）
十月　洗馬　長興寺（三首）
十一月　別所（内、三首、くゞひ五の九）
十二月　雪まつり（内、十四首、くゞひ五の十）
　　　樗散留韵（五首、游牧記一の四・五）
　　　春のことぶれ（八首）

水の上

『水の上』

○昭和二十三年一月二十日、好學社より〈釋迢空短歌綜集三〉として刊行。四六判、三三六頁。定価百五十円。

○昭和五年五月より同十年七月（作者四十三歳より四十八歳）までの作品四六八首を収める。

水の上

水の上

うつ〳〵に　心むなしくゐるわれを　つく〴〵と思ふ。やみにけらしも

船まどのゆれ　つよしと思ふ。うつら〳〵　睡り薬は、きゝて来《ク》らしき

生きよわる人の命を　ひたぶるに惜しと思へど、旅のすべなさ

はろ〴〵に　浮きて来向ふ海豚《イルカ》のむれ。委《ツバ》ら細《ツバ》らに　向きをかへたり

曇りとほして、四日《ヨカ》なる海も　昏れにけり。明れる方に　臥蛇《グワジャ》の島見ゆ

山霞む日

おしなべて　山かすむ日となりにけり。山にむかへる心　こほしも

山原になほ鳴きやまず　夜のふくる山の雉子《キヾシ》を　聞きて寝むとす

山の夜に　音さや〳〵し。聴えゐて、夜ふくる山の霧を　おもへり
木立ち深くふみゆく足の、たまさかは、ふみためて思ふ。山の深さを
雪ふみて、さ夜のふかきに還るなり。われのみ立つる音の　かそけき

大和の山

大神々社

やすらなる息をつきたり。大倭《オホヤマト》　山青垣に　風わたるなり
三輪の山　山なみ見れば、若かりし旅の思ひの　はるかなりけり

多武ノ峯に宿る

深々と　山の緑のかさなれるうへに　い寝つゝあり　とし思ふ
さ夜ふかく　起きて歩けば、山のうへ　神のみ殿に　音こたふらし
古びと　一

ある人の悲しみにかはりて

鳴子の阪 すぎて夕づくこの道や――。姿見ず橋を 思ひか行かむ

をとめ髪 さだすぎ落つるきのふまで、ひたぶる われにより来しものを

古びと 二

若き時 はれのよそひと著惜《(き)》しみし、見れば泣かれぬ。そのとぼしきに

発 哺

なが〳〵と 山のかけすは鳴きにけり。昼間の霞 谷にくだらず

たまさかに 入り来《キ》また去る つぶら蠅。時のうつりを 覚えつゝ居り

青山は、尾谷重れり。いこひつゝ、黄なる樺《カンバ》の葉を こきにけり

明け昏《グ》れの空の 暗きに、飛び交《カ》ひて鳴く燕《ツバクラ》のこゑ あはれなり

湯の山の人のくらしの やすくして、甑《コシキ》を据ゑぬ。穂薄《(スゝキ)》のなか

山高み、日くるゝおそし。青山の色より青き 池の面《オモ》見ゆ
目のまへに、ゆるゝ一木のまだ見えて、このゆふぐれの 山のしづけさ
湯の牕《マド》の山 ほのぐらし。近々と 青き薄の穂を ちぎるなり
山深く、湯屋もいで湯も萱ごもり をり〳〵人の動きつゝ来《ク》る
年かはる山
山びとの言ひ行くことのかそけさよ。きその夜、鹿の 峰をわたりし
湯の山に ひとり久しき 年くれて、せど山のべに 花を覓《モト》むる
山深きこぞの根雪を ふみ来つる 朝山口《グチ》の松の あはれさ
正月の山に しづるゝ雪のおと――。かそかなりけり。ゆふべに聴けば
かもかくも 過ぎゆく世なり。ことしげき年と思ふも、はかなかりけり
さ夜ふけて 障子白々見え来るは、そともの樅に、雪重《オモ》るらし

行きつゝも　餌《エバ》啄みとぼしき鳥のこゑ――国の境の山の　かそけさ
道を来て、しづかなりけり。元日の夕づく日かげ　広くさしつゝ
日のあたりしづけき　道にあそべども、さびしくぞあらむ。村の子のむれ

正月籠居

こともまた　住みかはることなかりけり。庭の落ち葉の　元日の霜
家ごとは　見る人もなし。うづたかき賀状を掃くも。夜はの畳に
大歳《オホトシ》の村をぞ思ふ。山々の冬木の立ちのあはれ　ひそけさ
日の光り　睦月八日《ヤウカ》のあたゝかさ。こぞのもみぢの　まだ交《マジ》る山

寂しき春

寂しき春

すこやかに 養《カ》ふ蚕《コ》の眠り 足らへども、易《カ》ふべき銭を 思ふ さびしさ

椎《シヒ》の茸《コ》の 春茸《コ》のあがり よきのみを たのみとぞせむ。年のすべなさ

春山の芽ぶきとゝのふ 谷の村。昼鳴く鳥の声の ものうき

春既《ハヤ》く 弥生の山となり行けど、黒木かこめる村の ひそけさ

日のゆふべ つゝ音聞きし宵遅く、春山どりの つくり身を喰《タ》ぶ

かゝる第一義

伊藤清子は寺娘なりき。

死にやすき 若き日すぎて、うらさびし。やすく 死に行く人のうへを 聴く

葛飾の郡《コホリ》　二《フタ》わかつ遠蘆《アシ》はら。蘆むら臥してゐるところ　見ゆ

死ぬる時　言ふこともなく　むかひけむ。おのも〳〵に、心足りつゝ

かの処女　もはら　死なむと言ひにしが、死ぬとし聴けば　いとゞさびしき

ほの〴〵と

ほの〴〵と　山かすむ日になりにけり。遠山ひこの、音なきに　こたふ

なつかしき山の　村居にわかれ来て、なほ　聞え居り。昼おそき　鶏《カケ》

山家

酔ひおそき村の酒かな。ほの〴〵と　睦月の山の霞みつゝ　見ゆ

楪《ユヅリハ》も　羊歯《シダ》もうもるゝ雪の山。越え来しことを　告げやらむとす

下町

ひたすらに　都大路をあるくなり。賑はふ春の人を　見つゝも

春今朝も おもしろげなくもの言ひて、浅草寺《アサクサデラ》を 行きとほるなり

別　所

うつ〳〵と 曇りて低き松山に、すべなきかもよ。赤松の幹

寒かぜ

柴山の春の芽ぶきの とゝのはぬ山に 向へば、風の つめたさ

なじみ深き人多き村に わかれ来《コ》し 心にうつす あゆみなりけり

深山木の 冬のしげりの 深き山。たゞひと木ある花の かそけさ

津　軽

秋深く 穂に立ちがたき山の田に、はたらきびとら おり行きにけり

朝さめて あたま沍《(サ)》えゐる山の家。きその夜更けて 宿こひにしか

庭土にあたる日寒し。朝おそく 寂《シッ》けき村を たち行かむとす

はまなすの赤き　つぶら実をとりためて、手に持ち剰《アマ》り——、せむすべ知らず

ひねもす　磯静かなる道を来ぬ。うしほ沁み入る　沙のうへの色

春の峠

ひたくだりに　敦賀へ向ふ汽車のなか。春山とゞろく音を　聴くなり

昼山の　あまり明るきしづけさを見つゝ　のどかに　ならむとするも

杉津《スイツ》すていしょん

目の下に　遠蒼海《トホアヲウミ》のひらけ来る——いとゆくりなき　旅のあはれさ

吉野山

花見びとの　行きあふ音の絶えしのち　心の人を　なげかむとすも

吉野山　桜がこずゑひと列《ツラ》に　見つゝ思へば、年へだゝりぬ

鹿籠の海

鹿籠の海

うつそみの　人を思へり。咽喉《ノド》ゐごきしはぶきしきる――こゑひそめつゝ

めぐりつゝ　十年《トヽセ》来むかふこの夏の　からき暑さに、身はよわり居り

吹き過ぐる風をしおぼゆ。あなあはれ　葛の花散るところ　なりけり

ひたすらに霞むゆふべか。はろ〴〵に　この村はなれ　なほ行かむとす

外《ト》つ海に　夕さりつのる荒汐の　音のさびしさ。山に向き行く

いたゞきに吹かれて居たり。風の音や　空にこもりて、響かざるらし

夏山の青草のうへを行く風の　たまさかにして、かそけきものを

盆荒れの海にむかへる崎の町　遠ひとごゑは、寺山のうへ

鹿籠《カゴ》の 枕崎に来て、ゆふべなり。屋並みにつたふ汐騒《シホサヰ》の 音

沙丘の木

沙山に、合歓木《ネム》と 槐《エニス》と あはれなり。夕しほ風に、なべて ゆれつゝ
合歓木 槐《エンジュ》 深く垂れつゝ 梢《ウレ》低し。沙風 枝を吹き潜りつゝ
沙原に、雨近からむ。ねむの花 赤《アケ》も 緑も 色深まりぬ
沙山は 既にしづまる ねむの梢――花こまやかに ゆれてゐるなり
日のくもり ゆふべに似たり。ひぐらしや 声みじかくて、ふたゝび 鳴かず
曇りつゝ 夕づくらむか。沙山のねむの葉むらは、いまだねなくに
ねむの葉や すでに睡れる丘の沙 木梢《コヌレ》は赤し。ねむの夕花
沙原に 沙の吹き立つかげ ありて――見れば、静かに移ろひにけり

沙原に 沙の流らふ音すらし。鴉《カラス》一羽ゆく。頭よぎりて

はろ〲の わたの沙原。時をりに 鴉ゐるらし――声 起りつゝ

このあたりまで 来て――波おとのなかりけり。沙こまやかに うへ堅くあり

いきどほろしく来て、浜ばうふうを抜きにけり。茎白じろと 太りゐにけり

白々と ばうふうの茎 太りたり。根を見れば、赤く染みてゐるなり

ねむ ゐんじゆ 立ち静まれるま昼凪ぎ。沙山いよゝ かすみつゝゆく

かくしつゝ すべにまどへり。沙山の沙にうもるゝ わが身ならまし

　山のそよぎ

山寒き起き臥し 馴れて聴きにけり。土《ド》用時雨《ヨウシグレ》の たまさかに過ぐ

をみな子の立ち居するどし。山の子に、よきこと言ひて 人は聞さず

この夏も、われ痩せにけり。山高み、膚《ハダヘ》かわきて 日ごろ住むなり

山なれば、夏萩多く散りにけり。外湯へ通ふひた土のうへ
湯ぶねより　心たゆたに見るものは、湯隈にとゞく穂薄の色
山の湯の外湯あかるき湯のたゝへに、我ありけりと言ふが　かそけき
山の宿人賑はへり。沢の湯に、ひとり来てひたり　独り出でつゝ
湯を出でゝ　心しみらに思ひ居つ。わが腹肉《ハラジヽ》の堅き　とがりを
寝がたちの　おちつくをおぼゆ。谷風の、さだまりて吹く時と　知り居り
寝つゝ聴く　谷の枝草《エダクサ》のうちそよぎ　ほのかに風の音になり来る

穎娃の村

山原に来あふをみなに　もの言ひて、しづけき心　悔いなむとすも
穎娃《エイ》の村　とほくはなれて、青々し　小松が原に　明り来る雨
うら〳〵と　さびしき浜を来たりけり。日はやゝ昏れて、ひゞく　浪音

海の風　秋と吹くらし。ひたすらに　萱枯れ原のなびくを　見れば

しづかなる村に　出でたり。村のあること忘れ来しひと時の後《ノチ》

鳥のなく山を　おり来てたそがれぬ。つひに一つのその鳥のこゑ

ひたぶるに　さびしとぞ思ふ。もろごゑの蟬の声すら　たえて久しき

ほの〴〵と　心ゆるみに聞きゐたり　そがひの山ゆ　おろし来る風

脚のべて　人はほそ〴〵と居りにけり。沙をはらみてゐる　そのをみな

この夏の　暑さ烈しく　萩　芙蓉の　咲く時過ぎて、旅立たむとす

奥　州

猿个石《(サルガイシ)》川に　ひたすら沿ひのぼり、水上《ミナカミ》ふかきたぎちを　見たり

みちのくの　幾重かさなる荒山の　あらくれ土《ツチ》も、芝をかづけり

山なかは　賑はへど、音澄みにけり。遠野の町にあがる　花火

峠《(タウゲ)》三つ　越ゆる道なり。昼たけて、県巫《イタコ》の馬を　追ひこしにけり

日のうちに　山いくつ越ゆる旅ごゝろ　まれに行きあふ人に　もの言はず

みちのくの　九《ク》ノ戸《ヘ》の町に　やどりつゝ、この夜すごさむ――。心たらひに

みちのくの　九ノ戸の町の霧朝に、聴きわきがたき　人の声ごゑ

山深き家にやどりて、心疼《コヽログ》し。せはしくはたらく　家むすめかも

下北

青山と　高断《キ》り岸の　彼方《ヲチ》は波――。村あればかならず　汽車とまるなり

歳木

ほの〴〵と　霞みて見ゆる山郷《ヤマガタ》は、夕映えふかし。幾すぢの丘根《ヲネ》

山霧の降《オ》り来る村に　昼早く宿とりて、屋庭《ヤニハ》見てまはるなり

元日《グワンジツ》の山に 消えゆく暫らくは、鉄砲のおとも かそけく 思ほゆ

山里は 年暖かく暮れにけり。歳木《トシギ》樵《コ》り積む 庭雪のうへ

ほのかなる人のけはひか。背戸山ゆ 庭におり立つ藁沓のおと

山里の隣りといふも沢向ひ、遠き屋庭に 日のけぶる 見ゆ

はろ〴〵に 散りぼふ家居 霞むなり。こなた 山かげ。山びとの庭

忘れつゝ、音吹き起る山おろしに、なほひそやかに散る 花あり

山凪ぎ

山に来て、山をさびしと言ふ我の 心あはれを 人知らざらむ

昼出でゝ 見はらす山は、雪ふかし。晴れきはまれる村の しづけさ

村びとの若きは　村を行きへりて、残雪《ハダレ》の峰の　空に澄みたる
年毎の山の睦月に行きあひし　かの若人らも、見ずなりにけり
明々《アカヽ》の　山の真昼や。山風の音なぎ行きて　つぶさに聴ゆ
遠丘根《ヲネ》に　するもの音を感《オボ》え居り。人過ぎて　時　立ち行きにけり

品川詠物集

大井出石

空曇る霜月師走　日並《ケナラ》べて、門《カド》の落ち葉を掃かせけるかも
隣りびとらのあなどり言《ゴト》を　告げに来るこのさかしびとも、言ひかねめやも
あなどられつゝ　住み古りにけり。おほよそは、となりびとらに　ことゞひもせず

大仏《オホボトケ》

ひたつちに、石のほとけの頸《クビ》折れて、可怜《アハレ》なるをも、人に見せつゝ

八つ山橋

十一月《ジフイチグワツ》の海　あたゝかき真昼凪ぎ。寝欲しき心　橋越えむとす

品　川

暁の闇を　あはれと言ふ声す。歩行《カチ》新宿《シンジユク》を別れ行く子か

海の音　聞えぬ朝か。わかれ来し肌にさはりて、寒きたなそこ

暁はわかれがたしと言ふ声の、ひたぶるなるを聞けば、さびしも

ひた〳〵と六郷牛《ロクガウウシ》を牽き過ぐる道に出でつゝ、歎く子あらむ

朝闇にみだれ鳴く声　頻々《シク〳〵》に、海の鷗は　町空による

ゐなかびと

をちかたや　草高からし。さ夜ふけと　鳴く音《ネ》ひそまる鳥を　思へり

よろこびて　うち叩かれてゐる子らを　叱るすべなし。山のあそびに

山の音

山の音

おほらかに人のことばの思ほえて、山をあるけば、いきどほりなし

湧く水の音の　幽かを聴かむとす。かく夜ふかきも、稀になりたり

せど山へ行きにし人を　思ふなり。忘れて居しが　時たちにけり

おもしろき声はすれども、行きがたき屋敷林の奥を　おもへり

山びとの　歳木《トシギ》樵りつむ音ならし。夕日となれる庭に　かそけき

こがらしの音やむらしも。向つ山。山にむかひて居る　心はも

みぞれの庭

御柱《オンバシラ》今年となりて、春 寒し。ゆくりなく来て、やまひをとふも

ひねもす ゐねむりすごしたり。雨ふり霽《(ハ)》れて、まだ昏れぬ庭

遠く居て、人は 音なくなりにけり。思ふ心も、よわりゆくらし

恐山

をみな子を 行くそらなしと言ふなかれ。宇曾利の山は、迎ふとぞ聞く

荒山に 寺あるところ―昏れぬれば、音ぞともなく 硫気《リウキ》噴くなり

春待つ頃

風すぐる 四方《(ヨモ)》の木梢《コヌレ》のひそまりに、しはぶきしたり。長き この夜ら

遠方《ヲチカタ》の枯野《カラノ》に光る 日あたりは 睦月と思ふなごみ ともしき

杉本建夫の子 ふたご生れて、瑞井のみ残れり。

生井子《イクキ》が　ほのに目あきて見し光り、天つ光りは　しづかなりけむ

最上

陸羽西線をくだる

最上川《モガミ》ぞひに　ひたすらにくだり来て、羽黒の空の夕焼けも　見つ

はろ〴〵に澄みゆく空か。裾ながく　海より出づる鳥海《テウカイ》の山

三矢先生、こゝに育ち給ひき。

この国に　我は来にけり。山河に向けば、聞かむとす。ふる人のこゑ

羽後矢島

鳥《トリ》の海《ミ》の山ふところに、さ夜ふけて　こだまを聞けり。獅子舞ひの笛

巌崩え

文学士坪田満寿穂、昭和五年四月十七日、相州江ノ島岩屋の番所で、命終る。年二十四。これに先だつこと半月、鶴ヶ岡宮司の手でそこにやって貰うてあった。将来を慮ってくれる友の志から、なまじひの正員よりは、と仮りに住みこましてあったのである。其故彼の死んだ時は、江ノ島神社の一雇員であった。

春の日の　うらゝに人のみち来たる　島山林　風さわぐなり

海《ワタ》なかの島のやしろに来て住めば、日に疲れつゝ、思はざりけり

巌くえの落つるひゞきを　いぶかしみゐるその間さへ、たのしかりけむ

巌崩《イハク》えの下《モト》にも　君がなりゆくか。さびしけれども、これを思はむ

吹きすぎて　しづまる風か。おのづからこま〴〵とうごく　叢《クサムラ》のいろ

ひたすらに　若く　あはれにもの言ひし　またゝくにしも、過ぎにけるかも

卒業者の、退京の暇ごひに来る者頻りに、私亦、学年末始のあわたゞしさに、考へることもなく過して居た。

この日ごろ 人つぎ〲に去りゆきて、日ねもす 春は さびしかりけり

何とぞして これをつかひやりくれと 手をつきにけり。友だちのまへに

さ夜深く 読みつぐふみの 読みがたし。湯をたぎらして あはれと言ふも

夜はの波の かぐろきを思ふことなくなりて、はたとせあまりは、過ぎにけらしも

かならず さびしきことにあらねども、若き人 おほくさきだちにけり

はかなさは いはほの下《シタ》に人死にて、しらせある日も、客みちて居り

冬木

朝あけて 心ほがらになり居たり。しづけき山を 出でゝ見むとす

ふたゝび来て道くだりゐる心なり。村の磧《カハラ》に、子らもあそばず

桑畠の霜荒れ土《ツチ》に 昼日照り、まねく乾きて、とほき もの音

しづかなる 山の冬木の霧ごもり、さび〴〵見ゆる梢《ウレ》のひと列《ツラ》

年かはる夜の 静けさよ。い寝むとして 心をどりを おさへかねつも

池寺

池寺

難波寺《ナニハデラ》 阿弥陀ヶ池に棲《ヰ》る亀も、日なた恋《コホ》しく 水を出でつゝ

春の日の けぶる日よろし。池寺の尼が餌《カ》を養ふ亀を 見つゝも

なには寺 堀江の岸に売る亀も、みなから買ひて 池に放たむ

町なかの寺のゝどけさ――。つゞきつゝ 夕鳴く鳥も はろけくなりつ

たなそこを拍《(ウ)》てば　こだまのしづけくて、亀は浮き来れ——。水の底より
池のうへの　稚木《ワカギ》の花のたもちつゝ、今は昏れゆく色となりたり
春の日のたそがれ久し。難波でら　みあかしの色　まださだまらず
ひそやかに　すぎにし人か——。なには寺夕庭白く　なりまさりつゝ

わが如く　言ふこともなく世にありて、あり果てにけむ人も　あるらし
いきのをに思ひゝそめて　ありしかば、逢ふこともなく　人はなりつゝも
人知れぬ若き思ひの人　死ぬと　聴きつゝ居れば、呆《ホ》けゆくごとし
まどゐする家の子どもと　ある我を　わびしと言ひき。人と知りつゝ
よき母も　よき父も　なほ憂かりけり。かなしと思ひき。人と知りつゝ

宵早く　とざす庭かも。石宮《イシミヤ》の夕花ざくら　甚《ヒタ》に散りつゝ

春の村

和田峠

山のうへは、空せまくして静まれり。音するものは　枯れ山の末

隧道《ズキダウ》の工事とまれる水境――。峰々けぶる二方《フタカタ》の山

扉　峠

ひたつちに　やまこの立てし布幟《(ヌノヽボリ)》　茜《(アカネ)》さめたり。荒山の霜

下伊那郡日開《アサゲ》村

村びとの心蔑《サモ》しきあらがひを　よく聞き知りて、われ　さびしくなれり

春深き　山の桜も散らむとす。かゝはりおほくなれる　村かも

上伊那郡川島村

村山の雪消《ゲ》おくれし芝原の　桜は、草の花の如く　咲く

川上の空

小県郡前山寺

川上の　槐《エンジュ》の花のきたなげに、　咲き乱れたるま昼間を見つ

小県郡独鈷山

照り白む若葉の山の　昼ふけて、　木々をしづむる　松蝉の声

山の葉のそよぎの音と　松蝉と　聴きわきがたし。山に満ちつゝ

別所

寺山の道おのづから　峠なり。風ふきこぼす常盤木の花

常盤木の　梢《ウレ》かさなれる山の端に、埃《ホコリ》の如く　花ふりやまず

山窪の草藪　ふかく入り来たり、　松の花散るかそけさを　見つ

吹く風

大隅の志布志《シブシ》の町に、このあした 秋づく波の音を 聞き居り

山おろしのよべの響きは こもれども、朝光《アサカゲ》暑き山を あゆめり

こと〴〵にもの問ひ行けり。朝早き 伊《イ》敷原《シキハラ、》田の幾群れに逢ふ

伊敷・原田《ハラ、》。村の名。その村々から出る販婦《ヒサギメ》を亦、然言ふ。所謂「いしき・はら、の捲き上げ髪」の姿で、鹿児島の町に出て来る。

みちのくの十三湊《ジフサンミナト》。吹く風に立つ波見れば、旅は ものうし

海越えて 島にか行かむ。夜のほどに、波の秀《ホ》の色 かはりたりけり

弟の家

ふるさとの なにはをみなのもの言ひの、つばら〳〵に のどけかりけり

ひろ〴〵と 畳のうへに煤散りて、涼しき朝を 起きてすわれり

つら杖

つら杖

うら〳〵と 睡《ネム》り仏《ボトケ》の頬杖《ツラヅヱ》に対《(ム)》きゐる我も、草がくれなる

調和感なき日々

阪のうへゆ ひたと来向ふ自動車や――。あはれ 我を轢《(ヒ)》く音を 立てたり

自動車の牕《(マド)》 目を過ぎぬ。輝きて、菊の花のごとし。をみなごの顔

鳥屋の荷 せきせい鸚哥《インコ》の高音《ネ》なり。見る〳〵籠に満ちて ふくれつ

青葉木の木《コ》群《ムラ》 ねり来る絹の傘幾つ あはれと見れば、消えつゝ

音羽《オトハ》護《ゴ》国寺《コクジ》の 門《モン》とほり、錦欄《(キンラン)》張れる牀店《トコミセ》を見つ

くろ〳〵と　縁台の下ゆまろび出《デ》し　喙《クチ》ばかりなる　大き雀

はろ〳〵に　聞きつゝ寒し。食堂は、嵐のごとき人の声ごゑ

山阪

湯の村の家のありどの　明らかに、春日かゞやくしづけさを　見つ

静かなる山の昼かな。日の色の澄み明らけき道の上の虫

山なかに人はゞからず住みひろげ、道まで咲ける栽《ウ》ゑ草の花

あか〳〵と　山のつゝじは残れども、風吹きゆする　夏山のひゞき

山の虫

旅ごゝろ　うつぎ　うのはな　山の木の白《シラ》むを見れば、なげかむとすも

ひそかなる阪を越え来つ。山の木の深きとよみを　我は聴くなり

たゝずめば、声ひそやかに鳴きうつる　松蝉の声――あはれ　きこゆる

松山に入り坐《キ》て　久しとぞ思ふ。山の蜾螺《スガル》の唸り澄みつゝ

行き逢ひて　忽《(タチマチ)》遠し。いくたりか　高声ひゞく　村山の奥

裾長き山原　皐月《(サツキ)》あたゝかし。土出でゝ飛ぶ　山の虫けら

けどほき　昼をしづまる山なかに、見過しにけり。虫のいどみを

むら〳〵と　夏まだ浅き山の端《マ》は、燃えやすく見ゆ。青萱の色

青々と曇り深まる山原に　焚く火の色の、親しく思ほゆ

　谷に向ひて

山中の金《カナ》くそ土《ツチ》の虎杖《イタドリ》は、たけには立たず　太く曲れり

朝草《アサクサ》刈に　人出ではらふ崖の村。青々として　ふり来るゆふだち

谷々の若葉は　すでに色こはし。山の曲線《タワミ》の　おもりかに見ゆ

谷の木の　とほき木《コ》むらの藤なみは、とばかり見えず。色のあはきに

山中に来入り かそけき心なり。松の葉黄《ミドリ》は、伸びはてにけり
昼とほく 村離《サカ》り来し松のなか――。あはれ 松風の音の、ひゞける

夜鷹

庭なかに 鳴きよる鳥の声澄むを 寝欲《イ》しき心 聴きて居るなり
鳥のこゑ 時々きこゆ。村の夜のひそまり行けば、とよみて聞ゆ
日ごとに あたまいたみて寝ねがたき 夏をはかなく すごさむとする
夜《ヨル》深く 水をかぶりて再寝《マタネ》するくせを をかしげに人に聞しつ
火を消して 夜鷹の声はやみにけり。何ごともなき闇を おもへり

山のわかれ

山里は 桜もなごり。行く我に 夜をとほして踊る人かも
村びとも 盆のをどりを 春深き山の五月《ゴグワツ》に、をかしからめや

朝やけ

ほの〴〵と　朝づたひ来る人のこゑ——。あはれのことや　人の　死にける
よべ暑く　一夜つかれて寝しほどに、この朝しづけき　人のこゑ〴〵
蝉のこゑ　こぞりておこる朝牀《ドコ》に、手足のべつゝ　人を惜しめり
思へどもなほ　あはれなり。死にゆけば、よき心すら　残らざりけり
庭暑き萩の蕾《ツボミ》の、はつ〳〵に秋来《ク》といふに、咲かず散りつゝ
朝よりの暑さに起きて、ものぐさく、畳につゞく虫を　見て居り
この夏や　惜しき人おほく死にゆきて、かゝはりなきが、さびしかりけり

心まづしく

これの世に　苦しみ生きてみつぎするわがはらからは　ことあげをせず
我よりもまづしき人の着る物の、見るに羨《トモ》しく　とゝのほりたり

ことさらに人はきらはず。着よそひて行かむ宴会《ウタゲ》を　ことわりて居り
見るふみも　おほくはわびし。まづしさをいきどほろしく　あげつらふなり

大学の独立など言ふことかまびすしき頃、ひそかに顧みらるゝこと多し。

まづしさは人に告げねど、ねもごろに遊べる人を見れば、おもほゆ
炭焼きの子にも生ひ出ず　はつ〳〵に口もらふなり。学問によりて
よき家に生れざりしを身の不請《シガ》に　思へと言ひし親は、かなしも
親々の心かなしも。富み足りて　さてこそ子らは生《ナ》さめ　と言ひし

信濃びとゝ共に

春のおとづれ

除夜の鐘なりしづまりぬ。かそかなるそよぎをおぼゆ。かど松のうれに

子どものばくち 見て居たりけり。銀座の春の のどけさにして

かそかなる睦月の 山の昼曇り。ひたすら聞ゆ。枯れ原の おと

萱がくれ 低き祠《ホコラ》は、洗ひ米《ヨネ》 霰の如く散りて 凍《コゴ》れる

年明くる山

ほの〴〵と 夜明《ヨア》くる山に人行きて、大き声する 何の声ぞも

ま昼間の風 吹きとほる山の頂曲《タワ》。雪に埋《ウモ》るゝ梢のみ 見ゆ

村幾つ 音する方へ足向ふ。さびしき春の 心なぐさに

ひと日 吹きくらしけり――風の音。睦月二日《フツカ》も たそがれにけり

山びとは 夜々《ヨヽ》ひたぶるに奏《アソ》ぶなり。睦月《ムツキ》祭りの奏《アソ》び馴らしに

鳥の鳴く 冬山多く越え来たり、奥山青く 雪なきを見つ

雪のうへ

寒《カン》のうちに、かく　暖かし。雨ふりて　今宵も既《ハヤ》く　雪となりなむ

仙台なる人に

つく〴〵に　酬《ムク》いは薄く事しげき　生《ヨ》を経《フ》ることに、思ひ飽かむとす

ある人は　うから病ひのみな癒えて、たのしむ時を　銭へりにけり

をみな子の病ひと言へど、かくばかりすべなきことに、死なしめむとす

勿《ナ》死《シ》にそや　妻よと言へど、目をあきて言ふこともなき顔の　しづけさ

ひたぶるに　妻をかなしとすることも、この頃　飽きて、人老いにけり

山の湯処々

ひるがほの花　今日ひと日萎《シヲ》れねば、山の雨気《アマケ》に　汗かきて居り

湯の村に人みち〳〵て　あはれなり。をとめは寝《ヌ》らむ。納屋のうへにも

この山や　山のさち〳〵満ち足りて、山葡萄《ヤマエビ》かづら　み湯ながら喰《ハ》む

山なかや　町《マチ》手踊りの噂する人　過ぎ行きて、あはれに聞ゆ

夕まけて　寒き湯村か。傘さして　貧しき軒を見てまはるなり

湯気ごもり　小雨落ち来る谷の入り。湯をもむ唄の　ひとつに響く

悔いつゝも　なほ人事にかゝづらひ、山のそよぎを聞けば、おもほゆ

朝暗く　たぎちの音を聞きにけり。ひたすら過ぐる　深き瀬の　音

山中ゆ出で来し人の　我に言ふすべなきことを　何とこたへむ

空清き　閏七月望《ウルフシチグワツモチ》　過ぎの暁の道を　寂しまむとす

松山に　夜の道白くとほりたり。十七夜《ジフシチヤ》月《ヅキ》　峰にこもれり

東京に帰らむと思ふ ひたごゝろ。山萩原に地伝《ヅツタ》ふ 風《カザ》音

高千穂の山ふところは、きのふけふ 湯がさ増しつゝ 秋づきにけり

信濃びとゝ共に

富士見

釜無の峡《カヒ》の村より のぼり来し校長ひとり 夜深く 対《タイ》す

和田峠

二貫目《（ニクワンメ）》の鰻を売りて 何せむに——。峠を 諏訪へ還る人かも

自動車のほこり みじかく道に立ち、たちまち遠し。昼山ぐもりに

村講演

月々の給与に代《カハ》る畑つ物の ことしの出来《デキ》は、わらひ難しも

年どしに 暮しあやぶき村に来て、なほおほよそに もの言はむとす

村宿

霜庭を踏みて来ぬらし　けたゝましき鶏《トリ》を叱りて　縁より落す

信濃駒場《コマンバ》

ひたごゝろ　落ちつかむとす。夜《ヨル》ふけて　旅役者のむれ来て　泊り合ふ

元日の夜

元日の夜となりにけり。大阪のらぢお聞え来る時　待ちて居り

虎杖丸

——金田一京助先生の本、「アイヌ叙事詩ユウカラの研究」をよんで

ひとり神我《ガミ》を　おふしゝ我が姉の、言ひし語《コト》こそ　かそけかりけれ

父母の生《ナ》せるにあらず。はじめより　嫻《ナラ》ふことなし。ひとりの我は

ひとり神我を　おふしゝ我が姉や——、父母の子と　生《オ》ひにけらしも

堅凝《ゴ》りの凍土《ヒツチ》　踏み荒し　ほころへど、姉が手離れ　いまだ寝なくに

さびしさも　言ふこと知らぬいにしへの　幾代の人の　心泣きけむ

老　婢

おぼろ夜と　更けゆく卯月望《モチ》の夜の空に、ひゞきて渡る　鳥の群れ

この夜《ヨル》や　臥《ネ》つゝ謡へる苅萱《カルカヤ》の唄は、婳《オムナ》も　さびしかるらし

夜のくだち　起きよと言へば起きにけり。家婳《イヘオムナ》をば　町につかはす

わが家に　住みし年月を　思ふらむ。庭の日なたに　出でゝ居る姥《(ウバ)》

電報により

死にゆけば　すなはちとほし。しみ〳〵に　姉のおもわの　思ひ難しも

くさむら

くさむら

大宮在　万作をどり

くちをしく日ごろをあれば、袖乞《ソデゴ》ひの昔をどりを　呼びて来させつ

いにしへの無慙法師《ムザンホフシ》の旅ごゝろを　をどる男は、汗をかきたり

袖乞ひの踊りたのしさ。あまりにも　たのしくあるを　あやしまむとす

おもしろくして　すなはち　さびし　古踊り――。見れば、うつゝの悲しまるなり

この頃、春洋帰休。肺炎を発す。

病人《ヤマウド》をひたすらもれば、くちをしき人のふるまひを　ゆるさむとする

人嫌ふ時

ものくるゝ都びとゝ われを見るならし。路に群れ来る子らに 向き居り

ひたぶるに 物喰はせよと かくの如ちひさき者も、我をあなどる

くさむらの草の伏せるを 見て居たり。みづからは 行きて寝むと思はず

ほつ〳〵と てんたう虫のならび居る さるとりばらの茎の しづけさ

草の葉に てんたう虫の居る音も、かそけき山の音に 立ちつゝ

自動車のほこりをあびて いこひつゝ、萱草《クワンザウ》の花を つかみひしげり

肉屋の小僧に対きて、言《コト》荒くいひて 怒りを買はむ心あり

村踊り

草山の頂 青くうち仰ぎ 昼の日 やけて居るところなり

くさむらに入りかくれ行く 赤棟蛇《ヤマカヾシ》。見つゝ我が居て おどろかぬなり

くさむらに 梅の実ひとつおち居たり。ほの〴〵黄ばむその実を 見てゐる
銭《ゼニ》なくて 我はあるけり。夕ふかく 鉄道花《バナ》の青き線路を
まれ〳〵に 団扇《ウチハ》ふた〳〵 若い衆の入り行く闇に、腹だちにけり
らむね呑むほどは 銭持ちて行くならし。村若い衆も 遠き踊りに

夏相聞

あかしやの垂り花 見れば、昔なる なげきの人の 思はれにけり
ひそやかに 蟬の声すも。こゝ過ぎて、おのも〳〵に 別れけらしも
あかしやの夕目ほのめく花むらを 今は見えずと 言《コト》に言ひしか

きたなげに 人こみあへる自動車に 腹だち易く わが乗りて居り
自動車にのりはだかれる 隣りびとの脂《アブラ》の腕の 触りにけるかも

野草

ひたごゝろ 我は悪《(ニク)》めり。萱草《クワンザウ》の咲きて立ちたる黄なる花むら

道ばたのどくだみの花。手に撋《モ》みて 人に嗅《(カゴ)》せぬ。くちをしき時

山厨

春洋の病ひを養ふほど、北軽井沢にあり。

こと足らで 住み馴れにけり。うど やまめ、魚 青物も ひとつ草の香

鳥の声まれになり行く山なかに、来向ふ秋は ひそけかりけり

山小屋は 栂《トガ》の林のなかなれば、さびしき子らの 声あぐるなり

山なかは 喰ふものもなし。指入れて 地虫の穴を 覆《かへ》し居るなり

燈のもとに 今宵にほへる海胆《ウニ》の色。しみ〴〵 山をさびしがらしむ

伊那谷

この村や　屋並《ヤナ》みそろはず。道に向き　牀踏む馬を　多く飼ひたり
萩薄《ハギス、キ》　ふし乱れたり。村の馬に飼ふべき時は　到りけらしも
雨と鳴る　天龍の音ふけにけり。寝つゝ疲れの深きを　思ふ
寺山は　鳴く蟬の声しづまれり。こゝに湯を乞ひ　立ち行かむとす

草津

病《ヤマ》うどの宿せぬ湯屋に　来入り居り、夜《ヨル》を久しく　起きて居るなり
湯の町にあそべる　人の群れ見れば、疾《ヤ》めるも　人はたのしくあるらし

春の光り

今日ひと日霞みくらして　ゆふべなり。遠音の鳥は　谷に行きけむ
あらた代の睦月朔日《ツイタチ》。こと足らぬ憂ひはあれど、言ふこともなし
しづかなる心うごきや。山松に風とよむらし。ありつゝ見れば

並みよろふ山青垣に　日のあたるひと日　しみらに　春はさびしき

年どしに　山家《(ヤマガ)》さびしくなりゆきて、春さび居りと　こと告げ来たる

若き時　むごく叱りし教へ子の　春の手紙の　あらたまりたり

雪荒れて　山に命をおとしたる許多《コヽダ》の上を思ふ。睦月に——

山びとの娘の　市にうられ来る　ともしき年も、過ぎにけらしも

山荒れて　秋ひと照りの時の間もなかりし年も、あらたまりたり

曇る汐路

曇る汐路

日に五《イツ》たびの汽車　のぼりきりて、鰺ヶ沢　家ひた〳〵と並ぶ——海側《ウミヅラ》

海側《ウミヅラ》に　汽車よりおりて、乗り継がむ車待つほどに　曇り濃くなれり

みちのくの十三湊《ジフサンミナト》。渡り来る人絶えにけむ　昼波の　ひゞき

昼さめて障子にうごく波の照り　うつ〳〵見れば、風邪ごゝちなる

北国《グニ》の　ほどろに曇る夕やけ空。歩み出にけり。湊はづれまで

西津軽　能代道

磯原に　つぶさに並びうつる見ゆ。青年訓練の人そろへなり

大阪のよき人ひとり　宿すと言ふ。その人を見ず　立ち行かむとす

とび〳〵に　村は薄の岡のなか――。ゆくりなく見ゆ――。雪よけの垣

海の湯

今日ひと日　ながめ暮してゆふべなり。越路をすぎて　出羽に入る汽車

霙霽《(ミゾレハ)》れて　浜にぎはへり。はた〳〵も　幼鰤《フクラギ》もみな　舌につめたき

鰰《ハタ、、》のはらゝごの　口に吸ひあまる　腥《(ナマクサ)》さにも　したしまむとす

春の根雪

ほの〴〵と　思ひ見るすら雪深き　睦月の山は、ひそかなりけり

四方《ヨモ》山の根雪かすめる村にして、鬼の面《オモテ》を人くれにけり

ひたすらに　人ことわりて居る我を　知多万歳も　おとづれぬかな

春祭りの鬼の踊りの面《オモテ》ひとつ　彩《イロド》り暮す。きのふも　けふも

耶蘇誕生祭も　過ぎ行きにけり。よべの雪のすでに堅きを　掘り捨てむとす

家の姥《ウバ》に　物など買へとくるゝ銭《ゼニ》。畳に置きてよろこぶを　見る

暮れの　二十九日におしつまり　雪ふりにけり——。旅立たず居り

村の親

汐入り田は　霜折れ早し。さそはれて　我は到れり。蘆むらのなか

神《カム》さびて女夫《メヲ》の河童《カハゴ》の見ゆるさへ、あはれなりけり。水漬《ミヅ》き田の霜
村々の　水にとられしをさな子の命をおもふ。見ぬ　親々のため
をさな等《ラ》は　いづこにゆきて生きぬらむ――。かそけく思ほゆ。親々の願ひ
あたらしき　石の菩薩《ボサチ》のあかき　袈裟。その子の親の　名すら　つたなき
　東筑摩郡　朝日
ひとり出でゝ　我は遊べり。こだまする　朝日の村は、青山のあひだ
　こなや踊り
道の霜消えて　草葉の濡れわたる　今朝の歩みの、しづかなるかな
家々に　花はおほかた残らねば、だりやのあけの　しがみつきたる
榛《ハシバミ》も　勝軍木《ヌルデ》も　すべて枯れぐ〱に、山　ものげなき道　登り来ぬ
しづかなる山に向ひて　思へども、おもひ見がたきものこそは　あれ

をち方に　屋むら見えたる府中町《マチ》　八十《ヤソ》叢《クサムラ》につゞきつゝ　見ゆ
村なかに　昼日照りたる広き辻。ほしいまゝにも　人踊るなり
旅人《タビニン》の祭文《サイモン》がたり　うらさぶる辞宜《ジンギ》正しく　人に替りぬ
声さびてあはれなるをも　聴き居るに、祭文語り　かたり進めよ
時遅く　柿の実残る村里の梢見はらす　冬草の上
いきどほるすら　くやしとぞ思ふ。我よりもいやしきものが　われをのゝしる
かくしても　なほ堪ふべきか。ひたぶるに　才《ザエ》なき奴ら　我をのゝしる
おもしろき　こなや踊りを見て居しが、日野の夕汽車を　忘れ居にけり

大阪

時長き　老いはらからのあらがひは、わくる人なく　おのづから止《ヤ》む
すべなくて　世にある人と思へども、言和《コトナゴ》やかに　言ふべくもあらず

鶯の身じろく音の　あはれなり。命死なざるもの丶　かそけき
肩ひろく坐《スワ》りゐるなり。たはやすく　このよき人を　人のあざむく
たゞ二つ　年をへだて丶　兄弟《アニオト》は礼《キヤ》なかりけり。逢へばあらがふ
はらからの　一つ衾《フスマ》をかゞふりて寝しことをすら言へば、さびしき
雪ふりて　牡丹雪とぞなりゆける　障子をあけて、もだしゐるなり
うつそみの　兄の対《ムカ》ひて言ふことにあらざることを　すべなかりけり
曾我廼家のしばゐを見たり。老いづける　兄をしひたぐるを見て　おもふなり
年たけてたゞ二人のみ　残りたるはらからゆゑに、思はざらめや

　　鴈治郎病ひ篤し

むら〳〵と　見えてはためく　顔見世の幟のほどを　過ぎて来にけり

冬日《ビ》

春の日は 影なほ寒し。道のうへに立ちて焼かせぬ。橡《トチ》の餅《モチヒ》を

ひたすらに 踏みみくだきつゝ来たりけり。野篶《ノスヾ》かぶさる 峠の古道《コダウ》

ひたすらに おのが命のはて見むと 言ひにし人も 病みてほけたり

大宮 西角井正男、膈を病む

礼譲

自動車のほこりを かけて行くほどの かゝはりもなき人や 憎まむ

人疎き族娘《ウカラムスメ》のねぢけ言《ゴト》 憎みがたしも。あはれに思ひて

我よりも 貧しき人の言ふことの、礼譲《ヰヤ》正しきに おどろかむとす

乾く春

乾く春

春の日は　にはかに寒し。乾きたる地《ヂ》びたに並ぶ　乞食の御器《ゴキ》

乞食《コツジキ》の築《ツ》きくづしたる　竈穴《カマアナ》は、ひと方《カタ》に向きて　露《アラハ》に並ぶ

山川《カハ》のあはれなることは、水の瀬の浅きに浮きて　虫の生れぬ

藁塚のうへに　きたなく居る鴉――。黒ぐろと濡れてかたまりにけり

木叢《ボサ》ふかく　鶯の鳴く時過ぎて、山の乞食《カタキ》か　歌のさびしき

家群《ヤムラ》すら荒れて　住むなり。かたゐ等は　さゝ鳴く鳥も　とりて喰ふらし

かたゐ等の家は　くさむら。荒れあれて、こぞ居しあとは　すでに移れり

楚原《シモト》　うれかげろへる春の日に、風けぶり来る　冬土《フユツチ》の荒れ

はろ〴〵と　屋敷林の梢《ウレ》高き冬木けぶれり。春のあらしに

日の光りしみらに乾く村里に、響くものあれど、音としもなき

懶惰

あきらめて 起きむとすなり。吹きつぎて四日《ヨカ》と言ふ朝も つのりゐる風

とほ〳〵しく人はのどかになるものか。ゆき住みて げに 久しかりけり

牛部《ウシベ》屋《ヤ》と よごるゝ姥の住みどころは、見ることもなく 年過ぎにけり

国の秀

みふゆつき 春も卯月のけどほさは、陸奥《ミチノク》山に 咲きこぞる花

国の秀《ホ》の高きに 聞けば、ほのかなり。暁ふかき みどり児の声

年深く

年ふかきことを思へり。くりやべに 姥《ウバ》の立ち坐《ヰ》の、今日はひゞかず

とほ国《グニ》に 八十ぢ越えたる父持ちて 思ふと言へり。家の姥すら

松山の冬枝《フユエ》の荒れに 空透きて、睦月に近きなごみを おぼゆ

朝の日のさし入る 庭の土あれて、萩の古枝《フルエ》の こぞのまゝなる

遠つびと、我に告げ来ることのはも みじかゝりけり。年のはじめに

ものこほしく 出でゝ来にけり。道のべに たばね捨てたる 門松の枝

この国の人の心の たのみなくなりしを思ふ。年の廃《ア》れぬる

木曾

雨霽れて 村はひそけきあしたなり。山々の眠り 深みゆくらむ

峡《カヒ》の村 早く宿りて、風呂たゝぬゆふべを かたく坐《スワ》り居にけり

太ぶとゝ 梁《ハリ》仰がれて 居間寒し。国ところ訊《キ》く人に、書かせ居り

夜を徹《コ》めて 響くこだまか。木曾の谿深く宿りて、覚《サ》めて居《ヰ》るなり

冬あたゝかく 日ねもす汽車に乗り来たり、ひねもす 人とことばをまじへず

本山三男病む

はるかなるかなや。三年《（ミトセ）》となりにけり。汝《ナ》が病むをすら　思ひ見がたし
やみぬれば、筑紫びとはも　言ふことのおだしかりけり。人をいからず
　誰に与へけむ。今は忘れつ。
よむ歌も　みな心にかなひ行く　やみてこの頃　かそかなるらし

静けき空

送られ来て、檞《カシ》も　くぬぎも　ひたしづむゆふべとなりぬ。別れなむとす
山里の薄花桜　はつ〳〵に咲く時見れば、あはれなりけり
ひたぶるに黙居《モダヲ》る顔の　あはれなれば、告ぐることなく　別れか行かむ
から松の冬枝《フユエ》立ち繁《シ》む曇り空――。今宵の雪を言ひて　後《ノチ》なる
ながらふる雪吹きとほす　風の峠《タワ》。四方にひゞきて　雪の音のみ

山茱萸《サンシユユ》の鬱金《ウコン》しとゞに雪とけて、にぎ〳〵はしき里に来にけり

藜

物音はしづかなれども、狂人の夕かたまけて　かなしむらしも

事ぞともなく年は過ぎけり。まだ生きて　かの呆《ホ》け人は　狂ふらむかも

ほうとして　彼はあるらむ。忘れ居し気違ひ病院を　とほりすがへり

静かなるゆふべとなれり。鉄道草など　立ち枯るゝ空地《クウチ》に、歩み入りたり

病院に来《コ》しが　気違ひ多くたむろせるに、思ひかへして、出でゝ来にけり

藜《アカザ》の葉かさなりうごく葉のすぢの、わかれを　審《ツバ》らに見るに、おどろく

善光寺

春深き信濃の寺に、思へども――、かそけかりけり。父母のうへ

淡雪に、廻廊も　土も　ひた濡るゝ昼を見にけり。信濃のみ寺に

いつくしみ深かりけりと 言はめやも。かく おのづから 恋しき父母

わが心 あやまち多くならむとす。この盛時《サダ》過ぎて、父母思ほゆ

父母も 今はおはさず。とほ〴〵し 我が族《ウカラ》びと 殖《(フ)》えにけらしも

仏《ホトケ》をら 思ひみがたくなりしよに、父母を思ひ おもひさびしき

信濃路にかひなきものは、白樺《シラカンバ》の太木につたふ――淡雪のすぢ

信濃べの春 たけゆきて、山の草 野のくさびらも 煮るべくなりぬ

野草

春の日の青草原に すかんぼの芽立ちは赭《アカ》し。広く 一むら

すかんぼの 低き芽出しは、沙原に 枯れ葉のごとく 捲きて散りたり

うら〳〵と 野に照る日かげ もはらなり。田へひくみぞの 寒き水おと

川祭り 戯歌

松蟬は　すでにうまれて、山ゆする響きのとよみ　耳にさびしき
松山の松の梢《ウレ》鳴る夜を徹《トホ》し　蛍をとりて、水にはなたむ
井《ヰ》の面《オモ》の　澄み〳〵て、朝はしづかなり。水無月の水　こほらむとすも
水無月の望《モチ》の夜《ヨ》。月は冴え〳〵て、うつる限なし――。地にをどるもの
村の子は　徹夜《ヨヒト》　相撲《スマ》ひて　明くる朝　草露ながら起き別るらし
麦を刈れ。火は燃えやすくなりにけり。夜ごろ　蛍のふえまさりつゝ

追ひ書き

昭和五年五月以後、十年七月に到る間の作物、本で言へば、前歌集「春のことぶれ」につぐ、凡、四百八十首をひと纏めに、仮りにつけてあつた「水の上」といふ名をそのまゝの集を出す。多くは印刷物で発表したもので、中には少々、その場きりの即興の作物などがまじつてゐて、此だけは世間の目にふれて居まいと思ふ。此外にも、口拍子にのつた様な類は、相応にあつて、その時限りに散逸したことゝ思はれる。其上、一巻から五巻に通じて、皆時々の作歴の上に遺漏したものゝ多からうことは考へられる。其中、偶然見つかつたものや、又公表に到らなかつた原稿の、どうにかかうにか形になつて、同時に出来た連作歌の意義の、補足になりさうなものは、古手帖などから抜いて、最後の巻に纏めることにした。

亡き春洋は、かう言ふ集の出来るのを予想してゐた。此「水の上」にしても、続いて出る「遠やまひこ」にしても、その心ぐみでしてあつた編排を、毫も更めなかつた。今この集を出すにあたつて、自分でも少々目をとほして見ると、何でもないことで、私の歌集の一つの癖のやうなものゝ、あるのに気がついた。其は正月の作物の多いことである。正月発表の作物だから、前年十二月に出来てゐたものに違ひない。さすれば、雑誌編輯者にせめられて作ることの、最多い時だけに、歌自体も、雑誌の為に作つたものが多い、と言ふことになる。せまらねば作られないといふ悪癖と、せまられゝば、非常に薄い感興でも、強ひて逐つて作ると言ふやうな、好しくない傾向のあることが、まざ〴〵としてゐる。長篇文学なら、勿論其はある。が、短歌のやうな抒情小篇では、さう言ふ行き方は、出来るだけしないですますことも、出来る筈である。結局は努力が足らず、極度に精力を欠いてゐるからである。

だがもつと、私だけには意味のある原因が隠れてゐさうである。私の生れた折口と言ふ家は、数代、医者と生薬《キグスリ》屋を兼ねて家業としてゐた。歳の暮れや、春のはじめの賑はしく、又おしつまつた家の内外の生活が、幼年期以後深く印象してゐる。其で、歳晩の歌を想ふと、人よりも楽しく浮んで来るのである。誇るに足る歌はあまりないが、其でも、誰とも違つてゐる歌と言ふのが、歳暮年始の交錯する時分の作物に、多いことは考へられる。

山の歌の多いのは、民族採訪の為に、自然わりあひ容易に成跡のあがる、山村旅行を重ねてゐた為に、さう言ふ人々・村々の印象が残つてゐて、さうした動機を追求して行くと、つい其が出て来るのである。さうかと言うて、最たのしく、恋しいものを思ふ程に、心に沁みてゐる地方々々に即した諷詠の、却て少いのは、いつも慊《アキタ》らず思うてゐることである。

戦争たけなはになつた頃、硫黄島へ渡つて半年、とう〳〵向うの焦土に委して、還らなくなつた春洋は、作歴の、この集に入る二年前、昭和三年十月、家に来て住んだ。だから、此頃から家びとゝしての親しみが、互の心に熟して来たので、旅にも多く連れて出た。さうした旅路の一々の思ひが、この歌集及び、次の「遠やまひこ」には、はりついたやうになつて残つてゐる。

既に述べたとほり、整理に洩れた、未発表の作物が、相応にある。ともかく歌の形をして居て世間に示さなかつたものゝ外に、全然人目にふれない渾沌たる、未成品をも含めれば、なほ可なりの数に上る。今度の私の作品集成は、さうした部分にも、立ち入るつもりである。作物の陰にあつて、自らその注釈になるやうな多少の意義あるものも、あるであらう。だから、この「水の上」にも、逸してゐる幾十首かの残篇が、ある訣である。

釈　迢　空

製作年表

水の上

水の上（五首）　昭和五年　五月
山霞む日（五首）　五月
大和の山（四首）　五月
古びと（三首）　十一月
発哺（九首）　十二月
年かはる山（九首）　昭和六年　一月
正月籠居（四首）　一月

寂しき春

寂しき春（五首）　四月
かゝる第一義（四首）　二月
ほの〴〵と（二首）　昭和七年　一月
山家（二首）　一月
下町（二首）　一月
別所（二首）　一月
寒かぜ（三首）　一月
津軽（五首）　二月
春の峠（三首）　四月
吉野山（二首）　四月

鹿籠の海

鹿籠の海（九首）　十月
沙丘の木（一五首）　十一月
山のそよぎ（一〇首）　十一月
穎娃の村（一〇首）　十二月
奥州（九首）　十二月
歳木（八首）　昭和八年　一月
山凪ぎ（六首）　一月
品川詠物集（二〇首）　一月
ゐなかびと（二首）　一月

山の音

山の音（六首）　一月
みぞれの庭（三首）　一月
恐山（二首）　一月
春待つ頃（三首）　一月

最上（四首）　昭和八年　二月
巌崩え（一二首）　三月
冬木（五首）　四月

池　寺

池寺（一四首）　五月
春の村（六首）　六月
川上の空（六首）　七月
吹く風（七首）　九月

つら杖

つら杖（一首）　九月
調和感なき日々（七首）　九月
山阪（四首）　九月
山の虫（九首）　九月
谷に向ひて（六首）　九月
夜鷹（七首）　九月
朝やけ（七首）　九月
心まづしく（八首）　九月

信濃びとゝ共に

春のおとづれ（四首）　昭和九年　一月
年明くる山（六首）　一月
雪のうへ（一首）　一月
仙台なる人に（五首）　昭和八年十二月
山の湯処々（一三首）　昭和九年　三月
信濃びとゝ共に（七首）　四月
元日の夜（一首）　四月
虎杖丸（五首）　五月
老婢（五首）　六月

くさむら

くさむら（一二首）　八月
村踊り（六首）　八月
夏相聞（七首）　八月
山厨（一一首）　十一月
春の光り（九首）　昭和十年　一月

曇る汐路

曇る汐路（一一首）　昭和十年一月
春の根雪（七首）　一月
村の親（五首）　一月
東筑摩郡　朝日（一首）　一月
こなや踊り（一二首）　二月
大阪（一一首）　三月
冬日（三首）　三月
礼譲（三首）　三月

乾く春

乾く春（一〇首）　四月
懶惰（三首）　四月
国の秀（二首）　五月
年深く（七首）　一月
木曾（五首）　一月
本山三男病む（三首）　一月
静けき空（六首）　七月
藜（六首）　七月
善光寺（八首）　七月
野草（三首）　七月
川祭り　戯歌（六首）　七月

遠やまひこ

『遠《とほ》やまひこ』

○昭和二十三年三月一日、好学社より〈釈迢空短歌綜集四〉として刊行。四六判、三四四頁。定価百七十円。

○昭和十年十一月より同十六年五月(作者四十八歳より五十四歳)までの作品四八二首を収める。うち六三首の作品(改作を含む)が『天地に宣る』より再録したものである。

雪ふたゝび到る

凶年

なかくに鳥けだものは死なずして、餌ばみ乏しき山に　声する

家に飼ふものは　しづかになりにけり。馬すら　あしを踏むこともなし

山の村に　幾日すごして　出で来つる我の心の、たのしまなくに

村山の草のいきれを　のぼり来て、めくらを神に　いはふ祠《ホコラ》あり

春ひねもす

日ねもす　すわり居たりしか――。この夕光《ユフカゲ》に、山鳥　きこゆ

年深く　山は静かになりにけり。山鳥の声　あはれ　うつるも

年かへる日に逢ふ今日か。旅にして　巷の人を出でゝ　見むとす

この朝明《ケ》　熊野《クマノ》速玉《ハヤタマ》　神《カミ》の門《ト》に　羽《ハ》音さやかに　おり来《コ》や。鴉《（カラス）》

山かげは寒しといへど、雲きれて、睦月こゝのかの日ざし　あたれり

賑はしき年とはなり来。門《カド》松に雪すこし散りて　人の音する

歳の朝　人ことわりて会はねども、人来ることは　あしくあらなくに

年どしに　人いとふ癖つのるらし。睦月の朝を　坐りゐるなり

ひた〳〵と　跫音《アノト》聞ゆるゆふべかも。山深く行きて　帰り来にけむ

年暮るゝ山のそよぎの　かそかなる幾ところを過ぎて、我は来にけむ

瑞穂精舎

炉は消えて、三畳の部屋の荒壁に、念彼《ネビ》観音の軸を　かけたり

かたくなに　炬燵きりたる部屋寒し。畳の砂を掃くあるじかも

大宮の春

ほのかにも 聞え来るかも。大宮のうちの起き臥し たゞしくいます

大宮のみほりに落す 御井《ミキ》の水――。見つゝ罷《(マカ)》りて、夜はにひゞくも

　よき人

乏しくて礼譲《キヤ》知る人は、言ふことも 我の心を たのしからしむ

暇乞ひて 心ゆたかになりゐたり。このよき人を 訪ね来にけり

　閉伊郡

夏の日の 日でりおくれて、水漬《ミヅ》き田は、穂に立つ葉なく 白みそめたり

朝立ちて 夕まけくだる峠下《シタ》 夜《ヨル》につゞきてふる 雨の道

　雪ふたゝび到る

　　初め、大雪の来たのは、二月四日である。此夜にはかに、友人を亡ふ。

如月の夜に積む雪の いちじるく生き〳〵てこそ はかなかりしか

逝くものは疑ひがたし。あかつきと　雪ひたすらに　明り来にけり

ふる雪の　ほどろ〳〵に落ち来たる空に向ひて、さびしまむとす

明けがたの雪を踏み〳〵　老いびとの悔《クヤ》みに来るを　見迎へてゐる

再度の雪、東京を埋む

たゝかひを　人は思へり。空荒れて　雪しと〳〵とふり出でにけり

つゝ音を聞けばたぬしと言ふ人を　隣りにもちて　さびしとぞ思ふ

三矢先生

先生を悲しんだ翌朝、琉球へ旅立つたことも、遠い記憶となつた。今年はそれから、十三年になる。さうして、また、明日は、南島へ向はうとして居る。

師は　今はしづかにいます。荒あらと　われを叱りし声も　聞えず

我が耳は聞かずやあらむ。窓の木の　梢《ウレ》うごくよと　言ひたまひけむ

十年《(ト、セ)》あまり三とせを経たり。師の道も かつあやまたず 我は来にけむ

山びと、共に

湯の村は 山浅くして、川牀に伐りおろされし 木天蓼《マタヽビ》の枝

山の蜾螺《スガル》のひとつ 出で入る道のうへに、立ちどまりつゝ かそかなりけり

この夜ごろ よく眠るなり。寝につけば、ほと〳〵白む朝《アシタ》を 知らず

大きなる山虎杖《ヤマイタドリ》の葉の面《オモテ》に、我がつく息のなづさふを 見つ

山びとの市に出で来て 買ふ物の ともしげなるが、あはれなりけり

山人の 山より来たり、雪の町にかたらふ声の大き けうとさ

はるかなる島

はるかなる島

久高《クタカ》なる島の青年《ヨグナ》の言ひしこと　さびしき時は、思ほえにけり

久高島。首里から陸路三里、海上三のつとの東海にある。神の島と言はれて来た。人は神を思ふこと篤く、未、人にして神なる祝女の威力が、深く信じられてゐる。常は女ばかり、其に、老癈の男の、寂かな生を営む低平島《ヒラシマ》である。唯、若い男も、遠洋の荒稼ぎに堪へぬ病弱な者ばかりが、稀に寂しく残つて居る。

久高より還り来りて、たゞひとり思ひしことは、人にかたらず

東京のよき唄をひとつ教へねと　島びとは言ふ。礼《キヤ》深く来て

はろ〲となりゆくものか。伊平屋島《イヘヤジマ》　後地《クシヂ》の山は、前島《マヘジマ》の空に

伊平屋島は、那覇から航程一日の洋中(ワタナカ)に在る。大きな島二つに分れて、

前地《メインチ》は伊是名《イぜナ》、後地は、伊平屋と言つてゐる。

遠ざかり来て、阿旦《アダニ》の藪に降る雨の音を思へり。島は昏れつゝ

波の音暮れて　ひそけし。火を消ちて　我はくだれり。百按司《モヽヂヤナ》の墓

国頭郡運天港は源為朝の舟はてした地と伝へる。崖の高処・低処到る所に、古代の按司《アンズ》の墓と伝へて、陶甕に骨を収めた塚穴が、幾十となく散在してゐる。

島山の春閑《シヅ》かなる日を経れど、春唄うたふ乞食《カタヰ》にあはず

「梅が香や　白良　落窪　京太郎」の、句に残る其「京の小太郎」の物語を主として語り、春は、人形を舞して島々・村々を廻つた日本《ヤマト》の芸能人があつた。その裔《スヱ》は念仏聖として残つて、かの古い語りごとすら、今は忘れて行くやうである。

国頭《クニガミ》の山の桜の緋に咲きて、さびしき春も　深みゆくなり

国頭《クンチヤン》とも発音する。沖縄の中、最地高く、旧習の多く存してゐる地方。此国土の著しい歴史を形づくつた旧族は、大抵この、山と海との、繁く入り乱れた処々から、出たのである。

山菅のかれにし後《ノチ》に残る子の　ひとり生《オ》ひつゝ、人を哭かしむ

末吉安恭は、才能と、善良とを持って、不慮の事に逝いた。思へば、この人にあうたこと、前後二度を越えないであらう。その後、十四年を経て、其よい印象は、島の誰の上よりも深く残つた。那覇退去の日に近く、遺児某女の訪れを受けた。陳べ難い悲しみを感じて作つた万葉の旧調。故人の筆名の麦門冬は即、旧来、山菅だと解せられてゐるものである。

波の色

柏崎《カシハザキ》の町見えわたり　長浜の草色とまじる　海人《アマ》の茅屋根《クズヤネ》
崎山の篠《シノ》も　薄も臥しみだれ、海風　ひたとおだやむ夕
崖したに　干潟ひろがり物もなし。ひそけきゆふべ　浪のよる音
静かなる夕さり深き浪のおも――。海より風の吹く　音もなき
寒ざむと　佐渡に向ひて波ひろし。ひたすら　海の色さだまりぬ
かたよりて　雲の明りの　なほ著《シル》き海阪《ウナサカ》につきて、佐渡　低くあり

念珠ヶ関を越ゆ

越後路《エチゴヂ》を北に進みて　雪浅し。浦々　火ともす　庄内に入る

寝台の寒暖計ののぼり来る　このせつなさに堪へて　寝むとす

故　旧

山里びと

わが来たり　久しく起きてゐる家の　夜はのあかりにむきて、思へり

いにしへびと　我に言ふことのあはれなれど、この人さへや　我をあざむく

へつらひを人に言はれて　さびしけくなり来る心　せむすべもなし

あきらめて応《イラ》へて居たり。いにしへの知れる人すら　へつらひを言ふ

なき小林寛斎の故家をとふ。

塩尻の駅家《ウマヤ》を出でゝ　槻の木の一むら紅葉の村に、向き行く

よき人も　かくし　静けくなりにけり。卒都婆のまゝの墓の上の　霜

冬早く到れる　村の墓林。人居《ヰ》近くて　もの音聞ゆ

草かげや――槻の紅葉を踏み入りて、水むけの具《グ》の清きに　かなしむ

藪原を深く入り来て、この村の昔の人の　白き骨を　踏む

白布高湯

このあした　睡りまなこを据ゑをりて、身にまとひ来る蠅を　憎めり

深々と　湯川に浸り居りにけり。あたまを振りて　虻《(アブ)》を逐ふなり

時おきて　膚により来る虻ひとつ　力をこめて　叩き殺せり

谷林に　そう〳〵と音は来たれども、昼山おろし　雨をまじへず

沢なかに湯花かきつゝ遊ぶ子に、声かけとほる。互《カタミ》に　ひとり

夕ぐれて、湯に引く川の細き瀬は　けむり立て居り。ところぐに
湯量《ユガサ》増す　萱原なかの湯の末は、おほむね　道にあふれ居にけり
道のうへに立ちつゝわれは　山の蜱《イトド》の　わづかにうつるふるまひを　見つ
夏にして　朝宵冷ゆる山の土に、はらゝに出でゝ飛ぶ虫　あはれ
土のうへに掘り並べたる筍は、とりつゝ見れば　指ばかりなる
萱原のうへに　のび出でし一むらの　山萩の枝《エ》の、なまめくを　見つ

まどろみ

しづかなる秋のひと日や。うつらぐ　さびしき音を　聞きとめて居り

春日ごろ

うらゝなる春日ねもすを　出で遊ぶこと　七日にも　なりやしつらむ
うつぐに曇りて居たり。谷越えて　春のこだまは、時にこたへず

山に来て　村のゝどけき時に居て、たゞひと木咲く花に対へり

をみな子の　才《ザエ》も鋭《スルド》にもの言ふは、悪しからねども　さびしかりけり

花見びとの踊りうたへる群れに向き居て、煮抜き卵に　噎《ム》せにけるかも

台湾へ向ふ人に

夏久しき国に住みつくはかりごと　君がすと聞きて　たのしかりけり

出　羽

雪を払ひ乗りてはおり行く人を見て、つく〴〵と居り。汽車のひと日を

昼遅く　鉦《(カネ)》を叩くが山中に響くは、雪に　人を葬《ハフ》るなり

日は天頂《ツジ》にのぼりて　頓《トミ》にくらき日か。雪踏みに来る　小学生の声

昭和十二年春早く

我《ワレ》どちよ。草莽人《クサカゲビト》となり果てゝ　慨《ウレ》たきときは、黙《モダ》し居むとす

みつ〳〵し伴《トモ》の隼雄《ハヤヲ》は、あやまちも、直《ヒタ》ことあげてするが、さびしさ

みつ〳〵し伴の隼雄は、よきことをよしと言へども、何ぞ　こゞしき

あるにかひない身を歎けば、心は、おのづから、ほしいまゝになり行かうとする。

事ごとに　胆《キモ》のすわらぬ男にて、我はさながら　老いづかむとす

若くして遊び暮してありし日を思ふ　かそけさ――。人に知らえず

死者の書

死者の書

「死者《シシャ》の書《フミ》」とゞめし人のこゝろざし――。遠いにしへも、悲しかりけり

神像に彫《エ》れる　えぢぷと文字よりも、永久《トハ》なるものを、我は頼むなり

神像と　木乃伊《ミイラ》と　幾つ並ぶ見て、わが弁別《ワカチ》なき心に　おどろく

若き時 人にまじらむ衣なみ、はかなかりしか。とほく遊びて
わが衣《キヌ》の 垢《(アカ)》づく襟のあはれさを 歌によみしも、この人なりけむ
　五十《イソ》ぢびと

鉄骨の大《オホ》天井に いかめしく 仰ぎて見たり。縦横《ジュウワウ》のひゞ
建て物のなかに入り来て、朝響く この牀《ユカ》音に 聞きおぼえあり
うまし物 さはによびとり、喰《クラ》ふなり。わが友だちは みな老いにけり
友だちは 酒を呑めども、正しかり。かく正しきを見れば、なげかゆ
いくさびとは いくさの道に、司びとは 大まつりごとに——。たゞに其のみ
　桜のゝち

連翹《レンゲウ》の枝に　霰のふりたまる朝を出づなり。人の職のため
春に入りて　ふたゝび寒し。あたらしく職うしなふと　告げに来しひと
のどかなる日を出で来つる　花の道。職をもとむる人に遇ひて　還りぬ
死ぬばかり愁ひ来し人に　就職《アリツ》かせて、さびしくなれり。忘れなむとす
悪友会。わが同人のあひだに用ゐ慣れたる反語なり。
かつ〴〵にへり行く友か。花の下に　我がたのしさは、寂《シツ》けかりけり
軍艦をひとり見に行く　静かなるたのしみをもちて、人にかたらず
久しくて上陸をして　行く如し。あまり静けき海を　来つれば
黒ぐろと　波はうごけり。たゞ一人　歩みてゐるに、おどろきにけり
はる〴〵と　来て疲れたり。夕波のあがる突堤《トツ》ゆ　歩みかへしぬ
寒き日を　海道《カイダウ》沿《ゾ》ひの町場《マチバ》三つ越えて　夕づく冬草の原

湯の宿

いと長く　およそ一丘《ヒトヲ》を越しゆかむ夜《ヨル》の廊下に　立ちて、聴くなり
風の鳴る音　時どきにとだえ居り。山はほの〴〵　春ならむとす

旧　族

天霧《アマギラ》ひ雪ふり来たる。あはれ　はれ、けふも　よき人のころされむとす
この国のひとの心の　やすからず。春深く　雪はふりてこゞれり

卒業式の日、家居りて

ことし　雪しば〴〵来たり　春おそし。若きかどでを　おくらむとすも

故人歿後、四散したる氷室氏の子ら、一年にして集ひ、家をなすことを得たり。

嬉しくて　ひと夜ねむれり。みなしごのはらからの荷を　出しやりつゝ
銀座より疲れ帰りて　むくみたる脚をさすれる若者に　対す

その良彦も、既に亡し。

煤ふる窓

煤ふる窓

やどりする心になりて、昼くだち　子どもあらがふ村に　入り来ぬ

ひろ〲と　空照りかへす曇り波。鵜の鳥ひとつ居《キ》る岩　見ゆ

親不知《オヤシラズ》の駅を来離れ、やゝ久し。ひたすら蒸《ム》して　荒るゝ海面《ウナヅラ》

若き時　遊びくらしてさびしかりしが、老いそめて今　切《セツ》におもほゆ

くるしくも　旅の日なかに人に会ひ、目に入る汗を　拭ひだにせず

ねむり来て　我は疲れぬ。信濃べの車牕《(サウ)》の山に　なほ残る雪

陸中岩泉道

山鳥の道に出で居ておどろかぬところを 過ぎて、なほぞ 幽《カソ》けき

萱山

ちりぢりに 人は帰りぬ。静まれるかどべの霜に出でつゝ あゆむ

いきどほろしく 人にむかひて言ふことをつゝしみ暮し、日ごろさびしき

春の日の ほどろにたけし草の原。踏み入りて ひとり 声を立てたり

山の悲しさ

萱山に 炭竈《カマ》ひとつ残り居て、この宿主は 戦ひに死す

若き日を炭焼きくらし、山出でし昨日か 既に 戦ひて死す

孤独

生きて我還らざらむと うたひつゝ、兵を送りて 家に入りたり

たゞ一人 ふたりと 肩を並べ行き ひそかに別るゝこと 欲《ホ》るらむか

送られ来し兵は しづけき面《オモ》あげて、挙手をぞしたる。はるけき その目

たゝかひは、国をゆすれり。停車場のとよみの中に、兵を見失ふ

秋　霜

直土《ヒタツチ》に 息絶えゆく隊長を再《マタ》見ざりきと言ふ 旗手のふみ

いさましきにうす映画に、うつり来《コ》ぬくさむら土《ツチ》を思ひ、かなしむ

戦ひに堪へゐる時に、我が知れるひとり〳〵も よき死にをしつ

箱根明神ヶ嶽に迷ふ。十二月一日夜。

航空機《（カウクウキ）》は 山とよもして過ぎにけり。静けき夕と なれる空かも

山沢《サワ》の荒き木叢《コムラ》に 飛行機のおちにしあとも、古墓となりぬ

十二月六日

今の間に たまきはる命思ほえて、いくさのらぢお 捻ぢにけるかも

よく死にゝけりと 思はむ。ものゝ数ならざるものは、さびしけれども

今日生きて 明日を思へり。夕闇の空より過ぐる 飛行機の音

霜凪ぎ

大霜《オホシモ》は いまだ到らず。昼過ぎて 低き靄立つ山原のうへ

朝山に 霜凪ぎの日のさし来たり、毛ばかりになれる鳥のむくろ 見つ

戦ひの年のしづけさ。諏訪びとは 早く 秋繭も売りはなしたり

諏訪の湖《ウミ》 凍るに間あり。冬凪ぎのひと日 のどかに曇りとほせり

今日の午後 汽車より来たり、日本第一諏訪明神《ミヤウジン》のみ社を 望む

冬木の村

冬木の村

夜《ヨル》深く 信濃境《ザカヒ》に汽車とまり、雪のふりやむけはひを おぼゆ

山の葉《ハ》の 荒けくおつる音さへや、霜月ふけて、しづかに聞ゆ

ひろ〴〵と 凩《(コガラシ)》とほる八ヶ岳 裾野の草の 暁の光り

雪深き山路越え行くわが跫音《アノト》――。ことあやまちし年 過ぎむとす

草枯れの山膚《(ヤマハダ)》 直《ヒタ》にさがりたり。鶫《ツグミ》ひろひに来し、村のうへ

雨あがる山の端の空 色澄めり。木地屋《キヂヤ》の神の祠に のぼる

寺山にひと日のぼりて居たりしに、木の葉のそよぎのみ 聞えけり

山かげの一むら松に雪散るを 見つゝ 今日の日も、ゆふべとなりぬ

多賀の宮 夜はに参りて、古宿の白き障子のなかに ねむりぬ

われの行き 行きとゞまらむ日を思ふ。疲れて 土の上に目あかず

頰赤き一兵卒を送り来て、発《タ》つまでは見ず。泣けてならねば

今しはも 人死ぬらむよ。氷土《ヒツチ》の上、命の際《キハ》の言問《コトド》ひもなく

庭も狭《セ》に 食用菊を栽《(ウ)》ゑたるが、戦死者の家と 教へられ来ぬ

田をあがり来て、雪袴を脱ぎ行きにける兵も、死なずて戦ひ移る

溜め肥えを野に搬《モ》つ生活《ヨスギ》 つく〴〵に歎きし人は、勇みつゝ死す

汽車の牕《(マド)》 あけ放ち居し若き兵の 面《(オモ)》わはすべて 遠ざかりたり

この谿に向きて歎きしも昔なり。人老いやすし。息づきやまむ

古びとの なほ住むと言ふ山見ゆる――。ほのかにだにも こと告げよかし

苦しき海山

いこひなく 日毎過ぎつゝ、いちじるき今年の暑気《ショキ》も、語ることなし

今年、選集「新万葉集」を選ぶに苦しみ、心に適ふ処を求めて、屢移る。晩夏・初秋の風物、我を喜すこと少し。

暑けくに 青虻ひとつ飛びめぐる部屋をとざして いきどほり居り

自動車をとゞめし人は、ましぐらに 磯波白き浜に くだりぬ

ことしまた 庭草むらの夏花の 盛りすぐして、家に還らむ

時鳥 夜毎寝頃に鳴く声を、心にしみて 聴くこともなし

いくさ人 生《イ》き膚こゞり歎く声 我はも聴けり。さ夜を覚めつゝ

正月

山びとの 年《トシ》の睦月《ムツキ》におこす状《フミ》 こと古《フ》りたるも、のどけかりけり

山の端

山の端

田居《タキ》の火の火気《ホケ》 ほのぐ〳〵と蒼《(アヲ)》みつゝ、春はまた 寒くなりにけるかも

大き家《イヘ》は 響きと言ふも稀なれば、ことひそやかに 妻ともの言ふ

世のさがの 激しくいたる山の村に、この大き家《イヘ》を たもち行かむとす

山の薯《(イモ)》掘りて 山より降り来し たそがれ顔《ガホ》の村びとに 逢ふ

人疎《ウト》きとなり屋敷は 住み荒れて、その子らの声 時に泣き立つ

雪の降る山より来たり、朶《ソダ》解きてしめす――荒木の 白き肌かも

都べにうつろひゆきし村びとの　幸薄《サチ》げなるふみのしたしさ

よきこともあらざるらしと　つぶやきて、東京よりのたよりを　うちおく

山の餌喰《エバミ》　おほよそ人とりにけり。けだものは、出でゝ　野を荒すなり

この冬は　猪ふえにけり。たゝかひにかゝはらなくに、山は荒れたり

たゝかひの年は　かへりぬ。野山にも　行き連れて子らは　よく育つなり

牽かれ来て　子らと遊べる馬の子は、おのれ　みじかき尾を　ふりにけり

山葵《(ワサビ)》田に　おし靡《ナ》み光る夕づく日　人稀に出でゝ、畔《クロ》を行きたり

冬山の榛《ハリ》の芽房《メブサ》を　仰げども、やるかたはなし。空のゆふべに

榛の木の冬芽は　いまだにほはねば、かなしみ深き　山を降れり

うち群れて　村の子とほる。諸声は　きびしき風のなかに　入り行く

うちむれて　村の子とほる。村の子は　唄荒らけく　歓ぶらしも
山おろしにさからひ響く子らの声。姿鮮明《ツバラ》にうごく　山腹《ハラ》
子ども居し日向は寒し。沙のうへに　かげろふ立てど、散りわかれ行く
村の子の　聞き羨《トモ》しがるよき唄も　親はをしへず。さびしむらしも
道祖神《サヘ》まつり過ぎてしづまる村の子の　そぶりさびしく　なりまさるなり
村の子の　ひとり〴〵に出で立ちて――見る青空は　しづけかりけり

曾我の里

霜荒れの下土《シタ》深き杉林。この道　曾我《ソガ》の中村に　越ゆ
曾我の山　麦の葉生《ハバ》えに寒き風。はたらく子あり。遊べる子あり
梅の花　すでに盛りの村に入り来て、雛《ヒナ》を棄つる子の群れに　あふ
いにしへに　よきはらからの生《オ》ひし里――。曾我の家群《ヤムラ》は、ちり〴〵に見ゆ

曾我寺の岡にのぼれば、わかれ見ゆ――。日向　山背《ソトモ》の　村の家々

ひそかなる笑みをこらへぬ。曾我の子の　古木《フルキ》の像を見つゝ　よろしき

寺の子は寺の子さびて遊ぶなり。声に立てども、音ぞ　ひそけき

山寺の昼を罷らむ――。篁《タカムラ》におち行く水の音　ひゞくなり

村の藪　深く自転車乗り入れて　入り行きし人は、何をせるらむ

今は　冬もまたく過ぎたり。日あたりに　ひとしきりづゝ降る　梅の花

冨士の雪　かく思ほえぬ鄙《(ヒナ)》の村の　裏山のうへに、尖《サキ》ばかり見ゆ

足柄上郡

山の上の雪は　たひらになりにけり。いよ〳〵晴るゝ　川上の空

み冬つき　日ねもす温《ヌク》き磧《(カハラ)》べに、音かそけしも。沙のうつろふ

この冬は　雪到る日もなかりけり。道のあら草の　青茎の色

春浅き日をひとりなり。水のうへに、童の如し――われ立ち泳ぐ

ほと〳〵におとづれ絶えてある彼も 死にてあらめや。春日のどけく

川上の足柄山の冬肌の 荒れしがまゝを 見てすわるなり

鶺鴒《イシタヽキ》 ひとつ出で居て遠ざかる――水上《ミナカミ》の色 今はしづまる

今日ひと日 あたゝかなりき。夕近く 穴より出でし蛇を ころせり

ひと群《ムラ》のかりやす薄 立ち枯れて、かげろふ見れば あはれ 揺れ居り

川原風 やみて時あり。日の窪に 伝はり来たる 松が枝《エ》のさやぎ

あたゝかき磧に居りて ねむりけむ。手の本ゆ出でゝ 手につたふ蜘蛛

自ら戒む

うれひ給ひし耳の、聾ふる年に到らで、三矢重松先生失せましき。今年は、十五年に満つ。

ねもごろにものを思へば、師をおくりて 二十《ハタ》年《トセ》近し。我はうつらず

さきはひの　何と言ふ我ぞ――。今さへや　夢に見る師は、我を叱れり

両親既に亡く、一族漸く少《カ》け行くほど。

相思ふ親はらからに、こゝろよきことばを聞かさず、なり果てむとす

目を養ふとて、暇ある毎に野に出づ。野は春至り、又冱え返りて、景
常にひとしからず。

水の瀬のあはれは　知るや。昼たけて　夕づくころの　澱み行く音

もの音は　今は聞えぬ夕川の　瀬に立つ波の、色のはげしさ

水の瀬に立ちけぶりつゝ　をちこちの激《タギ》ちは、音も立たざりにけり

如月のはつか過ぎたる空の色――。夕月殊に　色めきて見ゆ

夕月の光りまされり。とほぐ〵に　山のこだまの　かへる　しづけさ

静かなる四方の霞と　なりにけり。夕まけて　瀬は鳴り出でにけり

水の面《モ》は　色濃くなりてしづまれり。耳にみちつゝ行く　川の音

羽越線

汽車の中に　泣きかまはれぬ子はかなし――。すちいむ　昼をいきれ来にけり

春寂び

叢に澄みて日の照る寂けさを　たのしとぞ　人を遠く去らせぬ

冬いまだ深からぬ時に　綏遠《スヰエン》ゆおこしゝふみの、後《ノチ》たえにけり

わが心のさびしきことを人知りて、けだもの　仏《ホトケ》となる画を　くれたり

春の日のひと日　昏れ行くのどけさに、用もちて来し人を　かへせり

朝明《ケ》より人にあひつゝ、夜の更くる春しづけさに　戸をとざすなり

古き教へ子、おほかた我より若きこと、十を踰《(ヨ)》えず。つぎ〳〵出でゝ、人の国土に苦しむ。

みつ〳〵し伴《トモ》の隼男《ハヤヲ》に　向きて言ふ語《コトバ》にあらず。我はくどきぬ

みつ〳〵し伴の隼男は、我が老いの深く到るを言ひて、出で立つ

那覇の江

那覇の江

南《ミムナミ》の波照間《ハテルマ》島《ジマ》ゆ　来しと言ふ舟をぞ求む。那覇の港に

洋中《ワタナカ》に　七日《ナヌカ》夜《ヨ》いねて来しと言ふ　波照間舟《ブネ》に、処女居にけり

那覇の江にはらめき過ぎし　夕立は、さびしき舟を　まねく濡しぬ

をちの海　夕片照りに——干瀬《セ》の浪の、いよ〳〵白く砕けつゝ、見ゆ

干瀬、珊瑚礁の方言。

青波に入りて　たちまち消え行きし　さびしき舟か——。波照間の舟

凪ぐ湖

宿のうちに　旅絵師ひとりとまり居て、立ち居にひゞく音の　あはれさ

青塗りの舟二つある　朝げしき。村の疏水に　汽罐《(キカン)》はためく

鳶の鳴く空まだ暗し――。しづかなる日と明けて行く――五月ついたち
大きなる欄干橋ありて、村低し――。疏水のうへに　網をさばけり
並み蔵の白壁　光る湖の村――。低く続きて　波間より見ゆ
思ほえぬ方になびける　汽車の煙り――。敦賀へ向ふ軌道かゞやく
時長く　ひたに輝くさゞ波か。彦根　長浜　山がくれ居り
新《シン》暦の五月《ゴグワツ》を　ひかへ俄かに暖し。遅き桜も　おほよそ散りたり
静かなる朝は　声立つ宿のうち――。よべ遅く来て　いねし我なり
日の光り　雲にこもりて、むし暑し。霽れ方《(八)》になる昼の　まばゆさ
山芝に　小松ちりぼふ朝なれば、静けさ過ぎて　ねむりけらしも
ひとゝころ鶲《ヒタキ》の声の　つゞき居る朝の間　長き飯《メシ》を　終へたり
自転車を乗り入れて来る人ありて、朝鳴り軋む　村の吊り橋

ぎし〴〵の茎 みづ〳〵し。一夜さに かく伸びけらし――。きのふ見にしか

菜の花の咲き残りたる夕畠に ひとり出で居て、からだ冷えたり

菜の花のすがれて 寒きゆふべなり。近江八幡《ハチマン》 停車場見ゆ

静かなる村を来たりて、家々の素《ス》壁の 雨に濡れとほる 見つ

冷え〴〵と 処女幾たり行く姿――。日野《ヒノ》の祭りは 雨に過ぎたり

ものまほに言ひゐる 我をさびしめり――。村びとすらや いつはりをする

近江路の村々 雨となり行くを見つゝ通りぬ。祭り過ぎなむ

　みか女

はるかなる国に還れと ひたぶるに責めて泣かせぬ――。老いしものをや

年たけて、なほかへるべき家ありて、とぼしき族《ウカラ》もてる 姥《(ウバ)》かも

荒れ鼠 荒れのみあれてうつりけむ――。この頃 とみに寒さ加る

姥の居る厨辺の戸の　吹きあふつ夕しづまりに、物音もせず

わが門の桜の盛り　過ぎにけり。姥をつかひて日々に掃かせつ

湘南鉄道をおりて

時過ぎて　山は明るし。道ばたの桜《タラ》　しほでの芽　もぎながら通る

山の端は、桜の後《ノチ》の静けさを　風吹きて緑　けぶり立たむとす

榛《ハリ》の芽のつやめく峡《カヒ》に、低き田をわたらふ風の、冷えて来にけり

若き時　きゝしことあるはなしかの　墓ある寺に入りて、出で来ぬ

山なかに　猫のあそぶを見て居つゝ　数ふえ来るに、追ひちらしたり

我ひとり出で居る浜に　はるかなり。音となり来る　飛行機のかげ

海工廠《(シヤウ)》の町に入り来て、あまりにも　春ひそけきを　思ひつゝとほる

昼澄みて　空も海色――。ちしや白く　花を垂れたり。浦賀の辻に

あるきつゝ 春日寂しむうしろより、追ひ越し消ゆる 自転車 いくつ

岸波に ひた〳〵寄せて漕ぎ返す舟は、用なく帰り行くらし

海の青 ひたすら青し。波のほに繋げる舟は、揺れにゆれつゝ

夏 鳥

山くらく 幾日降りつぐ雨ならむ。今日も とぼしき村をのみ 過ぐ

たゝずめば ひたに思ほゆ。山深く かく入り立ちて、我は還らじ

たまさかに入り来し 山の日だまりに、けだものゝ毛の吹かるゝを 見つ

夏草の浅き山原に、野の鳥の群れてわしれり。けだものゝ如《(ゴト)》

山の秀《ホ》の緑かわきて 春深き四方《(ヨモ)》国原は、白く澄みたり

をち方に しやつを干したり たゞ一つ寂しき家を 見かけつゝ行く

村口《グチ》に 辛夷《コブシ》の一木《ヒトキ》立ちにけり。春深くして、今日散りつくす

山峡《カヒ》の一樹《ジュ》の桜　見えて居て、暮れ行く村に、こよひ寝むとす

桜の後《ノチ》　風荒れ過ぎぬ。山なかは　真日ひそけくて、霜崩《ク》えの音

枯《カラ》山に向きて　我が居る時長し。尾長鳥など　また居なくなる

風の間《マ》は　梢みだるゝ山の空。空にきり入る　赤松の幹

自動車の響きぞ来たる。時を経て　山あひを出づる車体の　光り

うしろより　風鳴り過ぐる広き道――。からだ冷えつゝ　ひとり歩めり

ひたすらに　道とほりたり。白々と　ほこりをあげて　空しかりけり

山底に　道はるぐ〵ととほりたり。冬山なかに　白き道なる

怱忙《ソウバウ》

春の日の七日　暇《ヒマ》なく出で歩き、人にあひつゝ　人を憎めり

春の日の七日　日ねもす出で疲れ、悔いて寝《ヌ》る夜は　夜なか過ぎたり

春の日は　たゞのどかにてあらましを――。人の家を出でゝ　目に沁む青空
処女子《ヲトメゴ》の　沓《クツ》のかゝとをそばたてゝ歩ける道に　さびしかりけり
をみな子の春の衣の　照りにほふ道を帰りて、世を憎むなり
我よりもまづしき　家の娘らに、かの照る衣《キヌ》を　買はなと思ふ
処女らの春の衣を著てあるく心　さぶしも。多くは富まず
友だちと　おほく語らず還り来て、きのふも居たり。今日も然居《シカヲ》り
憎まれてありと思へり。はかなさを　おしころしつゝ、問ふにいらへつ
何の書《シヨ》も　心そゝらず　ひたすらに睡《ネム》きひと日を　すわりとほせり

草　莽

思へども　遠く遊ばむ気分《ソラ》もなし。桜咲く日の　うら寒き風
わが心おさへがたしも。草深く利鎌《ト》をふるふ――。一人入り行き

戦ひは　この頃いとまあるらしと思ひ　入り行く。木草の原に
我がうからたゝかひゞとのおこすふみ　心深きに、我は哭《ナ》かれぬ
南《ミムナミ》の支那に向ひて行きけむと　我は思へど、問ひがたきかも
青山に澄みてあたれる日の光り　桜を見れば、国はたゝかふ
いや深く国はたゝかふ。暇《イトマ》なく人にあひつゝ、思ひ敢へずも
ほの〴〵と桜一木に日のあたる静けさを見る時は、たのしき
目の昏くなり行くと言ふ友のうへも、思ふそらなく春侘び暮す
山里は　桜の盛り　菜のさかり――。にぎはしきにも　兵おほく立つ

遠き人へ

怠りてくらすと　なげき来しかども、身のすこやかに　若きはよろしき
まづしくて事とげ難き怠りは　我よく知れど、若きはよろしき

事足らぬなげきはな言ひそ――。春深み　麦の葉をだに汁の実《ミ》にせよ

山原の躑躅《ツヽジ》のさかり――。声ふえて鳴く朝鳥は――到りけらしも

郭公《クワクコウ》や　こぞに遅れて到るらむ。既に鳴くとふ山を思へり

鳥の音を　聞きとめて　日々山わたるうつけ翁に　我は優らず

公私挽歌

停車場の歩廊につゞく迎へびと　声なく行くは、還らざるらし　――名古屋駅

弟親夫長男　饒夫夭す。

いとけなくて　死にけるちごの言ひしこと　いとけなければ、あはれに思ほゆ

をさな子の空しき死《シ》にを　忘れじと　遠世の人も　なげきけらしも

やはらかに眠り足ひて起き出づる　声聞かむとぞ　親は思へる

雨の日を　ひとり来にけり。銀閣に入ればすなはち　松風ひゞく

風の中

しらけたる日々

牕べより　舗道ひろ〲乾きたる――暁起きの　しらけたる心
びるぢんぐ街《マチ》は　寂《（シツ）》けし。白み来て、おどろに照れる　塔　牕　舗道
朝明けて、町に出で立ち仰ぐ牕――。昨夜《ヨベ》のとばりは、ひろく裂けたり

また

しみ〲と　町をくだれり。朝闇に、新聞くばり　通りすがへり
つく〲と　町をくだれり。朝闇の舗道の上の　白き紙屑
ひた〱と　我に寄り来る靴の音――。町の朝日に、人はとほらず

物をしぞ　見呆《ホ》けつゝ行く我がまなこに、猿　むさゝびが　街路樹をつたふ

いづこより　出でつどひ来し人ならむ。もの言はぬ朝の人波に　おさる

濠《ホリ》の水に　顔を照らされてゐる我を――。うしろより〱人とほり行く

　　死もまた、ばいろん卿に及ばざるか。

たゝかひに行きて果てむと思へども、人には言はず。言はざらむとす

我つひに　このたゝかひに行かざらむ。よき死にをすら　せずやなりなむ

　　あくびの如く

庭垣のまねく青みて　あたゝかき日なかの雨に、疲れゐるなり

話長きひとり帰りて　また一人来つゝはてなし。今日も　疲れぬ

おもしろきことこそなけれ――。大き声立つることすらなき世に　住めば

風の中

山中に 汽車行く夜《ヨル》を けだものゝたむろを思ふ 心なりけり

ことし 雪早く到りて、山の丘根《ヲネ》 木曾上松《アゲマツ》の駅《ウマヤ》を 圧《アツ》す

隣国の空に入り行く電柱を 仰ぎ来たりて、風にしいこふ

春の思ひ

みつ〳〵し伴の隼雄に 知る人の多くをもちて、睦月をこもる

ひたぶるに乾ける土に、飛行機の おどろくばかり 大き影過ぐ

冬深く きびしく晴るゝ日はつゞく。このきびしさに 馴れよとぞ思ふ

嫗《オムナ》らは 冬菜の霜葉剝ぎ居れど、戦ひごとを 思ふなるらし

子夜男歌

みつ〳〵し伴の隼雄の しまりたる面《オモ》を忘れじとす――。別れにのぞみて

たゝかへる人にむかひて 羞《(ハ)》づらくは、命にかけてせしことも なき

二月の春

如月の山のおくがに入り行きて、かそけきものゝ音 聴かむとす

山なかに家二つありて、字《アザ》をなす。かく音もなく 人は住みけり

春　花

春花の栄ゆる時に、橿原の遠《トホ》すめろぎを をろがみまつる

ひむがしに 青山めぐるよき国のありと 宣《ノ》らして、ことはじめけり

橿原《(カシハラ)》の ひじりの御代のふるごとは、おもひみるだに はるけきものを

畝傍山 白檮《カシ》の尾《ヲ》の上《ヘ》に 鳥の音《ネ》の鳴き澄む聴けば、遠代なるらし

蒼　空

静かなる日よりとなれり。道のうへに 踏みておどろく 大石のあたま

生き物の如く　群れ立ちもの言はぬ白き樺《カンバ》を　たゝきたふしぬ

よべい寝し村を来離れ、青山の瀬に立つ波の色の　しづけさ

ひたすらに　山萱原はうねるなり。蒼空深く澄む　風の音

青山は　四方に周《メグ》れり。青山の高処《ド》に　水の激《タギ》ちつゝ　見ゆ

みちのくの閉伊《ヘイ》の荒山　わが越えて、人と別れぬ。萱原の中

山里の　外面《ソトモ》の萩の刈り積みのそよぐ　夜　ひと夜　起きて居にけり

国深き　幾日の歩み――。追ひつめて　ひたすら心　蛇をころせり

延元陵

谿の瀬の　巌に触り行く夜はの音――。かく山深く　入り来ましけむ

み吉野の蔵王《ザワウ》の愛《ヲ》しむ　山の際《マ》の桜のけぶるゆふべ　ひさしき

市井山沢

青山に　末はまぎるゝ道なれば、かへらぬ我と　ならむとすらむ
深ぶかと　林の奥に入り行きて　帰らざりせば、寂《シヅ》けからまし
輝やかに　友提督の還る日も、かゝはらなくに　出でゝ来にけり
力なきわが生業《セイゲフ》は、死を賭くる一兵卒に　及《シ》くところなし
日に焦げて　山を出で来ぬ。かくのみに　遠居る人を　思ひ見むとす
族《ウカラ》びと　幾たり召され行きにけむ。戦ひは　今うごかざりけり
　やまとをぐな
わが父の声も聞えぬ　傍国《カタシクニ》あづまに居れば、心虔《ツヽ》しむ
この国や　いまだ虚国《ムナグニ》。我が行けば、あゝ下響《シタトヨ》み　地震《ナキ》ぞより来る
あな重《オモ》の——剣の太刀か——。去日《キソ》一夜《ヒトヨ》生膚《イキ》冷えて　我は睡りし
松一木《ヒトキ》ある彼のみ崎寂《シヅ》けくて、生ける物なき　夕陽《カゲ》の色

焼津《ヤキツ》野の小野の草踏み　踏み哮《タケ》び、野火の炎の流らふる　見つ
手力《タヂカラ》の　あなさびしさよ。人よべど、人はより来ず。恋しかりけり
天地のなしのまゝなる神力　持てあますとも　人は知らじな
山に臥すけだものすらよ　子を愛づる。我は劣れり。親に憎まゆ
世の人の持たぬ力を　我が持ちて、かぞいろはさへ　我をおもはず
青雲ゆ　雉(キヾシ)　鳴き出づる倭べを遠ざかり来て、我哭かむとす
大倭日高見《ヒダカミ》の国は　父の国――。青山の秀《ホ》に　かくろひにけり
伊勢の宮に年の幾年　ひとり住み、今朝の殿出に　若きわが叔母

夜の思ひ

くさむら

草はらに唯ひとむらの 茎赤き藪人蔘《(ニンジン)》も、踏みてとほりぬ

くさむらを悲しみ出づる我が裾に、ぬすびと萩の つきて来にけり

空澄みて 風の音すら聞えねば、あまりさびしき山 降り来ぬ

島山の原に ひとりは居りがたし。海山空 青くよりあふ

島の沙 ひたすら白く光る日を 我は再《(フタヽビ)》見むと 来たりぬ

叢隠居にて

鳥のこゑ ひとつ聞ゆる山の空。うつ〳〵として ねむる我かも

紀元節、大倭を懐《(オモ)》ひて詠める

日ねもすに 青山霞む大倭。こゝに 肇《(ハツ)》国治《シラ》したまへり

松風や 遠世の如し。畝傍山 山の岩根に 額《ヌカ》ふして聴く

天雲のそこひにこもる雷《カミ》が音《オト》 四方に響《トヨ》みて、国は栄えぬ

大倭国原の歌

しづかなる白檮《カシ》の尾上《ヲノヘ》に向ひ居て 心は哭けり。あまり足《タラ》へば
くさかげの身をはかなめり。 橿原の 遠すめろぎの宮に 参来《マキ》て
山の端《ハ》の 遠しづかなる日の色を思ひつゝ 我は のぼり来にけり
との曇る白檮《カシ》の尾上ゆ 目に近く しづかにうつる煙りのなびき
松群《ムラ》の深きにとほる日の光り かく邃《シヅ》けきは、 遠世なるらし
のぼり来て ひとりなりけり。はろぐ〱に 天二上《アメフタカミ》嶽見ゆ。葛城も見ゆ
岩が根を はろぐ〱人はのぼり行く。現《ウツ》し世ならず 声のよろしき
橿原の殿戸《トノド》ゆ見れば、とりよろふ群山深き 冬枯れの色

檜隈・飛鳥

桑畠に風つのりゐる 山窪《ホド》の小き家群《ヤムラ》は、檜隈《ヒノクマ》の村

道の上《(へ)》の高処《ド》の木《コ》むら　かたよれる檜隈大内陵《オホチリヨウ》を　をがみ行く

荒々し　素壁の堂に　ほの〴〵といます仏に、銭《ゼニ》たてまつる

み仏の眉《ビ》目のほどの倦《ウン》じたるさびしさを思ふ。この道のあひだ

たゞびとの住みかの如く　荒れ〳〵て、古き都の寺は　のこれり

暮れてなほ　礎《(イシズヱ)》ばかり白じろと　見えゐる寺の庭に　入り居り

飛鳥社

目の下に　飛鳥《アスカ》の村の暮るゝ靄——。ますぐにさがる　宮の石段《キダ》

桜咲く日ねもす寒し。飛鳥びと出で入る山の　見えわたるかな

山の田に　草を刈り敷く人出でゝ　いとなむ見れど、千年過ぎたり

夜の思ひ

きさらぎの　望《(モチ)》の日ごろの暮るゝ空。しづかにをれば、つたふもの音——

老いぬれば　心あたゞしと言ふ語《コト》の、こゝろ深きに、我はなげきぬ

おもむろに　吹きて立ちたる笛の座に残し、　笛を思ひ居たりき

大きなる草鞋をぬぎて　雪の日に出で行きし人　あはれ後《ノチ》なし

西郷《(サイガウ)》を　よしと思へど、さびしきは　はかなしごとに我　かゝづらふなり

夜《ヨル》ふかく　薬をつかひ起きゐたる憂きならはしも、今は絶えにき

夜をとほし起きゐる癖も　絶えにけり。五十《(イソ)》ぢに入りて、昼もゝのうき

我はやく人とゝもにも遊ばずて、五十ぢを過ぎぬ。悔いざらめやも

躑躅花《(ツヽジバナ)》　にほへる家に帰り来て、我は　をかしき何も　なかりき

夜に入りて　にはかに心うごくなり。もの言ふ人を　さけつゝぞ居る

村寺のしだれ桜の　冬枯れの　とほ〴〵しくも　思ほえにけり

かくばかり　さびしきことを思ひ居し　我の一世は、過ぎ行かむとす

極寒の　頻りに到る頃となり、言ひ知らず　我がきほひ来たるも

春王正月

春王正月

睦月《ムツキ》立つ　去年《コゾ》と過ぎ行くよき年を思ひてあれば、今日もゆたけき

むつき立つ　戦《タヽカ》ひゞとのうへに聞く　こゝだのことも、忘れざりけり

むつき立つ　たゝかひ人は思へども、思ひ見がたき遥けさにして

睦月たつ　山のあなたの古びとも、熟睡《ウマイ》しづけく　さめてゐるらし

睦月立つ　春しづけさを歩み出で、道に日あたる　ひとつ木《キ》を見つ

寂けき春

しづかなる春なるかもよ。遥かなるたゝかひ人を 思ふによろしき
頂《イタヾキ》は 日ねもす風の吹き居たり。睦月の山を 降り来にけり
春に明けて ひと日ふつかと過ぐるほど、しみ〴〵をしむ。時の早さを
月《ツキ》 朝《アサ》になりゆけど、いまだ鶏は塒《トヤ》をくだらず。正月の家
睦月立つ 青やかにして一群《ヒトムラ》の 繁れる草の まだ残る庭

春聯片々

道のべの 救世軍をあなどりて過ぎ来たりしが、今はさびしき
日々出でゝ 人に会へども、我が笑ふ心にふりて 言ふ人もなし
なりはひに倦《ウ》みつゝ ものを思ふとは 我告げなくに、人知りにけむ
研究室に入りて みづから戸をとざす さびしき音を、告げざらむとす

人間の世に過ぎゆける　いにしへのすぐれし人も、かなしかりけむ

いにしへのひじりと言はれし人々も、思ふを遂げず　過ぎやしにけむ

阿波礼《アハレ》　阿那《アナ》　於茂志呂と言ひて、夜を続《ツ》ぎし神の遊びに、習ふすべなきか

「悪友会」と命けしは反語なりしが、懇《ウルハ》しき友、年毎に欠けゆく。

にぎはしき人死に続《ツ》ぎて、おもしろき何事もなき世とや　なりなむ

春鳴く鳥

睦月立つ　春しづかなる野づかさに　鳴きうつろふは、鶯ならし

睦月立つ　鶏は鶏どち遊べども、子どもつれなき　山陰の家

むつき立つ　驕ることなきいくさびと　旧《モト》のなりはひに馴れゆく　あはれ

睦月たつ　たゝかひゞとの還りたる家の　前田の　薄氷《ウスラヒ》の光り

睦月立つ　片時降りて日のあたる牕に　はためく　まどかけの朱色《アケ》

むつき立つ　山茶花の花まれ〳〵に散り来るを　軒に出でゝ見にけり

むつきたつ　家のうしろの木叢《ボサ》荒れて、桜の幹立《タラ》ち　去年《コゾ》より高し

睦月たつ　海の面あかる雨の後――。片より見ゆる　隠れ礁《バヘ》の群れ

睦月立つ　八月九月《ハツキナガツキ》いと長き　日並みの如し。ひとりこもれば

むつき立つ　人来たり　人去り行きて、踏み荒したる庭雪の色

春歌

御歌会初《ハジメ》の御座《ギョザ》のしづけきに、心おどろく大御歌《(オホミウタ)》のこゑ

たゝかひはいまだをはらね、睦月たつをとめのいへに　よき衣あれ

霜のうへ

この朝のしづけきに、われ　ありがたく思ほえにけり。たちどまりつゝ

霜土のうへに凍《シ》みつく　枝松《エダマツ》の葉のともしきも、静かなる色

睦月たつ　去年のまゝなる庭の面に、咲き残りたる　寒菊の花

母の家にかへり憩はむ　よき冬をもちて、若うど　あまり誇れる

鷙鳥

鷙鳥

――たゝかひのたゞ中にして

山のいぬ狼出でゝ　人喰ふを、閑《ノド》に見むとす。このわが心

人ほふる山の真神《マガミ》に　現《ウツ》し身をほどこさむと言ひし人ぞ　こほしき

群《(ムラガ)》りて　鳴きつゝ降る　大空の鷙鳥《シテウ》の下《シタ》を　我は行くなり

大空に群れつゝ飛べど　人啖《クラ》ふことなくなりし鷙鳥の　さやぎ

をり〳〵に　頭痛を感ず。いきどほりに堪へ居る我の　よりどころとす

雪の日に　そこばく人は歩み去り、死にゆくものゝ　うしろを見たり

ふた方に　道の斑雪《ハダレ》の岐れゐる海道を来て、ふりかへりたり

あたゝかき年なりけるか。雪とくる富士の南に、汽車はまはりぬ

旅にありて　大つごもりの　のどかなる歩みの後《ノチ》に、日は暮れはてぬ

ひろ〴〵と　宿の板間の夜はの色——。燈は　宵よりも　明りまされり

海岸ほてる

沙原は　ひたすら寒し。晴れ〳〵て　午後と照り行く　青波の面《オモ》

海猫の群れ起《タ》つ時を　あさましき心ふさぎを持ちて、あゆみぬ

さくらさう　草海棠　ふりじあの鉢——。かく安易なる広間に、身をおく

ねころびて 芝原《フ》のうへにもの語る異国女を 見つゝゆるしぬ

日々の机

古き代の恋ひ人どものなげき歌 訓《ヨ》み釈《ト》きながら 老いに到れり

我が本を沽《ウ》りて貨殖をはからむと思はぬのみが、ほこりなるべき

ともしきに辛くして生く――。この語《コト》の聞きよろしきに、誘惑《オビ》かれて生く

うづたかく積める貨物の間より、自動車主《ヌシ》が 笑ひつゝ堕つ

枯れ〳〵て 煤けそよげる木々の間《マ》に、生きつゝ立てる 鉄柱の張り

海岸に 汐うちあがるところより、歩み返して、我を叱れり

とゝのほれる馬の系図のよろしさは、馬知るらめや。馬の系図を

世にあれば、犬 馬 鶏も、類族《ルキ》ひろく系図を持てり。我は及ばず

老いづきて 人に憎まゆ。厭《(イト)》はれて ひとりを守《モ》るは、たのしきにあらず

人々の　われを厭へる噂を　聞きおどろかぬ老い　到るらし
友だちの老いを助くるはかりごと　しつゝ思へば、我や楽しき
瘦々《ヤセヽ》と若肌黒み頸《(クビ)》細き　この青年に負けつゝや居む
大御代の若代《ワカヨ》の民と　生れ来しことそのことも　我及《シ》かめやも

うつくしく死にゆくことの　さきはひを　言《コト》に言はぬは、深く知りけむ

汽車時々

あしたより　汽車に乗りゐて——疲れたり。荒石《アラ》おほき山峡《カヒ》の雨
遠賀《ヲンガ》川を　とほり過ぎたるほどなりき。のんどかわきて　我はさめたり
山岸の藤の紫　夢のごとおもほゆるかも。汽車のねざめに
溝ばたに　芽出し柳の青あをと　かく静けきも、よろしかりけり

雪ふかき駅を歩み出、はろぐ〵となり行く汽車の　音聞えをり

追ひ書き

「水の上」の校了と、殆おつゝかつゝに、この本の下刷りも、校正があがつた訣であつた。亡き春洋の編輯になつた、新しい二冊分の原稿が、これですつかり、日の目を見ることになる。今日この追ひ書きを作る段になつて、ほつとため息が出て来た。

かうして、若い人々の肝いりで、綜集を出すことになつたのも、亡い春洋に対する友情の、その為残した為事をしあげてやらう、と云ふ篤い志からである。其をおろそかに思うては、ならぬ気がする。

思へば、私の集などよりも、まづ出したいのは彼自身の歌集であつた。未だ生きて、硫黄島のかためにゆく前に、出すばかりになつてゐたものなのである。

前集「水の上」で、彼の身上に渉る所は、金沢兵営を出て後、二度入隊してゐたことである。初度は、陸軍大演習の為、再度の召集は、大戦の初期であつた。大演習中、三日雨中強行軍に参加した為、烈しい肺炎に冒された。帰つて久しく、病ひを養はねばならなかつた。山野の間の療養に、彼を伴うた時の歌が多い。再度の召集も、此間に絶えず彼の身辺に迫つてゐた。少くとも私は、さう感じてゐた。何時呼ばれるかわからないので、旅行するにも、常に何か心がゝりが離れなかつた。其間琉球へも渡つた。昭和十年十二月から、十一年二月へかけての事である。

さて、この集には、昭和十年十一月から、おなじ十五年七月に渉る間の作物を集めた。おほよそ、何かの機会に、発表したものだが、集としてはまだ、纏めたことのないものである。

以下、読者の方々の為に、註釈がはりの、独《ヒトリ》案内書を作つて見ようと思ふ。

「瑞穂精舎」と云ふのは、当時信濃国東筑摩郡波多村にあつた学寮で、故人和合恒男さんが塾頭であつた。「雪ふたゝび到る」の前半は、友人氷室昭長を悲しんだもの。再度の雪とあるのは、所謂二月二十六日事件で、軍人志を恣にして、首都を踏み荒し、大官数人を屠つた時のくちをしい思ひである。「旧族」は、この再度の雪を併せ思うての作であつた。これが竟に、東洋戦乱を誘ふに、到つたのである。「三矢先生」は、この年十三回忌に当つてゐられたその尊霊を、追慕したのである。

前に書いた沖縄行きは、十年冬から十一年春にかけての事であつたが、当時は長歌二篇を綴つたばかりで、短歌は、一年たつて十二年三月に発表してゐる。「はるかなる島」が、其である。私には三度目の渡島であり、春洋には、初めての島巡りであつた。

「白布高湯」も亦、十二年中再度遊んで、後のをりは、滞留二月に及んだ。春洋及び氷室氏の遺孤良彦同行。その良彦すら、今は亡い。「昭和十二年春早く」は、「雪ふたゝび到る」の後半に次ぐものである。憤っても力ない、迂儒の身のあぢきなさを痛感した。

「五十ぢびと」の初めの二首は、前集の「調和感なき日々」と、筋を同じくするもので、此頃、将来の歌に対して、建築及び建築的構成を内容とするか、逞しい映画的効果を持つものを冀《ネガ》ふやうになるだらうと感じてゐた。其で先駆《サキバシ》りに、かう云ふものを、作つて見たのであつた。

「孤独」今にして思ふ。当時如何なる倖あつて、この種の歌を作り、人に示すことを得たかと疑ふばかりである。其ほど世を挙げて、為政者のなすところに向つて、口を緘してゐたのである。

「山の端」伊豆田方郡田中村穂積忠の境涯に、想ひを構へて作つたもの。

「足柄上郡」酒匂川で。「しらけたる日々」「調和感なき日々」「五十ぢびと」と同じ傾向にあるもの。

「叢隠居」相模国足柄下郡箱根仙石原安居時の作。

「鷲鳥」十六年三月発表。但しこの習作は、前年冬になつた。山城伏見深草の辺での即興。あのあたりで、どうして此類の歌が出来たか、其成因明らかでない。察するに、当時日々建ち殖えてゐた工場、其立てる煤煙、又漠々たる練兵場などを望んで、ある憤りを、人喰ひ鳥に移したものであつたらう。

「海岸ほてる」鎌倉小坪から鎌倉海浜ほてるに到る逍遥の記録である。

釈　迢　空

製作年表

雪ふたゝび到る

凶年（四首）　昭和十年十一月
春ひねもす（一〇首）　昭和十一年一月
瑞穂精舎（三首）　一月
大宮の春（三首）　一月
よき人（三首）　一月
閉伊郡（三首）　三月
雪ふたゝび到る（六首）　四月
三矢先生（三首）　一月
山びとゝ共に（六首）　昭和十二年三月

はるかなる島

はるかなる島（九首）　三月
波の色（八首）　三月
故旧（九首）　三月
白布高湯（一二首）　三月
まどろみ（一首）　三月
春日ごろ（六首）　四月
出羽（三首）　四月
昭和十二年春早く（五首）　四月

死者の書

死者の書（五首）　四月
五十ぢびと（五首）　五月
桜のゝち（一二首）　五月
旧族（五首）　一月

煤ふる窓

煤ふる窓（六首）　八月
陸中岩泉道（一首）　八月
萱山（五首）　十二月
孤独（五首）　十二月
秋霜（七首）　昭和十三年一月
霜凪ぎ（五首）　一月

冬木の村

冬木の村（一八首）　一月
苦しき海山（六首）　一月
正月（一首）　一月

山の端

山の端（二三首）　昭和十三年四月
曾我の里（一一首）　四月
足柄上郡（一一首）　四月
自ら戒む（一一首）　四月
春寂び（七首）　五月

那覇の江

那覇の江（五首）　七月
凪ぐ湖（二〇首）　七月
みか女（五首）　七月
湘南鉄道をおりて（一一首）　七月
夏鳥（一五首）　七月
怱忙（一〇首）　七月
草莽（一〇首）　七月
遠き人へ（一一首）　七月

風の中

しらけたる日々（一四首）　八月
風の中（三首）　昭和十四年一月
春の思ひ（四首）　一月
子夜男歌（二首）　一月
二月の春（二首）　二月
春花（四首）　四月
蒼空（八首）　九月
延元陵（二首）　九月
市井山沢（六首）　九月
やまとをぐな（一二首）　昭和十五年一月

夜の思ひ

くさむら（六首）　一月
紀元節、大倭を懐ひて詠める（三首）　二月
大倭国原の歌（一七首）　四月
夜の思ひ（一三首）　七月

春王正月

春王正月（五首）　昭和十六年一月
寂けき春（五首）　一月
春聯片々（八首）　一月
春鳴く鳥（一〇首）　一月
春歌（二首）　一月

霜のうへ（四首）　昭和十六年一月

鷲　鳥

鷲鳥（一〇首）　三月

海岸ほてる（四首）　四月

日々の机（一四首）　五月

汽車時々（五首）　昭和十五年七月

天地に宣る

『天地《あめつち》に宣《の》る』

○昭和十七年九月二十日、日本評論社より刊行。四六判函入り、一九八頁。定価一円八十銭。著者自装。

○昭和十二年十二月から同十七年八月（作者五十歳より五十五歳）までの作品一八〇首を収める。うち六三首が『遠やまひこ』に、二六首が『倭をぐな』に再録された（その歌は、巻末の「作品初句」で検索できる）。

○なお、巻末に添えられた「古代諷詠集」（詩三篇）はここでは割愛した。

天地に宣る

天地に宣る

昭和十六年十二月八日

大君は 神といまして、神《カム》ながら思ほしなげくことの かしこさ

暁の霜にひゞきて、大みこゑ聞えしことを 世語りにせむ

人われも 今し苦しむ。大御《オホミ》祖《オヤ》かく悩みつゝ 神は現《ア》れけれ

天つ日の照り正《マサ》しきを 草莽《クサカゲ》に我ぞ歎きし。人の知らねば

天地に力施すべなきを 言出《コトデ》しことは、昔なりけむ

たゝかひの場《ニハ》に 哮《タケ》べば、我が如き草莽人《クサカゲビト》を 人知りにけり

天地の神の叱責《コロビ》にあへる者 終全《マタ》くありけるためしを 聞かず

今し断じて伐たざるべからず
天地に響きとほりて　甚大《オギロ》なる　神の御言《ミコト》を　くだし給へり
神怒り　かくひたぶるにおはすなり。今し　断じて伐たざるべからず
東《ヒムガシ》の遂《トホ》き思想を反《モド》くもの　今し　断じて伐たざるべからず
畏くて涙流れぬ。神《カム》ながら御《ミ》怒り深きみ言聞きつゝ
洋《ワタ》の西　旧人《フルビト》国を破らむとす。いぎりすよ。あはれ。あめりかよ。あはれ
海山のまつりごと

昭和十六年十二月初旬

畝傍山　聖《ヒジリ》の宮の遠き代も、よきにもとるは、懲《キタ》めたまひき
川の音　山のそよぎも　かくながら、こゝに　肇国治《ハックニシラ》しめしけり
ひむがしに　美《ヨ》き国ありて、海しらす　国土《クニ》しらす神　そこに立たせり

大八洲　国の八千島。とり整《ヨロ》ふ海を立てたり。青垣の如
南《ミムナミ》の洋《ワタ》の曇りを　見放《ミサ》けつゝ、あな鬱《オボ》々しと　宣り給ふらし
みむなみの洋のみなかに　国々のなり出づる見れば、神代し思ほゆ

満洲建国十周年を祝ふ日に詠める歌

満州国皇帝陛下　白蘭《ハクラン》のよそほひ浄く　立たせ給へり
愛新覚羅《アイシンカクラ》氏《シ》　久しく統（スベ）を垂れし後、君に到りて　大いに興る
稚国《ワカグニ》の　いや栄えゆく浄らさを　日東の　天子よろこび給ふ

還らぬ海

家びとに告ぐることなく　別れ来し心を　互《カタミ》にかたりつらむか
父母に心を別《ワ》きつゝ　告げがたき思ひを守《モ》りて、うれひけらしも
潜《カツ》く舟　行きて還らずなりしより、思ふ子どもは　神成《カミナ》りにけり

南の洋《ワタ》の大空とよもせど、言《コト》とひしなば、幼声《ヲサナゴエ》せむ

新嘉坡落つ

ますら雄は 言揚《コトアゲ》よろし。仇びとの命をすらや 惜しと言ふなり
しんがぽうる落つ。何《ナニ》ぞ語《コトバ》のたはやすき。息づきて聴く。この伝言《ツテゴト》を
しんがぽうる落つ。夜はのにうすは 告げ了《ヲハ》る。身のとよめきを鎮めむとすも

二月十五日・十六日、旅に在りて

しんがぽうる落つ。雪深ぶかと 篁《(タカムラ)》のたわむを見つゝ居ける 我なり
しんがぽうる落つ。汽車を降《オ》りまた乗りつぎて、浜名の波の夕深き 見つ
しんがぽうる落つ。越《コシ》の古町《マチ》 朝立ちて、ひと日をとほし 思ひ居たりき
しんがぽうる落つ。青菜 麦の芽雪かづく畠はせめぐり 叫ぶ姥《ウバ》にあふ
息つめて 我は思へり。この時し、戦ひ深くきはまるらしも

勝ち興奮《サビ》に 声おのづから揚るなり。戦ひとりたり。しんがぽうる
東の洋《ワタ》の護りは しづかなり。馬来《(マレイ)》の崎を垣にたてたり

捷報《(セフホウ)》

突如として来り、心爽やかなること天の声の如し

捷報《(セフホウ)》は 頻りに臻《(イタ)》る。戒めて、この歓びに狎《(ナ)》れざらむとす

粛たる天子の貔貅《(ヒキユウ)》。古語に翻《ウツ》さば、夫、伴の隼雄か。以て聊か、感激の意を表さむとす

八《ヤ》潮路《シホヂ》の奥処《オクカ》も知らず戦へる伴《トモ》の隼雄《ハヤヲ》を 深く頼めり
はるかなるかなや。潮路の南《ミムナミ》に、伴の隼雄は 今し戦ふ
衢《マチ》なかの捷《(カ)》ちのとよみに 哭かるなり。この歓びの 疎漫《オホロカ》ならず
わが心 きびしくありけり。敵艦に身をうちあてゝ 戦はねども

陸軍少尉藤井春洋、わが家に来り住みて、ことしは十五年なり

老いづけば、人を頼みて暮すなり。たゝかひ 国をゆすれる時に
たゝかひに家の子どもをやりしかば、我《ワレ》ひとり聴く。勝ちのとよみを
おのづから勇み来るなり。家の子をいくさにたてゝ ひとりねむれば
ひとり居て 朝ゆふべに苦しまむ時の到るを 暫し思はじ
いとほしきものを いくさにやりて後、しみゞ知りぬ。深き 聖《ミ》旨《ムネ》を
さびしくて人にかたらふ言のはの ひたぶるなるは、自《ミ》らも知る
たゝかひに立ち行きし後、しづかなる思ひ残るは、善く戦はむ
　伏ちてしやまむ
東に 古《フル》国おほし。遠長き思想を伝へ、しづけくありけり
ひむがしの古き学びのふかき旨 蔑《ナミ》する奴輩《ヤツコラ》 伏ちてしやまむ

東の文化は 常に 戦ひによりて興りぬ。伐ちてしやまむ
歓びて 今は戦ふ。堪へ〳〵しあなどりの げに久しかりしか

南を望みて

こゝろざし 伴の隼雄におとらめや。きびしく生きむ年の、来向ふ
国びとは 心昂揚《アガ》れり。みむなみの洋《ワタ》をとよもし、よき年来たる
我いまだ老いかゞまねば、いさぎよく 若く過ぎ行く人の 羨《トモ》しさ
青雲に沖《ヒヽ》り 沖つ藻に潜《カツ》き入る伴の隼雄に 勲《イサオ》あらしめよ
洋《ワタ》の波四方《ヨモ》に廻らし 垣ほなす。然《シカ》ひたぶるに 敵《アタ》に向へり

海表

北京より南京へ向ふ

山東の空高く 行くわが心 泰山と並び 孔廟を見くだす

さびしげに 曲阜《キヨクフ》の木立見ゆれども、空より行けば をろがまず過ぐ

固安県 石各荘

望楼《(バウロウ)》は 藜《(アカザ)》の原に霞み見ゆ。「腕につゝ」して 歩哨うつれり

ひたぶるに 猪《ヰノコ》さいなむ子らの声 いつまでも聞けば、つひに驚く

北京城外

草の原。子ども近より遊ばねば、空しくひらく とうちかの穴

山海関

車站《シャタン》の外は　たゞちに土の原。煙の如く　人わかれ行く

杭州

満水期の西湖の岸を　我が渉り、こゝに果てにし命を　思へり

南京

我の如　その身賤しく、海涯《カイガイ》に果てにし人も、才を恃《タノ》みぬ

明《ミン》の代《ヨ》に　さびしきみかど逝《ス》ぎにしを　咳《シハブキ》しつゝ　叢に入る

北京　紫禁宮

秋の空晴れて澄む日は、いにしへの宮女《キュウヂョ》のなげき　思ほえにけり

故宮《フルミヤ》に聴けば過ぎ行く　風の音。日は暑くして　浅き叢《クサムラ》

かそけくて　一代《ヒトヨ》過ぎにし宮びとも、生けるその日は、人をころしき

嘉　興

四等車の二階にねむり　青空を眺むる人は、憂ふるらむか

銭塘江

兵隊は　若く苦しむ。草原の草より出でゝ、「さゝげつゝ」せり

蘇州

乞食《コッジキ》の充ち来る町を歩き行き、乞食の屁の音を聞くはや

敗れたることはさびしも。敗れたるゆゑこそ　人は争はずけれ

刹那

かくの如く、心軽き刹那もあらむ。我が憑む人々。願はくば、我が綴る拙き譫語に笑へ

戦場に　心澄み来るこの時や、死到る時と　堪へて居《キ》るなり

敵情報告了へて　なほ　我佇立《ワレチョリツ》せり。この時おぼゆ。溢れ来るもの

思はじとして　我ましぐらに走せしかば、たま来り　脚にとゞまりにけり

ゆくりなき友軍を　見し時よりも、とよもし深く　飛行機過ぎぬ

機翼の中

はためける機翼の中に、きずつきて思ふ心は　遂げざらめやも

戦ひはゆるすことなし。きりほふり、しゝむらはむと　仮言《コト》に言ふはや

南の洋《ワタ》をとよもす　船の列《ツラ》。許せ。意力《ヲヂ》なく　我《ワ》が憑《(タノ)》めるを

日の本《(モト)》の古き文化も　凡《(オホヨソ)》は　戦ひとりて、かく浄《(キヨ)》らなり

将軍《(シャウグン)》の書き残したる文《フミ》のうへに、書き難かりし恩愛を　感ず

一兵卒　君をぞ頼む。一兵卒のうへも、わが　大君は　知らし給へり

戦時羇旅

霜凪ぎ

今日の午後　汽車より来り、日本第一諏訪大軍神《ニッポンダイイチスハダイグンジン》のみ社を　望む
大霜は　いまだ到らず。昼過ぎて　低き靄立つ。山原《ハラ》のうへ
戦ひの年のしづけさ。諏訪びとは、早く　秋繭も売りはなしたり
旅にして聞くは　かそけし。五十戸の村　五人《イッタリ》の戦死者を迎ふ

たゞ憑む

頰赤き一兵卒を送り来て、発《タ》つまでは見ず。泣けてならねば

汽車の窓 あけ放ち居し若き兵の面わはすべて 遠ざかりたり

田をあがり来て、雪袴《ユキバカマ》を脱ぎ行きにける兵も 死なずて、戦ひ移る

戦ふ春

いくさびと 生き虜こゞり言ふ声を 我は聞きたり。夜はに覚めつゝ

雪のうへに 戦待ちてゐる人の、心むなしき時の間を 思ふ

たゝかひは 年を越えたり。勝ち興奮《サビ》に人おごらねば、春の 静けさ

山びとの 年の睦月におこす状《フミ》 こと古りたるが、のどけかりけり

おなじ世に生れあひたる人々の いくさの旅にあるをぞ 思ふ

歳《トシ》の朝 目ざめ静かに 戦ひの場《ニハ》を思へり。音なき野山を

山の端

はじめ五首は、伊豆国田方郡田中村雑歌に抜く。余は、相摸国足柄上郡曾我矚目　十数首の中より

田居の火の火気《ホケ》ほの〴〵と蒼みつゝ　春はまた　寒くなりにけるかも

世のさがの　激しく臻る山の村に、この大き家を　たもち行かむとす

人疎きとなり屋敷は　住み荒れて、その子の声の　時に泣きたつ

この冬は　猪《シヽ》ふえにけり。たゝかひにかゝはらなくに、山は荒れたり

たゝかひの年は　かへりぬ。野山にも行き連れて　子らは　よく育つなり

牽かれ来て　子らと遊べる馬の子は、おのれ　みじかき尾をふりにけり

うち群れて　村の子とほる。もろ声は　きびしき風のなかに　入り行く

春寂び

冬いまだ深からぬ時に　綏遠《スキエン》ゆおこしゝふみの、後《ノチ》たえにけり

古き教へ子、おほかた、我より若きこと十《トヲ》を踰えず。つぎ〳〵出でゝ、
南北支那に戦ふ

大君の伴《トモ》の隼雄《ハヤヲ》に 向きて言ふことばにあらず。我はくどきぬ

大君の伴の隼雄は、我が老いの 漸《ヤヽ》到れるを言ひて 出で立つ

草 莽

湘南鉄道を降りて

海工廠の町に入り来て、あまりにも春ひそけきを、思ひつゝ とほる

山なかに 猫のあそぶを見て居つゝ、数ふえ来れば、追ひちらすなり

我ひとり出でゐる浜に、はるかなり。音となり来る 飛行機のかげ

あるきつゝ 春日寂しむうしろより、追ひ越し消ゆる とらつく いくつ

微 賤

わが心おさへ難しも。草深く利鎌をふるふ。深く入りつゝ
戦ひは　このごろいとまあるらしと思ひ　入り行く。木草の原に
南《ミムナミ》の支那に向ひて行きけむと　思ふことだに　かそかなりけり
うからなる伴の隼雄のおこすふみ　心深きに、我は哭かれぬ
青山に澄みて光れる日の光り。桜を見れば、国はたゝかふ
いや深く　国はたゝかふ。暇なく　人にあひつゝ　思ひ敢へなく
山里は　桜の盛り　菜のさかり。にぎはしき時を　兵おほく立つ

黙禱す

陸軍中尉佐藤正宏、びるま　しったん河に敵勢を探る。その導きにより て、一軍、渡渉を終へたる時、已《(スデ)》に命絶ゆ。其父、正鵠大佐は我が旧友なり

物部《モノゝフ》の家の子どもは、親をすら　かくはげまして　いくさに死にき

わが友は　一行《ギャウ》の文《フミ》も書かざりき。ひそかなる死は、国びとを愛す

萱山に　炭竈ひとつ残りゐて、この宿主《ヤドヌシ》は　戦ひに死す

戦へば　勝たざるべからず。我が知れるひとり〳〵も　よく死にゝけり

夕庭に空をのみ見し門《カド》百姓の子も、戦ひ死ぬる猛夫《タケヲ》と　なりつ

わが家のかなしき傭人《ツカヒビト》どもの　昔の生活《タツキ》を　思ひ見るなり

家場《イヘニハ》も　穂草《グサ》立ちたり。門《カド》百姓の者《モノ》の住みにしあとを、荒し果てたり

家ひさしき　門百姓《カドビャクシャウ》を住ましめし屋敷の隈は、木叢《コムラ》しげりぬ

国のため　よく死にゝけり。ものゝ数ならざるものは　さびしけれども

若き日を炭焼きくらし、山出でし昨日か　既に戦ひて死す

箱根明神ヶ嶽に迷ふ。十二月一日、月なき宵なり

航空機は　山とよもして過ぎにけり。静けき夕となれる　空かも

山沢《サハ》の荒き木叢《コムラ》に　飛行機のおちにしあとも、古《フル》墓となりぬ

十二月六日夜

今日生きて　明日を思へり。夕闇の空より過ぐる　飛行機の音

南京に　軍隊《イクサ》迫れり。刻々《コクヽヽ》に　起ちたふれつゝ行く群れ　見ゆ

今の間に　たまきはる命思ほゆる　らぢおをとめて、暫し居るなり

戦ひにやがて死にゆける　里人の乏しき家の子らを　たづねむ

庭も狭《セ》に　食用菊《シヨクヨウギク》を栽ゑたるが、戦死者の家と　教へられ来ぬ

溜め肥えを野に搬《モ》つ生活《ヨスギ》 つく〴〵に歎きし人は 勇みつゝ死す

影あり

砲声《ハウセイ》のあがらぬ日なり。雪の上にかげりつゝ雲は しげく過ぎ行く
朝の夢 さめ行くきはの静けさは、頼みがたしも。塹壕《ザンガウ》のなか
われの行き 行きとゞまらむ日を思ふ。疲れて 土のうへに目あかず
逞しき心つのり来る この夜らや。みなごろしにせむことをぞ 欲す
影あり。――昼の光りなり。平沙を過ぐる もの音のみ
はるかなる空に向ひて 言ふごとし。戦ひゞとの、行きてひさしき
轟《ガウ》として 我が身 こと〴〵砲なりき。――聞え澄む時、土煙見つ
一瞬や、我炸裂し、炎なり。はた 散りぼへる飛行機の――空

子夜男歌

たゝかひは すめら御祖《ミオヤ》の遠世より、よしと言ふ時、ひたぶるにせし

大君の伴《トモ》の隼雄《ハヤヲ》の しまりたる面《オモ》を忘れじとす。別れにのぞみて

よきいくさして還れをと 言ひしこと、たは言《ゴト》の如し。たゝかふ人に

たゝかへる人に向ひて 羞《ハ》づらくは、命にかけてせしことも なき

たゝかひは いくさなき日に思ひしと 異ならねども、ひたぶるなりけり

内木成美に寄する歌。二首

やほよろづ神もをしめり。さきはひに生きて戦ふ身を 疎略《オホ》にすな

手榴《シユ》弾の腰にとまりし戦ひを ことをかしげに 言ひおこすなり

にっぽん還る　昭和十四年十月廿一日

天飛《アマ》ぶや にっぽん還る。神無月《カムナヅキ》 青雲晴るゝ南《ミムナミ》よりす

五万三千きろめいとる　翔《カケ》り過ぎ、ま真蒼《サヲ》に霞む　海と空の記憶
白雲《シラ》の悠《イウ》なるかもよ。天翔るにつぽんの道　とほりつゝ見ゆ

感　謝

同期生のうち、近藤・脇坂等、軍務に従へる者多し

日に焦げて　山を出で来ぬ。かくのみにたゝかひ人を思ひ見むとす
力なきわが生業《セイゲフ》は、族《ウカラ》びと一兵卒に及《シ》くところ　なし
かゞやかに友提督の還る日や、家をとざして我が行かむとす
族《ウカラ》びと　幾たり召されゆきにけむ。戦ひは今　うごかざるらし

極　月

極寒《ゴクカン》の頻りに到る頃となり、言ひしらず　我がきほひ来たるも

春王正月

この頃、世間の歌、空しき緊迫に陥りて、読めどたのしく、聴けど心ひらくるものなし。かくして漸く、歌びとに疎く、ひとり詠じて、多くは人に示さず。嗤ひにあはむことを虞るればなり

睦月立つ 戦ひごとのうへに聞くこゝだのことも、忘れざりけり

むつきたつ 戦ひ人は思へども、思ひ見がたき 遥けさにして

むつき立つ 春しづけさを歩み出でゝ、道に 日あたる一つ木を見つ

しづかなる春なるかもよ。はるかなる戦ひ人を思ふに、よろしき

睦月立つ 驕ることなきいくさ人 旧《モト》の生活《ヨスギ》に馴れゆく あはれ

睦月たつ たゝかひごとの還り来し家の前田の 薄氷《ウスラヒ》の光り

たゝかひは未《イマダ》をはらね、睦月たつ処女の家に よき衣あれ

いさぎよく死にゆくことの　さきはひを言《コト》に言はぬは、深く知りけむ

✾

春の思ひ

昭和十四年一月

たゝかひは　三年となりぬ。国びとの　こぞりて思ふ心　よろしき

大君の伴の隼雄に　知る人の多くを持ちて、睦月をこもる

ひたぶるに乾ける土に、飛行機の　おどろくばかり大き影　過ぐ

冬深く　きびしく晴るゝ日はつゞく。このきびしさに、馴れよとぞ思ふ

媼《オムナ》らは、冬菜《フユナ》の霜葉《シモハ》剝ぎ居れど、戦ひごとを　思ふならし

留り守る

国大いに興る時なり。停車場《バ》のとよみの中《ナカ》に、兵を見うしなふ
たゞ一人ふたりと肩を並べ行き、ひそかに別るゝこと欲《ホ》るらむか
送られ来し兵は しづけき面《オモ》あげて、挙手《キヨシユ》をぞしたる。はるけき その目
死なずあれと言ひにしかども、彼《カレ》 若き一兵卒も、よくたゝかはむ
生きて我《ワレ》還らざらむ とうたひつゝ、兵を送りて 家に入りたり

苦しき海山

ことし、選集「新万葉集」を選ぶに苦しみ、心に適ふ処を求めて、屢移る。晩夏・初秋の風物、すべて、我を喜ばすこと少し

いこひなく 日毎過ぎつゝ、いちじるき今年の暑気も、かたることなき
さ夜更けて眠るすなはち 目のさめて、おどろき思ふ。国は戦ふ

死もまた、ばいろん卿に及ばざるか

たゝかひに行きて　果てむと思へども、人には言はず。言はざらむとす

我つひに　このたゝかひに行かざらむ。よき死にをすら　せずやなりなむ

奥地《オクチ》より　歩兵少尉のおこすふみ　とだえてあるも、思ふに　よろしき

追ひ書き

先年、ともかくも本にした『春のことぶれ』以後十三年、その間の作品集のまとまらぬ間に、ひよつくりと、こんな歌集を出すことになつた。

私自身、とても一冊になるだけの分量はない、と考へて居た戦争歌集であるが、その気でかゝつて見ると、少々みすぼらしいが、やつと体裁の整ふだけの、作りおきがあつた。

殊に、去年十二月八日、宣戦のみことのりの降つたをりの感激、せめてまう十年若くて、うけたまはらなかつたことの、くちをしいほど、心をどりを覚えた。けれども、その日直に、十首近く口にのつて作物が出来、その後も、日を隔てゝ幾首づゝ、何だか撞きあげるものゝあるやうに、出来たのである。此は、若い頃の記憶を外にしては、幾年にもないことであつた。

中には、感覚のこはゞつたのや、類型を出ないものもあるが、此等の即興に近い作物があつたので、少分《セウブン》ながら、この集も出来た訣である。

私どもは恥しながら、今まで、憂国の士のやうな、美しい詞を吐くをりを逸して居た。其で居て、老いに近づいたこの年になつて、尚、国土や、軍団に対して、かくの如く愛と、念慮とを懸けて居たことを知ることが出来た。自身の表現によつて、自身教へられた訣である。国学の伝統正しい筋を襲ぎながら、空しく老い朽ちようとする私ではあるが、心は、虚しく消えようとして居たのでないことを覚えて、さすがに、さしぐむほどの歓びを感じる。

唯、私の多くの老いた、若い友人が、戦陣に趣いて、色々の思ひを、私にさそふ機会に値うた。

中には、たふとく命過ぎた人もあつて、人間としての悲しみの、禁め難いものがある。此は、日本人相共に持つ悲しみであるから、誰も咎めてくれぬやうに。又、さう言ふ心を根柢から振ひ起こすやうに、輝きみちた顔や、詞を以て、私の前に、勝ちの消息を寄せてくれる人々が多い。私は、たゞ歓喜と言ふより、もつと底深いおちついた、澄みきつた心を以て、其等の人及び消息に、次々に接して居る。だから、この感謝を多くの人々に捧げるに先つて、まづこれ等知りあひにおくりたい、と思ふ。此本をまとめよう、と思ひ立つた理由らしいものと言へば、実は、それ一つに帰するやうである。

盂蘭盆の設けする日

釈　迢　空

倭をぐな

『倭《やまと》をぐな』

○昭和三十年六月三十日、中央公論社より刊行。ノート判函入り、四九二頁。一千部限定、定価千円。

○昭和十六年一月より同二十八年八月（作者五十四歳より六十六歳）までの作品九八八首を収める。うち二六首の作品（語句等の改変あり）が『天地に宣る』より再録したものである。

○この歌集は、没後、作者の意図にもとづいて門弟の鈴木金太郎・伊馬春部・岡野弘彦の三人で編集、校合したものである。内容は「倭をぐな」と「倭をぐな　以後」の二部に分かれる。前半部の「倭をぐな」は「釈迢空短歌綜集五」として出版するつもりで作者生前にほぼ編集を終わっていたものであり、後半の「倭をぐな　以後」は編集者がそれ以後の作品を発表誌等から収録し、さらに遺稿を加えて一冊とした。

倭をぐな

長夜の宴

長夜の宴

あぶら火

油火《アブラビ》をともしつらねて　昼の如あそびし人も　過ぎにけるかも

庭ひろく雪のけしきをつくらせて、遊び飽かねと　人はなげきし

たのしげに伝道をする道のべに、若き心は　悲しまざらめや

年暮るゝほど

風の音は　四方にさやらず響くなり。あはれ　はるかになり行きにけり

夜ふけて　村ある山をくだりたり。渇《カワ》きごゝろに、渓《（タニ）》に近づく

道ばたの冬の菫の、咲き難き微紫《ホノムラサキ》を　見すぐさむとす

静かなる庭

浜の道　ひたすら白し。羽咋辺《ハクヒベ》へ　人ゆかなくに　とほりたりけり
松の風　しづかなりけり。静かにてあれとおもふに、あまりさびしき
里びとも踏むことはなし。草荒れて　さびしき道の浜にとほれり
しづかなる家にかへりて、たそがれの庭苔にふりて　かなしむらむよ
たぶの木の　ひともと高き家を出でゝ、はるかにゆきし　歩みなるらむ
雪すでに深く到りて、しづかなる日ごろとなれり。たのしまなくに
ゆくものは　つひに音なし――。気多の浜　沙隠《スナゴモ》りたつ　つく〴〵しのむれ
子を寝しめ　夫《ツマ》をねしめて、灯のしたに思ひし心　かなしかりけり
夫《セ》も　我も　いまだは若し。よき家を興さゞらめやと言ひし　人はも

春すでに深しと言へど、たまつばき　ともしく散りて、つぎては咲かず
羽咋《ハクヒ》の海　海阪晴れて、妣が国今は見ゆらむ。出でゝ見よ。子ら

故宮の草

故宮の草

山海関

車站《シャタン》の外は　たゞちに土の原―。煙の如く　人わかれ行く

北京　紫禁宮

かそけくて　一代《ヒトヨ》終へたる宮びとも、生けるその日は　人をころしき
故宮《フル》に聴けば　過ぎ行く風の音―。日は暑くして、浅きくさむら
秋の空晴れて澄む日は、いにしへの宮女《キユウヂヨ》の歎き　思ほえにけり

固安県　石各荘

ひたぶるに 猪《ヰノコ》さいなむ子らの声――いつまでも聞きて、つひに驚く

望楼《(バウロウ)》は 藜《(アカザ)》の原に霞み見ゆ。「腕につゝ」して 歩哨うつれり

北京城外

草の原。子ども近より遊ばねば、空しくひらく とうちかの穴

北京より南京に向ふ

済南《(サイナン)》の空にのぼりて、軍票の細長き感じ 暫らく去らず

山東の空高く 行くわが心――泰山と並び、孔廟を見くだす

さびしげに 曲阜《キヨクフ》の木立ち見ゆれども、空より行けば、をろがまず過ぐ

ひろ〴〵と 安徽《(アンキ)》の空にひろごれる雲の上より 見る山もなし

南京

我の如 その身賤しく、海涯《カイガイ》に果てにし人も 才を恃みぬ

明《ミン》の代《ヨ》に　さびしきみかど逝《ス》ぎにけむ――。咳《シハブキ》しつゝ　叢《(クサムラ)》を行く

蘇州

乞食《コツジキ》の充ち来る町を歩き行き、乞食の屁の音を　聞くはや

杭州

満水期の西湖の岸を我が渉り――、こゝに果てにし命を　思へり

飯店《ハンテン》の牕《(マド)》のがらすに　額《ヌカ》冷えて、西湖の面《オモ》の　白みそめつゝ

沓《(クツ)》のまゝに　部屋に入り来て、我がねむる牀《(トコ)》にのぼれば、日ごろさびしき

いにしへに　戦ひ負けし人の廟――。国やぶれたる野にそゝり　見ゆ

怨敵《ヲンテキ》や　岳飛《(ガクヒ)》のために　誰ならむ。詣で来たりて、おのれあやしむ

銭塘江

たゝかひの日にくづしたる　石垣の荒石群《アライシムラ》や――。民は還らず

兵隊は　若く苦しむ。草原の草より出でゝ、「さゝげつゝ」せり

嘉興

四等車の二階にねむり　青空を眺むる人は、憂ふるらむか

やぶれたることはさびしも。やぶれたるゆゑこそ　人は争はずけれ

我が乗りておちつき居るを　ことゝせぬ支那人の顔　時に峙《ソバダ》つ

新聞を見せよと言ひて　読みあぐる支那人に向きて、ねむりつゞけぬ

やまとをぐな

春洋出づ

春洋、わが家に来たり住みて、ことしは十五年なり

老いづけば、人を頼みて暮すなり。たゝかひ　国をゆすれる時に

たゝかひに　家の子どもをやりしかば、われひとり聴く―。衢のとよみを

おのづから　いさみ来るなり。家の子をいくさにたてゝ　ひとりねむれば

ひとり居て　朝ゆふべに苦しまむ時の来なむを　暫し思はじ

さびしくて　人にかたらふことのはの、ひたぶるなるを　自らも知る

たゝかひに立ちゆきし後《ノチ》　しづかなる思ひ残るは、善く戦はむ

いとほしきものを　いくさにやりて後《ノチ》、しみぐ〵知りぬ―。深き聖旨《ミムネ》を

七

将軍の書き遺したる書《フミ》のうへに、書き難かりし恩愛を　感ず

ますら雄は　言揚《コトアゲ》よろし。仇《アタ》びとの命をすらや　惜しと言ふなり

はるかなる内木成美に与ふ

手榴弾の　腰にとまれる戦ひを―おもしろげにも　告げおこすなり

夜《ヨ》の二時に覚《サ》めて　たやすく寝《イ》ねがたし。しみて思ふは　一とせぶりか

建夫、土佐に帰る

知り人は　みな散り〴〵になりゆけど、老いづきて思ふ―。生けるはたのしき

飆風

篤胤百年祭

大きこゑ　迅風《ハヤチ》のごとし。声すぎて耳さやかなり。もゝとせのゝち
百年《モヽ(トセ)》の霊神《ミタマ》と　具足《ソダ》りたまへども、はるかに聞ゆ。神哮《カムタケ》びのこゑ

ゟ

わかき時　わが居し部屋の片すみに照りし鏡は、くだけつらむか
ふるさとにひとり来たりて　わが故家《フルヘ》たゞ在るさまを見て　かへるなり
青びれて　然《サ》は勿《ナ》しげ〴〵我を見ぞ。高笑ひをぞ　今は欲《ホ》りする
我がなじみ　作者　うたびと―おほかたは　しみ〴〵と　世をかたることなき

いきどほろしきふるまひを　こらへをふせたり。国はたゝかふ　くには戦ふ

厳冬に向ふ

刈りすてゝ　年かはりたる庭萱のおどろの上に、日はあたり来ぬ

照りはたゝく今年の夏は、汗垂りて静かに居りき。冬も恃まむ

ことし早　冬のたのみのすべなきに、炭俵をくづし　炭散乱す

航空機のはためき過ぐる闇のそら　ふしどの我は、をろがまむとす

たゞ一人遊ぶ者なき国のうへに、おのづから　よき春は来たりぬ

有田盛宏、糸島へ帰る時に

筑紫びと　国にかへると心きめて　のどかならむと　われはよろこぶ

やまとをぐな

あなかしこ　やまとをぐなや――。国遠く行きてかへらず　なりましにけり

青雲ゆ雉子《キギシ》鳴き出づる　大倭《ヤマト》べは、思ひ悲しも。青ぐもの色

わが御叔母《ミヲバ》　今朝の朝戸にわが手とり、此《コ》や　ますら雄の手と　なげきけり

来る道は　馬酔木《アシビ》花咲く日の曇り―。大倭に遠き　海鳴りの音

尾張には　いつか来にけむ―。をとめ子の遊べる家に、このゆふべ居り

をとめ子の遊べる見れば、心いたし。をとめといまだ　我は遊ばず

我が呑まむみ酒《キ》かと問へば、娘子《ムスメゴ》のかざす觴《ウキ》の面《モ》　いよゝ揺れつゝ

娘子の立ち舞ふ見れば、くれなゐの濃染《コゾ》めの花の　裳のうへに散る

をとめ子の　今朝の浜出《ハマデ》に言ひしこと　いつか来なむと言哭《コトナ》きにけり

をとめ子のいねしあひだに出で来しが―、さびしかりけり。ぬすびとの如

子をおもふ親の心の　はかりえぬ深きに触りて、我はかなしむ

熱閙に住む

家常茶飯

いにしへの淡海《アフミ》の置目《オキメ》―。いにしへも　古き知識は、尊まれけり
国学の末に生れて、かひなしや―。人と争ふすべを忘れぬ
この日ごろ　ほしきまゝにも遊ばねば、怠らずてふことも　さびしき
夜深く起きて　勤しむこともなく、我の盛りは　おほよそ過ぎぬ
堪へがたき肩のいたみに　ものぞ思ふ。うち叩きつゝ　ひとり悲しき
あはれよと　我をしめる人のまへ　遠ざかり来て、安けくなりぬ
大空をとよもしてゐる　風の音。我は　今宵を　かゞまりて寝る
ともだちの既に　少く住み残る町のそがひを　過ぎて来にけり
　　この頃、歌の先人の頻りに恋しき
とぼしかる游学費より　さきし金―師にたてまつり、あまりわびしき

歌よみの竹の里びと死にしより 五年のちの畳にすわる
歌よみの左千夫の大人《(ウシ)》の前に居て、おさへがたしも。傲《タカブ》り心
歌人は 皆かたくなに見えたまふ。左千夫の大人 躬治《モトハル》のうし

伊豆の翁

村びとに 物くれありく年よりも この霜朝を 起き出でつらむか
老いびとの おい呆《ホ》けてするふるまひの おもしろきをも 聞きてなげきつ
わが家の大き祖母《オホバ》の 呆《ホ》れし後《ノチ》、日々をすわりて居し姿 見ゆ
韮山の穂積の老《オ》いの 老い呆けてせし如 世をばたぬしくて経む
その一《ヒト》代 ひとの心を狂《(マ)》ぐることなかりし人も、老いて呆《ホ》れにし

松かぜ

ちゝのみの父をおくりて来し山の 土に聞ゆる松風の 音

ちゝのみの父をはふりて　くだる山―。鳴き立つ鳥の声　ひゞくなり

しづかなる春なりければ、喜びの身にひゞきつゝ　言ひにけらしも

小泉氏の喪

いにしへの大き聖も、年たけて子を先だてゝ　なげきたまひき

三矢先生二十年祭

しづかなる境に　君はいませども、きこしわくらむ。国おこるとき

廿年《ハタトセ》にそだりたまへる神にむき　わがまをすこと　かくも幼き

この国のもとつをしへのおこるとき―、師が名をおこすことも　我がなき

六月五日

あやまてり。我若人を蔑《ナ》みしつと　言ひにし君も、花の如く散る

空深く　水無月五日曇れども、心ほがらにもちて　偲《シノ》ばむ

熱鬧に住む

ことし、夏早く、那須雲巌寺に行く。――加藤祐三郎、同行

われや斯《（カ）》く 人にもの言ひすがしきか―。宿徳僧《シウトク》と 幾時を居り

那須の寺 ふた夜やどりしあけの朝 きつゝき叩く靄に まかりぬ

波多郁太郎死ぬ。知りそめて二十年近かるべし

いたづらに 病ひに果てし若き命を よべも思ひき。今朝のはかなさ

雨ふり、日照り、時にかなへど、而も、いと乏しき一夏なりき

半日の暇のたふとさ。思ひ居し斎藤茂吉の集を 読みとほしたり

春洋、再出づ

朝ゆふべながむる庭は 秋さびて、松かは毛むし 荒し過ぎたり

ひたすらに堪へてもいませ。のこる世に　我を思はむ君と　たのむに

昔恋

あらた代の　明治の御代の民として　ありしことこそ、かしこかりけれ

虔々《ウヤヽ》し。身は草莽《クサカゲ》に住み〱て、ひじりの三代《ミヨ》にあへらく　思へば

勇みたつ　若代《ワカヨ》の民のさわやけき心を思ふ。身は　老いぬらし

慶賀

うつくしきめをの御《ミ》神と讃へなむ。あまり清《スガ》しき現《ウツ》し身にます

はるけき空

ひと日の後

しづかなる夕ぐれどきを　ほの〴〵と　眼底《マナソコ》昏く　書《フミ》かきつげり

さびしくて、さびしき人らのつどひ居《ヲ》るところを避《ヨ》きて来にし　我なり

既《ハヤ》 壮《ワカ》き人とかりにも謂ひ難き齢になりて、人をかなしむ
絶え間なく人に読み説き、忘れ居つ―。万葉集《マンネフシフ》の清き しらべを
もの音のたゝぬ午後なり。時として 瓦斯《(ガス)》管などは、音《ネ》に出づるらし

優　越

沓下に入りたる蚤《(ノミ)》を 朝明より感じゐて、ひと日忘れをふせむ
歌書きて 歌を知らざる人に見す。凡《(オヨソ)》 さびしき喜びに 餓《(ウ)》う

老

わが齢《ヨハヒ》 いたづらに斯くひさしきを 悔いざらめやも―。若きは よろしき
死ぬることかへる如しと 古人《フルビト》も 宜《ウベ》言ひにけり。若きは よろしき

はるけき空

はるかなるこだまの如し。我が子らは よく哮《タケ》びつゝ 静かにぞをる

日の本のやまとをとこの　みじかくて　潔《キヨ》きことばは、人を哭かしむ

西角井正二をいはふ

ひとやしき　けやきのもみぢうつくしき　秋はれ〴〵し。こゝにつまよぶ

川島浄染　応召す

南無大師　みこゝろふかくおはすらむ。法《ノリ》の師　君の召されたまへり

人のうへ

ふる里に　老いをあづけて、年かはる春の旦《アシタ》に　思ひつゝ居り

千樫十三年忌も過ぎぬらむ

ひむがしの安房《アハ》の郡《コホリ》に　還るべきその人失せて、家も焼けたり

父母の住みにし家に　還らまく、病み挫《クジ》けたる心　かなしも

北白川宮の御うへを聞く

かく遠き胡地《コチ》を もろこしびとすらも言ふことなかりき。そこに かむさる

白じろと 粉米《コゴメ》の如く 地につける花叢《ムラ》のうへに たふれましけむ

菅群《スガムラ》の白く乾ける 川辺より引き返し来て、人と争ふ

人知れず 裸形仏《ラギヤウボトケ》をいつきたる 鎌倉は今は 遠き跡なり

戦ひを知らず過ぎ行きし人のむれに、古泉千樫を思ひ浮べつ

年どしに 咽喉ゑごくして、憂き冬や―。こたつを出でゝ 水を欲《ホ》りする

いら〳〵しく 人を憎めり。胸ひろくあらむとすれど、今は倦《(ウ)》みたり

春寒

疎開

ふるさとのやどもうつらふ―。この日ごろ見て還り来て、我は、ひそけき

老いぬれば、ふるさと人のかそかなる心おどろき、家居をうつす

喰ひ物のありあまる日は、軒に来る鳥　けだものも、あはれに思ほゆ

夕空にみだるゝ虫のかげ見れば、春寒《ハルフユ》近く　なりにけらしも

こゝろよきつどひのゝちに、たゞ一人　日ざし冬なる道を　かへりぬ

三月某日夜、品川駅歩廊にて

この国のたゝかふ時と　はしきやし　若きをとこは、堪へとほすらし

若き人のひきはたかれて在るさまを　見つゝ堪ふるなり。われも悔《クヤ》しき

わが肌に響きて　苛《カラ》し。たなそこは　若き彼頬《カノホ》に　鳴りにけるかも

守雄来たる

わが家居　やゝにたのしも。二人ゐて　もの言ふ数の　少けれども

硫気ふく島

たゝかひのたゞ中にして、
我がために書きし　消息
あはれ　たゞ一ひらのふみ—
かずならぬ身と　な思ほし—
如何ならむ時をも堪へて
生きつゝもいませ　とぞ祈る—

きさらぎのはつかの空の　月ふかし。まだ生きて子はたゝかふらむか

七

洋《ワタ》なかの島にたつ子を　ま愛《ガナ》しみ、我は撫でたり。大きかしらを

たゝかひの島に向ふと　ひそかなる思ひをもりて、親子ねむりぬ

物音のあまりしづかになりぬるに、夜ふけゝるかと、時を惜しみぬ

かたくなに　子を愛《メ》で痴《シ》れて、みどり子の如くするなり。歩兵士官を

大君の伴の荒夫の髄《スネ》こぶら　つかみ摩《ナ》でつゝ　涕ながれぬ

横浜の　片町さむき並み木はら。木がらしの道に　吹きまぎれ行く

こがらしに　並み木のみどりとぶ夕。行きつゝ　道に　子を見うしなふ

あひ住みて　教へ難きをくるしむに　若きゆゑとし　こらへかねつも

彼岸ごろ

英雄、中支那に向ふ

彼岸ぞら　きのふにかはるきびしさに　歯をかみてわかる。言ふこともなく

戦ひにいでたつものを　などせむに　心うごきの　わたくしならず

野山の秋

昭和廿年八月十五日、正坐して

大君の宣りたまふべき詔旨《ミコト》かは―。然《シカ》るみことを　われ聴かむとす

戦ひに果てしわが子も　聴けよかし―。かなしき詔旨《ミコト》　くだし賜ぶなり

大君の　民にむかひて　あはれよと宣らす詔旨《ミコト》に　涕噬みたり

野山の秋

故旧とほく疎散して、悉く山野にあり

ふるびとの　四方《ヨモ》に散りつゝ住むさまも　思ふしづけさ―。すべのなければ

八月十五日の後、直に山に入り、四旬下らず。心の向ふ所を定めむとなり

ひのもとの大倭《ヤマト》の民も、孤独にて老い漂零《サスラ》へむ時　いたるらし

野も　山も　秋さび果てゝ　草高し―。人の出で入る声も　聞えず

おしなべて煙る野山か―。照る日すら 夢と思ほゆ。国やぶれつゝ
しづかなる山野《ヤマノ》に入りて 思ふべく あまりにくるし―。国はやぶれぬ
道とほく行き細りつゝ 音もなし―。日の照る山に 時専《モハ》ら過ぐ

ひとり思へば
畏(カシコ)さは まをすゝべなし―。民くさの深きなげきも 聞《キコ》しめさせむ
老いの身の命のこりて この国のたゝかひ敗くる日を 現目《マサ》に見つ

戦ひに果てにし者よ―。そが家の孤独のものよ―。あはれと仰《オフ》す
勝ちがたきいくさにはてし人々の心をぞ 思ふ。たゝかひを終ふ
悲しみに堪へよと 宣らせ給へども、然宣《シカノ》る声も、哭かし給へり
たゝかひは 過ぎにけらしも―。たゝかひに 最苦《モトモ》しく 過ぎしわが子よ

思ひを次の代によす

今の世の幼きどちの生ひ出でゝ 問ふことあらば、すべなかるべし

年長《タ》けて 子らよ思はね。かくばかり悔しき時に 我が生きにけり

いちじるく深き思ひは 相知れど、語ることなし。恥ぢに沈めば

七

飲食《オンジキ》の腹を傷《ヤブ》らぬ工夫して たゞゐるい間《マ》に、国はやぶれぬ

今朝《ケサ》の夜《ヨ》の二時に寝ねつゝ 起き出でゝはたらく朝は 昼に近しも

長夜の宴の如く遊ばむ

戦ひに負けし心のさもしさを わが祖々や 思ひだにせし

いからじと堪へつゝ居れば、たのしげに 軍艦まあちをはり近づく

まふらあを空に靡けし 飛行機のをみなをぞ思ふ―。たゝかひのゝち

思ふ子はつひに還らず。かへらじと言ひしことばの　あまりまさしき

茫々

心深き春

睦月空　昼と凪ぎゆく明るさに、門《カド》出でゝ見る　春のさびしさ

目の涯《カギリ》　本所深川―。青々し―冬菜の原に晴るゝ　初空

み空より降る光りに　目くるめき　いつまでかあらむ―。春到りけり

睦月たつ。たゞに明るき真昼凪ぎ―。祝言人《ホカヒ》の輩《トモ》も　門にうたはず

かにかくに戦ひ過ぎぬ。国々の祝言人《ホカヒ》よ上《ノボ》れ。年祝《トシホ》ぎのため

しづかなる春　昼過ぎて、三河島　千住の空に　ひかる淡雪

しづかなる春をつゝしみ暮すなり。さびしとぞ見る―。歳棚《トシダナ》の塵

夢の如 思ほゆるかも。日の光り あまりしづけく 年かはりぬる

幼児等《ヲサナラ》は 春をしみゝに遊ぶなり―。見つゝ 涙のあふれ来るはや

たゝかひの果てのさびしさ―。睦月たち 身にしみて思ふ。春のしづけさ

よき春の来向ふごとし。直土《ヒタツチ》に額《(ヌカ)》づきて思ふ。世のやすけさを

いさゝかも 民の心をやぶることなかりし君も、おとろへたまふ

春来たる。焦土の岡の青き枝 細葉散り来ぬ。庭の浄《(キヨ)》きに

大八洲 春の光りはみち来たる。新しくして 身に沁む光り

春来たる。やぶれしことのすべなさも 言には出でず ひたぶるに居む

春茫々

睦月立つ―しづけき春となりにけり。国おこるべきことはかりせむ

夢の如 思ほゆるかも。悔い深き年も かそけく過ぎにけらしも

還ることなしと思ふ心さだまりに、この頃さびし―。人に愁訴《ウレ》へず

ある時は たゝかひ果てゝかへり来むよろこびをすら言ふを おそれし

情報局に招かれて

一介の武弁の前に 力なし。唯々《キヽ》たるかもよ。わが連列《ツラ》の人

たけり来る心を 抑へとほしたり。報道少将のおもてに 対す

七

池田弥三郎、復員

ぼた脚をふみて還りて あぐらゐる畳の上を 疑はむとす

あめりかの進駐軍の弁当と 言ふを食ひしが 涙ながれぬ

日の光り

春やゝにとゝのほり行く山川のしづけき見れば、国はほろびず
息づけば遠きこだまのこたへする　あまりしづけき春　いたりけり
をさな子の遊べる家の饒《ニギハ》へるとよみを聞けば、国にほろびず
双方《フタカタ》に　子ども分れてたゝきあふ　空手《ムナデ》のいくさ見れば、くるしき
をとめらも　をとめの母も、春ごろも著《(き)》つゝを遊べ――。あまりさびしき
中学の子も　あげつらふ新聞紙――。文字書くことの憂鬱《イブセ》くなりぬ

公報いたる

たゝかひは永久《トハ》にやみぬと　たゝかひに亡せし子に告げ　すべあらめやも

淡雪

あはく＼し　今朝の淡雪《ハダレ》に行きあひし進駐兵と　もの言ひし後《ノチ》

雪はるゝ朝の天気のほがらなる　わが心しばし　ものは思はじ

たゝかひは　あへなく過ぎぬ―。思へども　思ひみがたき時　到るらし

我が心　虐《サキナ》みて居む―。人みなのほしいまゝに言ふ世と　なりにけり

たゝかひに果てし我が子の　目を盲《シ》ひて　若し還り来ば、かなしからまし

還り来にけり

国おとろへて、なほ若き命を存す。今は、おんみ等の為に、たゞ春の到ることを告げむ

かつ〲も命まもれと　別れにしかの日も遠し―。還り来にけり

なげきつゝ行き散りし日を　夢の如思ひ見るらし。かへり来にけり

春の風三日《ミカ》吹きとよむ窓のうちに、書よみくらす。還り来にけり

焼け原に春還《メグ》り来る　きさらぎの風の音きけば、死なざりにけり

春遅き焼け野の木群《コムラ》うちけぶり、まざ〲見ゆる　伊皿子の阪

いさぎよき最期の姿思ひみて　親はなぐさむ。なかざらめやも　―辻健吾に
痩せ〳〵て　海のをちよりかへりしを―。よろこぶわれも、うらぶれにけり　―荒井憲太郎に
山の葉のわかやぐ村に還かへりゐて　つく〳〵に思ふ。われは死なざりき　―市川良輔に

静かなる音

静かなる音

あさましき都会となりぬ。其処《ソコ》に住み、なほ悔い難きもの、　はかなさ
つば低く帽子を垂れて、近々と　我を瞻《マモ》れるものにぞ　対す
次の代《ヨ》に残さむすべてを失ひし　我が晩年《イリマヘ》は、もの思ひなし
あへなくも　たゝかひ過ぎぬ―。思ふ子を得ずなりしすら　思ひ敢へなく
思ふ子は　雲居はるかになりゆけり―。去りゆけりとぞ　思ひしづめむ
たゝかひに果てし我が子を　かへせとぞ　言ふべき時と　なりやしぬらむ

たゝかひに果てし我が子の　還り来し夢を語らず。あまりはかなき

戦ひにはてしわが子と　対《(ムカ)》ひ居し夢さめて後《ノチ》、身じろぎもせず

しつけよき犬を撫でつゝ　狎《(ナ)》れがたし。この犬も我が喰ひ分《ブン》を　殺《ソ》ぐ

よき衣《キヌ》をよそほひてだに　居よかしと思ふ。笑へるをとめを見つゝ

をみな子の身体髪膚《ハップ》　ちゞらかす髪の末まで　親を蔑《ナ》みする

たゞ今宵いねて行けよと　復員の弟子を泊めしが——、すべあらめやも

みんなみの遠き島べゆ　還り来し人も痩せたり。われも痩せたり

春雪

うらぶれて　剽盗《ヒハギ》に堕つる民多し。然《(シカ)》告ぐれども、何とすべけむ

春深くなりゆく空に　しみ〴〵と飛行機とよむ——。あはれ　飛行機

三月に入りて　比日《ヒゴロ》を雪来たる。思ふ―今年も　憑《ヨ》るところなき
をみな子のふみ脱ぎ行きし　雪沓を　軒に出しぬ。雪に埋《ウモ》れよ

極月、新劇団の人々合同しての公演あり。まことに、久闊の思ひに堪へず。而もその演目の、ちえほふ氏の優作なるにおいてをや

たのしみに遠ざかり居て　もの思へば、桜の園に　斧の音きこゆ

東吉・土之助より我童を経て、仁左衛門をつげる十二代目松島屋、見はじめて五十年を踰《コ》ゆ

国敗れたる悔いぞ　身に沁む―。なまめける歌舞妓びとをすら　ころすなりけり

月僊筆「桃園結盟図」を聯ね吊りて、凪ぎ難き三年の思ひを遣りしか

たゝかひの間《ホド》をとほして　掛けし軸―。しみ〴〵見れば、塵にしみたり

たゝかひに果てしわが子の、ゆくりなく生きて　還らむこと、な言ひそね

たゝかひに果てし我が子の、謂ふ如く　囚はれ生きてあらば、いかにせむ

たゝかひに果てしわが子の　我が為と、貯へし　銭いまだ少《スコ》しき

遊び

わたる日の春となり来る光りすら　沁々《シミ》にたのしむこと忘れゐつ

しづかなる日なたに出でゝ　遊びゐる　鳥　けだものゝ心　こほしき

うるはしき恋ごゝろもて、ものを言ふ若人もなき　春のさびしさ

やまと恋
――おなじ長歌の反歌

たはれめも　心正しく歌よみて　命をはりし　いにしへ思ほゆ

をとめ子の清き盛時《サカリ》に　もの言ひし人を忘れず――。世の果つるまで

道のべに笑ふをとめを憎みしが――、芥《アクタ》つきたる髪の　あはれさ

ひるのほど　よもぎもちひをくれゆける　人をしぞ思ふ――。ともし火のもと

ともし火のもとに　ひとりは居りがたし――。よもぎ香にたつ　もちひたうべて

まれびとも くりや処女もよびつどへ、手に〳〵渡す。よもぎもちひを

なには人に寄す

浪花びと呆れつゝ遊ぶ 春の日の住吉詣で 見むよしもなき

なにはびと紙屋《カミヤ》治兵衛《ヂヘエ》の行きし道 家並み時雨るゝ焼け野となりぬ

うつくしく駕籠《カゴ》をつらねて過ぎにしを 思ひつゝ居む―。十日戎を

としたけて 朝げ夕げにくるしむと 我を思ふな。さびしかるべし

たぶの木の門

昭和廿一年、春洋の生家に滞留した。能登の桜も、おほかたは散り過ぎるころ―

過ぎにしを思はじとして わが居れば、村しづかなる 人のあしおと

さう〳〵と 雨来たるなり―。森のなか 古木の幹を伝ひ来るもの

見る〳〵に 羽咋《ハクヒ》の方ゆ 音立てゝ、はまひるがほに 降り来たるなり

金沢医科大学生矢部健治君は、もと春洋の部下であつた。島を出た最後の船で、送り還された一人である

みむなみの硫黄が島ゆ 還り来し人を とふなり―。北国の町に

からかりし島のいくさに まだ生きて在りしわが子に 別れ来にけり

日を逐《（オ）》ひてきはまり来たる島いくさ―。そこに わが子も まだ生きて居し

言毎《コトゴト》に深くうべなふ―。島いくさ亡ぶる時《ホド》の 人のたちゐを

氷室氏の一族、多く亡びて、姉妹たゞ二人、信州諏訪に住むを聞く

藤の花 女はらから住む宿に 咲きてありなば、たのしからまし

ある弟子の妻に

わが処女 すでにしづかになりにけり。あなあはれよと 見つゝ居れども

石上布都代、初誕生の祝ひに来たる

いと苦しきいくさの末に、生れ来し女《メ》の子の一世《(ヒトヨ)》 さきはへ給へ

朝花

鄙の湯

春の日にあたる叢 しづかなるそよぎの音も 聞き過ぎがたし

いにしへの筑摩《ツカマ》の出で湯 鄙さびて、麦原《フ》にまじる 連翹の花

南に 尾をひく山の末とほし―。霧捲き来たる 赤松の丘根《ヲネ》

呆《ホ》れ〴〵と 林檎の歌をうたはせて、国おこるべき時をし 待たむ

国やぶれて 人はあらがふわびしさにそむきてをれど、見え 聞えつゝ

夜ふかく ほむらをあげてとほるなり。牕《(マド)》にせまりて 大き汽車過ぐ

みむなみの遠き島より 還り来し人は呆《ホ》れたるまゝに 時行く

雪と谷ぅつぎと

越後北蒲原郡出湯《デユ》温泉、二瓶武爾方にやどる

出湯の村　雪の下より行く水の　音に立ち来る昼の、明るさ

出湯の村　湯宿も　小家百《コヤケビヤク》姓《シヤウ》も、雪のなかより　煙をぞ立つ

夜《ヨル》深き雪踏み分けて来る音す―。あまりに　人をこひしと思ふに

屋根高き雪をおろしてゐる人に　もの言ひかけて、またうつゝなし

良寛をおもふ日など

年たけて還り来し　わがふる里は、冬長くして、山もま白き

二瓶氏長女陽子、嫁ぐ

をとめづま　花と匂へる後姿《ウシロデ》に、親はよろこぶ。なかざらめやも

屋敷川音すみて　春たけにけり―。うつぎ　山ぶき　こもぐ〱下る

田阪誠喜、新潟にあり。昔、薩摩に赴任せし時の送別の歌とて見す

春山と　こずゑ繁みゆく玖磨の山―。越えて行く子を　悲しまめやも

朝花

草の露しとゞに　明けてすが〱し―。起きか別れむ。合歓の朝花

仰ぎ見る　しづけき塔の片壁に、朝日あたれり―。あはれ　鐘の音《ネ》

かゝはりもなきが　はかなし―。しみ〲と　羅馬かとりつくの寺の鐘　鳴る

やはらかに足《タラ》ふ睡りは、大きくて　たゞすなほなる犬とこそ　思へ

目ざめ来る昨夜《ヨベ》のふしどの　あはれさは―、枕に延《ハ》へる　昼貌の花

やはらかに睡りし程ろ　我が髪を嗅ぎて行きけむ―。大き白犬

叢の深き夜さめて、停りゆく遠き電車を　聴きし我なり

あかしやの垂り花　白く散り敷けば、思ひ深めて　道をくだりぬ

そらにみつ 大倭《ヤマト》の恋の趣致《アハレ》さも、国やぶれては、かひやなからむ

ま裸になりて踊れど、わがをどる心にふりて とふ人もなし

ある日 かくて

ゆくりなく 塩屋連《ノムラジ》鯯魚《コノシロ》と言ふ名聯想《ウカ》びて ゆふべに到る

たゝかひに果てし我が子は 思へども、思ひ見がたし。そのあとゞころ

戦ひにはてし我が子を 悔《ク》い泣けど、人とがめねば なほぞ悲しき

たゝかひにはてし我が子が 夥多《カズ》の歌―。ますら夫さびてあるが はかなき

戦ひに果てしわが子のおくつきも 守る人なけむ―。わが過ぎゆかば

たゝかひに果てし我が子の墓つきて、我がなげく世も―、短かるべし

わが子らの ゆきてかへらずなりしをも 人と語れば―、たのしむごとし

しづかなる空にとよみて　ゆきにける飛行機も　つひにくだりつらむか

をとめ子に　告げずてあらむ―。荒山の鬼の踊りを　見て来しことを

　佐渡にわたる

　　柏崎に宿る

旅にして　なほぞさびしき―。道なかに　群れて遊べる町びと　見れば

　石地村　形蔵院に向ふ

出雲崎　屋並みせまれる露地深し―。夕日たゆたふ荒海の　波

良寛堂に　あそべる小きものゝ群れ―。子どもと雀　弁《ワカ》れざりけり

　金光女国手の家に宿る。慥爾氏両女の住む所にして、大嬢の夫は、南にゆきて未だ還らず

子どもあまた育つる家に　しづかなるあるじのすがた　顕《タ》ち来る思ひす

ふるき人　かほもおぼえず。しかれども　覚えあるごとし―。その子を見れば

さ夜ふけて　夕立ち来るに、目ざめつゝ　おもふしづけさ――。佐渡にわが居り

青々と　黒木の御所の　草がくれ――。夕立ちすぐる音の　しづけさ

と

真野の宮　砌《ミギリ》におつる秋の葉の桂のもみぢ　すでに　色濃き

妙宣寺　豪雨のあとの庭　潔し――。ひろく流るゝ　百日紅のはな

のどかなる山をくだりて――、しづかなる寺に降りたり――。その夕庭に

国びとの古きことばの　にほはしきひゞきを聞きて、われは　かなしむ

山門の石階《キダ》のぼり　ひゞく庭――。日は高くして　濃き塔のかげ

しづかなる心はいよゝ　かなひゆく――。遠き島ねに　君と相見て

赤松のむらたつ空は　昏れぬれど、幹立ちしるし――。真野のみさゝき

赤松のむらたつ道に　たゝずみて――、かなしみ深き山を　仰げり

赤松のむらたつ山に　さす夕日—。見つゝ歩めり。真野の陵道《ハカミチ》

最古き教へ子本間朝之衛など、五十は既に過ぎたるべし

若き人のをどるを　見れば、心いたし—。古き手ぶりは　散る花の如

神戸のひとに

ふるき人のさがくだちゆくさびしさも、見つゝおもはず—。年を経てあり

父と母のあらそふを見る日も　あらむ—。日々になごみて　おやたちを　見よ

古き扉

夏たけて

叢に　薄きくれなゐ見えつゝぞ、藜《アカザ》の茎は　疎《ア》れはじめたる

くさむらに　追ひにがしたる虫ひとつ—てんとう虫の、しばし輝く

喰ふ物の　日々にともしき夏去りて、清き日ざしを恋ふる日も　あり
夏深く　八十《ヤソ》叢《クサムラ》と荒れゆける東京の空　日に日に　変移《ウツロ》ふ

流離

やつれつゝ　骨峙《タ》ち黄ばむをみな子の頬《ホ》を見れば、なほをとめなるべき
うらやましき　をとこをみなの物語り——聞くことなきも、さびしかりけり
おそろしき才女と　人に謂はれたるかの女も死にき。火屑《ホクツ》の如く
国離れ　一代《ヨ》栄えて経し人の　還り住めども、齢あまれり
額《ヌカ》越しに我を瞻《マモ》りしをみな子も、ねむりくづれぬ——。神田を過ぎて
ともし火の消えゆく如し——。今日ひと日　たのしみ聴きし　清きことばも

「悲しき文学」

いにしへの　生き苦しみし人びとのひと代を言ふも、虚しきごとし

くるしみて　この世をはりし人びとの物語りせむ―。さびしと思ふな

静けきに還る

ひたすらに　世の過ぎ憂さを告げに来る　村の媼《オムナ》を　時に叱りつ

静けさは　きはまりにけり。年ふかく　山よりくだる―焼《ヤ》き畑《バタ》の灰

若者の　ひとり〳〵に還り住みて、住みかなふらし。冬となりつゝ

おのづから　棚のもちひの干《ヒ》破《ワ》れつゝ―おつるひゞきを　見に立ちにけり

しづかなる春は還りぬ。しづかなる村の生計《タツキ》を　かなしまめやも

夜半の音

昨夜《ヨベ》　酔ひて苦しみ寝ねし夜のほどろ　地震《ナヰ》のより来る音を　聞きしか

のどかにも　この世過ぎにし先ざきの平凡《タヾ》びとたちの　思ほゆるかな

潰《ツヒ》えゆく国のすがたのかなしさを　現目《マサメ》に見れど、死にがたきかも

行く雲

信濃びと、我に屢、疎開をすゝむ。我従はず。空襲、春より秋に渉りて愈熾なるに及び、湏め益、懇ろを極む。然れども我頑なにして、終に其心に随はず。戦ひ終りて後、一度《タビ》其家を訪れて、志深きを謝す。山河の静かなるに対して、そゞろに自ら、我が生の微かなるをあはれむ

静かなる国を罷らむ―。思へども　老いをやしなふ時　なかるらし

老いの世に　かくのどかなる山河を　見るがかなしさ―。来つゝ住まねば

たゝかひに果てし　我が子を思ふとも、すべなきことは―我よく知れり

寝つゝ　我が思ひしづまるしづ心　いともかそけく　今はなるらし

こがらしの吹きしづまりに、鳴き出づる背戸屋《セドヤ》のとりの　忽《(タチマチ)》　鳴かず

古き扉

一谷嫩軍記見物。大将義経の胸中、思ふべきものあり

熊谷の次郎のがれて去りし後《ノチ》、須磨のいくさの、むなしかりけむ

大学の研究室に　干破《ヒワ》れたる名札をかけて、忘れなむとす
遠つ世の恋のあはれを　伝へ来《コ》し我が学問も、終り近づく

せゝらぎ

かずくのおとづれ人を　かへしたるゆふべを対ふ木々の―おぼめき
さまぐの人にあひつゝ　疲れたる心にのこる　清きひとすぢ
うちつけに清き心を告げゆきし　人を送りて、また人にあふ
静かなる清水のごとし―。うやくし　清き若さの　語少《コトズクナ》なる

穢き土

国やぶれて　やぶれしまゝに興り来るきざしをも見ず―命過ぎむか
百姓のおごれる村を　あるき来て―野山に通る道の　清《サヤ》けさ
はるかなる野山に散りて住む人も　みな　老いぬらし―。冬深きころ

み冬つき　春来む日まで　いかさまにあり経む身ぞと　思ふ―。ことしも
　いのちなりけり

　石上順、還る

わたなかの島に　とかげを食ひつくし　なほ生きてあるを　おどろきにけむ
なにのために　たゝかひ生きてかへりけむ―。よろこび難きいのちなりけり

　憲太郎、長男「諄」出生のことを告ぐ

くるしみて生くる世に、汝はおひ出でゝ　ふかく知るべし―。ちゝはゝの情を

　和田正洲、また比律賓より復員す

たゝかひ過ぎて二年の後　かへり来し汝《ナレ》よ―。まさ目に　国のすがた見よ

　高階広道、病いよ〳〵篤し

み空とぶ船よりくだり来し汝の　少年の頬は　おとろへにけり

梢子七つ、匣子六つ

生みふえて、居る処なく遊ぶなり―。子ども　日ねもす　庭草にまじる

大晦日、池田金太郎に寄す。弥三郎執達

世は春に　いよゝ　たのしくなりゆかむ。いのちまもらへ　わが父も　さね

「遠つびと」発行者に贈る

なまよみの　甲斐の三千子がよみし歌　十《（ト）》まきはた巻　あはれ　恋うた

淡雪の辻

寂けき寿詞

春到る。しづけき春か―。かにかくに　年の寿詞《ヨゴト》を　聞えあぐべき

われひとり　覚めてしはぶく―。しづかなるかの鶏の音も　ひゞき来にけり

みむなみの常世《トコヨ》の島の　くるしさも　言ふことなかれ―。春はたのしき

あたらしき年は来向ふ―。思へども、老いぬれば 心おどろきもなし

睦月の声

しづかなる睦月の空の 晴れとほり、とよもし過ぐる飛行機も なし

鶫の鳴く声聞ゆ―。ひよどりは 一峰《ヒトヲ》を越えて 鳴き過ぎにけむ

村びとは 四方《ヨモ》に光りて雪高き 朝戸を開く―。歳の旦《アシタ》に

おほみこと 現《マサ》に顕《ウツ》しく宣りたまふ―。かむながら 神に在《オハ》さず。今は

水の面の春

むなしさに 遠くわが来つ―。隅田川 水の面の春の、目に沁みにけり

子を生みて家をのがれし をみな子も、さびしかるらし―。春立つこの頃

神々の心おもほゆ―。日高見の国おとろへて、地震《ナヰ》さへふるふ

家々のともしき春を見つゝ来て、下笑ましくも 我が居りにけり

しづかなる春は 来向ふ―。門松の ともしく立つが、かなひつゝよき

冬の光り

歩み入る小路の奥ゆ 嘷《オラ》ぶ声―。あはれ 子どもゝ安からなくに

みなぎらふ冬の光りの 昼深く あたゝまりなし―。子らの鳥膚

うちあぐる声 呆《ホ》け〳〵し―。人知らぬたのしみを 早 子らは知りたり

み冬つき 春来なむ日を思へども、生き膚こほり 今日も わが居り

七

はるかなる野山に住みて 散りぢりに 音絶えゆきぬ―。年の寒きに

昭和二十二年元旦

行くへなくなりし昔の人々の かそけきあとを 思ふ―。むつきに

たはれびと　たはれ遊びし一代《ヒトヨ》へて　さめいで来《キ》なば、さびしかるべし

ゆくりなく　ひゞくものかも―。除夜の鐘―。かの鐘や　からく残りたりけむ

日本の国　つひにはかなし。すさのをの昔語りも　子らに信なし

けふひと日　人の来たることなくもあれ。疲れ〳〵て　元日にいたる

画報の写真に添へて

山の鬼　里におり来て舞ふ見れば、しみゝに　春は到りけらしも　―豊橋鬼舞

南部嶺《ネ》のみ雪　おもほゆ。鈴かくる馬を乗りつゝ　ゆきし子ゆゑに　―盛岡ちやぐ〳〵馬

二月十一日

きさらぎの斑雪《ハダレ》の如し―。しづかなる微笑《エマヒ》の後《ノチ》を　心とけ来る

白雪のつみにし山ゆ　ほの〴〵と音聞え来ぬ。命めでたく

紀元節に　たのしげもなく家居りて、おきなはびとに見せむ書《フミ》かく

けふひと日 庭にひゞきし斧の音―。 しづかになりて 夕《(ユフベ)》いたれり

淡雪の辻

勇《イサム》らは いづく行くらむ―。 このゆふべ 寄席《ヨセ》行燈《アンドン》の光り しめれり
はなしかの誰かれ 今はぬき出で丶 よくなれり言《ト》ふ―。 き丶つ丶ぞ よき
上総水脈《カヅサミヲ》 青みて寒き朝海に、向きてなげくは、左平次か われか
新内の紫朝《シテウ》 今宵も死ねよかし―。 あまり苦しく こ丶ろゆすれば
義太夫のをんな太夫も、悲しくば、声うちあげよ―。 巡礼歌を
くちなしの鋭きにほひ 高橋《バシ》の 永花《エイクワ》の客は 鼾立てつも
くつがへるほど笑ひて ひとり出で行きし客の心は、我も知りたり
曇り空 雪となりゆくほのあかり―蘆洲よ。 すこし きほひつ丶 よめ
とりとめもなく過ぎしわかさを しみ〴〵と 悔ゆるにあらず―。 よせのた丶みに

過ぎし代《ヨ》の　きらびやかさは、清方《キヨカタ》の若絵《ワカエ》の如し――。すべあらめやも

とりふね

二月十六日、鳥船社の集りに、故高階広道のこと歌に作る者多し。歌の挽歌にかゝれるものを、各々しるしつけて、悲しみの心を表さむとす。あはれ、若き人の心かくなごみて悲しめるときに、死にゆく人のかそけき倖を思ふ

わかき身は、死ぬるいまはも　ちゝはゝを　あなあはれよと　おもひけらしも

石上鮑正・七鞘初節供に

男の子ごの　こゑたけびつゝ泣きかはす　さつきの家の広きにぞ　ゐる

池田光の七夜に

孫だきに　てゝもはゝごも出でたまへ――。産屋光りて　めでたき夕

貞文に

みむなみの　とほき島より思ひ来し水の面の色の　深き虚しさ

曙の雨

しろ〴〵と 谷をへだてゝさびしきは、山ちしやの花 またゝびの枝
宿とりて いまだ明るき夕やま路―。甲斐のさくらは またく散りたり
しろ〴〵と きだはし濡れて居たりけり。身延のやまのあけぼのゝ 雨

九十年

―三田新聞に寄す

学問の悠《イウ》なるかなや―。九十年経つゝ思へば、なほ きはみなし
物毎にうつろひ行けど、学問のいよゝ栄ゆる見つゝし 哭《ナ》かゆ

昔の卓

碧き午後

昔の卓

金曜日《(キンエウビ)》の昼餐《ゲ》の卓に　咲き満ちて、円《マド》かにむかふ――。紫陽花の碧《アヲ》

丸天井に伝ふ光りの　なごむ見よ――。かもかくも　歳は　戦ひを越ゆ

生き難き世を　生きとほしてありしこと　慶《ヨロコ》び合へば、悲しくなりぬ

たゝかひの最中《モナカ》に訣《ワカ》れ　三年経つ――。かく咲きけるか。紫陽花のはな

行くへなき　炎中《ホナカ》の別れせし日より、泣けてならざる今朝の　紫陽花

生き難く苦しみ生きぬ――。苦しみの極みは　罪に生くるが如し

散りぢりに炎《ホ》中に入りて、焼け焦ぐる妻子《メコ》のこゑすも――。生きて聞く声

不逞なる　わが願ひごと　悉く満了《ミ》ちたる今は、何かなげかむ

あぢさゐの花さくころと　なりにけり――。雨霧吹きて、静かなる夏

あすたぽぽの夢

のどけさの一代《ヨ》の後に　ほの〴〵と　遠青ぞらの　澄みゆくが如

若き代の長夜のあそび　きら〳〵し―。ほこりし人も、老い朽ちにけり
ひと代然《(ヨ)シカ》あそびて　人は過ぎにけり―。ほしきまゝなることは、悔いなき
わかき日の我が悲しみに　あづからぬ兄を見つゝも　羨《トモ》しかりしか
遊びつゝ　世をゝはりけむ　ありし日も、おもしろげなること　なかりけむ
髣髴《オモカゲ》に顫《タ》つさびしさや―。こはゞりてすがれし榾《ホダ》の如く　果てけむ
わが兄の臨終に来し　のどかなる思ひは、いとも　かそけかりけむ
兄の死を思ふさびしさ―。あらそひて別れし日より　幾ばくもなし
とるすといの如く　死なむと言ひにしが―、沁みて思ほゆ。あまり寂けき
とるすといの死の如死なむ―言ひ〳〵て　竟《(ツヒ)》にかそけし。兄を思へば

親を憶ふ

我が父の持てる杖して　打ちたゝくおとを　我が聞く―。骨響く音

わが母の白き歯見ゆれ―。我が哭けば、声うちあげて、笑ひたまふなり

母ありき―。いきどほりより澄み来たる顔うるはしく　常にいましき

母ゆゑに　心焦《イラ》れに笑ふこゑ　肌にひゞきて、たふとかりけり

姉が弾く琴の爪《ツマ》おと　うちみだれ、吹雪と白み　怒る　わが母

うるはしき母の弾く手に　習ひえぬ姉をにくめり―。あはれに思へど

　　常磐津ぶしに、名手絶ゆ

関の戸《ト》に桜散る夜は―目つぶりて　音《ネ》に立ちがたき三味を　聴くべし

　　竟に還らず

我《ワレ》どちにかゝはりもなきたゝかひを　悔いなげゝども、子はそこに死ぬ

たゝかひに果てし我が子のおもかげも、はやなごりなし。軍団《イクサ》解けゆく

たゝかひに果てにし子ゆゑ、身に沁みて　ことしの桜　あはれ　散りゆく

戦ひにはてし我が子を思ふとき 幾ほどもなき命 なりけり

たゝかひに死にしわが子の 果てのさま―委曲《ツバラ》に思へ。苛《カラ》き最期を

たゝかひに果てし我が子の歌 選りて、書《フミ》につくれど、すべあらめやも

戦ひにはてし我が子のかなしみに、国亡ぶるを おほよそに見つ

あさましき 歩兵士官のなれる果て 斯くながらへむ我が子に あらず

愚痴蒙昧の民として 我を哭かしめよ。あまりに惨《ムゴ》く 死にしわが子ぞ

いきどほろしく我がゐる時に、おどろしく雨は来たれり―。わが子の声か

恥 情

数ならで 世のたのしさを知りそめし をとめを見つゝ、さびしかりけり

はるかなるかなや―五十年《イソトセ》―。思ふすら今はものうし。古びとのうへ

をみな子の とるに足らざる恋ゆゑに、身をあやまつも 見るにともしき

こと過ぎて 夢にまがへり――。かくばかりすべなきものか。人を思ふも

調和感を失ふ

しろ〴〵と 鉄道花の叢に 真直にさがる道を 来にしか

くねりつゝ月浮ぶ夜を ましぐらに 国道を来る汽車 避《ヨ》けむとす

道のべに 花咲きながら立ち枯れて、高き葵の朱《アケ》も きたなし

眉間《マナカヒ》の青あざひとつ 消すゝべも知らで過ぎにし わが世と言はむ

我ひとり起《タ》ちて還らむさびしさを 知られじとして、人知れず去る

わが為は あはれむ勿《(ナカ)》れ。肩あげて 若き群れより、時ありて出づ

たゞひとりあるかひもなき身なれども、癒えて肉《シヽ》づく――。誰に告げなむ

犬儒詠

しづかなる夕に出でゝ 人を見る――。やゝ人がほも おぼろなるころ

深ぶかと雨ふりしめて　白き花大き一つ咲く―。背戸の真青《サヲ》さ
鳴き連れて天つ雁がね過ぎにけり―。天つひゞきも　絶えて久しき

池ある寺

しづかなる寺のこだちに、ふかぐ〵し。おとゝしもなき音は―夕立ち
池の面のおとゝなり来る　朝じめり―。ほのぐ〵うかぶ睡蓮の白
しめやかにまひるをぐらき寺のまど―。蚊やりのけぶり　ほのかにぞうく
寺やまに　郭公のこゑとほるなり。ひる　あがり来る雨のあかるさ
すゐれんの花　昼たけて見に来れば、みぎはに寄りて、赤きひとむら

蟬

堪へ〵て起きふし苛《カラ》く身にぞしむ。たゝかひのゝち　三年《ミトセ》経にしか
はなしつゝ　客もつかれて居るごとし。つく〵ぼふし　鳴きたちにけり

辻に立ち　ひとの袖ひくをとめ子を　叱るすべなし。国はやぶれぬ
ぬすびとに　かたゐに　おちず生きむとす。この苦しみを　子どもらも見よ
あきらかに　子どもらも見よ。汝が姉は、銭得るためと　辻にたゝずむ

白玉集

自動車来たる

いとながき雷雨の後の　くさむらに、ひよどりじやうご　立ちゐたりけり
しづかなる夜となりにけり。山の家に　わが身じろきの　おとにたちつゝ
昼ねむく　夜はさめゐて、世のつねの老いびとのごと　われはなげきす
秋のくさ　おほく苅り積む　あめりかの進駐軍の自動車に　あふ
あかつきの山よりくだる　鳥のこゑ—。いくむれ過ぎて　起きいでたりしか

那覇びと

沖縄を思ふさびしさ。白波の残波《ザンパ》の岸の　まざ〳〵と見ゆ

わが友の伊波親雲上《イファペイチン》の書きしふみ　机につめば、肩にとゞきぬ

伊是名島《(イゼナジマ)》　島の田つくるしづかなる春を渡り来て　君を思ひぬ

わが知れる　那覇の処女《ヲトメ》の幾たりも　行きがた知らず—。たゝかひの後

我が友を知る女あり。つじの町　弥勒をいつく家に　長居す

をかしげに亡き人のうへを語りつゝ　語り終りて　せむ術《(スベ)》しらず

老い友の　死にのいまはをまもりたる　まごゝろびとを　忘れざるべし

さ夜なかの午前一時に　めざめつゝ、しみゝにおもふ。渡嘉敷《トカシキ》のまひ

言問

ほと〳〵と　一銭蒸気くだり行く　見つゝ思へば、時すぎにけり

梅雨ふかき竹屋の渡し――傘さして 船よりあがる人の、よろしさ

言問の茶屋のそともの まがり道――たゞに見遥《ソ》けて 人の恋しく

牛《ウシ》の御前《ゴゼン》 言問橋も うつりけり――。移りがたしも。わが旧《フル》ごゝろ

言問の水《ミ》の面《モ》の春に なげきけむ万太郎さへ 今は見ざらむ

虚国

いさぎよく 我は還らむ。目赫《メカヾヤ》く海波《カイヒ》の富に おどろきし世に

しづけさはきはまりもなし。虚国《ムナグニ》のむなしきに居て、もの思ふべし

幼きが代を ひたぶるに頼みおく。ほろびな果てそ。我が心鋭《コヽロド》よ

乏しきをよしと誇りし いにしへの安らさもなし。命過ぎなむ

のどかなる隠者の世とは なりにけり。葛の花とぶ 鎌倉の風

白玉《シラタマ》のごとくたふとし。み仏に　とぼしき飯《イヒ》を　盛りて　奉《マツ》れば

山の木に花咲く見れば、米のいひ　三月四月も　喰はずなりけむ

ものおもひなく　我は遊べど、鳥の如　夜目ぞ衰ふ。米を喰はねば

幼等《ヲサナラ》の、とぼしき糧に喰ひ足りて　遊ぶを見れば、民は死なざりき

朝な夕な　粉に噎《ム》せかへり　水呑みて、くやしくも　我が命生きつゝ

無力なる政事《マツリゴト》びとらも、我が如く　粉に哽《ムセ》びつゝ　まつりごつらむか

米の音　あな微妙《イミ》じよと　死にゆきし　昔咄しも、笑へざりけり

たゞ暫し家を出で来し旅にして、馬の遊べる見るが　しづけき

おほどかに睡り入るとき　時雨れ来る音を聞くなり。昨日《キソ》も　今宵《コヨヒ》も

たゝかひに生きのこりたるものがたり―、ひたすら聞けば、涙こぼれぬ

沍寒

いと寒き冬に入りゆくしづけさを思ひてゐるは、さびしきものを
しみ沁みと寒き夜ごろや―。電燈をつりおろしけり。部屋のまなかに
我どちと　おほよそ同じ凡人《タヾビト》の政《マツリゴ》つ世に、味気《アヂキ》なく生く
冬寒く　夜はたゞ暗きことわりを　沁みて思へど、まつりごつらし
こゞえつゝ　沍寒《ゴカン》の闇に固く坐《ヰ》て、生きてよろしき何事もなし

春遊ぶ

道のべの　最上の子らの唄ごゑは、聞きつゝ　心悲しむらしも
山深き最上高湯の春の日に、馬方つどひ遊ぶを　見たり
篁《（タカムラ）》の鳴る音きこゆ。のどかなる一日の後の　さらにしづけき

恋しとぞ　ほのかに思ふ。知りがたき言《コト》いひ懸けて過ぎし　子ゆゑに

のぼりつゝ　高湯の村に　うら美《グハ》し―辛夷の梢　輝くを見つ

陽炎ふ日

根葱抜きて　をとめは居たり。さはやけき朝を　目に沁む悔いなかるらむ

岡《(ヲカ)》越えて　よくひゞくなり。朝明けのこだまは、遠き村のあたりか

しづかなるいこひを欲《ホ》りす。かく倦《ウ》みて　雀群立《ムラタ》つ砂の上に居り

鳥けもの。遊べる園に入り来たり、けうとくゐたり―。春すぐるなり

ひさ〴〵に来て　たちまちに去り行きし　信濃びとを思ふ。あまる半日《ハンニチ》

海のあなた

おほどかに更けゆく夜か。起きゐつゝ　年あらたまる鐘の音《オト》聞ゆ

のどかなる海のあなたの消息を　ひと日聞かせよ。睦月のらぢお

年毎《トシゴト》の睦月ついたち　とひ来たる姉妹娘《オトゞヒ》　たのしからむか
くさむらに　日は深ぶかとさしながら、睦月ついたち　粉雪《コユキ》散り来る
人間の悲しみごとも　かつ〴〵に忘るゝ如し。睦月到れば

ㄝ

しづかなる家に　わが来つ。こゝ出でゝ遠くゆきけむ人の　こほしさ
―塚崎才治郎五七忌

大　阪

ほの暗き睦月の朝の騒音のやゝ立ち来たる　大都市に面す
世の中の尊きものを　ひた忘れある安けさに―、睦月到りぬ

伊原宇三郎を訪ふ

いにしへの教へ子のとも―。としたけて　あへば　わが如　みな老いにけり
さま〴〵に　かなしきことをかたらはむ―。かくしつゝ　なほ　幾とせの後

わが饗宴

わがうたげ―。歌ふも　舞ふも　琴とるも、ほしきがまゝに　時過ぎむとす
友どちは　みな若くして、酒のめば　必泣きし―きよらなる彼
うれしげもなくて過ぎにし。わが若きはたち　三十《ミソ》ぢは、花の如く見ゆ
ますら雄は　美しく身の痩せやせて、立ち躍りつゝ人を泣かしむ
あゝひとり　我は苦しむ。種々無限《シュジュムゲン》清らを尽す　我が望みゆゑ

倭をぐな　以後

楡の曇り

北京

自動車を深く乗り入れ　別れなむ。しづかにを去れ。胡同《ホウトン》のゆふべ　胡同、小路に当る

楡《ニレ》の枝空に乱るゝ夕ぐれか――。いよゝ澄み来し北京《ペイピン》の秋

わが前に　立ちはだかれる歓喜仏《クワンキブツ》の　死像の如き膚《ハダヘ》を仰ぐ

大寺の歓喜ぼとけの　塵ばめる膚を見つゝ　たのしからめや

道教寺《ダウケウジ》をきよしとぞ思ふ。虚《ムナ》しくてほこりつもれる　その匂ひさへ

座のなかに　ほこりじみたる大き枕　正しくすゑて、居る人もなし

半生涯のいと長かりし屈託を　睡りて行かむ。道教寺の昼

時長く　音も聞えぬ静けさを　泰山府君《タイザンフクン》の塑像に対す

直隷省　固安県　石各荘の最前線の　銃声を聞く

たゝかひのまだ静かなる日に見たる　直隷の小村　如何《イカヾ》なりつらむ

喇嘛《ラマ》塔の白じろ照れるゆふべなど　出でゝ会ひしを　思ひ出《デ》なむか

北海《ペイハイ》の　波頭たつ黄塵の日も出でゝあひ　たのしかりしか

日本のよさをあげつらふ人に向きて、喜びごゝろ　涙とゞまらず

焦燥

太ぶとゝ　腹だち書ける文字のうへに、すとらいき人《ビト》の感情を　にくむ

のどかなる人ごみに　押され居たりけり。今日は　すとらいきのびらも見かけず

六郷《ロクガウ》の線路故障を　告げをれど、その声もよし。望むところなく

我ひとり　さびしからめやと独言《ヒトリゴ》ち　入り来る小屋に　人みだれあふ

濃き紅を広くつけたるをみな子に　坐圧《キオ》されをるは、すべなきものを
うつ〳〵と　目黒五反田過ぎしほど―。しやくりし出でぬ。隣のをんな
郊外の電車をおりて　なほ行かむ。地平の空の夕やくる森

焦燥　二

山住ひを棄つ言ふ友《チ》の消息を　見たる日の午後　銀座に出で来
あはれとぞみづから思ふ。いきどほりてかひなきことに　顔赤め居る
たゝかひの後《ノチ》なりければ、人の言ふ猥談なども　親しまずけり
けがれたる五臓六腑を　吐き出してなげくが如し。たゝかひの後
人拐《ヒトカド》ひ　剽盗《ヒハギ》ぬすびと　我ならぬ人のする見て　心おどろく
戦乱の日につゞきたる　青年のひたぶるごゝろを　煉獄に捐《ス》つ
次の代《ヨ》の　若き心を　剽盗《ヘウタウ》の群れに堕《オト》して　我や易けき

我が心の　乱れてありし瞬時にし　若人どもを死地にやりたり
清潔なる顔をしたる　この青年の写真に註す。剽盗《ヒハギ》の頭領
この国の旧き思想の　豹変する時にあひて、心を保ちとげむとす

飛　鳥

明治十八年のこれらに果てし　唯ひとりの医師として、祖父の記録を見出づ
半生を語らぬ人にて過ぎにしを　思ふ墓べに、祖父ををがみぬ
飛鳥なる古き社に　帰り居む。のどかさを欲りすと　よめる歌あり
祖父の顔　心にうかべ見ることあれど、　唯わけもなく　すべ〳〵として
ふるさとの母既に亡く　一人なる父頑なに　清く老いたまふ
町びとの家の子となり　二十年《ニジフ》　花のしぼむが如く　ありけむ
町びとの生《ヨ》のすべなさに　おどろくと書ける日記に、見ぬ祖父を感ず

事代主《コトシロヌシ》　古代の神を祖《オヤ》とする　いとおほらかなる系図を伝ふ

大汝《ナムチ》　少彦名《スクナヒコナ》を思ふ時　かく泣かるゝは、今の代のゆゑ

大汝　この世にありし人なりと　今は思はむことも、さびしき

日本の古典は　すべてさびしとぞ人に語りて、かたり敢へなく

向《ムカ》つ丘《ヲ》のそばだちたるを見つゝ居て、三十年《ミソトセ》過ぎぬ。満《タ》りて思へば

ほと〳〵と　音立て来るは、いにしへの南淵《ミナブチ》山を出づるおうとばい

秋風の吹き荒るゝ道に　ひきずりて砥石を馴らす村びとに　逢ふ

薄の穂　白じろと飛ぶ原過ぎて、悲しまぬ身は、やりどころなし

汪然《(ワウゼン)》と涙くだりぬ。古社《フルヤシロ》の秋の相撲に　人を投げつる

彽回

春来《サ》りて　しづかになれる町の空　煙たなびく見れば、暮れたり

美しき春ぞ到れる。時としてなほも　わびしくもの思はむとす
朝早く　まだきに人の起き出で丶、ふみくばるなり。たのしからめや
うらさびしく行く道なかに、尊き一人《イチニン》に思ひ到り　帽を脱す
大きなるらんぷ　取出《トウデ》てよろこべり。古き知識の如く　しづけき
奇妙《（キメウ）》なる人形ひとつ　時々に踊り出《デ》る如し。我が心より
おもしろげなく　世間の噂などしつ丶、座を起ちて行く客と　我とあり
おもしろく世にあらむなど思へども、人厭《（イト）》ふさがはつひにさびしき

琉球

那覇の江《エ》の　さびしき泊り舟どもの　浮べる浪は思ひがたしも
沖縄の首里の都の知る人を　餓《（ウ）》ゑに死なせつ。さびしき時に
島の土　焦土となりて残れるも　いんどねしあの如く　あらむか

家常茶飯

たゝかひに しゝむら焦げて死にし子を 思ひ羨む 日ごろとなりぬ

さびしくてひそまりて居る家のうち―。音にひゞきて、喰ふ物もなし

日本《ニッポン》のよき民の 皆死に絶えむ日までも続け。米喰はぬ日々

をかしげに 米なき日々の生活を馴れて語るは、さびしかりけり

さすらひ出て 行き仆《(タフ)》れびと ゝなりやせむ。たゞ凡庸に 我を死なしめ

日を逐ひて 冱寒《ゴカン》迫れり。たけにぐさ 藜《(アカザ)》 葎《(ムグラ)》も 焚き尽すころ

夜もすがら つのる冱寒の烈風は 生肌暴《イキハダサラ》し寝るに 異《カハ》らず

誰びとか 民を救はむ。目をとぢて 謀叛人《ムホンニン》なき世を 思ふなり

如何にして命生きむか。這ひ出でゝ 焚かむ厨《(クリヤ)》に、木も炭もなし

くちをしく この憂き時に死なざらむ―。生きたくもなき命に 執《シフ》す

日々感ずる身うちの痛み　家びとに知らせざらむと　堪へつゝぞよき
ひたすらに命貪り、一生の本意にふるゝことも　なからむ

おとづれ

さまぐ\の憂ひを告げに来し人に　日ねもすあひて、虚しきゆふべ
おしこらへて　火をおこすなり。えせ者のときめく時と　世をおなじくす
深々と　われの眠りを守らむとする人もなし。夜明けつゝ　寝る
いと早く　人の訪ひ来る朝起きて、水霜重きに　心いためり
朝宵に　人の来たりて叩く音—。扉をかけて、　かたく坐し居る
おどろきて　人に告げなむたのしみもなくなる今を　血便くだる

さびしき婢

つま別れすべき時なり。国破れ　誰《タレ》　幸《サイハヒ》を専《モハラ》にせむや

ひそやかに 世のかたはらに生きてゐよ。汝《ナ》が幸を 今は祈らむ

くるほしく泣きて 恋《コホ》しくせしものを つまはなれよと 我ぞ叱りし

小人《セウジン》の怒りと思へど、とゞめざらむ。かく怒ることも 稀なるものを

落ち葉など 深く音する路を来て、人にあはざるよろこびに堪ふ

賑はしき霜月芝居 見て帰り語るを聞けば、我も安けし

町中を 人のとほらぬ昼なかに、もみぢをこぼす 街樹の朝霜

ゆくへなく出でゝ来たりし道の上に、こま〴〵として もみぢ降る町

餅をやくをみな子の居る家に入り、山の霙を言ひつゝ 居たり

津島大宮司家絶えむとす

家古く 人はかひなし。友だちのほろびし後《アト》に残れるも 死ぬ

目のまへに かく家多く亡びゆく。悲しむことにあらずと思はむ

山の上より滝おちかゝる静かなる朝のけしきに、我が起きてゐる

一山の雷雨の後《ノチ》に　音たえし山川のひゞき深くしおこる

霹靂《カムトキ》の過ぎ行きし後《ノチ》。何時までも　心深めて、我がすわり居り

老い

幾百の咳病《シハブキヤミ》の中に見る　老いさらぼへる　古き恋人

こゝろよくものは言へども、をみな子《ゴ》の心にふれてもの言ひがたし

かち〳〵に辛き味噌など残りたる皿を見て居て、数日を過ぐ

朝ゆふべ　たのしみもなし。老いぬれば、口にきらひの　いとゞ殖《（フ）》え来る

若き人のむねに沁まざる語《（コトバ）》もて、わがする講義　亡びはてよかし

我生きて　ものを思へり。おもふともかひあらめやと　思ひつゝ憂き

しづかなる思ひに生きむ。ひたぶるにしづかなるべき時　過ぎよかし

いとほのかに 思ひすぎにしをみな子のうへを聞きけり。よろこびて聞く

虜囚

いきどほりつゝ

白じろと 我に示せる手のひらの さびしき銭を 目よりはなたず

きたなげに髪ちゞらせる 町娘にむきて怒りを こらへをふせぬ

馬小屋のうしろに 繫ぎ棄てられし豚の子なんぞ 蹶《ケ》たふしてやまむ

やりばなき思ひのゆゑに、びゆう〳〵と 馬をしばけり。馬怒らねば

旅寝してこゝに果てたる歌びとの 七百年経し歌の はかなさ

顎田へ

象潟は曇。霏雨時どきに到る。東道の老夫能く語り、林樾の瑠璃と相応ず

賑はしくして すなはち寂し。由利びとゝ 時に 語《コト》まじへ、道くだり行く

蚶満寺、旅客集数帖を蔵す。いつの代の誰筆おろしそめけむ

いちじるく来て遊びしも　ひそかなる行きずりびとも　すべてかそけし

五月九日十八時

和賀仙人駅を　過ぐるほど―。ほのかに昏れぬ。峡《カヒ》の桜は

羽前に入る

桜咲き　大き峡こゝに岐《ワカ》れゆく。相野々村のあたり　なるべし

横手駅乗り替へ。汽車俄かに北上す

幾つかの支流越えしが、雄物川　望むことなし。日は入りしかば

秋田に宿る。終夜風烈しく、夙《ツト》めて青空出づ

暁は　海の方より青み来て、秋田の空に　立つ音もなし

魁新報社楼上

たゝかひの悔いのはげしさ。街衢《マチチマタ》 野も山も かく顕然《マサ》しき 見れば

男鹿

島深く 霞む山かも。時を経《ヘ》て 鴉《(カラス)》は 鳶を逐ひ落《オト》したり

出湯にて

まれに来て遊ぶゆたけさ。すこやかに 斯《(カ)》くし あるじの立ち坐《キ》る 見れば

庭づたふ水のさやけさ。起きて聴き 臥《ネ》て聞く音の 夜となり行く

旅長く堪へ来し肩を 揉ませ居ぬ。姥神《(ウバ)》まつる行者 といふに

すべなき民

深ぶかと草のしげれる 夕光《カゲ》の道をかへりぬ。のどかになりて

わが国のほろぶる時を 数ならぬ民のすべなさ、魚つり遊ぶ

知りびとの ろさんぜるすに死にしのち たゝかひ起り、とふ方《カタ》もなし

裸にて　戸口に立てる男あり。百日紅《ヒヤクジツコウ》の　黄昏《クワウコン》の色
暁はしづけかりけり。あかつきのいつもしづけき牀《(トコ)》に　さめつゝ
　　波の色
二藍の生絹《スヾシ》の裳すそ　しつけよき家のをとめも、よく遊びけり
たはれ女も　春のころもの匂はしき振り袖ごろも著つゝ　ほこりし
　　𪜈
あなさびし。朝より暑く明らかに　沙丘つゞけり。その彼方《ヲチ》の波
のどかなる波の音きこゆ。しどろなる　海沙《カイサ》の上の　沖つ藻の荒れ
夏の日を苦しみ喘ぎゐる時に、声かけて行く人を　たのめり
　　𪜈
狂ひつゝさむることなく　死にしをぞ羨みにしか。戦ひのなか

たゝかひの果てにし日より 思ひつゝつぐることなき身となりにけり

虜囚

しべりやの虜囚《リヨシウ》の　還り来る日ぞと思ふ心を　しづめなむとす
しづかなる朝明《アサケ》に起きて、床のうへに　われは嗟歎す。とげざらめやも
叢にくれなゐ薄く見えてゐし蔾の茎を見つゝ　寝入りぬ
さまぐ\に　効《カヒ》なきことをなげき居し人もかへりて　三日過ぎにけり
雨の音しづかに過ぐるさ夜ふけて、人をかへしぬ。寝惜しみて居む
にほはしき眉をひそめて　ものを言ふ　あはれその顔　忘れざりけり
この日ごろ　家ゐることの少きを思ひなげゝり。すべあらめやも
をみな子は　いと誇りかにふるまへど、さびしき衣《キヌ》を見つゝ　ゆるしぬ
やつれ頰の骨立ち黄なるをみな子を　あはれと思ふ時　なかるべし

沖縄の洋のまぼろし　たゝかひのなかりし時の　碧《アヲ》のまぼろし

大海の色澄み〴〵て、あぢさゐの花むら深く　あふれ来るもの

紫陽花の花むら深く　声きゝて　我はゐにけり。青海のなか

沖縄に行きて遊ばむ。危々《ホト〳〵》に　死なむとしたる海の　こほしさ

五浦にて

かの子らもをどるなるべし。大洗の磯松ばらの　ほの〴〵として

ひたすらにやまひやしなへ。しづかなる日々すぎゆくも、たのしきものを

如月空

如月の野に照る光り　臥してゐて見れば、しづけし。我が病めるすら

きさらぎのいくさに果てし我子《ワコ》の日も、知るすべなくて、四年になりぬ

黍幹《(キビ)ガラ》と　黍との粉《コナ》の餅くひて、如月空の春となるを　見つ

蓼の幹《カラ》　穂薄の株刈り臥せて、こぞのまゝなる庭に、雪来ぬ

ぬすびとのすりの傲《ホコ》れる乗り物に、われさへ乗りて　悲しみもなし

城隍の塵

皇天上帝《(クワウテンジヤウテイ)》　青く澄みたる空となり　たなびく日なり。天壇にのぼる

我ひとり　市を出で来て、どろ〳〵の沓をなすれり。赤犬の腹

塔のうへの空の　青さや。幼くて　こゝに見呆けし我　ならなくに　―蘇州

そも〳〵爾《ナンヂ》は何を見たりしか。中山陵を出でゝ　咳く

一列に車をすゑて　長閑《ノド》にゐる車を、喚《ヨ》びて乗りかねて居り

新春

やゝ十日餌《カ》ひし白猫　死にし後《ノチ》、我があることも　生き物の如《ゴト》

わが友の さびしき息をつき居りし家をたづねて、その子らにあふ

山々の峡《ハザマ》の雲の 湧く村に来つゝ あはれの物語り 聴く

女のみ生き残りつゝ よき生活《ヨ》経る 家に来たりて、去りあへなくに

半時の颶風《(ハヤテ)》のゝちに、しづかなる心になりてゐるに おどろく

暁の草

暁はかなしかりけり。目のさめて 我のみひとり 膚燃ゆらむか

這ひ出でゝ 畳のうへに寐むとする—しとゞの汗を かなしむとなく

雑草の群立《ムラダ》つなかに 粉となりて散り行く花を 熟々《ツクヾ、》は見ず

あなあはれ 音ぞ聞ゆる。しなえつゝ 起きかへる草のそよめかむとす

見おろせば、風に揉まるゝ篁《タカムラ》の 日昏るゝ色の、しづまりにけり

菊の花 しどろに臥してゐるところ過ぎて 悔いなし。踏みとほるなり

叢の中より出でゝ　光りつゝ消えゆきし蛾を　思ひ出で居り

ひたすらに　冴ゆる日続く日ごろなり。家出でゝ還らぬ人も　ありけり

夏の日の照る日に来たり、草の苗うゑて去りにし子らも　忘れつ

七

我々は唯　ぼうとして居りしのみ―。かく後の世に　伝へおかむか

くなどの前

静かなる春なるかもよ。かの雪は　箸蔵寺のあたり　なるべし

はろ〲に　睦月の原に　大き河　流るゝ見れば、戦ひは過ぐ

ましぐらに　池田貞光汽車過ぎて、春はたゞ轟く　山河の音

阿波に入りて　霙はれたる寒駅に、立てるは　老いし伊勢の武《ブ》市《イチ》か

こぞの年《トシ》　知りびと多く過ぎ行きて、しづかなる生《ヨ》に　春到るなり

静けき春

日本のふるき睦月のたのしさを　人に語らば、うたがはむかも
道のべにひとり　ながむるをとめ多し。睦月たのしと　思ふならむか
寒菊は　水あげにけり。すばらしき元日の夜の冷えの　盛りに
日本の春還るなり。日本のたのしき春は　いつ来向はむ
しべりやの沍寒《ゴカン》に　饑《（う）》ゑてねむりたる苛《カラ》き睦月の物語　せよ

春の反語

裏庭の霜荒れ土に　ふる雨のあたゝかにして、睦月来向ふ
おもしろき日々を　ねがひて経し年や　つひにさびしく　あらたまり行く
わかき人　金まうけつゝ学問す。金まうけたのしくならば、いかゞすらむか
おもしろげに笑ひて　ひとり起ち行きぬ。をかしき話題なくなりしかば

あぢきなくなりて居にけり。人々の　あまりたのしく語らふなかに

石の上にて

薤露古風《カイロ》

とほき世の恋がたりなど　思ふべくあまりに苦し。雪の下廬《シタイホ》

たまくに　雪散り来たる。ふり倦《ウ》みて　山はたゞ白き日ごろ　と思ふに

ふる雪の廬には　うもれ死なずして、命めでたく終りたまへり

おこたりもよろしかりけり。雪深く　ほとけの花もうづもれにけり

この夜らや命絶えむ　と思ひつゝ寝し夜もあらむ。雪の下にて

遊び

おほどかに　声あげて遊ぶ若き代の人の遊びを見れば、足らふらし

知識びと若きをつどへ　とゝよ出よ嬶《カヽ》よ出よ　と言ふ遊びをするなり

あそび呆けて　悔いをおぼえてゐる時も、おろか遊びの　なごりよろしも
銭欲《ぜニホ》りて　伊勢の法師のかきし画の　いづれを見ても、卑しげのなき
伊勢法師乞食月僊《カタヰゲッセン》の　かきし画の心にふりて、ゆたけくなりぬ
国の名の丹波と言ふを　耳にせぬこと久しきを　思ひゐにけり

矚目

いにしへの人のこほしさ。飛鳥寺《アスカデラ》の古き塑像の　たぐひならめや
桃の花に痔《ヂ》を苦しみて旅すなど　昔の人は　思ひけめやも
ひろぐ〵と焼けひろがれる　谷々の残りの家に燈《ヒトモ》す。赤坂
夕づく日　麻布へさがる焼け原の大きうねりは　寒く輝く
飛行機の　つらなり過ぐる夜のほどろ　腹にひゞきて　音ぞとゞろく

騒音

鎌倉の癩者《カタヰ》を彫れる面《メン》を見し　その夜のほどろ　眠らざりけり
女どち　車つらねていにし後《ノチ》。しづ心なく　もの言ひ出でぬ
しづかなる眠りより覚め、衢より騒音至る時まで　起きず
朝日さす野茨に　蜂のたつところ過ぎて　言ひ出ぬ。別れのことば
垣越しに　菊の束など投げ行きし娘《コ》が　布哇《(ハワイ)》より　十年経て還る
馬鈴薯の花咲く中に　くぼみたる土穴を見て、たけり来る心
たゝかひの海ゆのがれし物語　涙流れず聞く日　到りぬ
鉄道の線路の中ゆ　這ひ出でゝ死なれざりしを　ため息に言ふ
趣味あしき曲線《タワ》を　つくれる若者の髪に向ひて　くたぶれて居り
籠は籠　さかなは肴　乱《ラウ》がはしき朝の厨に、鼠を仆す

壁の中に鳴く声聴けば、鼠すら喜び鳴くは、叱れどもやめず

戦友の死にたえし島に、空と波の青きを吸ひて　生きてゐにけり

わがやどの睦月三日の　くれがたの　さびしき夕餉　にほひくるなり

あをぞらの下よりかへり、ほのぐらさすでに到れる部屋に　ころぶす

たゞひとり　あるかひもなき老いの身の、いよゝむなしく　病ひいえきぬ

歌舞伎芝居後ありや

音羽屋六代の主、尾上菊五郎歿す。その日遥かに、能登にあり。我また、私《ワタクシ》のほとけを持ちて、盂蘭盆の哀愁、愈切なるものあり

亡びなきもの、さびしさ。永久《トハ》にして　尚《ナホ》しはかなく、人は過ぎ行く

自ら撰《ツク》る所の戒名　藝術院六代菊五郎居士と言ふと伝ふ。もの思ふこと彼の如く深く、之を表すこと彼の如く切《セツ》にして、なほ知識短きこと斯くの如きに、人はほと〲哭かむとす

酔ひ深く いとゞ五斗《ゴトウ》の舞ひ姿 しづかに澄みて、入りゆけるはや

山居

あしざまに 国をのろひて言ふことを 今の心のよりどころとす

小田原の刑事巡査の おり行ける道を見おろす。高萱のなか

深々と霧立ち居たり。山中の村に人なき 村なかの広場

艫をおして 山湖《サンコ》に遊ぶ若者を悲しまさむや。彼らは よろしき

山びとの嗜《タシ》む心を 思へとぞ、大根《ダイコ》もちひを作りて 喰はす

水面

師の面に 我は嗟歎す。年老いてかく若々し 声あげたまふ

中書島 過ぎにし頃か。乗り殖ゆる電車に感ず。広き水の面

わが齢いまだ若くて／みをしへにものゝあはれも 知られざりけり

師を見れば、声匂やかにおはせども、昔の如く　恋をかたらず
小椋池《ヲグライケ》　淀八幡過ぎ、しづかなる雨しみとほる　橋本の壁
いとほしく　髪ゆひ飾るむすめ子の　まだ行きけるよ。伏見の道に
冬の雨　二日降り沁む深草の屋並みの上の　山もみぢの色
あくびの如く
己斐《コヒ》駅を過ぎしころ　ふとしはぶきす。寝ざめのゝちの　静かなる思ひ
十月に既《ハヤ》く　時雨の感じする雨あがり居つ。とんねるの外
しどろなる　その日の記憶のこり居て、はや驚かず。広島を過ぐ
神憑《カミツ》きの嫗《オムナ》と　かたりあはむ為　櫨《ハジ》の紅葉の村に　来たれり
累々《ルキヽ》と　屍骨《シコツ》になりし教室の瞬時《シユンジ》を　目にす。心弱る時
草あぢさゐの　花過ぎ方《ガタ》のくさむらに向きゐる我が目　昏《クラ》くなりゆく

旅のほど　いよゝ頑《カタクナ》に我思ふ。わが子はつひに　還らざるらし
一行《イチギヤウ》の文学をだに　なさゞりしことを誇りて、命過ぎなむ
飽く時のなかれかしとぞ　遊びゐる我の心は、泣くに近しも
若きどち　恥かしげなく言ひ叫《オラ》ぶ　かゝる輩《ヤカラ》に　世をのこさむか
姫峰榛《ヤシヤ》の実のつぶらに清き見つゝ居て、人間これをたのしみがたし
空深く　風の吹きやむ音すれど、秋はいよ〳〵　色のしづけき
族《ウカラ》びと死に絶えしのち　たとしへなく　老いの心の　やすらひを覚ゆ

春　帽

さわやかに春来てなごむ　日々の晴れ。清き帽子は、風にとらさず
人なみにすぐれて　大き帽子著て　あるくと　人は知らざらむかも
きよげなる帽子かづきて、出あるきし昔の春の　こほしかりけり

睦月来たる

睦月来ぬ。庭の木叢《コムラ》を我が掃きて、霜のかたよる音を　聞き居り
睦月来ぬ。かにもかくにも　よき世とぞなりゆくらしも。町のとゞろき
をとめ等のひたと満ち居し　電車よりおりてにぎ〳〵し。睦月のこゝろ

春　聯

筑紫なる観世音寺の鐘の音《ネ》を　思ふしづけさ。歳のあしたに
二日《フツカ》三日《ミカ》　睦月の客《キャク》も訪ひ来ねば、しづけさあまり、あはれと言ふも
洋《ワタ》なかの島べに　ひとりある如し。睦月を七日《ナヌカ》　人にあはねば
庭萩の高き繁りの　枯れし後《ノチ》、かきはらはずて　睦月到りぬ
あめりかの進駐兵に　あひて言ふ会話を考へ　考へつゝ来ぬ

輝く朝

静かなる睦月ついたちを ひとりなり。四方の木の葉の 輝くを見つ

としの朝 やうやく昼と闌《タ》けゆけり。こののどかさを 人とかたらむ

かにかくに 人は人としうつくしみ 生きむ心の おちつきにけり

歳の夜の更くるまでゐて 酔ひなける人をかへして、かたくとざしぬ

よろぼひて いづれのほどを 帰りけむ酔ひ人も寝よ。としの夜ふけに

遥けき春

春に明けて十日えびすを 見に行かむ。ほい駕籠の子に 逢ふこともあらむ

よき年の来る音すると 寝つゝさめ覚めつゝ寝《イ》ねて 待ちし日思ほゆ

ふるさとの大阪びとの 夢の如《ゴト》遊びし春は、過ぎにけらしな

春七日

珍しくして悲しき如し。うづ高き賀状にまじる 古びとのふみ

春早き山のひゞきを聞く如し。睦月の朝を　湯のたぎり来る

そらごとを言はせて　春を家居れば、はるけき旅にある　こゝちして

ゆたかなる衢《チマタ》のとよみ聞え来る　春の七日を　寝貪《ネムサボ》らむか

あきびとのむれにまじりて　家離る我弟も還れ。年のはじめに

七

しづかなる村に入り来つ。日おもての広場あかるき　若草の色　―昭和廿五年御歌会

石の上にて

風の音しづかになりぬ。夜の二時に　起き出でゝ思ふ。われは死なずよ

たゝかひのすべなかりにし日を思ひ　浮び来る顔　それも過ぎたり

何ごともなかりしごとく朝さめて　溲瓶《シビン》の水を　くつがへしたり

悲しみは　湖岸《コガン》の泥にゐる虫を見つゝある間に、消えゆかむとす

斎藤茂吉氏の歌《ウヂ》のくさぐの、おもしろきを思ひ、ふと笑ふなり

鳥けものねむれる時にわが歩むひそかあゆみの山に消え行く

鳥ひとつ飛び立ち行きし荒草の深きところに、我は佇立《チヨリツ》す

天つ日は乾怏《カワラ》かなりや。くぬぎの葉萱の葉光る昼を音なく

山深き八頭郡《ヤツカミゴホリ》弟の族《ウカラ》のこれる村のかそけき

沢底ゆ生《オ》ひのぼり来る雑木叢《ザウキムラ》わが窓さきに青く林す

沓下ゆ出でたる指を生き物の如く見て居り。悲しむにあらず

飽く時もなくて遊ばむ。然《シカ》願ふ我の心は、哭くに近しも

嬢子塋

氷雨の昼

ほのぐと狐の塚の濡れゆくを見つゝ我がゐて、去りなむとせず

しづかなる雨となりゆく稲荷山。傘をひろげて 立ちゆかむとす
しづかなる京をまかりて 思ふこと あまりに多き 亡き人の数
たゞ一人 花かんざしのにほはしきをとめを見しが、それも過ぎにき
たゝかひのすぎにし時に思ひ出でゝ、あはれと言ひし それもあとなし
ひえ〴〵と 氷雨にぬるゝ土手の草。葛葉 橋本過ぎにけらしも

冬至の頃

すぎこしのいはひのときに 焼きし餅。頒ちかやらむ。冬のけものに
耶蘇誕生会《タンジヤウヱ》の宵に こぞり来る魔《モノ》の声。少くも猫はわが腓《コブラ》吸ふ
基督の 真はだかにして血の肌《ハダヘ》 見つゝわらへり。雪の中より
年どしの師走の思ひ。知る嬢《コ》らによき衣やらむ富み 少しあれ
われひとり出でゝ歩けど、年たけて 生肌《イキハダ》光る おどろきもなし

睦月ついたち

遠きよりよき音おこる　自動車の響きの如し。年の来たるは

うつくしきあめりか書《フミ》の　とゞきたる睦月の朝の心　たもたむ

たゝかひのゝちしづかなる時を経て、しみ〴〵と思ふ。しぐれのひゞき

沓はきてしづかにくだる花壇より　噴きあぐる音は、睦月の水音

恋ひ痩せて　いと優《イウ》なりと言はれたるをみなもありき。むかしなりけり

わが父の残しゝ笛は、指のあと深くくぼめり。百姓の笛

雨ふりてのどけき村の泉《ヰ》の源頭《カシラ》。水捲き来たる　睦月の朝《アシタ》

山々の睦月朔日《（ムツキツイタチ）》。日にけぶるほどは、思はむ何ごともなし

日のかげり時を経て過ぎ、明り来るほどのしづけさ。手の本をおく

槙の葉も　落葉松《カラマツ》の葉も、深ぶかと雨に濡れたり。年更《カハ》る山

雪崩

恍として我が居る時に、数十間けぶりを揚げて　雪なだれ過ぐ

瓦喜同窓会

あら草の花飛ぶ庭に　酒呑みて酔ひてわかるゝ　大阪を見つ

をしへごの皆年長けて　淡《アハ》あはとをみな子の噂する中に居り

ゐのころを庭に放して　追ひ遊ぶたのしき時は、人とかたらず

父母のもだし給へる静けさの日々に馴れつゝ　寂しかりしか

銀座田舎

県《アガタ》びと扇もとめに上り来てひしめく如し。銀座は賑ふ

朝空

しづかなる朝を漕ぎいでゝ、青雲のむかふす空のあたりまで　来つ

―昭和廿六年御歌会

不忍池

市民らが　目をなぐさめむ尺地《セキチ》をも　与へられずば、虚空《ソラ》に遊ばむ

上野動物園

いとまありて身は若かりき。時に来て見し熊　獅子も、死にかはりたり
戦ひのほどのあはれさ。獅子虎も象すらも　あへなく餓ゑて死にたり

国の祖母

日の本のをみな子たちの悲しみを　一人負ひつゝ　嘆きましけむ
わが国の悲しき時に　心ふかくおくりまつらむ　国の祖母《オホバ》を
日の本の栄えし時に　花の如　大御姿は　照りいましけり

之

大正の后《キサイ》の宮の　匂やかに清きみかげを　しのびまつらむ

とこしへにみ名とゞめむと　譜《フミ》に書く文字のさやけさ　貞明皇后

おのづから　咲きゝはまれる朴の花。大きさいの宮　すぎさせたまふ

七

しづかなる国となりゆく日本を　貞明皇后　みまもりたまへ

大正のしづけき御代の物語　わがしてあれば、なみだくだりぬ

硫気噴く島

たゝかひに果てにし人のあとゞころ　かそけき島となりにけるかも

たゝかひに果てにし人を　かへせとぞ　我はよばむとす。大海にむきて

たゝかひに果てにしあとは、思へども　思ひ見がたく　年へだゝりぬ

硫気《(リウキ)》噴く島の荒磯に立つ波の　白きを見れば、むなしかりけり

思ひつゝ還りか行かむ。思ひつゝ来し　南《ミムナミ》の島の荒磯を

南の硫黄が島に　君見むと思ひつゝ来し心　たがひぬ
——古代感愛集原本「硫気噴く島」の反歌

沖縄を憶ふ

なげきすることを忘れし　わたつみの島の翁は、さびしかるべし
大海原年あけ来たる青波に　向きて思へば　時移りゆく
赤花の照れる朝明の家いでゝ　また見ざりけり。島の若巫《ワカノロ》
——「古びとの島」の改作「沖縄を憶ふ。沖縄のはらからよ」の反歌

醜

しみぐ〳〵と　寒き昼間を出で来たり、芥くゆらす子どもに　まじる
草田杜太郎てふ青年と　逢はむと言ひしが、逢はず終へにしか
醜さの、わが貌におく表情の若干《イクラ》は、祖《オヤ》ゆ伝へたりけむ
数人の飽きあきしつゝ　去りし後、暗きべんちに　我は倚り行く
我よりも残りがひなき　人ばかりなる世に生きて　人を怒れり

たゞ一人歩ける道に　まろがりて紙の行くすら　たのしかりけり

若き明治

いづこにか蟬が声すと　あなかしこ　明治のみかど御言《ミコト》をはりぬ

かたくなに　森鷗外を蔑《サ》みしつゝありしあひだに、おとろへにけり

不忍の池ゆ起《タ》ち行く冬の鳥　羽音たちまち　聞えずなりぬ

鄙《ヒナ》びたる寛袖《ヒロソデ》ごろも　著《(キ)》あるきし　我の廿歳《ハタチ》も、さびしく過ぎぬ

四十年《シジフ》経《ヘ》て　残ることなし。冷えびえと　蕎麦を嚙みつゝ別れしところ

わが若さかたぶく日なく信じたる　日本よ。あゝ敗るゝ日到りぬ

春のまどゐ

せむすべもなくて遊びし　我が若きはたちのほどの　睦月しおもほゆ

雪の山黙《（モダ）》してくだる山人も、たのしかるらむ。春のおもひに

つく〴〵と見つゝはなやぐ。我が嬢《コ》らと言ふべきほどの　をとめのつどひ

くりすますは、きのふ　をとゝひ　今日の雪豊かにうづむ　をとめの団居《マドヰ》

人多く住み移り来し向ひ家のさわぐ響きも、睦月はよろしき

静かなる光

屋内《ヤヌチ》みな　物の状態《タチキ》の静かなるに、しばらく　清き光にあたる

睦月立つ山よりおろす風のおと　さう〳〵として、はるかにぞ過ぐ

朗らなる歳の朝戸の人の声。寒き家より　我出でゝ会ふ

明けわたる鉄道線路　まつ直に、草の武蔵に　睦月到りぬ

あたゝかき　暮れの廿五日を出であるき、来向ふ年の静けさを　おぼゆ

春聯翩々《（ヘンペン）》

そこばくの銭をあたへて　還せとぞ思ふ。睦月は　悲しまず居む
荒《アラ》らけく　ふぐのみ梳剥《スキ》て喰はむとす。睦月は　ものにこだはりのなき
山の湖《(ウミ)》の氷を破《ワ》りて　掘り出づる蛙の如し。春待つ心

わが頼み

廏戸《(ウマヤド)》の皇子現《ア》れたまふ思ひして、ひたすら君を　頼みたてまつるなり
しづかなる睦月ついたち　ほの〴〵と　遠山の秀《ホ》の雪を思へり
雪の降る山にのぼりて、いづこまで覓《ト》め行かばかも　淑人《ヨキヒト》にあふ

〽

はろ〴〵と船出《フナデ》て来しか　わたの原　富士の裾べは　波かくれけり
―昭和廿八年御歌会

埃風

空高く　とよもし過ぐる土風《ツチ》の、赤き濁りを、頬に触りにけり

夏ごろも　黒く長々著装ひて、しづけきをみな　行きとほりけり
かそかなる幻―昼をすぎにけり。髪にふれつゝ　低きもの音
青草の生ひひろごれる　林間を思ひ来て、ひとり脚をくみたり
しづかなる弥撒《ミサ》のをはりに　あがる声―。青空出でゝ　明るき石原《イシ》
山深く　ねむり覚め来る夜の背肉《ソジ》―。冷えてそゝれる　巌の立ち膚
ひと夏を過さむ思ひ　かそかにて、乏しく並ぶ。煮たきの器
あめりかの子ども　泣きやめ居たりけり。木の葉明るき　下谷《シタダニ》の小屋
かくの如　たくはへ薄く過ぎゆける我を　憎まむ族《ウカラ》　思ほゆ
ともしきは、心ほがらに在りがたし。十一人を　姪甥に持つ
山中に過さむ夏の　日長さの、はや堪へがたく　なり来たるらし
山道《ヤマ》の中撓《ダヲ》れせるあたりより、若き記憶の山に　入り行く

曇る日の空際《ソラギハ》ゆ降る物音や――。木の葉に似つゝ しかもかそけき

貪りて世のあやぶさを思はざる大根うりを 呼びて叱りぬ

まさをなる林の中は 海の如。さまよふ蝶は せむすべもなし

降りしむる 大き 木の股。近々と 親鳥一つ巣に彳《タ》てり。見ゆ

辿りつゝ 足は沿ひゆく冷やかさ。濡れて横ほる石の構造

夜の空の目馴れし闇も、ほのかなる光りを持ちて 我をあらしめ

嬢子塋《ヲトメバカ》

すぎこしのいはひの夜更け、ひしぐ\と畳に踏みぬ。母の踝《クルブシ》

父母の家にかへりて被《カツ》く衣《キヌ》 つゞり刺したり。父母の如

こと

をとめありき。野毛の山に家ありて、山を家として、日々出で遊びき。血を吐きて臥し、つひに父母のふる国に還ることなかりき。稀々は、外人墓地の片隅に、其石ぶみを見ることありき。いしぶみは、いと小くてありき。さて後、天火人火頻りに臻りし横浜の丘に、亡ぶることなく、をとめの墓は残りき

たゞ暫し　まどろみ覚むるかそけさは、若きその日の悲しみの如
青芝に　白き躑躅の散りまじり　時過ぎしかな。こゝに思へば
山ぎはの外人墓地は、青空に茜匂へり。のぼり来ぬれば
くれなゐの　野櫨《シドミ》の花のこぼれしを　人に語らば、かなしみなむか
日本の浪の音する　静かなる日に　あひしよと　言ひけるものを
我つひに遂げざりしかな。青空は、夕かげ深き　大海の色
赤々と　はためき光る大き旗―。山下町《ヤマシタチヤウ》の空は　昏るれど
ひろ〴〵と荒草立てる叢に　入り来てまどふ。時たちにけり

壁のうへ

あはれ何ごとも　過ぎにしかなと言ふ人の　たゞ静かなる眉に　向へり
ほの〲と　炎の中に女居て、しづけき笑《エマ》ひ消えゆかむとす
をみな子は身の細るまで歎きしが　ある日去りつゝ　二十《ハタ》年《トセ》を経ぬ
からくして冬過ぎなむか。白じろと　時に燃え立つ　ゐろり火の前
壁の上の幼げの絵を見《ミ》瞻《マモ》りて　久しくゐしが、笑ひいだしぬ
寂かなる思ひとなりぬ。みんなみの炎の島に　わが子をやりしが

まづしさは　骨に徹れり。草の茎喰《ハ》む家猫を　叱りをりつゝ
猫の飯《イヒ》もりてあたふる　貝の殻。ことめかしつゝ　忽《(タチマチ)》寄らず
無益《ムヤク》なることゝ思ひつゝ　たゝかひの窮りし日に　口漱ぎけり

やしなはるゝ華僑の家に　額髪《ヒタヒガミ》まさぐる吾を　人見つらむか

鶏が鳴く家のうしろの藪原に、ひとり遊ばむ。すべなき時を

我ひとり寝《ヌ》る時すぎて　起きゐたり。肌の衣は　人盗みけむ

横浜の港を出でゝ　とほく行くわが悲しみは、人告げなむか

あはれなる女《ヲミナ》の旅か。港べに別るゝ見れば、行くがよろこぶ

天草の瀬戸より天《アメ》に漕ぎ出でゝ、いにしへびとは、還らざりけり

昔わが遊び呆けし　天草の島の旅びと　ふみおこすなり

追憶

戦ひのもなか、北京にありて

車よりおり来《コ》し女　美しき扇のうへの　秀《ヒイ》でたる眉

しづかなる胡同《コドウ》のゆふべ　入り行きて、木高《コダカ》き家に聞きし　ものごゑ

鶴見・川崎のあたり、工場街に、機銃掃射あり。われ亦、勤労奉仕隊にありて

そのゆふべ　街《マチ》の渚《ナギサ》にかこみゐて、若き学徒を焼きし火　思ほゆ

このごろ、しばらく安し

わが怒りに　かゝはりもなし。夕されば、瓦斯　電気燈　おのづから消ゆ

たゝかひの夜頃《ヨゴロ》の如し。火を恋ひて、まま暗き室に　憤り居り

弔　歌

『菜穂子』の後　なほ大作のありけりと　そらごとをだに　我に聞かせよ

しづかなる夜の　あけ来たる朝山に　なびく煙を　思ひ出に見む

遺稿

遺稿一

みつまたの花は咲きしか。静かなるゆふべに出で丶　処女らは見よ
みつまたの花咲く道をうつ〳〵と　わが行く山に、夕いたりぬ
みつまたの花を見に出よ。みつまたのさびしき花は、山もかなしき
みつまたの重ね枝に　白じろと炎の立つを見つ丶来たりぬ
我ひとり寝つ丶思へり。隣国の駿河の山の　さやぎゐるべし
よき恋をせよ　と言ひしが　処女子のなげくを見れば　悲しかるらし
戦ひのやぶれし日より　日の本の大倭《ヤマト》の恋は　ほろびたるらし
戦ひに破れしかども　日の本の　恋の盛りを　頼みしものを
戦ひの十年《トヽセ》の後に　頼もしき　恋する人の上を　聞かせよ

銀座よりわかれ来にけり。一日よき友なりしかな。はろけき処女
三方《サンバウ》に　道わかれゆく辻の上に　人をやく火の　炎立て居り
陽炎のたつ日　ひそかに来にし道。わかれか行かむ。月島の橋
青やかに　霞める水の　しづかなる夕を見れば、戦ひすぎぬ
ひたすらに　霧わきのぼる夜となりぬ。ふけてこぎ来る　水上署の船
霞む日を　我は遊べり。はろ〴〵と　知る人はなし。本所深川

七

怒ることなくてあらむと　鎌倉を一めぐりして　憤りゐぬ
青年の　憤りなき物語　聞きつゝ、人をいとふ心わく
われ今は六十《ムツヂ》を過ぎぬ。大阪に還り老いむ　と思ふ心あり
いさゝかの酒すら飲まずなりしより　とる所なき　老いのくり言

あはれ　わが親はらからの過ぎし後、親はらからのしみゝ恋しき

山の風たそがれ深くおろし来る音は　心にしみて　かなしき

堀辰雄の家のうしろゆひらけ来る　追分村の雑木の紅葉

追分の停車場出でゝ　宵の雨　ぬかれる道に　雪となり来ぬ

遺稿　二

しづかなる日記《ニキ》のおもては、青山に臥し居くらして　ゐるが如しも

時の間のいこひの後に、蒼水沫《アヲミナワ》湧き立つ水に　入りゆくをとめ

わがいへの　族娘《ウカラムスメ》に著せむ衣《(キヌ)》。皆　青やかにあるを思へり

をしへ子の十人《トタリ》の中に、衣青き東京娘と言はるゝもあり

をしへつゝ　かくたのしげに聞きてゐるをみな子たちを　見ればたのしき

松数拾本。しづかなる日頃となりにけり。山の家に来て　寝る日の多き

東京を思ひて　寝る。しづかなる昼の日明るし　枯れ原の上

おもしろき日々にあらねば、杖ひきて出づる安けさ　山原の霜

日曜日の山のしづけさ。誰一人居るこゝろもなき　あたり見まはす

日の光　しづけき時をやむ間なくいきどほろしき　山鳩の声

山の道　ほどろの草の照りかへし　懐にして　我は寝ほしき

われひとりねつゝ思へり。をとゝしの明日のほどか　死にし人あり

めら〳〵火をふく電車　車より　人をやきつゝ投げ出したり

はる〴〵と焼け過ぎにけり。草の原のしづけき色もさびしといはむ

遺稿　三

人間を深く愛する神ありて　もしもの言はゞ、われの如けむ

今の世の　媛《ヒメ》貴人《アテビト》の嫁ぎの日　たゞ寝つゝゐて、聞くは、はかなし

よこしぶき　万世橋にふる雪は　はるかに過ぎて、明り来るなり
家の外　土に響きて走る音。夜ぶかく聞けば、犬つがふなり
重りて　猫の子どものうつゝなき　寝床を見れば、かなしまれぬる
霜しろき庭に入り来て、土深く　くづるゝものゝ音を聞きたり
たゞしばし　心しづかに　我はゐむ。睦月ついたち　暮れわたる空

七

いまははた　老いかゞまりて、誰よりもかれよりも　低き　しはぶきをする
かくひとり老いかゞまりて、ひとのみな憎む日はやく　到りけるかも

七

雪しろの　はるかに来たる川上を　見つゝおもへり。斎藤茂吉

発表年月

倭をぐな

長夜の宴

長夜の宴　昭和十六年七月
静かなる庭　三月

故宮の草

故宮の草　昭和十七年一・三月

やまとをぐな

春洋出づ　昭和十六年一月―十八年四月
飄風　十七年十一月
厳冬に向ふ　十八年一月
やまとをぐな　五月

熱閙に住む

家常茶飯　五月
伊豆の翁　五月
松かぜ　五月
三矢先生二十年祭　五・六月
熱閙に住む　十月
昔恋　十一月

はるけき空

ひと日の後　昭和十九年七月
優越　昭和十七年六月・十九年七月
はるけき空　昭和十九年五月
千樫十三年忌も過ぎぬらむ　七月
春寒　五月
硫気ふく島　昭和二十年三月
彼岸ごろ　三月

野山の秋

昭和廿年八月十五日、正坐して　八月
野山の秋　昭和二十一年三月

茫々

心深き春　昭和二十一年一月
春茫々　一月
日の光り　三月
淡雪　三月
還り来にけり　五月

静かなる音

静かなる音　四月
春雪　五月
遊び　四月
なには人に寄す　三・四月
たぶの木の門　五月

朝花

鄙の湯　十一月
雪と谷うつぎと　五月
朝花　七・八月
ある日 かくて　五月
佐渡にわたる　九月

古き扉

夏たけて　十二月
流離　十二月
静けきに還る　昭和二十二年一月
夜半の音　一月
行く雲　一月
古き扉　一月
せゝらぎ　一月
穢き土　一月
いのちなりけり　昭和二十一年十一月

淡雪の辻

寂けき寿詞　昭和二十二年一月
睦月の声　一月
水の面の春　一月
冬の光り　一月
昭和二十二年元旦　一月
二月十一日　二月
淡雪の辻　四月

とりふね　五月
曙の雨　五月
九十年　六月

昔の卓

碧き午後　八月
あすたぽぽの夢　八月
親を憶ふ　八月
竟に還らず　八月
恥情　八月
調和感を失ふ　八月
犬儒詠　八月
池ある寺　七月
蟬　八月

白玉集

自動車来たる　八月
那覇びと　九月
言問　十一月
虚国　昭和二十三年四月

白玉集　昭和二十二年十一月・二十三年一月

沍寒　昭和二十三年一月
春遊ぶ　一月
陽炎ふ日　一月
海のあなた　一月
わが饗宴　二月

倭をぐな　以後	
橡の曇り	
北京	昭和二十三年一月
焦燥	一月
焦燥　二	一月
飛鳥	一月
祇回	一月
琉球	一月
家常茶飯	一月
おとづれ	一月
さびしき婢	一月
津島大宮司家絶えむとす	一月
老い	一月
虜囚	
いきどほりつゝ	三月
顎田へ	五月
出湯にて	五月
すべなき民	十一月
波の色	十一月
虜囚	九月
五浦にて	七月
如月空	昭和二十四年二月
城隍の塵	昭和二十三年十二月
新春	昭和二十四年一月
暁の草	一月
くなどの前	一月
静けき春	一月
春の反語	一月
石の上にて	
薤露古風	七月
遊び	八月
矚目	十月
騒音	八月
歌舞妓芝居後ありや	八月
山居	九月
水面	十一月

あくびの如く　昭和二十五年二月
春帽　一月
睦月来たる　一月
春聯　一月
輝く朝　一月
遥けき春　一月
春七日　一月
石の上にて　八月

孃子塋

氷雨の昼　昭和二十六年一月
冬至の頃　昭和二十五年十二月
睦月ついたち　昭和二十六年一月
雪崩　三月
朝空　一月
国の祖母　五・六月
硫気噴く島　昭和二十七年三月
沖縄を憶ふ　一月
醜　四月
若き明治　昭和二十八年一月
春のまどゐ　一月
静かなる光　一月
春聯翩々　一月
わが頼み　一月
埃風　一月
孃子塋　六月
壁のうへ　六月
追憶　六月
弔歌　七月

遺稿

遺稿　一
遺稿　二
遺稿　三

私家版・自筆歌集

『**安乗帖**』

○大正元年十二月頃成立の、自筆自装の私家版歌集。縦二一・五センチ、横一六・五センチのノート。四十頁。

○同年八月十三日より二十五日までの志摩・熊野を旅した折の作品一七七首を収める羇旅歌集。作者二十五歳。

『**ひとりして**』

○大正二年十月頃成立の、自筆自装の私家版歌集。縦一四・五センチ、横一一・二センチのノート。二一四頁。別に三冊を作り、友人の田端憲之助・武田祐吉・吉村洪一及びとき子夫人宛に贈呈。歌数・構成等に異同がある。また、著者所蔵本は大正四年夏頃に改編増補。本文庫はこの著者所蔵の改編増補本を底本とした。

○明治三十七年頃より大正三年末頃（作者十七歳より二十七歳）までの作品三八四首を四部構成で収める。うち第四部「うみやまのあひだ」九九首の八五首が『安乗帖』より再録され、一五二首が『海やまのあひだ』の「苑道」以後の作品に再録された。語句等の改変がなされているものもある。

安乗帖

大正みものおもひの年　志摩より熊野路の旅にのぼる　八月の十三日より廿五日まで　その間十三日　従ひたるもの伊勢清志・上道清一

○宇治山田（参宮）―鳥羽―磯部（伊雑宮のたそがれ）―下の郷より船―安乗
○安乗―国分寺（国分松原）―鵜方―御座―浜嶋―田曾
○田曾―相賀―奈屋―神前―引本
○引本―船津―八町滝―檜苗圃（花の木峠）―山中―木樵小屋
○大杉谷におつる大川―山中―木樵小屋
○―船津―引本―尾鷲ゆきの船に乗りおくる―尾鷲
○尾鷲―木本―鬼个城―花岩屋―阿多和―小川口―玉置口
○玉置口―瀞八町―船にて宮井―楊枝村遠望―新宮
○新宮―三輪崎―那智―勝浦―田辺
○田辺―鉛山（斧原生待居る）
○鉛山―田辺―南部―岩代峠―切目―印南―塩屋―御坊―天田橋―田端君家
○田端君家
○吉原―比井―和歌浦―和歌山―大阪

たびごゝろもろくなり来ぬ　志摩のはて安乗の崎に　赤き灯の見ゆ
松ふた木ある　その梢夕日さし　なぞの岬か波白く散る
町のかど　木ぶねにおとす水の音　旅のねざめの耳にしたしき
闇にこゑしてあはれなり　志摩の海　相差《アフサ》の迫門に盆の貝ふく
もの買ふと入りたつ軒にうす日さす　奥の熊野の　小城下の昼
山裾のとある小村のまがりかど　行きあふちごに銭あたへすぐ
つとよぎる漁村のゆふべ　聞え来るなげやりぶしの　胸そゝるかな
髪をかる　鏡にうつるわがかげの旅といふらし　はかなげにゐむ
旅にして髪かる時に　なごみ来ぬ　この三四年しらぬこゝちに
船いたる　磯に山なす和布《ワカメ》のかげに　処女うそ吹く夜の安乗に
四つ五つ見えてはかなし　かぐろなる田曾の瀬戸より　遠きいさり火
萩が花　ほのかに白し　夕霧のかゝる熊野のそねの松原
青山に夕日まざ〴〵照るころや　奈屋の入江に　家もあらぬかな
名もしらぬ　古き港にはしけして去りにし人を　いつか忘れむ

安乗の児　おないどしなる五六人　岩に居てさすわが道のかた
青峰に　日の夕ぐれの風ふきぬ　鳥羽の港か白き路見ゆ
波ゆたに遊べり牟婁の磯に来てたゆたふ命しばしやすらふ
籔原に木槿《ムクゲ》の花の咲きたるも　よそ目かなしき　色と見て行く
よらで行く的矢の港　なつかしく夜汐の上に　ゆらぐともし火
とほつ浦　鳥羽の港にとまる船　三つばかり見え　青く日の入る
青海にまかゞやく日の　とほ〳〵し母が国べへ　船かへるらし
道づれとなれる若人　そが一人　口ぶえ吹きて淋しき夕
ことしげき都会ずまひをうらやみてはなしをのぞむ木こりの子ども
かの子またわれに来らずなりにけるさびしさありて時へて安し
蜩のなける木の間のうすあかり目いたく見つゝ山をくだるも
奥牟婁《オクムロ》の山くもり日の濡れ色に青みて寒くひぐらしのなく
撥おとのすこしみだれて胸いたき音《ネ》をひく夜の船宿の三味《シャミ》
しき石に百日紅の花ちれる家も見てすぐ旅の日ざかり

天つ日のかげのあはれにみだれたる山菅原のたそがれの雨
いきどほる胸うちしづめしどみ咲く熊野磧の夕日にいこふ
わがさかりいやとほ〳〵し青山に日のかげろひてとほき鳥なく
瀞《トロ》見ゆと子らは手を打ちわれよびぬ沈める心蘇り来つ
水はしる山は葉月の午後の巌あつくやけたる岨路のかげ
田曽の瀬戸入日の後にひたさをの靄うちなびけ白鳥のはね
わがのるや天の鳥船海境の空拍《ウ》つ波にのりてあがれり
ふくる夜の磯浪のおと紙砧うつ音聞えくるもかなしき
淡くしむ梨子の香かなし黒檜山つき立つ方よ雨来る雲
北牟婁の奥の小村にわく水のかなしき記憶来る午後かな
山蔭に靄をへだてゝ聞きし音時計の記憶忘られぬかな
沖さけて七日の船路しめり風野茨にふれて来とかゞふかな
入方のてる日いさよひすく〳〵に立つ杉うかべ霧ながれ来ぬ
大台《オホダイ》の山の木の間の蔦の葉の秋づくころと鳥ぞなくなる

つまづけば石はろ〳〵と谷に行くありしあたりに水はしりける
菅の葉にちる雪思ふみ熊野の音無瀬川のひるの光に
雨にちる柳の葉あり秋近き日ざしわなゝく熊野川原に
うろくづの来よる渚の青波にひとりうなだれものおもふ哉
二里の瀬戸はかな心地のわき来る夕まぐれすぎ港の灯見ゆ
のびてはてたる松のみどりの香に高き山ふところの熱砂をわたる
よゝ〳〵とよだり爪くひ脂汗くさき子来ると処女らの逃ぐ
蒼白うはたほのぐらう時すぎてひた暗をこぎ漕いづる船
旅のふね忘れぬ女目をさだめ遠く行く鳥見つめにし女
たふとくもまもらるゝかな五年となりけむ旅のかのかた時の
もの言へばくらき顔して我見にし人とそのかみしける旅かな
浦にいでゝ子らにまじりて貝ひろふなごみ心地も旅にえにけり
病院のまどのがらすにあたりにし夕日を思ふ旅の一日の
夕月夜ふめばくづるゝ岩山をあやぶみわたり家をおもへり

つぶら石つぶ〳〵ならぶみくまのゝ山家の屋根にさせるうす月
杉檜たてるはざまのかたあかりさし来る方に鳥なく淋し
旅に来て田舎すまひに馴るといひしむかしの人の心地したしも
手にとれば黄なる雫の指染めぬその草すてゝ蝶をつと追ふ
わが船は串本はなれ浪ゆたにひるがへる海にとほくうかべり
ほの白う子らが頰見えて夕月夜雫おち来る峡に草しく
やゝ細りて子らがうれふる見るかなしわがわかき日をまのあたり見ると
山小屋のゐろりかこみてはかな顔してうちもだし子らぞむかへる
胸《ムナ》ひろにかきはだけたる子らが服すきて脈うつ梢の光に
家恋し眉にせまれる黒檜山うすあかりして月ののぼれば
はしけより上る石段蒜の葉のみだりがはしくちりぼへる朝
あはれにもうちかゞふかな山草のたぶさにしめる夏の思ひ出
花瓦斯の火かげにぎはふ町のこと聞きつさしぐむ山がつの子よ
山かげの青くさ原のくるゝ日の夕やけ寒し蝶一つとぶ

わだつみの豊はた雲とあはれなる浮きねのひるの夢とたゆたふ
志摩の国こふの御寺の静かなるひるの庭ふみ芥子のちる見る
空くもる水無月廿日遠浦にさくる浪見て心いためり
ねぶる子の眉のあたりにたゞよひし夢よりさめて安く栗はむ
炉火《(ロクワ)》あかしはかなき夢にゑめる顔二つ前にし心淋しも
とほ山に朝明靄のなびきふしほのめく月に瀬のはしる音
しのゝめの空色うごく山の端を見つゝいきすふやすき心地に
谷の道ほそき苔路に莢《(サヤ)》さきて種こぼす草を見るもちぎりや
やるせなく漲る力身にせまる赤禿山の草にたゝずむ
夕ぐれの山の青みと瀬の明りほのにたゞよふ部屋にぬる哉
うす暗にいます仏の目の光ふと目のあふとやすくぬかづく
いてふの葉一つこぼれて肩うつもちぎりや那智の寺にたゝずむ
み空とぶ日の来たるらしわだつみの入日に浪の高くあがれば
高菅のよられてあるに目をそゝぎ見入るも旅のうみ心より

旅人のものいひをかしかくわらふ沖つ国の子こき瞳して
むら薄《スヽキ》青める中にいとゞなくわが旅心はるかなる哉
青海の大波来る日ざかりの熱砂に伏してものをこそ思へ
にはかにも此日はくれぬ高山のほき路風ふき鶯のなく
平手して涙のごひし旅人のなほ目に残り愁《ウレヒ》わくかな
さすらひもはての日来り高山の入日の岩にしなえつゝふす
なが月の時雨のきたる山の端をおもかげにして瀬にそよぐ草
すこし釘の足さす心地萩が根にいとゞのなける夏かげの道
河嶋の青と端山のふかみどりかげろふ浪を船くだり来ぬ
那智に来《キ》ぬ梛樟《ナギクスノキ》の古き夢あゝひるがへし風とよむなり
手にとればとよみ心地のゆら〳〵にぬれてかをりぬ那智の黒石
山あるき幾日の後ようす日さす町のまがりにほけて立つかな
あさましく目にはだかりけた〳〵とわらふ子ありし船路をおもふ
高枕いかりの綱にうなじのせねたる我上月雲をもる

山かげや水引草にいとゞなく道はよこぎる墓原の中
やすらけきうつゝにやすき夢つげる墓らならべり山の夕日に
とある道涙ぐましく野菊さくわが思ふ里をおもかげにして
わが帆なる熊野の山の朝風にまぎりおしきり高瀬をのぼる
夕波に鷗がなけば青岸の上行く馬車もさびしかりけり
あまりにもわれかしづくにいとひにしむかしの人を思ひ出づ旅に
山あるき二日人見ず山かげの蟻の穴をも見入りつゝ泣く
夕ぐれの山ふところにたくけぶりよすがなき旅の身になびき来る
松青し磯のとゞろき波の穂の月夜をふみて花の岩屋や
海くれぬ浜ゑんどうの花の色ほの〴〵夜目にうかび来る磯
千鳥なくあゝふるき日のはての夜のあはれも胸によみがへり来る
何の鳥つらねて寒しら〴〵と磯の暗夜の目を流れ行く
たゆげにもよこたはるかな水平の白銀の光目路にたゞよふ
青やかに木どもならべりそが中に強く光をうけたる一本

さをなるかげおとす木によりかゝりわれらは今日の行きくれをいふ
白々と草の花咲くあはれなる黄昏時のわかれを思へと
たそがるゝ向つ尾の上に道白く夕日けぶれりわが行かむ末
ゆくところなしとかいはむわだつみに七日こぎつゝおくか知らずも
夕立にうたれて悲し野木の末木の葉こぼすにわが目あやぶし
いぬる子のいびき高まりふけ行けば白き額の汗ばめる見ゆ
はたごやの二階より見る長汀の暗にひるがへる白き浪かな
ねぐるしきさ夜のくだちにのろ〳〵と声ぞ聞ゆる前磯の鳥
まがなしく匂ひも来るか青檜葉の雨気のかなしき夕山かげに
紀伊の国尾鷲の港夕日さしはなれ小村の蔦はへるまど
やりどころなしとかいはむ沖つ国身はうらぶれて旅にあぐめば
八月のなつかしき日となりにけり小草露もち旅の朝けに
死なむ日のおのが姿の目に見えてまざ〳〵と野木に日の入る夕
山の道岩とゞろかし雨来る一つ命をひたといだくに

風たちてくもりくらがりましぐらに海はせ来るみたらをの駒
のけもの丶一人男も旅に出て家の恋しくなれるころかな
葉鶏頭はつかに葉末赤ばめる旅をやめむの心わくかな
千町の青野の末ゆ雨来るあかず見入りぬ赤き草花
明るきに逃れ来しごと心やすく落ちゐぬるかな山の一時
しわくたになりてとうづる札の面草の香にしもや丶しめる哉
大海にたゞにむかへる志摩の崎波切の村にあひし子らはも
みをびきの船はひのぼる瀬戸の岩白くくだくる波の色かな
何ごとを泣くにかあらむ甲板の青き月夜にはしけよびつ丶
天つたふ日のくれ行けば蒼茫と深き風ふく大海原に
見はりたるうなゐのひとみ青空の南張の里の垣にもたれて
磯せ丶り高くは飛ばず砂あゆむ鴉のむれにくれの青空
石崖に波来てさけぬみくまの丶城下の夏のくれの人
静かにもつらねたる哉山坂の野菊の上にほろかづく車

紀伊の国三輪崎とふ名もわりなむかし人なるわれの心地に
ちりすぐる花となつかし見のかなし遠山松になびける夕雲
夕ばえの山に一すぢなびけるは何の光かうすき夕日かな
たど〳〵と山路たそがれ見おろしの谷より来る苔の香の風
車よりはしるま夏のひるまへの七里の浜の松かげの道
みくまのゝ里のわらべに行きあひぬとほ〴〵し日も来やとなげくに
いとわりなわびしき日かげちりぬともやがてくれ行く日かげと思ふに
やすからぬことを口にしわたらひぬ旅商人のさびしきはなし
夏まつり品だまつかふ手品師を見る人だかりわれもまじらむ
ふる〳〵と笛ふきなげき青ざめてうたふは旅のあはれなること
町風に雑貨かげれる店のある鵜方の村の辻に散る萩
胸つきぬ山のすそわは波に入る此道三里つと坂にかゝる
雨に行く旅のあはれをうちそゝり鄙歌聞ゆ芥子の花とぶ
とある家門の床几によりかゝり手紙よみ居る媼《オミナ》を見たり

くれぬ間のしばしをあそぶ牟妻の磯尾鷲の瀬戸にうたふ子や誰
舟に見し漁村の夕べたそがるゝ青菜の色の胸にしめるかな
わびしいとわびしこの身この心そはずわかれむとして磯にたゝずむ
足もとになきよる猫のうなじなで半時の後の船路を思へり
ほろ〳〵とちるはかなしき色なりし野径にさける紫の花
音耳にしみてはなれずうかび来る目のあたりなるかげのさびしさ
とゞこほる身内のそよぎほろ〳〵と寒き光にちる木の実かな
贄嶋《(ニヘジマ)》の迫門に梶をり舟かたむあな死ぬべきか日は西にめぐる
ゆくら〳〵波もてあそぶ舟の上子らにをしへぬからうたのふし
わがうたふからうたのふしまがなしく心あつまり涙ぐましも
汽船まつ港の波にうつりたる赤禿山の夕ぐれの色
唇に痙攣来る心地して目さめし夜の船室の闇
二時間を経し後なりき船にあるさびしき花に目をすはれつゝ
ほの白う夜霧の中に町の見え町の火の見えふくる犬のこゑ

赤々と夕日さし入る青海の勝浦の町のまのあたり見ゆ

諒闇の夏の旅出の日の朝の露に白める伊賀の横山

おくむろの町の市日にちりぼへる茄子やまくはの中ふみて行く

磯浪のくだくる音を耳にしてね入ればさむく（欠）

旅人のむれ行きすぎて板橋の水にさびしく日のかげる時

方二町《ハウニチヤウ》岩もてかぎる島かげに家あり見えて処女うたへり

わたつみの夕の波のもてあそぶ島のかなしさよすがなきかな

ほう〳〵とありその畠に鳥おひしかのこゑ聞ゆたそがれ来れば

昆布和布をさめて雨をまつ浜の二軒まじれる松原の家

ひとりして

酒のゝち

第一部

竹の葉に　如月の雪ふりおぼれ　明くる光に心いためり

大空のもとにかすみて　あか〱とくれゆく山にむかふ　さびしさ

木の葉散るなかにつくりぬ　わが夜床《ヨドコ》うづみはてねと、目をとぢて居り

酒の後《ノチ》　ほのにたゞよふ舌の香の　うらなつかしさ　くいのさびしさ

かれあしに心しばらくあつまりぬ　みぎはにゐつゝ　ものをおもへば

夕されば　心おちゐて　苔の香のしめやぐ庭を　ながめつゝをり

おもひ出の家は　つぎ〱ほろび行く　長谷《ハセ》の寺のみ　さやはなげかむ

神無月　うす日のかげり　もの思ふ窓に　しば〱夕つけ来なり

牧におふ馬のかず〱　なにならぬ　目うるみたりし　後《ノチ》も忘れず

春の日のかすめる時に　つかれたる目をやしなふ　と、若草をふむ

日《ケ》のころもぬぎて　枕をおもふ時　旅といふらし　涙おち来ぬ

戸出づれば　百歩に　青き山を見る　日ねもす　おもひつかれたる目に

家びとのまみの　あはれにうるめるが　目に見え来つゝ　心つまづく

ふるさとにかへれるこゝち　秋日てる刈田のくろに　ひとりたゝずむ

庭のくま　ひそやかに鳴く虫あるも　今あぢはへる悔いに　したしき

ひそやかにぬればさびしも　たそがれの窓の夕かげ　月あるに似たり

君死にき　君をころしゝ一人にて　われもまじれり　うきびとのなか

青やまの草葉のしたに　ながゝりし心のすゑは　みだれずあらむ

あはれなる後《ノチ》見ゆるかも　朝宮《アサミヤ》に祇《ギ》園《ヲン》をろがむ　匂へる処女

ひやゝけき朝の露原　あしにふみなにかえがたきしたごゝろ　やむ

京の山まどかにはるゝ見わたしに　なにぞ　涙のやまずながるゝ

この道や蹴《ケ》上《アゲ》の道　近江へ　と、いやとほ〴〵し　君にあひがたく

足なぐる芝生つめたき朝はれにわが肌の香を　ひとりかなしむ

酔へどかつ淋しかりけり　青山の入り日をまつに　酒をのむ〳〵

こゝちよく　ゆあみつかれの身をたふす　温泉の山の青きたそがれ

ひたとあふ目と目と　外は秋山の日くれの風の　霜の葉を吹く

大空の鳥も　あぐみて落ち来る　広野にをるが　さびしくなりぬ

しのび音に　鳥ぞひそめく　入り方の日ざし黄ばめる磯草の床

かの木かげ　べいすぼうるのとよみにも　はづれてひとり　ものをおもひし

中学の廊のかはらの　ふみごゝちむかしに似つゝ　ものゝかなしさ

＊ふゆかりの葉のすゞろはしき味覚に変生なんしが
に目したしかりし合歓の花のぬれ色をなつかしむ

しづかなる昼の光や　清水《キヨミヅ》の地主《ヂシユ》の花ちる径を　来にけり

雪ふりて昏るゝ光の　遠じろに　小竹《シヌ》の祝部《ハフリ》のはかどころ見ゆ

ほのかに　いとほのかにふれにけむ　遠く　さびしくさかり行くかげ

わがこゝちはかなくなりぬ　遠く行く君にまたとのかね言も　せじ

ねぶる子の胸にうつ血の　とゞこほる　ほのしづまりに　たゆたふ思ひ

いや深に　血のときめきのしづみ行く弟《オト》がむなじゝ　肥えたるかなし

おとうとの胸におく手に　かそけくひゞくをおぼゆ　わが血は死なず

うらがれの荒野の土に　ぬかふせてあるにし似るも　けどほき心
ときめきのたえつゝと、見たる胸じゝの　さゆらぐ音の　かすかに聞ゆ
つく〴〵に見つゝかなしむ　いねしづむ　わおとが胸に　脈うつわが血
風そよぐ　あゝ　わが肌もおとろへぬ　入り日の方へ行けば　黄なる道
いくさぎみ武田がのちに　はかなくもわび歌おほし　あはれ祐吉
ちはやびと武田が子らの　あはれなる。鎗　とり知らず　歌にしみつく
のどかにも　昨日は遠くへだゝりぬ　今　目に　黄なり　浜の萱原
あへばかつ　かたみにやすき瞳して　もの言ひかはすことの　はかなさ
なげく時わが目を過《ヨギ》り　深山木の花は　百千《モヽチ》の言《(コト)》もちて散る
秋の夜のあかしのもとに　しろ〴〵と　のびひろがれるふみの　さびしさ
わたつみの海にいでたる富津《フツ》の崎　日ねもすまほに霞むかなしさ
—三矢五郎氏の心をかなしみてうたへる、三首
そのむくろとむとしいはゞ　わたなかの八尋さひもち　こたへなむかも
うろくづのうきゐる浪に　なづさひてありとし　君を　人のいはずやも

直二郎　あはれといはむ言のはもわすれにけらし　十年歌なき
天王寺中学なりし伏柴社同人六人。一人はやく明石の海より姿を隠し、三人は歌をやめつ。今なほ歌にしみつけるは、祐吉とおのれとのみ。（二首）

直二郎　小彌太　洪一　そむきにし人をかぞへて　さびしくぞゐむ

かの日のために

第二部

わがともがら　命にかへし恋ながら　年来《サ》り行けば　なべてかなしも
君にわかれ　ひとりとなりて入りたてば　冬木がもとに涙わしりぬ
秋たけぬ　すゞろさむさを戸によれば　枯れ野におつる鶸のひとむれ
夕山路　こよひまろねの手枕のうさ思はする　鶯のこゑ
はつくさに雪ちりかゝる　錦部《ニシゴリ》の山の入り日に　人ふりかへる
牟妻の温泉《ユ》の　とこなめらなる岩床《ドコ》に枕す　しばし　人をわすれむ
天がける翼をほこるつかの間に　ひくゝ　ちひさき　恋ひにおち行く
月にむき　ながき心は見もはてず　わかれし人のおとろへを　おもふ

木がらしの吹く日来まさず　わがかどの冬木がうれの　心うく鳴る
そのかみの　心なき子も　世をへつゝ　涙もよほすことを　告げ来る
わがなけば　野《ノ》ろの山鳥　ほろ〳〵に　涙こぼして　雲に入るかな
君をおもひ　荒山みちは越えて来つ　清きなぎさに　身さへ死ぬべし
夕川に舟して行けば　君が家《ヤ》も　わが家も　見えず　相擁《ダ》きて哭く
君がかげ　雲になびきて　日は入りぬ　ながめさびしき野づかさの家
なが〳〵とおもひ出いふは　やめてねむ　廿日の夜はの月　霜にてる
秋の夜の水のせゝらぎ　長堀のねざめのあかし　さやけかるべし
君が舟　あは　海ざかを目もはろに　はろに五百重の濤《ナミ》をかづきぬ
おぞやなほ　忘れ得ずとや　君まさぬはるけき国へ　ひたさかりつゝ
十年へつ　なほよろしくは見えながら　かの心ひくことのはのなき
涙だにおちよ　かなしき胸も　やゝはるけむと思ふほどの　はかなさ
ゑひしれて　おもふことなし　君をえぬうらみはあれど　それも何せむ
わがまつ毛　秋のゆふべの草の葉におくといふものゝ　干む日しられぬ

このわかれ　いく世かけてはおぼつかな　身さへ頼まぬ　はかなさにして

ながき夜を　うみてかゝぐるとも し灯に　あらはにおつる　わが涙かな

はづかしき人ら立ちなみ　見ておはすなかを　さとひく　黒髪のすそ

まちつけず　わがなく髪に　風おちぬ　星のきえ行くあけ方の空

あはむ日のなしとおもはず　ふみわたる茅生《チブ》の　ほどろに　心たゞよふ

わが行くや　おもひ入り日のかげおちて　海ぞひ寒き　ひとすぢのみち

秋の山　なく鳥もなし　わが道は朝けの雲に末べこもれり

石川や　二里も三里も若草の堤ぬらして　雨はれにけり

雪ふりて　きぞの木の葉はおちはてぬ　わがなみだこそ時ぞともなき

ますら雄はわづらひおほし　ありへつゝ　とぼしき年も　はてに近づく

はた〳〵と翼うちすぐ　あはと見る　まなぢはるかに　きぞの鳥行く

冬ぐさの堤日あたり　遠く行く旅のしばしを　人とやすらふ

萩が花　ほのかに白し　一人ゐる山のみ寺のたそがれの庭

人知れず　山の泉のわきかへり　はたきえかへり　くさむらに行く

朝霧にぬれて　われ見る一夜妻　いでその袖も　髪もたわゝに
なつかしき故家《フルヘ》のうしろ　夕ゐでに　千鳥なくらむ　岡本の里
山の石とゞろ〳〵と落ち来る　これを前に見　酒をたのしむ
長浜の磯の小菅の　やすむしろ　やすらにねしは　世へなるむかし
旅にゐて　さむき夜床のくらがりにうしろめたしも　いねしづむ胸
昏《タソ》がるや　をちこちに戸をとづる音　思へば家にいねざる　四とせ
秋の空　神楽が岡の松原の　けぢかく晴るゝ見つゝ　さびしき
——京都大学病院にて（吉・武・田本により補ふ）
わがさかりおとろへぬらし　月よみの夜ぞらを見れば　涙おち来も
わが恋をちかふにたてし　天つ日の　今のあたりおとろふる　見よ
いにしへ人　あるは来あはむ　神南備の萩ちる風に　山下《シタ》行けば
むさし野は　ゆき行く道のはてもなし　かへれといへど　遠く来にけり
夕づく日　雁のゆくへをゆびざして　いなれぬ国を　またいふか君
わがかづく朽葉ごろもの袖　たわに　ゆたかに　春の雪ながれ来ぬ
あるひまよ　心ふとしもなごみ来ぬ　頰をたゞよはす涙のなかに

山原の麻生《ヲフ》の夏麻《ナツソ》をひくなべに　けさの朝月　秋とさえたり

おち鮎よ　いたましなれもやせたりな　身にしむらむよ　この秋の水

朝月に　もろごゑあぐる野の鳥のむれにまじりて　けふも旅行く

天つ日の照れる岡びに　ひとりゐてものをしもへば　涙ぐましも

冬がれのぬるで木立ちの　ひま〳〵に積み藁つゞく国分寺《コクブジ》のさと

遠ながき伏越えみちをうら〳〵と照れる春日に　こしなづむかも

山のひだ　さやかに見えて　大空に昏《ク》れ行く菟道《ウヂ》の春を　さびしむ

ともしびの見ゆるをちこち　山くれて　宇治の瀬の音の高まりにけり

おもふ心とほくへだゝり　国のうへ　あまた　さびしき山ぞ　よこほる

夕川に霰たばしる　石の間ゆ　髪わなゝかす　古蓬かな

わが枕　草の香みちぬ　朝の目に　庭の露原月ものこりて

月あかし　尾の上の薄かひろぎぬ　昨日と明日のなかに濡れつゝ

水とほし　水はめぐりてわが胸に　せゝらぎかへる　野の朝月夜

くそかづら　這ひて　うとまし　蔓をはる　うとまし思ひ　あなわが胸に

木《(コ)》ぶかく蜩なきて　長岡の　たそがれ行けば　親ぞこひしき
海にきぬ　百日《モヽヒ》あまりをうちしなえ　死なむ旅ねのはてのゆふべに
あふげば　高天《タカマ》の原　目のかぎり　青たゝなはる　心たゝはし
目とづれど闇になほ見る　天つ日の光かくれず　わが心燃ゆ
わかうどよ　なにさは青む　目をあげよ　日は高光る　天のみ中に
住の江の四座の御《オ》まへに　うなねつき何をか祈る　わたくしごとを
うらみごと　時にとだえてかたゐみす　いふがひなさも　君おもふ故
夜の霧におぼれて　あらぬ旅寝せる人とうらみぬ　待ちつかれては
花さきぬ　弥生の望《モチ》のほのかなる月に　さびしき　君まさぬ家
おほけなく　君におもはれ　おそろしき果の日見えつ　心をのゝく
かひなしや　冬木の山に何樵ると、君しも来る　老いを知る日に
いづくへも行かむ　罪ある恋もなほとがめぬ国の　ありとし聞かば
蕗の葉にふる雨さびし　夕ぐれはまどほになりて　山鳩ぞ来る
この里のをとめらねり来《ク》　水無月の夕かげ草の　ほの〴〵として

おとろへぬ　君を見る日も　見ざる日も　かなし　心はうつら〳〵に

しげ山の春にかくるゝ一つ家に　うらさびしくも　雨こぼれ来ぬ

黒髪に雪ちることをよろこべど　なほあり憂さの　まさぬ君まつ

黒雲に嵐ぞひゞく　灯をあげて　人待つほどと、なりにけるかな

月いでゝ　野の見わたしの限りなし　あゝ　はれ雲も　今空を行く

春雨の古貂《フルキ》のころも　ぬれとほり　あひにし人の　しぬにおもほゆ

今は来じ　とるもうるさし　枕など　長夜《チャウヤ》の雨にくづほれいねむ

杉むらを　とをゝに雪のふりうづむ　ふるさと来れど　おもひ出もなし

明日香風　昨日や千年　やぶ原も　青菅《スガ》原も　ひるがへし吹く

草の葉は　わづかに芽をばひらくほど　思ふわくごは　はにかむがよし

中学の壁にうするゝ　ことふりていぶせき名すら　きえがたき胸

ちまたびと　ことばかはして　行くにさへ　涙ぐましく　わが若さ逝く

夕波の佃の島の方とへば、こたへぬ人ぞ　充ち行きにける

さびしげに　経木真田《(キャウギサナダ)》の帽子著て　夕河岸たどる人に　もの言はむ

両国の橋行くむれに　われに似て　うしろさびしき人もまじれり
町を行く心安さもかなしかり　家なる人のうれひに　さかる
さびしく　淋しくふむ　大河のうす日の岸のしき石のうへ
燈《トモ》一つのぼれる窓をなつかしむ　ふるさとの家見ゆ　とばかりに
電車より見おろす河岸を　すご〳〵とあゆめる人が　われにしあるらし
家のため　男ぎらひの名にくだつ　叔母が若さを　いかゞとゞめむ
よすがなき心をはなち　両国の橋の夕に　ほうとしてたつ
川蒸汽　とほく〳〵へだゝれば　ひしとより来ぬ　よすがなき心
かあをなる浪の光に　目のあへば　(未完)
餅のかけ手にとりつゝも　おもふこと　まづしき家の母をはなれず
明治座の旗の見ゆれば　ことざまにうごく心の　はかなくさびし
おぼろに　白くやせたる羽左衛門　立ち見の席に　われもさびしき
河岸につどへる子らをうちまもり　(未完)　明治四十四年
車上より　わかれのきはにうち出にしかの一言を　つねにあぢはふ

ことばなほほのにのこれり　八年ほど月日へだてし　耳をうたがふ

庭の面にかりほす藁の　香もほのに　西日《ニシビ》の光あたゝかくさす

むかしをば手にとる如くかたらへど　かはすことばの　何かはかなき

目をわたる白帆見る間に　ふとさびし　やをら見かへり　目のあひにけり

たゞ二日　家をはなれてあることに　やゝなぐこゝち　若くめでたし

みちの逢ひ　しどろもどろにものを言ふ（未完）

をり〳〵は　かなしく心かたよるを　なけばゆたけし　天ぞ来向ふ

何をわれ思ふといはむ　かもかくも　あるべきさまに　おほなる心

いたましの、さびしの、などは　言ひあきぬ　夕かげろひに　庭下駄をひく

見《ミ》のさびし　そともの雪の朝かげのほのあかるみに　人のかよへる

きのふより今日はさびし　と、おもふこと　日にけに深し　世もつきぬめり

ねたる胸　いともやすけし　日ねもすにむかひし山は　わきにそゝれど

いふことのすこし残る　と、立ち戻り　淋しく笑みていにし人はも

磯の砂　一歩　怨みの涙わく　一歩　恋しさたへがたく湧く

わが心　たま〳〵やすし　このひまよ　昔の人に消息《セウソク》をせむ
しねしなむ　また思ひ出じ思ふなと、君がうしろに　霜の戸をさす
この人を　つひのよるべと思ひなる　かつはかなさの　よもつきぬらし
ほうとつく息の下より　槌とりてうてば　火の散る馬のあし金
はした銭　袂になるがわびしかり　夜の町にわくあはき食欲
こちよれば　こちにとをより　なづさひ来《キ》　ほのに人香《ヒトカ》の身をつゝむ闇
あるとしのある日うち出しあはれなど　おもひ出づべき恋ならませば
車来ぬ　すぐる日我により来にし　今あぢきなく　わがかどを行く
なべてうし　君をおもへば　親のこゝろ　はた　店にうつ銭函の音
とほつ世の恋にゆづらぬますぐさは　あれど　この頃すこしうたがふ
おもふことしば〳〵たがひ　おきどころなき身　暫らく君にひたさる
今ははや　いふこともなし　怨みむと思ふ月日も　十年になれば
道とくと　われいさみにき　わかるゝをかなしとなげく人にわかれて（以下三首、吉村本により補ふ）
戸《ト》によれば　われかのかげよ　ねびにたるわが黒髪よ　わが秋をしる

たま手《デ》まき　いく夜かいねし　わすられぬおもひつらねも　たゞ一夜ゆゑ

小鳥の歌

第三部

小鳥小鳥　あたふた起《タ》ちぬ　かたらひのはてがたかなし　向日葵《ヒマハリ》の照る

はるしや菊　心まどひにゆらぐらし　瞳かゞやく　少年のむれ

かの子こそ　われには似つゝ　ものは言へ　十年の恋にしづむ目に　来て

人の師となりてふた月　やう〳〵に　あらたまり行く心　はかなし

□

わかやかにこゝちはなやぎあるものを　かなしくなりぬ　子らを教へて

しづかなる野よりかへりて　うちはなつ錠のひゞきの　胸にしむかな

＊大正元年十一月より十二月のすゑまで豊能郡麻田村に独居して

手《テ》さぐりに　つけ木《ギ》もとむる棚の上　ふと　いひしらぬものゝ手ざはり

かたときのまちのあかりに　わが手見え　暗におち居る心　はかなし

蛇《ヘビ》のむろ　蜈蚣《(ムカデ)》の室のけはひして　灯一つ　さむし　部屋を見まはす
燈《ヒ》をふけば　あなひし〲とたゝなはり　肌おし　せまり　身をつゝむ暗
かたすみにうづくまりゐて　ふくる夜の内外《ウチト》の暗に　耳《ミヽ》そびやかす
髪《カミ》のすゑ　あしの爪さき　耳たてゝ　闇にもとめぬ　おそろしき声
心《コヽロ》と身《ミ》と　ひたとあひより　ひしとだき　昏々として　深きねむりに
たなぞこに　錆ふく銀貨　うち見入り　涙のにじむ　物おもひする
こゝろよく汗かきひたり　ねたる夢　さめてをわびし　うなねさするも
屋根うらの塵まふなかを　鼠はせ　暗きにひとみかゞやかしゐる
ゆばりしに　這ひいづる床のぬくもりを　はなるゝあしにあつまる　おもひ
二三尺　藜《(アカザ)》のびたるくさむらの秋をよろこび　なく虫のあり

＊生徒鈴木金太郎のために

沓とれば　すあしにふるゝ砂原の　しめりうれしみ　草ぬきてをり
病ひある心あやぶし　見入りたる砂に　わな〱　白楊《ハクヤウ》の散る
わが病ひ　やゝこゝろよし　なにごとか　したやすからず　やめる子のある

やみふせるわこが寝床の　しきふにも　海の色して　うす日たゞよふ

□

桜《サクラ》ちる　春としもなき日の照れば　この子死なむ　と、かなしみにけり
木によれば　春としもなき光かな　おもふ日遠し　散る花のあり
おどろきて　かれがざえをばまもりゐし　わがあることも　知らずやありけむ
啄木が廿五すぎて　よみいでし異端の歌も　かなしかりけり
東海の小島《コジマ》の磯になきし子よ　われまた経たり　その心もち
十五はや　恋ひにしみつく癖つきしこと　啄木ぞおほくあづかる
雲雀はあめにかける　啄木がかなしき骸《カラ》は　土に鎮めむ

□

あさましく香にこそにほへ　蕗の薹　おのがものから　哭《ネ》をのみぞなく
如月の連翹さけば　男出て　垢じめる足袋を乾しならべたり
白玉をあやぶみ擁《イダ》き　目ざめたる春の朝けに　目のうるむ子ら
このねめる朝けの風のこゝちよき　寝おきの顔の　ほの赤みたる

こゝちよき春のねざめのなつかしさ 片時《カタトキ》をしみ 子らが遊べる

かゝはりなく 子らはあしあげ 雪じろの脛《ハギ》あげ 若き謡《ウタ》にをどれる

砂原《スナハラ》に砂あび腰をうづめゐつ たはぶれの手を ふと 止めつ。子ら

わが子らは 遊びほけたる目をよぎる何かおふとて おほゞれてをり

わが雲雀《ヒバリ》 今日はおどけず しかすがに つゝましやかにふるまひにけり

くづれふす若きけものを なよ草の床《トコ》に見いでゝかなしみにけり

倦《(ウ)》みつかれ わかきけものゝ寝むさぼるさまはわりなし かすかにいびく

あはれなる若きけものゝ われに来て ほと息づきぬ かなしからずや

ほそやかに 子らがかひなは 青波に枕すらしき脈うてるかな

かなしく 青きしとねにつかれたる子は まはだかに 白じろとぬる

すく／＼と、のびとゝのほりゆく子らにしづこゝろなきわがさかりかも

□

馬おひて 那須野の闇にあひし子よ かの子は 家に還らずあらむ

神のごと山は晴れたり 夜もすがら おもひたはれし心ながらに

にはとりの踏みちらしたる芋《イモ》の茎　泣きつゝとるか　山の処女ら

朝日てる山のかなしさ　向つ尾に斧うつ男　こちむきてゐよ

わがねむる部屋をかこめる高山の　霜をおもひて　灯を消しにけり

かくしつゝ　いつまでくだち行く身ぞや　那須野のうねり　遠薄《トホスヽキ》あり

□

道のうへ　小高き岡に男ゐて　なにかものいふ　霙ふるゆふべ

野は昼のさえしづまりに　雑木山《ザフキヤマ》あらはに　赤き肌見せてゐる

藪原のくらきに入りて　おのづから　まなこさやかに　瞼《(ミヒラ)》きにけり

心ふとものにたゆたひ　耳凝らす　椿の下《シタ》の暗き水おと

松山の　この片つ枝にかけていなば　わが外套よ　後《ノチ》もあらむかも

岸の隈　たゆたふくびす　草に触り　をぐらき音をたてにけるかも

頂へつゞく埴坂《ハニザカ》　なが〳〵と　白くかわけり　車のわだち

森のなかにつゝのおとして　やゝしばし　見入る森より　人も出て来《コ》ぬ

霙ふる雑木のなかに　鍬《(クハ)》うてるいとゞ　めをとの唄のかなしき

常盤木のみどりたゆたに　わたつみの太秦寺《ウツマサデラ》の昼の　しづけさ
ぢつとして大木のもとに二人ゐる　これをや　一期のわかれなるべき
二人あることもおぼえず　しんとして　いさごのうへに鵄《（トビ）》一羽ゐる
おそろしき　しづまなりきな　梢より　はたと　一葉は　おちてけるかも
ほれぐ〵と人にむかへば　昼遠し　寺井のくるま　草ふかく鳴る
まさびしくこもらふ命　草ふかき鐘の音しづみ　行きふりにけり
一山《イッサン》の蟬は死にけむ　哭きふせるわれうしろにし　人かへり行く

□

さびしさを世の常ごと　と、おもひつゝ　今日は　この子にあざむかれゐる
わが死なむ日の見え来つゝ　さびしくも　このかなし子ぞいつはりをいふ
家のため博士になれ　と、いひおこす親ある身こそ　かなしかりけれ

たなぞこに　燦然《(サンゼン)》としてうづたかき　これ　わが金　とあからめもせず

道を行くかひなたゆさも　こゝろよし　このわが金のもちおもりはも

目ふたげば　くわう〳〵として照り来る　紫摩黄金の金貨の光

たなぞこのにほひは　人に告げざらむ　金貨も　汗を　かきにけるかな

たなぞこの汗にひたりて　黄金のぜには　かなしく輝きにけり

黄金《(ワウゴン)》の光はあれど　十《ト》枚《ヒラ》の目くされ金に　涙おとすも

□

たま〳〵に人とはあるを　あぢきなきひとりを守り　闇にはらばふ

やるせなくひとりなりけり　夏の日のしみらを堪えて　戸をさして居り

闇ふかく　いきどほりなき心かな　蠟の灯白《シロ》み　うごかず　久し

蠟燭《(ラフソク)》の昼の光のくま〴〵し　かの時　百合は　おしへされけむ

夢のあと　こゝちさびしく立ちあがり　蠟燭の灯をふきけちてけり

□

おろ〳〵に涙ごゑして来つる子よ　さはなわびそね　われもかなしき

いくたびかうたむとあぐる鞭のしたおぢかしこまる子を泣きにけり
わが腹の　白くまどかにたわめるも　思ひすつべき若さにあらず
如月の雪の　かそけきわがはぎや　白き光に　目をこらしつゝ
順礼は鉦《カネ》うちすぎぬ　さびしかる世すぎも　ものによるところある
なむあみだ　すゞろにいひてさしぐみぬ　見まはす木立ち　もの音もなき
石一つ手にとり　ふっと　わぎのちも断えね　と、遠く　水に投げ入る
ざぶ〳〵と　をり〳〵水は岸をうつ　ひとりさびしく麦踏みてゐむ
白々《シロジロ》と　たゞむき出し畝をうつ畠の男　あち向きて　久し
日の光　そびらに寒くあびて行く百姓　しみ〴〵ものがたりせむ

□

あさましくはだかになりぬ　わがすがた見むとにあらし　人のとよめく
われをあざむ環堵《カントウ》のむれに　なつかしきわがをしへ子の顔　まじりゐる
おひすがるわが目を見するなつかしき子らが瞳は　つべたく凝れり

□　金太郎にあたへたる

夜目しろく。萩が花散る道ふめば　母の喪にゆくかなし子のある

□阿蘇をこえて。道づれ、梶喜一。

よすがなき心　あやぶくゆられゐつ。馬車　たそがれて　町をはなれつ

高き山かこめる谷の　稲の青　黒み　ひし〴〵　身に迫る夕

わすれがたきことある心地　かもかくもなれ　と安けし　山に仆《(タフ)》れて

つまづきのこの石にしもあひけるよ　遠のぼり来て　阿蘇のたむけに

盆すぎて　をどりつかふる里のあり　阿蘇の山家に　われもをどらむ

□阿蘇山下野沢原の町より　生徒鈴木金太郎によせたる

日の光　を草《グサ》の花にすがりゐつ　見すてし汽車は　遠き野末を

火の山に　たそがれ残る火明《ホアカリ》の　なほ　おとろへず　旅人の胸　(武田本により補ふ)

舟一つ　とある港にかゝりゐぬ　磯たそがれて　家おもひ行くに　(武田本により補ふ)

うみやまのあひだ

第四部

あはれにもうちかゞふかな　山草の　たぶさにしめる　夏のおもひ出

人、折口信夫・伊勢清志・上道清一

時、大正おほみものおもひの年八月

処、志摩の国より紀伊日高まで

たびごゝろもろくなり来ぬ　志摩のはて安乗《アノリ》の崎に　赤き灯の見ゆ

わたつみの豊はた雲と　あはれなる浮き寝の　昼の夢と　たゆたふ

闇に声してあはれなり　志摩の海相差《アフサ》の迫門《セト》に　盆《ボン》の貝吹く

町のかど　木ぶねにおとす水の音　旅のねざめの耳に　したしき

沖さけて七日のふな路　しめり風　野茨にふれて来《ク》と　かゞふかな

天つ日の光　あはれにみだれたる　山菅《スガ》はらに　野木《ノギ》のかげひく

おきつ国　木の長島に　船がゝりして　とふ巫女《ミコ》のくちの　かなしさ

身をけづるこのわづらひは　たれしらむ　旅籠のくれに　夕顔をきる

蜩のなける木の間の　うすあかり　目いたく見つゝ山をくだるも
夕波に鷗が鳴けば　青岸《アヲギシ》の上ゆく馬車の　さびしかりけり
はたごやの廂《（ヒサシ）》をぐらく　そよぎゐし乾し菜のかげをおもふ　夕やけ
天づたふ日の昏れゆけば　わたの原蒼茫として　深き風吹く
名をしらぬ古き港へ　はしけしていにけむ人の　忘られぬかも
高山のかげりかなしみ　たそがれて　蜩なげく　斑鳩《マメマハシ》なく
山めぐり　二日人見ず　あるくまの蟻の孔にも　ひた見入りつゝ
二木《ニキ》の海　迫門のふなのり　わたつみの入り日の濤に　涙おとさむ
もの買ふと入りたつ軒に　うす日さす　奥ぐまのなる　小城下の　昼
山路来し　孤村の辻にたゝずめる子らをかなしみ　ぜにあたへ過ぐ
　　＊なつかしき銭よ
　　湯殿山ぜにふむ道のなみだかな　曾良
なごみごゝち旅にえてけり　髪かれば　日かげものどに　膝に落ち来て
つまづきの石はろ〴〵と　谷に行く　耳をこらして　夕陽《セキヤウ》に立つ
舟に見る漁村の畠に　たそがれし青菜の色の　目にしめるかな

青山に夕日まざ〳〵照るころや　入り江の町の　さびし　あらはに
いさなとり　海の幸せる大地《ダイチ》の子　夜あけの磯に　暗くひしめく
あかときを散るがひそけき色なりし　志摩の横野の　空色の花
ゆふだちにうたれて一葉　野木のすゑ　青葉おとすに　わが目あやぶく
奥牟婁の町の市日《イチビ》の人ごゑや　日は照りゐつゝ　雨みだれ来たる
なその鳥　つらねてさむし　白じらと　磯の暗夜《ヤミヨ》の目をながれすぐ
千鳥なく　あゝ古き日のはての夜の　あはれぞ　胸によみがへり来る
雨にゆく旅のあはれをうちそゝり　鄙うた聞ゆ　芥子とぶ風に
道づれとなれるわかうど　そが一人　口ぶえふくがさびしき　山路
ふる〳〵と笛ふきなげき　青びれてうたふは　旅のあはれなるふし
のびはてたる松のみどりの　香に高き山ふところの熱砂《ネッシャ》をわたる
もとつびと山に葛ほり　山人と老ゆべき世ぞ　と、わびにしものを
つぶら石つぶ〳〵ならぶ　みくまのゝ山家の屋根にさせる　うす月
雨に散る柳の葉あり　秋近き日ざしかげろふ　熊野川原に

籔原に　むくげの花の咲きたるも　よそ目さびしき夕ぐれを行く

岩にゐて道さしをしふ　安乗の児　おないどしとも見えて　四五人

淡くしむ梨の香かなし　黒檜《クロビ》山つき立つ方か　山鳩のなく

奥牟婁の山　くもり日の濡れ色に青みて寒し　蜩のなく

しき石に　百日紅《ヒヤクニチコウ》の花ちれる家も　見て行く　旅の日ざかり

松ふた木ある　その梢夕日さし　なその岬ぞ　波白く咲く

底の国　黄泉《ヨミ》の曙　牟婁の江に　今　ほの白《ジラ》み　青き波よる

葉鶏頭　ほのに葉末の赤み居る夕はかなし　旅をやめなむ

大海にたゞにむかへる　志摩の崎　波切《ナキリ》の村に　あひし子らはも

ちぎりあれや　山路のを草《グサ》莢さきて　種とばすときに　来あふものかも

やるせなく漲る力　身はやせて　赤禿げ山の草に　たゝずむ

足もとになきよる猫のうなじなで　一時《イツトキ》あとの船路を　おもへり

旅ごゝろものなつかしも　夜まつりをつかふる浦の　人出にまじる

たゆげにもよこたはるかな　水平《スヰヘイ》の　目路おぼらかす　白がねの光

にはかにも　この日はくれぬ　高山のほき路風ふき　鶯のなく

那智にきぬ　竹柏《ナギ》　樟《(クスノキ)》の古き夢　そよ　ひるがへし　風とよみ吹く

はたごやの二階より見る　長汀の闇夜に白く　ひるがへる波

いり方の照る日いさよひ　大杉の七もとうかべ　霧ながれきぬ

まがなしく　にほひも来るか　雨気《ウキ》さむく　檜葉の青葉のたそがるゝ　山

青うみのまかゞやく日や　とほ〴〵し　妣《ハヽ》が国べゝ　舟かへるらし

北牟婁の奥の小村に　湧く水の　かなしき記憶来たる　午後かな

波ゆたにあそべり　牟婁の磯にきて　たゆたふ命しばしやすらふ

ほの白《ジロ》く　子らが頬見ゆれ　夕月夜　雫おちくる峡に　草藉《(シ)》く

さをなる　かげおとす木によりかゝり　われらは　今日の行《ユ》きくれを　いふ

やゝほそりて　子らが見ゆるに　いとかなし　わが若き日の　まのあたりして

ゐろりに　ほださしかこみ　はかな顔して　うちもだし　子らがむかへる

胸《ムナ》ひろに　かきはだけたる子らが服《フク》すきて　脈うつ榾《(ホタ)》のあかりに

炉《ロ》火《クワ》あかし　はかなき夢にゑめる顔二つまへにし　さしぐまれつゝ

ねむる子の眉のあたりに　たゞよひし夢よりさめて　やすく栗はむ
山めぐり幾日《イクヒ》の後よ　たそがるゝ町の光に　ほけてたゝずむ
み空とぶ日のきたるらし　わたつみの入り日の風に　波のあがれる
わが乗るや天《アメ》の鳥船　海《ウナ》ざかの空拍《（ウ）》つ浪に　高くあがれり
撥音のすこしみだれて　胸いたき音《ネ》をひく　夜の船宿の三味《シャミ》
よらで行く的矢《マトヤ》の港。なつかしく、夜汐のうへに　ゆらぐともし火
たま〳〵に見えてさびしも　かぐろなる田曾《タソ》の迫門より　遠きいさり火
いきどほる胸うちしづめ　しどみ咲く熊野磧《ガハラ》の夕日に　いこふ
大台《オホダイ》の山の木の間の蔦の葉の　秋づく頃と　鳥の鳴くなる
たふとくもまもらるゝかな　七とせとなりけむ　旅のかの片時《カタ》の
山のたわ　高萱なびき昏るゝ日の　夕やけさむし　蝶一つ飛ぶ
銀杏《（イテフ）》の葉　一葉こぼれて肩うつも　契りや　那智の寺にたゝずむ
風《カザ》ぐもり　すはや　昏《クラ》がり　ましぐらに海はせ来る　みたらをの駒
そゝや　この夜の窓すぎて　しら〳〵と板戸の闇にまどへり　木ぬれ

ほの〴〵と 向つ尾の上に 道白く 夕日けぶれり わが行かむ方
わたつみの夕の波のもてあそぶ 島のありそをいとほしみ 漕ぐ
ほう〳〵と ありその畠に鳥おひし かの声聞ゆ たそがれ来れば
二時間を経たる後なり 船にあるさびしき花に 目をすはれゐし
夕ぐれの山ふところに たくけぶり よすがなき旅の身になびき来る
わが帆なる 熊野の山の朝風に まぎり おしきり 高瀬をのぼる
手にとれば あゝ とよみごゝちゆらゝに 濡れてなつかし 那智の黒石
うす闇にいます仏の目の光 ふと 逢ふわが目 やすくぬかづく
むら薄《(スヽキ)》 青めるなかに蜱《イトヾ》なく わが 旅ごゝろ はるかなるかな
わがさかり いやとほ〴〵し 青山の夕かげぐさに鳥なきひそむ
よれしなえ 穂麦かげろふひるの道 舌吐く犬の かなしかりけり
命さへ もはら あへなく見え来つる かなしき旅もをはり近づく
白毛欅《シロブナ》の木と 木とを枝さしこもりたるわたくし門になげ入れぬ身を
杉檜たてるはざまの かたあかりさし来るかたか 鳥なくさびし

菅の葉にちる雪おもふ　み熊野の音無川《オトナセガハ》の　昼の光に

夕月夜　ふめばくづるゝ　岩山をあやぶみわたり　家をおもへり

手にとれば　黄なる雫の指そめぬ　その草すてゝ　蝶をつと追ふ

空くもる水無月廿日　遠浦にさくる波見て　心いためり

家こひし　眉にせまれる黒檜山　うすあかりして　月のゝぼれば

はしけよりのぼる石段　蒜《(ヒル)》の葉のみだりがはしく　ちりぼへる　朝

夕ぐれの山の青みと瀬の光　ほのにたゞよふ部屋にぬるかな

あか〳〵と夕日さし入る　青海の勝浦の町の　病院のまど

母が飼ふ子は、すでに、三度殻を蛻いで、今方に、獅子のねむりに入つてゐる。やがては繭ごもるであらう。

さるにても、わが歌のかなしさ。のびむとするいきぢからは、はかない膜におほはれて、しかも、それが、ぬぐとき知らずこはゞつてゆく。

あはれなる心よ。

いつまで、そのはだをすく、あはき光に、なげかうとするのであらう。

迢空

短歌拾遺

明治二十七年以後、四十五年・大正元年頃まで

明治二十七年

たびごろもあつささむさをしのぎつゝめぐりゆくゆくたびごろもかな

明治三十六年

新しき望を乗せて行く舟の行くへに見ゆる蝦夷の島山　(四月、十五首、褄をり笠・桃陰二十二号)

宵の間のあらしはたえて上つ毛の山かけわたす天の川かな

不動坂根ざゝ山坂行きなやむ旅人の笠のほの白みかも

山静か動かぬ山の杉村のひと村高く天そゝりたつ

世に媚びぬ媚びのまに〳〵くはし花くはし桜のわれにふさはぬ

朝戸出の君はと見れば靄がくれ雪車やる唄のこゑの淋しも

妹人のひつぎはのせてあした行くはなれ小島をみぞれふる也

花になれし春の思《オモヒ》はこと〳〵に心ゆく野を走せめぐるらむ

春風のたけちの国の野を青み青きが末に耳なしの山

幔《マク》ごしにほのめくまみの清きかなさてこの春はかつらぎ越えむ
遠ざかる船のゆくへに思ひでの島ほのかにて夕霧こもる
迦具《カグ》土《ツチ》を三つたちさきて天むかふ神のいぶきにいかづち鳴るも
舟すてゝ堤西する宵やみを夕映あはし巨勢《コセ》の遠山
足もとを過ぎゆく雲に夕映えているさをいそぐ天つ日の影
われをしてたけ男の心あらしめば風なぎ行かむみんなみの支那
雲おほへ我こし野べを思ひ出の長良の山をその秋山を　（二首、ふししば）
人ならば我背《ワガセ》とよばむためらはじ長良の山をその秋山を

明治三十七年

ふくとして把りたる笛の唄口にあゝたがための調《コヱ》のみだれぞ　（二月、二首、野調・桃陰二十四号）
生みふやせふえよ地にみてかくしての人の子つひに土を放れず
わくら葉の若葉に入りて恥づる如《コト》わが世わが身のありとしも無き　――中学落第の時に
十五日《モチ》の日の霰ばしりに我を見ず男踏歌のさびれたらずや　――卒業写真のうらに
帘《サカバヤシ》軒ぞゆかしき軒ごとの処女うるはし山本の宿　（六月、五首、維水一集）

忍阪の楢生《フ》の小道ふみならしありかよひけむくらはし男童
あすか川渡る瀬多みいづくにかうちはし渡し妹をまちえむ
秋老いぬ竟《ツヒ》に求女はかへり来ずお三輪が軒は杉葉さび行く
川霧に月しろ寒き宇陀川の岸のいづれぞ恋一節切
小柴舟漕ぎてし跡はたえにたり花の中ゆく春の朝川　（七月、十首、賤機・桃陰二十五号）
忍びつる牟《ム》妻《ロ》の遠山夏まけてこえけむ君があやにこひしも
うなかみに夕風みえて召され行く駒もいばえず人も語らず
まびさしに落ちくる椎のわくらはの落ちのすゝみに山高みかも
これやこの熊野久須毘が妻ごひに大島かけし橋杭の岩
国原に立つ霧寒き朝なさな祟くし見ゆる伊吹ほつ峰
迦具山をしのぎて起る夕霧に十市高市の野はたそがれぬ
隔つれば大ちからもが国引きの国来々々《クニコ》を又よびてまし
子猿はやいづち行きけむ今宵しも雪に迷ふか峰の小谷の
葛城や峰のたうげにわれ立ちて歌うたひ居れば雲湧き登る

靄の海霧の海より並木松の一木々々にうかび出でくる　（五首、維水二集）
うつばりの塗ごめの巣にこもり居の汝《ナ》が恋妻を忘るとはすな
かへりみの袖うちかざせ我宿は草の屋ひくゝ樗《アフチ》さく門
馬ながら大野すぎゆく実方《サネカタ》がゆくてにうごくしのゝめの色
石切りの翁斧うつ手をやめてしゞまの森に音をきかずや

明治三十八年

馬ながら大野すぎゆく実方がゆくてにうごくしのゝめの色［再掲載］（二月、十首、壁画・桃陰二十六号）
朝戸出の笠かたむけよ緒手巻のつかぬちぎりの三輪山ぞこれ
春日野やうら若草のいぶきこめてほのかににほふ恋の古里
むかばきは仏にゐやなしぬぎとりてたどるす足に蔀《シトミ》もる風
金堂や壁画やくらきしばらくは我世驕りの影とめてまし
金堂の暗《クレ》にわがふむ敷瓦仏性はかくも冷きものか
長かりきしゐやあてぶりならひ得ず六年《ムトセ》里居の子はねびにたり　——中学卒業の際
思ふ名を人に告げこばおもはゆし夢よ我戸をあくがれ出づな

黒ずめる東寺の塔や蕎麦畑や目もはろ〴〵に月さし昇る
五層塔九輪の末は雲に入りて朝な〳〵の影あふがるゝ
京に二年《フタトセ》奈良に五年《イットセ》それもよしや思ひ出がちは郡山の日（春、十八首、乳母をいたむ）
籔出でゝ椿にはしる水の辺に若子とよばれてたけのびしわれ
枇杷青き雨の小窓に正信偈《シャウシシゲ》この日のためと教へつや乳母
斑鳩の塔見る背戸の小流れに石蟹追ひし小泉の家
あゝその日男の子に惜しき額やとあげならはしゝ髪なでにきな
なき乳母が若かりし日の恋がたり今宵とをあり去年《コゾ》の日記には
ゆるせ声は二十《ハタチ》近うて泣き男衣の袖に人はゞからぬ
恋ひよとは人をし恋ひてまどへとは十年《トヽセ》を乳母の教へざりし名
ふとさめて乳母やとよばむたゆたひに香の気のぼる枕小屏風
逆さまの毛剃の老いし小屏風に通夜の読経の鉦《カネ》ふけわたる
乳母とよぶも中々今はまどはしと信女の人の棺おほひつも
秋篠へ二里は名のみにきゝし寺今日葬送の風寒きかな

乳母がやく顧みの袖を風ふきて煙は寒う北へ流るゝ
いざゝらば梨生《フ》の末の野司《ノツカサ》のつめたき土に汝が世おほはむ
さらば乳母さらば又乳母野の雨に別れし去年を日記に怪しむ
梨畑の雨を軌《トホ》りて斑鳩へ夕霧せまるかへりみの里
小泉の菜たね油のがんもどき送り来しゝはきぞにはあらじか
乳母車いくたびよせし川浪の籔かげ椿さきにけらずや
朝戸出に顧り見すれば二上の裾曲《クマ》に霞む当麻寺の塔（春、二十五首、高市ぶり・維水七集）
宵の戸に君たちますか月あかりほの〳〵みゆる菜の花の家
狐井の里見え岡の堂みえて鶏《トリ》なきぬ菜の花小径
葛城の朝あけ姿見まくほり越えし大和は雨勝《ガチ》にして
二上の嶽より出でゝかつらぎや高まの峰にかゝる白雲
葛城や高まの峰ゆみよしのゝかねがみたけになびく白雲
　古《イニシヘ》の世の飛鳥処女も藤原の男も見けむ二上の山
岩橋も今はなりつと葛城の一言主や舞ひか出らしも

轍《ワダチ》それし牛車野立てゝ見はるかす袙《アコメ》姿に夕花吹雪
紺青《コンジャウ》に銀泥したる舞扇香鬱する菜の花径を
二本かあらず三つ本海棠かあらず緋桜香具の山南《ナン》
悶え〳〵て来し高市野を広みかも麦生なびけて機《ハタ》おりの唄
渡し守かぢとる袖に風みえて夕迫りゆく上市の里
妹山《イモヤマ》の見かほし姿たそがれて背山べかけて虹たちわたる
常臥《トコ》しにこやせる人よ目にも見まさね　足びきの山籠ちふもの花の間を行《ユク》　（旋頭歌）
背戸出でゝぬきすの水をすつる人の朝明の顔に花ちりかゝる
杉木立《コダチ》檜木立ゆたそがれて八十《ヤツ》末社春の雨ふる
板橋は川瀬に落ちてあすか川川原の里は石橋わたす
かぐ山はかつて見し世のおもかげか心地しぬべくなつかしの山
あふぎては女相の人の名を恥ぢぬ男《ヲ》の子十九の春畝傍山
飛鳥川よどむ川瀬に一人ゐてつく〲見入る耳なしの山
みゝなしの見かほし姿およずけてわが世の春のむたくだちゆく

かぐ山の山北めぐり行かなし身にほろ〳〵泣くは山鳥か否
たまあへる友は願はじ身のけふを物のかなしきみゝなしの山
校門の柳しだれて桃ちりて夕雨ふれる片岡の里　――吉村が教鞭をとれりける学校
たびの朝寝覚めよろしき甲斐歌のぬしは青野の風に吹かれ行く　（十月、三首、文庫三十ノ一）
鳥羽の海や苫《トマ》の露そふ衣手に月しろ動く汐みち来べし
野行く君が笠に雨ふれ菅笠ににくき小鬢をわなゝかせ風
近江路や旅人の笠の一つゞき麻生《ヲフ》の露ちる夏の朝風　（十首、麻かり唄・維水九集）
麻刈りの唄きく日かな近江の湖《ウミ》くまわ〳〵に舟こぎ入れて
百束《モヽツカ》の千束の文のうらみわび君がくしげに蛇となり居らむ
羊歯の葉のうら白広葉をりしきて月みる夜なり青根が峰の
時鳥なきぬ赤埴《ハニ》仏隆寺出でゝわがゆく暗《クレ》の室生路
室生山よき蚊帳たるゝ宿にねて日記つけ居ればはんざきの鳴く
魚はねて水たそがるゝ揖斐川や美濃伊勢尾張月しろのかげ
ゆゝしくもねりゆくものか翁丸柳かつらに夕花吹雪

菜の花は君がみけしにつき〴〵しさくらがさねはいなみし人の
弓弦《ユヅル》ならすねおびれ顔の中将に明けはなれ行く雷の陣

明治三十九年

春寒の夜あけの鐘や梅が香に牛車きしりぬ闇の初瀬路　（一月、五首、夷曲・仏教青年三ノ一）
おいかけに霰うつなり業平が翁さびしく行く水無瀬どの
乾風にわが立つ中洲石しろう行く水遠し古市のさと
目ふさげど暗になほ見る大き身の契りあればや釈迦牟尼如来
産声に毘舎も刹利も出てあふげ今虚空より曼陀羅華ふる
ねりゆくは氏の長者よ春日野の藤の小牖《マド》はみなひらかれぬ　（二月、三首、同窓六号やそつな）
はたとやむ地蔵和讃やあばらやの山の入日に柿落つる音
永き日を好《ヨ》きかをりする南国の煙草くゆらす同舟の人

明治四十年

春の日の光りのうちにうつゝなく君とむかひし野のしぬばしさ　（四月、桃陰三十号）
わか草のなかにひとすぢ狭保《サホ》の子がかよひ路見ゆる春日野の原　（七月、同窓八号花たちばな）

明治四十一年

たちばなのあから照る色君が頬にのぼる日おもひ心たのしむ

——四月、二首、田中白茅氏へ（『断脚記』明治四十二年七月刊）

ますらをのとごゝろ見ると神はまづかたあしそぎぬ肉《シヽ》のうちより

高光る天つ日のもと経緯《タテヨコ》にいゆきたけびて世をきよめ来よ

——近く袂をわかたむとする師範部三年の諸君に（六月、三首、いでますらを・同窓九号）

いでますら雄なにかおもへる夙《ト》くゆかな稜威《イツ》のたけびをわれまちわたる

ますらをよなにか思ふとしひしわれやいざと告ぐるに涙たれつゝ

賀　歌

年ごろ、いつしかとまちわたりつるおのれらが心もしるく新しき講堂のなりたる日、竹田の宮殿下を総裁といたゞきまつることのかしこくうれしくて、

秋づけば、八束垂る穂のみのり田の、千代田の宮の、そとものおほきみかどにたちむかへ、殿こそつくれ。たつきうつ音のたし〴〵、おほがひく響すが〴〵、み空ゆく雲にいたれば、天しらす　高木の大神、あを馬の耳ふりたて、たゝなづく雲にさやらず、あまびこのきゝのよろしく、ひゞき来る音はなに

ぞと、かむとはしとはしたまへば、皇神《スメガミ》のまをしたまはく、すめみまのしきます国の葦原の瑞穂のくには、神と人とにぎびやはらぎ、天つ日のたてさよこさに、国はしもさはにあれども、百千たる面足る国と、すめがみのめでのさかりに、つぎ〳〵にさかゆく国、しかはあれどうつり行く時のまに〳〵、まそ鏡あかき心も、やゝ〳〵にくもりゆけば、天の井のきよき心も、いや日けにけがれ行けば、わたつみの深きをおもはず、山川のあさきになづみ、くだちゆく人の心をいにしへのあかきにかへし、そのかみのきよきになほし、あせゆくをふかめむものと、一向にこの国びとのむかふべきかたをさだむと、ことさへぐ外つくにびとをやはしまつろふる道をいたつと、天の下のいかしをしへを、横雲のたなびくあした、夕つつのにほふゆふべに、おしきはめいたり深むる広鰭《ヒロハタ》のまなびのとのをつくるとていそはく響、いそしむ音とまをしたまへば、今たつるこれの殿こそ、あめつちとゝこしへならめ、かたしはの堅くありこそ、かくのらしうけひさきはへ、くしろつく手置帆負《タオキホオヒ》の神み子をくだしたまへば、人わざのはかなきものと、川舟のもそろ〳〵になづさへるわざもすゝみて、この殿はみつばよつばに、いや広にいや高だかに、かむぢからまねくいたりて、朝づく日てればうらゝに、夕づく日させばかゞやに、うるはしく雲にそゝれば、神手置帆負命意恵《オエ》とのりいこひましけり。青雲の高天の原にかむつどひつどひます神、この殿はむべもたらへり、よこしまのみちきりたち、まがごとはいぶきはらひて、高光る日のみかど、大八州みづほの国に、今日よりは罪もあらじと、ほめたゝへゐらぎます時に、皇神のまをしたまはく、めでたきかも、うるはしきかも、しかはあれど、湯津の桂のなり〳〵て、なりたらはぬところこそ、ひとつありけれ。さしふたぐすべはかくと、大神にまをしたまへば、高飛ぶや天馳使、よさしごとかゞふりもちて、はしだての雲路ふみくだり、わがすべらぎあきつみ神のみまくらにさぶらひ立ちて、おほみことよさしまつらく、このおほきいかしき道を天の下におしひろむる、かの殿をすべさせたまふ、みこ一人くだしたまはな、かくてこそ御代はさかえむ、かくいひてあがりいませば、よさしますみことのまにま、くれ竹のたけのそのふにみこはしもさはにいませど、くさ〳〵におもひはからし、千たる葉の　竹田のおほきみ、これよしと下したまひぬ。八百万千よろづ神のかむめぐみたらひさまねみ、この殿はときはかきはに、ひさかたの天に高しり、あらがねのつちにしづまる。この殿にまなぶわれどち、このみこをいたゞきもちて、このみちをいや遠に、いや深におしひらきおしひろめ、すべらぎの手長の御世を、いかし世とすゝめまつりて、天にますかぶろの神の、海原の大きめぐみに、ことあげのおふけなけども、山びこのこたへまつり、むくいまつることをつとめざらめやも

反　歌　二首

八十か日はあれど生日の百千足る日としさだめて今日を祝ぐ

ゐら〳〵にゐひてほぎ歌まをす時こゝろあがれり青雲のうへ

年たけて後のあひをばたのめとやほこりし髪はまだき白みぬ（十二月、新国学首巻）

明治四十二年

高き山わが眼にさやりむかしびとありてふ国を見ず六年へぬ（二月、七首、新国学巻一）

ありし日はあやふかりきな相死なむなどさへやすくうちいでにけむ
むかしの人われおもひけるよしをいふ書《フミ》は来つれどめづらしみせず
高やなぎ梢をならす風の間にみだり心地のふとなごみ来ぬ
君をおもふ心なれりきあらかじめこのうつし身は後にいで来ぬ
ひとりずみあはつけかりしむかし人かへらぬ家にやすく老いゆく
うつし世に後見むねがひありとなき日のいとなみになほいきてあり
おもふ子とこともかよはずおとろへにつゝ　吾がまたぬ人のたよりもむつまじみ見る
（旋頭歌七首、十一月、秋風往来・アララギ二ノ三）
見ず久になにはの人と六年さかりつ　いけりとふかりそめ言も告げぬころかも
天地のことわりといふ大き中言　あへるものつひにわかると君はうばひし
堀江川やなぎのうへにのぼるともし火　よそに見て遠くわが来し君がいへのあたり
——信濃なる友に
天つ空日高松原いつかゝよはむ　わが君は美穂の岩屋も見せむといふに
鮎とると簗のいそぎにいとまなみかも　伊奈びとはこの秋風につてごともなし
——信濃へ、二首
碓氷ねに今朝霜ふると雁ぞつげつる　信濃路は秋の木の葉のみだれ散るらし
ひがくし妹か心をみとりかねしゐやなぞへにわれ横さらふ
——十月九日、第二回子規旧庵東京短歌会（十一月、二首、アララギ二ノ三）

杉垣のとなりのへだて上しらみ夜目冷やけし月の夜の霜

ま熊野の痩地《ツネ》の小松のひまくに茶の花かをる秋のたけぬらし

——十一月十四日、根岸庵歌会、題詠・茶の花（十二月、アララギ二ノ四）

明治四十三年

やうやうにふるびうつろひそこあさくいつくこゝろのなるをなげかふ

はたゝがみいやとほのきぬあまぐものちへふきはなつあきのはつかぜ

（十月、二首、國學院雑誌十六ノ十）

心ぐゝわがゆく時に蓬生の岡のつゆ原月ほのにてる

——九月十五日、関西根岸短歌会九例会題詠・月（大阪朝日新聞十月九日）

大年の湯島の岡のこほる夜にわびしきことをおもひつゝ寝し

年くるゝ市のどよみの中に居て雪の故郷思ひなつかしむ

しぐれふる御津の御寺のみあかしのかそけくもるゝくし形のまど

御津寺の廊のいしきのふみこゝちむかしに似つゝものゝかなしき

——十二月十八日、同歌会十二例会、四首（同新聞十二月二十五日）

明治四十四年

冬がれの野にうす日さしひとつらの青木のそらゆ雲ながれ来ぬ

ものごゝろつきしはじめにふみにみけむ大野枯原こふるこの頃

野づかさの家はわびしもおもふことみなくづをれて冬の夜を寝る

（五月、七首、冬野・日本及日本人五五七号）

草の芽の空にむかはむ生ひ力大野のむねにいまだこもれり
たかつなるたかきうてなにのぼり立ち遥けき恋のおもひ出をよぶ
春がすみたなびく時にたかきやにひとりのぼりてうらなげきおり
高き屋は見のはろ〴〵し君が家のまへのながれも手にとるごとし
おもふことはつかあまりの旅にすら世と青雲の千重をへだつる
（五月、遠近往来(一)・國學院雑誌十七ノ五）
あひし日のかの後久しひとたびは見じとさだめてやすけくありけむ
（初夏、五首、かの日のために・自筆歌稿四〜八行散らし書き）
水はしるけふは霧あるうす月夜ふめばすが〳〵ふきあけの砂
ひそやかにものいひゐまひつぶ〳〵とかたらふけふのなにぞさびしき
夜の町わしるくるまのうへにしてなみだぐましくものおもふわれは
のろはしく心のそこにしみつけるそもいつの日か道をはなれむ
ねぶのかげいさごのうへに露ふりてそぼつもうれし朝つまのえり
（八月、遠近往来(二)・國學院雑誌十七ノ八）
葦原のひとり壮夫《ヲトコ》とうたはれむ世こそこもれゝそびやく肩に（十月、國學院雑誌十七ノ十）

明治四十五年・大正元年

葛野老《クズトコロ》すがれてさぶしにひ草のうすきみどりも目にはつけども
――二首、下萌・関西根岸短歌会一月例会（大阪朝日新聞二月二十日）

やすからぬこゝろのゆらぎ下もゆる枯生《カラフ》に時をうつしてぞ居る
すゑかねてこゝろはもへどうむに似つたゞこの頃のうへのやすさに
——三首、このごろ・同一月例会（同新聞二月二十二日）
ゆきふれば心はつかにしづまりぬふかくいたらぬなげきを下に
ひしと鳴る簀《ス》の子にいねておほらかに歌へどすべな日ごろうければ
山畠のくろの冬草やきあましくるゝ日ざしに雪ぞちりくる
——二首、同二月例会（同新聞三月十九日）
雪の日の灯ともしごろにきく唄も野近くすめばこゝろいたまし
道芝の露のみだれのまのあたり見えてあやぶしわかれのこゝろ
むこのねのゆふべの露にぬれそぼちゆらぐもはかな遠き思ひ出
（十月、三首、武庫短歌会十月詠草）
露しもに草葉黄にそみたちがれの野木五六本たそがるゝ山

『海やまのあひだ』の頃

大正三年

この海に死なむとちかひわれを見る子のひとみこそかなしかりしか
——六月三日詠《デ》（二首、三崎にて・中外日報六月十七日）
青ざめてかのきり岸を逃れ来しわがうしろ姿を君に見にけり

町の音、うしろに遠し　草の原　のび〳〵として　野の風に寝る
(六首、孤独・中外日報八月二十日)
田舎家の二階に机一つ見ゆ　ふと家こひし　麦畠を来て
鐘鳴りぬ　芝生に白くあかしやの花散る庭を　おもかげにして
警視庁の庭に、いなゝく栗毛馬　汝《ナ》も友ありや　かなしき馬よ
たゝずみて貧しき子らの、むれ遊ぶ様、あかず見る　黄昏の辻
わが心　とみにかはりぬ　懐かしみ見し、にこらいの塔は、見ゆれど

大正四年

かなしきは人の世なり　と思ひつゝ　今日はこの子にあざむかれゐる
(五月、ふたり・しほさゐ一ノ二)

大正五年

まのあたりそゞろに菊のふしたるも三日の氷雨の後のさびしさ
(十二月、六首、大原の菊・國學院雑誌二十二ノ十二)
この菊のさかりに来つゝこの山に三年を経つとなげかんよ後
春野もだし子陵おごりて菊の花かをりみちつゝさ夜ふけぬらし
kik-no-hana, sakari sgitt, hir fkasi, hissori-tosite aki take-nu-meri.
さかりをや菊にゆづりしその園に一本まじる耳無草はも

耳なしの山人なれやこの君は聞えずとのみいひくたすかな

大正八年

曦子《アサヒコ》のさすや岡べに 旗立ちて、人ぞとよめく。事こそあるらし。よしこそあるらし
——正述心緒歌、ゆるしなき世に。(一月、十一首、寄物陳思・しほさゐ五ノ一、仏足石歌)
西寺の醜《シコ》の鼠は 夜さわぎ、昼さへ荒ると 人ら怒れる。子らぞのゝしる
み仏の蓮《ハチス》のうてな 塵ゐれど 尊きことを 誰疑はむ。鼠ならねば
みほとけのうづのみ手より露ふると をろがみ見れば、鼠のゆまり。こともかしこし
西寺のよねのみくらは 鍵かたし。門に飯《イヒ》こふもろ人のこゑ。聞かずとや言ふ
ねずみらし鍵咋《ク》ひかくし置きたれば み蔵に、よねはひねにひねつゝ。いだす人なみ
みほとけの備《ソナ》れる面わけがしたる鼠逐ひうて。みほとけのため。もろびとの為
健男《マスラヲ》は、ことよくはかれ。家ねずみ おへるかゞとに 野鼠ぞゐる。脚なあやまち
にひばりの道をほろぼす野の鼠 などかたくなに 其《シ》が歯まがれる。心まがれる
こふざうの黄文《キブミ》のみ経 其《シ》が歯にはかなひてあらむ。野ねずみのとも。人なかみそね
もの知らぬ鼠にしあれば、おのがまゝ。現身《ウツソミ》、人にあらばいかにせむ。ほふりてややまむ
み栄魚《サカナ》は九《コヽノ》の皿に富みたれば此の一種よあゆとしも見えじ
(二月、四首、楢の生葉・國學院雑誌二十五ノ二)

いにしへの孔子《クシ》もゆるせりこの書をうるかと問はゞ沽矣《（ウル）》とこたへん
この子ゆゑ悲しき親となりぬべし藤十郎以後第一の名も
きその雪かた氷にこほる道の上にこぞる子どもよ我もまじらん

大正九年

裏山に 古葉かたよる音聞ゆ。年あらたまる晦日の月夜　（十首、蒐道山・大阪朝日新聞一月三日）
水つたふ除夜の鐘の音やみしかば瀬々の激《（タギ）》ちは いまだ夜深し
うきふねの茶屋とおぼえてゆらぐ灯の消えず久しみ年かはりたり
ほの暗き仰ぎに馴るゝ向つ峰の地鳴りかそけく、松に響くも
きのふにはかはると見えぬ 山の尾根茅枯れ原に松うそむけり
通円《エン》の茶亭の熟睡《ウマイ》さまさむと思ふ。年の朝明《アサケ》の心すゝみに
波の秀《ホ》の朝日かゞやく宇治川を見つゝ我が来るこゝろたらひに
よろこびの心たもちてつばらかに 宇治の長橋踏みにけるかも
ふるさとの家のうからが祝ふ朝酒、 われ独り飲みつゝさぶし。年の朝酒　――旋頭歌二首
あきびとの家に生れて、家さかり居り。親ふたりなき家を思ふ。年の朝酒

かたりべのかたりにもれしふるごとの猶みまほしき歎きぞ常する
（十一月、古の書をよむ・國學院雑誌二十六ノ十一）

むかつをのこぬれはいまだ静けきにわきたつ霧のいろあかりゆく
（朝霧・同右）

『春のことぶれ』の頃

大正十四年

粉川寺

いぬのこをうちてあそびし門前の子どものなかに君もゐにけむ
明治卅四年夏の朝といへばまだ胎中童児なりしならむ
このひとが行つたら

かざらぎのやましたをだに山のいへにゐるむすめどもかくれなむかも
（道本実之助所蔵『風猛帖』三月）

昭和二年

たち続く大き建て物　とざしつゝ、　みな曇り日の空の色なる
行きとほる丸の内びるぢんぐ　ほがらなり。　夕刊を売るゆふべなりけり
（四首、丸の内、同人雑誌くぬぎ、七月五日発行）

丸の内をあるきて居れば、　窓高し。河童の顔が　うかび居にけり
菓子を買ひ　ねくたひを買ひ　薬を買ひ、心つかれて　わが戻るなり

浅草の奥の芝居は、やけにけむ。我が見し役者果てし世のすゑ（宮古座、同右）

『水の上』の頃

昭和六年

冬山を　のぼり降りの　路久し。暮れて　尚　する　鶯のこゑ（三首、うぐひす・大阪毎日新聞〔夕刊〕三月一日）

鶯の　冬音　とゝのひ　聞ゆなり。春山　靄《ケブ》る日を　思ひ居り

耳近く　鳴く鶯は　篶《スヾ》のなか　躑躅の冬木　ときに　立ち居る

昭和七年

亡き人の命のきはを告げ来つる遠き電話をこの夜思はむ（五月）

土用の入り　暮れ近くしてあつき部屋。客座に据うる。兵隊ひとり（六月、二首、土用の入り・さゝがに六ノ八）

ひさ〴〵に　われに見よと言ひて　見する歌。とゝのほれるを言ひて、さびしがるなり

昭和八年

山奥の河内の村に人住みて酒屋賑ふ秋になりつゝ（十月）

なき人の家を訪ひ来て秋おそしもみぢ散りつぐ岡のうへなる（十一月）

牛馬も子どもが寝所にのぼらねば静かなりけり川島のむら（十一月）

昭和九年

屋敷崖。南にさがり、鶏のゐる　はるかの下の　家を見とほす（二月、三首、日なたの春・装塡五ノ一）

山おろしのこゑ　つぎて起る　なぞへ道。木の葉は　土に残らず舞ふも

東京の町すでに火のいる　しづまりに、最遠き山の雪　見ゆ

もろごゑにまじりつゝなほかくれなしこゑよきものはさびしかるべし（序歌・美木行雄『短歌朗吟の研究』四月刊）

昭和十年

かなしごのぬかやゝいでておもかげにしかしらをふるをおもかげに見る（一月二十日）

この村をあさひ将軍過ぎゆきしふる世がたりはせむ人もなし（一月）

『遠やまひこ』の頃

昭和十一年

紅皿は、ねむり静かになりにけり。おきて月見る　かけ皿の声（六月十三日、第二回河童祭）

湯げむりのなびく萱原《カヤハラ》。湯のすゑは、おほむね　道にあふれたりけり（九月、選者詠・婦人公論二十一ノ九）

一代の才女にあひて帰りこし美濃のなまりの耳にさやけく　――下田歌子初見を詠むに

昭和十二年

人行きて常にあとなし。青草の生《オ》ひたる道を　我も行きつゝ　（八月、選者詠・婦人公論二十二ノ八）

兵隊にやりてにはかに心むなしこのさびしさをにくむ人もあり　（十一月十日）

みむなみのからき島よりかへり来てうれしげもなくいくさをかたる

昭和十三年

雪の上に　戦ひ待ちてゐる人を　思ひ見むとす。睦月ついたち　（二月、雪の上・ホーム・ライフ四ノ一）

月が瀬に遊びしことも、三十《ミソヂ》あまり昔となりぬ。甚《ヒタ》にしおぼゆ　（二月、六首、月瀬夜行・梅六号）

いづこ経て行きにし道ぞ。梅月夜　月が瀬山の宿を　起しぬ

夜は見えで　激《タギ》つ水かも。梅の香のこもらふ渓に、おりて来にけり

峡《カヒ》越しに　二方かけてみなぎらふ　夜深き梅の木叢《コムラ》の　光り

さ夜ふけと　静まる山のもの音か　起きて見さくる　梅原の靄

梅林　下草《シタクサ》はらひ、高処《タカド》には山葵田《ワサビダ》づくり、下つべは麦

ともかくもなりゆく世なり。ことしげき年と思ふも　むなしかりけり　（二月、国語教室四ノ二、五行散らし書き）

よきひとはいのちみじかくすぎしかどそのよきことを人はつたへむ
（大津秀夫遺稿集『天数集』六月刊。昭和十二年七月墓碑に刻す）

いまみやのえびすまつりのゆきかひを　見つゝさびしも　時すぎにけり
（もゝそびとに寄す・『もゝそびと』九月刊）

霜月のはつかの夜ぞらよく見ゆるこのわかき人の家に来てをり（十一月二十日）

えびす講すぎてしづけきこの夜やとまちをあるきて人はいひたり

おしつまりてひさめふる日にいで来りわれもまじれりふるひとのつどひに

昭和十四年

おしつまりて俄に寒し。あかくと　今宵起きゐる　灯《トモシビ》のもと
（八首、十二月三十日、鳥船編集旅行の弁天島まるぶん旅館にて）

おしつまりて俄に寒し。遠々し　今切の波　光りつゝ見ゆ

おしつまりて俄に寒し。思はんに、らぢおの小唄　鳴り出でにけり

おしつまりて俄に寒し。戦ひに出でしまゝなる　人を思はん

おしつまりて俄に寒し。信濃びと　廁《カハヤ》に立ちて　久しく戻らず

おしつまりて俄に寒し。若くして　額うすれし人に　夜半逢ふ

おしつまりて俄に寒し。叱られて、うしろ寂しく立つ　千之かな

おしつまりて俄に寒し。東より　西より　集ふ。歌びとの群れ

昭和十五年

夢殿の広庭すぐる雲の影はげしくなりぬ。して　わきの声
山霧の湧き起つ如き声のうち　われ　黒駒を乗りて行くらし
（十月、二首、夢殿・能楽画報三十五ノ十）

『倭をぐな』の頃

昭和十八年

とほく来て心にぞしむたびゆくときとくのしらせおろそかに見し
（題歌・今泉正吉追悼録『にらのつゆ』一月刊）
死ぬる病ひを看に来し　我のかへり行く道を思へる汝《ナレ》の　かなしさ
（三首、雨の日かへる・同右）
しみ〲と道頓堀川に降る雨に　あきらめて　我は別れ来にけり
なぞや斯《カ》く☆　法師は悲しくあるらむ☆と　南の房《バウ》はなげき給へり
大君は　神にしませば、ますら雄の魂をよばひて　神としたまふ
（二首、招魂・招魂祭放送四月二十三日）
まのあたり　神は過ぎさせ給へども、言どひがたし、現し身われは
天地の神の軍《イクサ》をすべ給ふ我が　大神の神力はも
（五月、三首、古代諷詠・日本評論十八ノ五）
はるかなるかもよ。海処《ウミガ》の八十国を洋《ワタ》のみ中にはじめ給へり

天地の四方《ヨモ》に退《ソ》きゐるおのが身と 疎略《オホ》にな思《モ》ひそ。ますら雄の伴

ますら雄の最期のことば 伝へねど、我がしゝむらに響きて聞ゆ

(三首、アッツ島の英霊（大阪版）眦は裂けむ（東京版）・毎日新聞六月一日)

島の上の木草よ。忘るゝことなかれ。みいくさ人の血もて養《カ》ひたり

ますらをのむくろをさめぬ島を思ふ 我が眦《(マナジリ)》は、裂けて居なむか

皇御孫《スメミマ》のみことよろしと 神瞋《イカ》り正に怒りて 神哮《タケ》ぶらし(七首、神躬ら祈る・東京新聞十二月十二日)

大君は神といまして、神《カム》ながらいのり給へり。今日の尊さ

国つ敵《アタ》伐ちほろぼさむ 大御心に いにしへも斯《カ》く いのり給ひき

大御《ミ》祖《オヤ》 伊勢のみまへに、詳《ツバ》らかに ことまをし給ふ御心 おもほゆ

大御心 畏くませば、御民われ現《ウツ》し心もみだれて 哭かゆ

神力《カムヂカラ》あまねく至り、天地《アメツチ》の四方に隠ろふ敵あるべしや

伊勢の宮 神の殿戸《トノド》ゆ、御軍のたゝかふ洋《ワタ》の八十《ヤソ》国処《クニガ》見ゆ

大君は神にしませば、神業の奇瑞《クシビ》をふたゝび あらはし給へり

(十二月、五首、再奇瑞を讃ふ・日本評論十八ノ十二)

たゝかへる海を望みて 思ふべくあまり 畏きいさをならずや

南《ミンナミ》の洋《ワタ》ぞとゞろく。音澄みて 我がおとうとの声も まじれり

ぶうげんびるの海をおほへる飛行機はわがいくさびとの魂《タマ》ぞ　たゝかふ

み空より降る光りのいちじるき　見つゝ沈みし讐びと　あはれ

わが暮し楽しくなりぬ隣り部屋に守雄帰りて衣《キヌ》ぬぐ音す　――大井出石宅の六畳間の衾に。

昭和十九年

大君の御言かしこし。つばらかに　こゝだの神のうへをほめたまふ

身の後《ノチ》に来つゝあらむと　言ひ行きし誓ひ正しく　還り鎮る　（四首、新神降りたまふ・毎日新聞十月二十二日）

ますら雄の果てしあとゞころ　思ひ得ず遥かなれども、こゝに神集注《カムツマ》る

生ける日のからきいくさを　神々の心真澄みに　思ほさむかも

昭和二十年

南の遠《トホ》の皇門《ミカド》の防人よ。わが大君は　頼みたまへり　（二首、大君の伴の武夫に寄す・放送二月二十八日）

わたの島　寸地《(スンチ)》も讐《(アダ)》にゆるさじと誓へる心　君は知《シロ》せり

さび〳〵と空よりくだるきさらぎのはたれのかげりうつりつゝ見ゆ　（五首、はたれのかげり・早春の頃手帖に記す）

神々のたまのありかのしらべなど人にときしがそのひまにすぐ

わが国の戦ひ利なし。かく思ひ心きためぬ。人恋ふる心

み冬つき冬田の青み　かなしきに、人とわかれてこゝに来にしか
わが学徒いで行きし日に感じたるわがうれたみは今しすべなし
いさゝかもおくることなくありとおもふ　わが学問は　いくさにえうなし
数おほく空とよもし来るかげを迎へ見おくり　やる方もなし
やまはらのすゝき　おしなべゆく風のおとのさびしきをあまなひてきく
ほすゝきの山わたりゆく航空機　送り見むかへ　みなあたのふね
ながおやはかくくちおしき日をたへてありきとおもへ　国はほろびぬ
よきことばありのことゞゝほめつくし　ふかく信じてほぎし君が代
大八洲国のほかなる島もがな　人とすむべくは　あまりはづかし
くちひろくものは言ひしか　まのあたり　かくくだちゆく國と変りつ
国学のするに出で来て　たゞむなし　くにの大事にあづからず居り
日の本のよき国がらは　軍人も為政者も説く　われのみならめや
このひとを幾度か見し　この佐官の人をなみするの弁舌のよさ
一代の碩学たちも　ちからなし　ゐゝたるかもよ　佐官のまへに

かへり来ることなしと心さだまりて　うれしきかもよ　つひにはなかず

愚者口を酸くして本土決戦を唱へ、敵をして、皇土に臨むことなくして勝つ術あるを悟らしむ。この輩の悪むべきは、寧間諜者に超ゆるところあるべし。

さかしげに口をたゝきしいくさびとを　われにたまはね　切りてほふらむ

戦國のかなしきくにのさま　いくつ思ひみれども　かくやすべなき

いくさびとまつりごと人　みな生きてはぢざるを見れば　斯くてやぶれし

（全二八首中一六首、昭和廿年八月十五日正午　正坐して・大森義憲に）

昭和二十一年

はるかなる　小木　赤泊　松ケ崎　いづこかゆかむ　山の夕日に　——九月、二首、佐渡にて

おのづから　さびしくなり来。あげつらふわが文学は　いまだいたらず

せどやまの孟宗やぶにすがすがし朝日さしゐる一時を見よ　（九首、自筆和歌帖『麻笥濫筆』四月十一日）

あか松の大木まばらにみだれ立つやまにむき居りきのふもけふも

衰弖南之島従還来志伊久佐毘登乎也左起奈三而居牟

（編著＝衰へて南の島ゆ還り来しいくさびとをやさきなみてゐむ）

むぎのふに夕日まばゆき阪の上にのぼりて居れば肌さむしをちの川かぜ

夕かげは山よりさして山のはは青きさまもてたそがれふかし
こぶしさきれんげうつげり桃すもゝさくらかゞやく春となりつゝ
わがさかりあやまたずしてすぎにきと思ふすなはちことあやまてり
馬の子のおはるゝむれにゆきあひて心おどりぬちごのごとゆく
田のくろにすぎなげんげのあはれなる春をわが見てとほりけるかも
いなむしもかはづもともにくはましを野山のたみはしかうべなはず
（二十五首、自筆和歌帖『霜のゝち』十一月二十四日）

山うらゆ野の面《も》にとほる道清し百姓はしかおごらざるらし
ひむがしのつかまのいでゆ十とせあまりへつと思へりむかしの湯ぶねに
あしこしもたゝぬ日いたるわびしさを人の語ればきかざらむとす
いへ〳〵のわかきをのこのかへり来るよきたよりのみおもひてあらむ
山々のたちしづかなる夜ごろなりもの音たつるくさもかれけむ
草のはのしづけき見ればはつ〳〵に虫かたまりてうまれゐにけり
はつ〳〵にわが名は人もつたへむにあとなからむとすわが思ふ子は
はるかなるわたのしまよりかへり来てわれに見せたり青きぶたあし

言にいでゝいはむすべなきよろこびはつかみあひつゝあひたらふらし

いてふちりくぬぎ竹の葉散りみだる夕戸をいでゝ何処か行かむ

端正久冬農朝明止晴尓去来大根乃霜銀杏葉之志母

（編著＝いつくしく冬の朝明と晴にけり大根の霜銀杏葉のしも）

青々と護国神社の空はれてよりどころなきとりゐのそゝり

おもひおこすさま〴〵のふみあはれほろびしさま〴〵の書《フミ》

思へどもおもひ見がたくさはなりし文の中にたゞ二つ三つ思ほゆる書のこほしさ

さちうすくあえかなりし人のごとひとをしてかなしみにたへざらしむ

よべゑひてくるしくいねし夜のほどろなゐのより来るおとを聞きけむ

老いの世に国さへつひえゆくを見つつひにしづけき日もなかるべし

をとめごもをとこもありのさきはひをほしひまゝにせし日さへありしか

くにやぶれてくにまだおこり来るべきしるしをも見ずいのちすぎなむ

よしいまはうたげ遊ばむほしきまゝにあらなと思へど時すぎにけり

山静《カニシテ》似《タリ》太古《ニ》　やまゆきて然おもふこともさびしかりけり

湯のやどの部屋々々ならびしづかなる障子のいろはわれを老いしむ
かどあけてかゝはりもなくゐなむ日のまた世にあらばあひかたらはむ
灘御影から風あるる日もよろし。窓にはなやぐあかきともし火　――武岡博三宛（一首）

昭和二十二年

国々の歌うたひゞと集りて、うたふを聞けば代は還るらし（四月、青年三十二ノ三）
還らざる人のたふとさ。国びとのおひめを負ひて逝きし思へば　――六首、箱根叢隠居にて
いきしにのさかひの海を越えて来し君にむかへばたふとかりけり
山ふかきたくみの家をわが訪ひてさやかに聞けり。きよき斧音を
たらちねの母ににくまれせみがなくあつき一日をはせまどふらし
あわたゞしく姥子の坂を逃げのぼる人ふたり見えて、山かむときす
うつくしき心の人とあひ知りて、わが山住みもおちつきにけり
あわ雪のふる日は思ふ。ぎんざびとしみゝにあげしあぶられうりを　――五首、天釣居にて
もの心知りてふたゝび焼けほろぶる銀座を見たり。焼けはてめやも
をとめ子の五年をもりて待ちし家。かどにひゞかふ鈴の音のよさ

ゆくりなく月にむかひて 吉野山。君を思ふべき夜となりにけるかも

漲水《ハリミツ》の御嶽の空に ゐる雲の、あはれ ゆくりなし。わがかへりしは

現実はさびしかりけり。つくりぶみ よみておもはむ。かゞやくわかさを

——ちるでん氏云々よみて

うれひつゝ心なぎ来ぬ。からかりし 硫黄が島の物がたりせよ

——亡き春洋の記念に、矢部健治君に寄す（二首、路隅集・『現代歌集』第三巻、十月刊）

昭和二十三年

つじまちのをとめは 多く死にゝけり。ゆきてしらねば いとゞ思ほゆ　（那覇びと）

島山のよきところ標《シ》めて、神々や よしとみたまへ。歳の朝日を　（五首、春来る・神社新報一月五日）

国々の 四方の社の神司。ほがらに祈れ。よき年来たる

饒々し《ニギヽヾ》 神の愉しむ日は近し。神主祝部心くたすな

しづかなる春は到りぬ。蔀戸《シトミド》にしみ〴〵あたる日の光り 見つ

わが斎く神もあはれめ。国びとは 剽盗《ヒハギ》 牙儈《スアヒ》になり降《クダ》ちゆく

むつきたつ玉江の橋のみんなみにほの〴〵見ゆる天王寺の塔　（むつき立つ・大阪時事新報一月十三日）

ゆくりなく われは来りて むかししる、くらがり海道に そひてあるけり

わかさの海 若狭の山のあをむとき、また越えゆきて 酒をあびこむ

——四月二十五日、二首、壬生狂言見学後

弥生なみさをになぎたりきたかみのゆきしろのみを海にとほれり
（五月、三首、石巻・水脈二ノ五）
やまどりのわたしといふはいづれぞもはたとせきゝていまだいたらず
海のおもいよ〳〵青しこのゆふべ田しろあじしまかさなりてみゆ
夕ぐるゝ能登路《べ》金丸　行きすぎて、白くなり来ぬ。邑知潟の波
――九月二十六日、能登にて（一首）
秋の日の日ざしのよきに、しづかなる思ひする日も　また来たりたり
（十一月、選者詠・主婦と生活三ノ十一）

昭和二十四年

しづかなるひるげをしたりひるたけてあしふみいでぬ青き田の原
（七月十三日）
しづかなる朝をおき出であさ日さすこのやの門にむきてゐるなり
（七月十四日）
山鹿より　筑後の国にいでゆかむ。出で行きてのち　あとなかるらむ
――十一月、十首、九州旅行
とき〴〵に　町に入り来る自動車の　音などひゞき　小城の夜　更けぬ
しづかに　心たりゐぬ。やうかんの　しみゝに清き切り口の色
冬早く　はじのこずゑの散りすぎし南の関を　われはくだれり
――柳田先生へ
のどけさは　いきづくごとし。木屋瀬《キヤノセ》の村より見ゆる英彦《ヒコ》の山やま
道中に遊びゐる子もしづかにて、問へば逃げ散る　木屋瀬の町

霜月の二十六日　暮るゝ空。嘉穂《カホ》の郡に　汽車はいりたり
ひさに来て　われはぬかづく。ほの〴〵と　きこゆるものは　子らのわざうた
まどろみて　しばしをあらむ。枯れ原に　観世音寺の鐘の音　ひゞく
いにしへか　将《ハタ》や現時《ウツ》か。つくしなる観世音寺の鐘　鳴り渡る
やがて来む雪を思ひて　たちゆかむ、別所の空の　晴るゝ山ぎは　――二首、別所温泉
わかくより　こゝにいくたびあそびけむ　ふみてかぞふる　寺の石きだ

昭和二十五年

いのりこし心たがひぬ　しかはあれど　久にしいませ　あめつちの如
（昭和二十五年元日・毎日新聞一月一日元旦附録）
京住みに年を経れども春来ればいまもなつかし武蔵野の草　――御歌会、題「若草」一首
山の端をすぐる飛行機　光るさへ　はこねに居れば　すみわたり見ゆ
（三首、箱根・大阪毎日新聞十月二十四日）
伊豆さがみ　ふた方の海なげるとき　ゆのやま高く　われをりにけり
はこねぢに　やまの処女がくれし花しぼまずありき　みやこべのよひ
平出の村をめぐりてほりあげしむかしのいへのあとどころ見つ　――長野県平出遺跡を詠む
（十一月二十四日）
きはまりてしづけき師走つごもりは　いにしへびとを　おもふに　よろしき
――故旧なほ存す　胡塵の間（二首、黄鶏十二月三十一日）

おもしろき小説かきもなかりけり。むつきおほかた　ねつゝすぐしぬ

昭和二十六年

雪のゝち　ほこり立つ見ゆ。電車ゆくこゝは　蜆川のあたりなるべし
世のなかのおもしろくなる　語りぐさ　すこしをしへよ。浪花びとたち
（三首、睦月の思ひ・大阪新聞一月一日）

そのかみの教へご　おほくつどひゐる見れば　忘れず　その声音すら
——今宮中学校第五期生三十五年記念

しづかなる夕となりぬくさかべの町をはなれて夕やくる空
——甲州草壁

人おほくたへらざりけり　海やまにみちてきこえし　こゑもかそけし
——靖国神社奉祭歌

昭和二十七年

堪へがたきことしの寒さ到らむと　睦月の朝を　しづかにぞ居る
つかれつゝ旅をつゞけぬ。疲れ来てむつきの家に　ひとりねむれり
（三首、正月都鄙・毎日新聞一月一日）

かそかなる睦月の山に　入りゆきて、かへらざりせば、のどかならむか
甘美《ウマ》し物　数多《コヽダ》つどへてゐる如し。睦月の家に　ひとりすわれば
（三首、睦月の家・時事新報一月一日）

睦月来て　心ゆたけし。たゞひとり　ふたりは、一人もおとづれて来よ
くりすます　その夜の寄生木《ホヤ》も、庭の面《モ》に　雪をかづけり。楪《ユヅリハ》の下《モト》

むつきの庭　清くかわける土のうへに　山の鳥ひとつ来て　うつるなり
あたゝかき今年の睦月　三日《ミカ》ながら曇りとほして、のどけかりけり
（八首、睦月の庭・慶応通信四十六号、一月一日）
若き時　冬を遊びし山河を髣髴《オモカゲ》にして　親しむものを
師の家の末の孫ふたり　庭に出でゝあがり来る見れば、清き足裏《アナウラ》
しみ〴〵と　我にもの言ひとだえつゝ　梅咲く庭に向きたまふなり
あは〳〵し　とるに足らざる　我が如きものゝことばを　聴き居たまへり
師の家を罷り来れる道のほど　つく〴〵と思ふ。学のしづけさ
先生ののたまふことの　ふし〴〵は、肯《ウベナ》ひ難く　わがなごみ居り
たゝかひに果てしわが子のおもかげも　今はしづかに　思ひみるべき
（たゝかひに・読売新聞二月二日）
やまかげに獅子ぶえおこるしゝ笛は高麗のむかしを思へとぞひゞく
――埼玉県高麗神社（四月十四日）

昭和二十八年

海やまにむきていきづく　わが日本　よみがへり来む年とぞおもふ
日本の私学の門を　いづる人　みなよき春にあふ日はやこよ
（二月、二首、私学振興二ノ一、四行散らし書き）
たそがれの宜名真のはまのなみのおときこゆらむかとみゝをすますも
（四月、島袋源七君を悲しむ・おきなわ四ノ三）

製作年代未詳

たいまでら　さくらみなから散りすぎて　庭ひろびろと　見ゆるさびしさ　——三首、当麻寺中之院、松村実照宛

そらにみつ　やまとのくには　磐くす船　いゆきかげろひ　あたよせめやも

ねりくやうすぎてしづまる寺のにははたとせまへをかくしつゝゐし（牡丹園歌碑）

牡丹のつぼみいろたち来たる染井寺にはもそとも丶たゞみどりなる　——奈良県石光寺

やまのうへのくに見に　人の見えぬ日も　このわかくさはひとこぞりけり　——旅館わかくさ宛

さくらのさくもとにおもへりこのあさやあふべきひとに逢はず来にけり　——吉野神宮々司、河崎氏宛

吉野やまさくらさく日にまうで来てかなしむ心人しらめやも（吉野勝手神社歌碑）

山の神も夜はの神楽にこぞるらし、まひ屋の外の闇のあやしさ　——岩手県大迫町大償（大償神社歌碑）

神々もおとろへたまふまのあたりけひのやしろのそらにまふ鳥　——気比神宮

やまがたの赤湯のやどのをさなごのおもかげたち来ぶだうをはめば　——山形県赤湯

四天王寺　春の舞楽の人むれに　まだうら若き君を見にけり　——三矢重松を詠む

雪まつりおほきにおこるこのをぢの舞ひてつかへし五十《イソ》とせのほど（信州新野、諏訪神社歌碑）

山の宿のよき老のあるじ今はなし五《イツ》たびこゝに来りけらしも　——信州新野

つゝましくわれは遊ばむこだまする朝日の村は青やまのあひだ　（信州朝日村公民館歌碑）

幾ばくのふみを焚《ヤ》きたる　たゝかひの後《ノチ》むなしさを　なほ生きなむか

山路来てゆくりなく思ふあしゆかずかたくなに住む人のかなしさ

春深く山の桜も散らむとすかゝはりおほくなれる村かも

友と来てふたりながむる雪祭りやまのはる日はくれそめにけり

さ夜ふくる桜のしたにくづれゆく里の踊りを見ればさびしも

しづかなる槻のもみぢを望み来て道おぼえあり和田に近づく

山中の木地屋の家にゆくわれのひそけきあゆみは人知らざらむ

鬼の子のいでつゝあそぶおと聞ゆあさげの山の白雪のうへに

十三夜近き夜ごろのしづけさに鳥くだる見ゆ山の峡より

寺やまの林のおくのかそけさよわがつく息のきこえけるかも

なつかしき人多き村にわかれ来し心なりけりひとり歩めば

庭土のうへに素足のふみごゝちわすれ居にけりこの心よさも

道のべのくなどのまへにほむきさしわが来て去るとたれしらめやも

むつきたつ春こゝのかとなりにけりをとめうまれてこのやどはなやく ——大井出石宅の唐紙障子に

この冬も老いかゞまりてならの京たきゞの能を思ひつゝ居む （春日大社万葉植物園歌碑）

ほすゝきに夕ぐもひくき明日香のやわがふる里はひをともしけり ——奈良県飛鳥坐神社

反歌、その他

いとけなくて我は見にしか。野山にも 交《カタ》らひ浅き若うどの 群《ム》れ （古、追悲荒年歌）

ふるさとのふるき乞食《カタヰ》のわらは名も 忘れぬ我や、何にかならむ （三首、古、乞丐相）

世をかろく耀《セ》りてわたらふ市びとの 米あきびとは業《ナ》りがたきかも

犬の子はおへど去らねば、犬の子の心を知りて さびしかりけり

春早き辛夷《コブシ》の愁ひ咲きみちて、たゞにひと木は すべなきものを （古、幼き春）

洋中《ワタナカ》の島の少年《ワクゴ》のさびしさを 人に語らば、さびしからむか （古、伊平屋の村）

赤花の照り しづかなる朝なれば、とはずや行かむ。巫女《ノロ》司《クモイ》の家 （古、古びとの島）

鳥の子のかならず出でゝあそび居し その山陰を 見むと来にけり （古、夏日感傷四章）

ものがたり あはれに告げし 遠野びと過ぎて聞えず。そのこわねすら （古、遠野物語）

日の本のもとつをしへは とほりたり。あらたあらたと 世はうつれども （二首、古、淡海歌）

あらた代の　三朝《ミヨ》の栄えの饒《ニギ》はしさ――。いよゝ思ほゆ。滋賀の大御代

若くして　虚無の徒党のさびしさを深く知りけむ。還らざりけり　（三首、近、地下水）

をみなゆゑ　身をいたづらになし果てし　人を悲しむ。老いの世にして

いさゝかの若きさかりのあやまちを　我は思へど、時過ぎにけり

日下部の里べに出で、　買ふ紙のいやしき匂ひ　ふとぞ　さびしき　（近、笹子の彼方《ヲチ》）

山の町　田居と野《ノ》方《カタ》の道の上《ウヘ》に、穂にほゝけつゝ　草の実のとぶ　（四首、近、あすたぽぽの夢）

あやまちを叱り　きためて、ゆるしなき兄なりしかな―。兄のかなしさ

これの世に　また逢ふこともなくなりぬ。また争はむ日もなかるらむ

いと長き人間の世の　おほかたを　相争ひし兄も、死にたり

秋の日となりなむときにかたらはむ。裏戸《ウラド》をとぢてかへり寝よ。をとめ　（三首、近、はかなしごと）

あぢさゐの花の盛りの　かくありし昔もかなし。今のさびしさ

をとめ子は　をとめさびせよ。紫陽花の花のいろひは、さびしけれども

たはれつゝ　あそびし俄過ぎし夜の　この夜のほどろ　いかにさびしき　（二首、近、筑紫の奥）

しらぬひの筑紫のにはか。この秋や　見つゝ　たのしく　思ひつゝ憂《ウ》き

すりの子も　春さびしとぞなげくらむ。三社《サンジャ》の祭り　過ぎ行く（二首、近、掏兒）
をとめ子のかんざしゆゑに、持ちさすらひ　ひそかに　すりもはかなかるべし
人こぞる汽車に座をえて　たゞひとり　おち来る心　何とすべけむ（近、沙丘）
南禅寺　山門出でゝ　はろ〴〵に、いんくらいんを溯《ノボ》る舟　見ゆ（二首、近、もの忘れ）
花の後《ノチ》　しづかになれる京《キヤウ》びとの起ち居を見れば、呆《ホ》れゆくごとし
あなくるし。四月五月《ウヅキサツキ》の野の鳥も、青き山より出でゝ　鳴くなり（近、饗宴の記憶）
都べの盆《ボニ》の月夜《ツクヨ》の　身に沁みて　苛《カラ》き　暑さを　ことしさへ在り（二首、近、新盆）
はるかなる島べの土の、目にしみて　我はおもほゆ。盆《ボニ》の月夜に
神こゝに　敗れたまひぬ。しづかなる青垣山も　よるところなき（三首、近、神　やぶれたまふ）
国びとの思ひし神は、大空を行く飛行機と　おほく違《タガ》はず
信薄き人に向ひて　恥ぢずゐむ。敗れても　神はなほ　まつるべき
老い人の　かくすこやかに居たまふを　見つゝまからむ　心満足《タラヒ》に（二首、現、輝く窓）
わが訪《ト》はぬ日となる世にも、すが〳〵し　たらひてあらむ。この学園よ
堰《セキ》の水　流れに落ちてたぎつなり。いくさ思へば、あひだあるらし（拾、道の幻）

教へ言《ゴト》　しみに思ひて忘れざる　若きこの子等を思ほせ。わぎみ　（拾、出陣歌）

みむなみの　遠の皇土《ミカド》の防人の命を思ひ、こよひねむらず　（三首、拾、国の崎々）

数十万　機翼つらなめ寄せ来たれ。戮《ト》り尽すべき海《ウミ》の上《ウヘ》にぞある

大八洲　国の崎々　うち出でゝ見れども飽かず。国の崎々

国学の学徒たゝかふ。神軍天降るなし　まさにたゝかふ　（三首、拾、学問の道）

たゝかへる　空に向ひて、ひたぶるに我が若人は　眦《マナジリ》を裂く

手の本をすてゝたゝかふ身にしみて恋《コホ》しかるらし。学問の道

神々の奇蹟《クシビ》あらはす英雄の出で来たるべき　時近づきぬ　（拾、若き詞）

睦《ム》月《ツキ》立つ　春の朝目のすがしきは、とよもし過ぐる　飛行機の列《レツ》　（三首、拾、たふとき春）

国民《クニタミ》の心おもほゆ。勝ち〳〵て　かく静けきは、勝ちつらぬかむ

荒御魂神荒《アラミタマカムサ》ぶる日も、春深く　大倭国《オホヤマトグニ》　花咲きにほふ

みむなみのわたの悲報の　つぎ臻《イタ》る　からき一日を　こらへをふせぬ　（拾、島のありそ）

われ生れて再《フタヽビ》　こゝに新しき憲法を見る。遂げざらめやも　（拾、昭和新憲法）

わが友の伊波《イファ》の大主　老い過ぎて、いまは苦しと　言ひてけるはや　（二首、拾、青海の瞳）

わが友は 安けくなりぬ。国はなれ つひに 思はむ何ごとも なき

まくはひの清き盃。廿《ハタチ》あまり五《イツ》とせをいはふ 銀のさかづき （拾、今宮教授の銀婚を祝す）

＊

かなしよと人を思へば、堪へがたし。若き三十《ミソ》ぢの我ならなくに

若ければ頼みがたしも。ひらすらに我が思ふをば、わづらはしみする （三首、昭和十九年頃「のうと」）

還り来て 即《スナハチ》人の顔を見ず。昨日《キソ》も、をとゝひも来ざりけるらし

わが学徒 今か南に到るらし。かく思ふ時に亡ぶる船あり （二首、遠洋のうとより）

ことなくてあれと祈れり。学徒らの命を思ふ我は苦しも

遠東死者之書

昭和二十八年八月遺稿。十一月「三田文学」第四十三巻第九号

当麻でらあさくだり来る道のうへに二三《?》の姥のつくり花うる

やまのはにおほき人たつおもかげは千とせの後もなほきえがたし

しらとりのみはかも恵我のふる市もなほしさびしく人ゆかずけり

ふたかみ山はれてしづけき朝いでゝみんなみすればかすむはなぞの

たいまでら十二神将おはします夜のしづけさは《にカ》誰もおとせず

はるかなる尾ねのぼりにあふぐものふたかみのはかかつらぎのたけ

死者のふみつくりしひとのかなしみははなしりにけりやまにふる花

はるかなる山の空なる
青雲《(マヽ)》しづけきいろはひ
とにをしへじ

この国のとほ世がたり
のきよらさよいきてみ
にくゝくるしむわれは

ふちはらのいらつめひ
とり奈《(マヽ)》良のみやこのさ
みだれのそら

田うゐこ《ぞ》もりかへりて
ねむるなりこのときひ
とりかなしまめやも

はちすばに露おくあし
たあなきよしわらはめ
つどひほとけをろがむ

わゝけがみわらはのご
とし処女ごの頰にふり
にけりねむの夕はな

藤原の四つあるかどに
たゞ一人をとめはそだ
つ白たまをとめ

かくのごとさびしきと
きはいへ出でゝゆくべ
かりけり朱雀大路を

大寺のきんのくつがた
かゞやきて人ははるけ
しゆくへしらねば

見すき(マヽ)かすあらむと思
ふ人のうへすかる？の
ごとしをみなのこゑ

をとこにて世にあるべ
くは大君もこひたまふ
なる恵美のおしかつ

すめろぎの神のみこと
もあはれよとまもりた
まへり恵美の押勝

ふたかみのやましづか
なる夜となりて田居よ
りかへる人々のこゑ

藤原の南家のいへの乙
ひめのこゑぞたえゆく
ゆくへしらねば

やまなかの一木《キ》の花の
香にたちてしづけきよ
ひとなりにけるかも

峰とほく人のゐるこゑ
きこゆれどなほしゝづ
けくひるはすみゆく

ゆふぐもの匂へるみね
は空深し廿五ぼさちい
まくだりたまふ

ふぢはらのいらつめひ
とりたどり来しむかし
の道をわれゆくらむか

都鄙死者之書

昭和二十八年八月遺稿。十一月
「三田文学」第四十三巻第九号

陸奥の志太のなへこが
思ひみしこひの心は子
らつたへけむ

ひとの世のこひのあは
れはけだものゝよ心ふ
かくしみぬらむかも

詩拾遺

砂けぶり

大正大地震の翌々日夜横浜に上陸

草の葉には、風が━、
日なたには、かげりが、
静かな午後に過ぎる
のんびりした空想

横綱の安田の庭。
猫一疋ゐる　ひろさ。
人を焼くにほひでも　してくれ
ひつそりしすぎる

大正十三年六月
「日光」第一巻第三号

沓があびる　ほこり
目金を昏くする　ごみ
人もなげに、大道に反りかへる
　馬の死骸

ほりわりの水。
どろりと青い——。
あげ汐の川が
道の上に　流れる

　赤んぼのしがい。
意味のない焼けがら——。
つまらなかつた一生を
思ひもすまい　脳味噌

憎い　きらびやかさも、
繊細の　もつたいなさも、
あゝ愉快と　言つてのけようか。
一挙になくなつちまつた。

そこをとほるのは　だれだ――。
砂の上に　いつぱいの月
まつさをな風――。
　やけ土が　うごく

太初《タイショ》からの反目を
だれが　批判するのか。
代々《ダイヾヽ》に祟《タヽ》る神。

根強い 人間の呪咀《ジュソ》―

大正十三年八月
「日光」第一巻第五号

砂けぶり　二

焼け原に 芽を出した
ごふつくばりの力芝《チカラシバ》め―。
だが きさまが憎めない。
たつた 一かたまりの 青々した草だもの

両国の上で、水の色を見よう。
せめてもの やすらひに―。
身にしむ水の色だ。
死骸よ。この間、浮き出さずに居《ヲ》れ

水死の女の印象
黒くちゞかんだ藤の葉
よごれ朽《クサ》つて静かな髪の毛
―あゝ　そこにも　こゝにも

横浜からあるいて来ました。
疲れきつたからだです―。
そんなに　おどろかさないでください。
朝鮮人になつちまひたい　気がします

深川だ。
あゝ　まつさをな空だ―。
野菜でも作らう。

この青天井のするどさ。
夜《ヨル》になつた—。
また　蠟燭と流言の夜《ヨル》だ。
まつくらな町を　金棒ひいて
夜警に出かけようか

井戸のなかへ
毒を入れてまはると言ふ人々—。
われ〳〵を叱つて下さる
神々のつかはしめ　だらう

かはゆい子どもが—
大道で　しばいて居たつけ—。

あの音――。
　帰順民のむくろの――。
命をもって　目睹した
一瞬の芸術
苦痛に陶酔した
涅槃《ネハン》の大恐怖
おん身らは　誰をころしたと思ふ。
かの尊い　御名《ミナ》において――。
おそろしい呪文だ。
　万歳　ばんざあい
我らの死は、

涅槃を無視する―。
擾乱の 歓喜と
飽満する 痛苦と

水　牢

水牢さ這入つて 観念の目を閉ぢた。
何《ナア》も 悟《サト》れねえと言つて 出て来た おれのぢい様
小貧乏《コビンボ》め。もつと 人間らしい事をだ。
ふてくされた言ひ分は 其からだ
娘を売つて―から 水牢だ。あゝ羨《ウラヤマ》しいなと言つたつけ―

昭和九年十月「短歌研究」第三巻第十号

水呑み百姓をよ
水しか呑めねえ?!　水でも呑んでるでねえか。
おれたちは黙つてんだぞ。紋附を《モンツキヨー》　羽織つて
上からだ。そして　下からもだ。
しぼられる百姓は　手拭ひだ。雫《シツコー》を啜る　水呑みめら
先祖代々　乗りつゞけて来たおだてに、
おれが乗ると思つたかよ。小《コ》貧乏《ビンボ》めら
爺様《ザサマ》は宗五郎《ソウゴロ》になり損《ソコ》ねて、名主になりやつた。
おれは学者になつて、吐息《トイキ》づいてる

痩せ馬に小《コ》づけ！　こて〳〵と　附加税！
少しは分け前も受けろよ。小貧乏め
税吏と　小貧乏め。小当りに懐を考へるちぼと。
悪態はよさないか。出すよ　出すよ
学問やめて　山へ還《カヘ》ろと思つたりや。
村ぢや田地《デンチ》持ちなさろと言つた
学問よして　山めぐりせうや。
山の馬めに味噌嘗めさせて　まはるべいか
学問もふつゝり……。山の分教場へでも出ようか。
教員にも古過ぎる　おれだつけな

こんな人もある

村民にして貰つて気がねする大教授。
村では よいとりだと思つてる

::

「響」をどんぶりに。電気ブランッー。
朝飯代が残つて、それで ひでえ生活か

貧窮問答

稗飯《ヒエメシ》の味といふやつをです。ほんの参考にです。

昭和十年三月「短歌研究」第四巻第三号

試めさせてくれませんか。ほんのぽつちりです
板の間に　蒲団を敷かないでね。なに　先祖代々《ダイヾ》だつて……。
なるべく　苦《ニガ》い顔で寝てゝくれよう——。写真は　正直なんだから
実感々々　さう！　さうだ。十分に表現してほしんだ。
をつと　さう　稗《ヒエ》を　旨《ウマ》さうに　ぱくつちや困る
もう野も駄目。山もあさり尽した。川へ出て　やまめばかり釣つてる。
さう謂つた　ぽうずが　とれないかい。君
どうも　自覚が不足だ。自覚を　自覚を　自覚をだ。
笑つてばかり居る間《マ》に、嘗《ナ》めてゞも居ろ。掌《テノヒラ》に書いた「米」を

写真版《バン》と言ふやつは、どうも　実感が出ないでね。「網《アミ》」をかけるのでね……。思ひがけない憂鬱さも　出るには出るがね

⁙

まあ待《マ》つて呉《ケ》せ。三十年　五十年だけ田さ蒔《マ》ぐべいか。山さ蒔ぎ申《モ》すべかな。その自覚ちふ種《タネ》つこばさ。

田さ蒔《マ》ぐめ。山さにや蒔ぐめ。東京さまぐべと思つた　男児《ワラシ》や女児《メラシ》だによ。国《クニヨ》を助けるとかで　乞食面曝《ホイトツラサラ》す　稽古にや　やり申《モ》さないち　言つて呉《ケ》せ

予覚《ツモリ》にも　おめとつ（苦痛）た感情を出せろ　と言ふけ？百姓の勘定なら、来年春にならざ　訣《ワカ》ねこつだ

おれが村　田どころになつたで、肥料代がうんと　殖えやんした。

山神平《サンジンダヒラ》や　冷水沢《ヒヤミツザハ》よ。畝《ウナ》ひこくつた罰《バチ》であんしよ
何　娘をとえ？　今　はじめたこつでねえもさ
お恥《シヨウ》しい唄ば　聞いてなさろ。「昔なつかし宮城野　信夫《シノブ》」ちのを

昭和十年四月「短歌研究」第四巻第四号

東京を侮辱するもの

山に　一本《イツポン》、まじり〳〵と　おれを見てゐる木がある。
世界の隈に、そんな凝視者を　考へるだけで　赧《アカ》くなる
われ〳〵の青空は、蜻蛉をばら撒《マ》いた飛行機だ。
あの音の　ぎやう〳〵しさ。この都会を侮辱してゐる。

この国の古典は、つねに怪奇に　澱んでゐる。
ところが　現実は、軽弾みで、ぷり〳〵と跳ねかへる
われ〳〵の委任状は、たしかに軽蔑されてゐる。
雄弁大会の群衆で　渦を捲く　国会議事堂
地下鉄に　はためく春の闇――。をや　鶯だ――。
その声――幻想におしつけられた現実
びるぢんぐの深夜《シンヤ》へ、ふりかへる　おれの感情
おれを　侮辱してけつかる
おせつかい爺《ヂヾイ》め――。日本の沓だ　はけとぬかす。
ろくでなしの　空想でこさへた　だぶ〳〵の沓をよ

君に　一本の　たばこを捧げてもいゝだらうね。
九段の阪の　かげろふの春がさせる　気まぐれだよ。——立ちんぼ君《クン》
にぎりこぶし。がらす戸を叩きのめす感激。
其瞬間を予期する　つまらなさで　ひきさがる

昭和二十八年八月遺稿。十一月
「三田文学」第四十三巻第九号

八月十五日

につぽんのくに　たゝかひまけて
　ほろびむとす
すめらみこと、そらにむかひて、のりたまふ
ことのかなしさ。

やまに入りて、おのづからいたる果ての
日を見むとせしは、われのみなりや。
八月十五日　朝早く出でゝ、ゐしやのいへに
ゆく。いのちある間のしばしを、痔の
ためにくるしむことなからむとするなり。
いつかまた、あひみむ日をしらねば、ねんごろ
にわかれのことば　つげて出づ。
やがて、國學院にゆく。
このまゝ、学校の門をも見ずて、しぬる
日の来むことあるべきをおもひて、
心ばかりのなごり　をしまむとて
なり

解題

○本文庫は、歌集の作品と、それ以外の拾遺の作品とから成る。その歌集は、釈迢空が刊行した歌集の初版本『海やまのあひだ』『春のことぶれ』『水の上』『遠やまひこ』『天地に宣る』の五冊および没後公刊された『倭をぐな』一冊の合計六歌集、さらに初期の自筆歌集である私家版の『安乗帖《あのり》』『ひとりして』の二冊を加えたものである。拾遺の作品は、短歌拾遺と詩拾遺とである。これら八冊の各歌集および「拾遺」の短歌拾遺・詩拾遺については、巻頭に簡略な解題を付しておいたので、ここでは触れないでおく。

○歌集採録歌の各歌集間における重複は、『海やまのあひだ』では「大正四年以前、明治十四年まで」中の「菟道」以後の作品すべてが『ひとりして』と、『遠やまひこ』では一部が『天地に宣る』と、『天地に宣る』が『遠やまひこ』の他に『倭をぐな』の一部の歌と重なっている。また私家版歌集の『安乗帖《あのり》』と『ひとりして』においても重複している。詳細は歌集冒頭の解題に付した。なお、語句等の改変がなされているものもある。

○右の八冊の歌集以外に釈迢空の刊行した歌集は、『山の端』と『迢空歌選』である。『山の端』は昭和二十一年六月一日、八雲書店より刊行。硫黄島で戦死した養嗣子折口春洋追善のための共著で、その第一部が迢空の作品、第二部が春洋の作品の二部構成である。迢空の歌は、後にほとんど『遠やまひこ』に吸収された。『迢空歌選』は昭和二十二年十二月二十日、養徳社より菊横綴の判で刊行された。既刊の『海やまのあひだ』『春のことぶれ』より作品を抄出し、それぞれ四行書き（後者の歌では三行書きも混じる）に改めてある点が表記上の特徴になっている。他に迢空の短歌作品を抄録したものとして『現代日本文学全集』第三十八巻、釈迢空集（昭和四年九月刊、改造社）・『現代短歌全集』第十三巻、釈迢空集（昭和五年九月刊、改造社）、『短歌文学全集』釈迢空篇（昭和十二年一月刊、第一書房）・『現代短歌全集』第一巻、釈迢空作品集（昭和二十八年三月刊、創元文庫）等がその生前に出版されている。

○歌集に収録されなかった作品が「短歌拾遺」である。新編『折口信夫全集』25（平成九年三月刊、中央公論社）に収録されたものから抄出した歌を主とし、新全集以後に発見された歌をも若干加えている。抄出にあたっては、歌集入集の際に作者自身が選別して入集しなかった拾遺歌は採らないことを原則とした。このほかに、詩作品における「反歌」もここに採録した。ただし、歌集に入集したものは採らなかった。出典の詩集等の名は『古代感愛《かんない》集』を「古」、『近代悲恋集』を「近」、『現代襤褸《らんる》集』を「現」、および「詩拾遺」を「拾」の略語とした。また、「遠東《えんとう》死者之書」「都鄙《とひ》死者之書」は特異な表記ながら短歌ゆえに採録した。なお、新全集には色紙・短冊・半切類の歌も採録されているが、これも原則割愛した。

○天災や人災に直面した時、作者の歌ごころが短歌形式を打ち破って自ずから自由詩の作品になったと理解して、収録したのが「詩拾遺」である。大正一二年（一九二三）九月一日の関東大震災に遭遇した時を表現した詩「砂けぶり」「砂けぶり　二」、昭和九年・一〇年（一九三四、五）の東北地方大凶年を詠んだ詩「水牢」「貧窮問答」「東京を侮辱するもの」、さらに昭和二〇年八月十五日の敗戦の詩「八月十五日」（遺稿）を収めた。

○旧全集第二十一巻「あとがき」には、「短歌は、著者が最も執心する文学の一であり、或は己の文学の本領ともしてゐたやうである。既に幼少の頃から作歌の体験を持ち、終生、作りつゞけた。曾て詩集によつて日本芸術院賞を受けた際、著者は意外に思つたやうで、「歌でならば！」と言ひ洩らしたことがある」と貴重な発言が記されている。

○新全集（平成七年二月〜同十三年二月刊）以前に河出書房新社から『釈迢空短歌綜集』（昭和六十二年十月刊）が出版されており、本文庫も当初その刷新版を考えたが、八五〇ページを優に越えることになったため、迢空生前に試みていた「短歌綜集」の形を諦めることになった。しかし、釈迢空短歌の真髄を編むことができたと確信している

（岡野弘彦・長谷川政春）

解説　折口信夫という歌人

岡野弘彦

(一)　歌の円寂する時

折口信夫(釈迢空)は、近代の日本にまるで奇蹟のように、古代の心、古代の詩歌のひびきを、鮮烈によみがえらせた歌人であった。その彼が今から六十三年前に世を去って、翌年の昭和二十九年(一九五四)一月に角川書店から刊行された雑誌『短歌』が、創刊号であり同時に「釈迢空追悼号」となった。

多くの人の文章が寄せられたその最初に、折口の学問の民俗学の師であり、また若き日にすぐれた抒情詩人でもあった柳田国男《やなぎたくにお》の「和歌の未来といふことなど」という文章が収められている。その中に次のような言葉がある。

和歌が将来どういふ風に改まって伝はると、折口氏は見て居たか。又は国人が心を合せて尊重し愛護したならば、ほぼどの程度にまで遠い昔の世の機能を、持ち続けることが出来ると考へて居られたか。私は特に折口さんから聴いて置きたかつた。(中略)今から三十年も前に短歌滅亡論を書き、又は和歌円寂を説いて、それから又立戻つて、すぐれた歌の数々を世に留めた人ならば、迷ひもあり又悟りもあり、心の営みも世上とは必ず異なつて居たであらう。静かに耳を傾けて其発明を身につけ得なかつたことが、何と考へても私には心残りである。

折口の短歌や、特に詩集『古代感愛集』の詩篇を読んで、敗戦後の侘びしい空気の中で幾度か涙を拭うほど感動した柳田のこの言葉は、切実に胸にひびく。

もう一人、折口より二歳年長で石川啄木《いしかわたくぼく》と親しく、折口の学問と文学についても深い理解を持っていた、友人の土岐善麿《ときぜんまろ》が、『釈迢空論――「歌の円寂する時」について――』という題で、力のこもった巻頭論文を書いた。

歌は「円寂」しつつあり、その時はすでに来ている、――そう釈迢空が考えて、そのことを言ったのは、今からもう三十年前のことである。それは周知の通り大正十五年七月号の「改造」誌上、「短歌は滅亡せざるか」という課題の前に、斎藤茂吉、佐藤春夫、芥川龍之介、小泉千樫、北原白秋と共に、それらの中でもっとも長い一文を公けにしたものである。

という書き出しで、その時の論者の中で迢空が唯一人、短歌といえども滅亡の日があるという憂いの心を、具体的に明確に述べたことをくわしく紹介し、更に次のように結論づけている。

歌人としての釈迢空といっても、世間一般の歌人とは違う。むしろ詩人といった方がいい。「古代感愛集」や「近代悲傷集」にあらわれたところを見ても、この人は時間と空間の大きな接点に立って、歴史の中に、世界の上に立っていた。言いかえれば、民族と伝統と時代と社会とを集約統一しての表記ということになる。これは博士の民族学における深い研究と、一個の人間として生きる良心的な態度との独自な発見であった。はたからは古語の自由な、豊富な駆使とおもわれることも、この人にとっては、それが全くじぶんの言葉なのであった。

もう一人、前の両名よりはだいぶん若い、風巻景次郎《かざまきけいじろう》の「迢空なき後」と題する文中の言葉を引用する。

大正十五年の夏、太陽のぎらぎらと照りつける東京の巷の中で、初心な肉体にはじめて受けとめた現世の重みをずっしりと感じながら、あの歌壇的にも消えないであらうところの有名な「歌の円寂する時」を読んだ印象は、三十年近い時間によつて少しも薄められてはゐないのである。それから私は短歌滅亡論者になった。

折口の死にちなんで書かれた三人の文章を引用したが、その根元になっている折口の「歌の円寂する時」の要点を見ると、まず三つの理由をあげている。

歌を望みない方へ誘ふ力は、私だけの考へでも、少くとも三つはある。一つは、歌の享《う》けた命数に限りがあること。二つには歌よみ——私自身も恥しながら其一人であり、かうした考へを有力に導いた反省の対象である——が、人間の出来て居な過ぎる点。三つには、真の意味の批評の一向に出て来ないことである。

折口特有の文体と用語で、現在では少し読みにくいが、文意は簡明にしぼられている。そしてまず三番目の「批評のない歌壇」から論じはじめる。その主意を私なりにわかりやすく要約して言ってみると、次のようになる。

本当の批評は、作品の中から作家の個性を通してにじみ出した、主題を見つけることにある。作者すらはっきり意識していない時もある、作品の上にたなびいて読者の心をむせっぽく、息苦しく、理由のわからない興奮に引き入れてゆく、濃密な気分。それを深く鋭く見通し、洞察して示すのが批評家で、その意味で批評家は哲学者でなければならぬ。

　これだけでも、折口の論の新しさが察しられると思う。古今集以来、二十一代集の編集そのものが、一つの大きな批評の現れであり、成果であるという見方もできるが、近代に入って新しい西洋の文学の影響がこれほど深く、こまやかに浸透しているのに、短歌だけが依然として、小さな結社の中で師匠の技術指導を主にして動いていることに、大きな反省を示した最初の論と言えよう。

　この論は「批評のない歌壇」から始まって、「短詩形の持つ主題」「子規の歌の暗示」などから「短歌と近代詩」「口語歌と自由小曲」に至るまで、九章におよぶ当時の歌壇の現実に眼をとどかせた論であった。

(二)　短歌定型に現せない心

　大正十二年は折口三十七歳、二度目の沖縄および先島《さきしま》列島の民間伝承採訪旅行に出た。七月十八日に出発して、沖縄本島から宮古《みやこ》・八重山《やえやま》を経て台湾にまで渡った。九月一日、基隆《キールン》から門司《もじ》に帰着し、翌朝、神戸《こうべ》港で関東大震災の噂を聞き、その夜、最初の救護船山城丸に乗って三日の夜、横浜《よこはま》港外に着いた。四日正午ようやく上陸できて、そのまま歩いて東京谷中《やなか》清水《しみず》町の家に帰り着いた。その帰途、増上寺《ぞうじょうじ》山門のあたりの街上で、流言に動かされて鳶口を持った自警団に囲まれ、朝鮮人だと疑われてあわや危害を加えられそうな危険にあった。何しろ、二ヶ月近く着のままの服装で、南島の陽に肌を焼かれつづけた姿だから、尋問されるのは無理ないとしても、度の過ぎた執拗さだった。その体験を折口は翌年に、二度に分けて雑誌「日光」に発表する。

砂けぶり（一）――抄出――大正十三年六月「日光」

杳があびる　ほこり
目金を昏くする　ごみ
人もなげに、大道に反りかへる
馬の死骸
赤んぼのしがい。
意味のない焼けがら――。

つまらなかつた一生を
思ひもすまい　脳味噌
太初《タイシヨ》からの反目を
だれが　批判するのか。
代々《ダイダイ》に祟る神。
根強い人間の呪詛――

砂けぶり（二）　――抄出――大正十三年八月「日光」

両国の上で、水の色を見よう。
せめてもの　やすらひに――。
身にしむ水の色だ。
死骸よ。この間、浮き出さずに居《ヲ》れ
横浜からあるいて　来ました。

疲れきつたからだです―。
そんなに　おどろかさないでください。
朝鮮人になつちまひたい　気がします

井戸のなかへ
毒を入れてまはると言ふ人々―。
われ〱を叱つて下さる
神々のつかはしめ　だらう

おん身らは　誰をころしたと思ふ。
かの尊い　御名《ミナ》において――。
　おそろしい呪文だ。
　　万歳　ばんざあい

こうした、非定型短歌とでも言うべき作品は、その後も時々作っている。

東京を侮辱するもの　――抄出――　昭和十年「短歌研究」

山に　一本《イッポン》、まじり〳〵と　おれを見てゐる木がある。
世界の隅に、そんな凝視者を　考へるだけで　赧《アカ》くなる

この国の古典は、つねに怪奇に　澱んでゐる。
ところが　現実は、軽弾みで、ぷり〳〵と跳ねかへる

君に　一本の　たばこを捧げてもいゝだらうね。
九段の阪の　かげろふの春がさせる　気まぐれだよ。――立ちんぼ君《クン》

大正十三年の作品と昭和十年の作品とでは、心のあり方がだいぶん違うが、短歌定型と違った形を選んだ心の必然は伝わってくる。殊に関東大震災とその後の体験は、折口を短歌による表現からしばらく遠ざけるような酷烈なものであったことは、察するに余りがある。

そういう体験が、当然、表現の様式の変化におよんでいるのである。これは私の小さな

思い出であり、折口全集の記録にも残っていない折口の標語だが、この機会に書いておく。

昭和十八年に大学予科生となり、上京した。世はすでにかなり殺伐とした戦いの気分に満ちていた。渋谷《しぶや》駅のホームでふと小さな貼紙があるのに気づいた。短冊のような紙に、「歩廊に花あれ　衢《ちまた》に和あれ」とあって、下に小さく、釈迢空、(文学報国会)と印刷してある。八紘一宇《はっこういちう》とか一億一心とか型通りの標語の多い時代に、いいな——。と思って、金《こん》王八幡《のうはちまん》の境内を通り抜け大学へ急いでいると、参道の石畳の上に五十銭玉が落ちている。交番にとどけるまでもないと、青山《あおやま》の花屋に廻って花と花瓶を買って、埃っぽい木造校舎の教卓に置いた。

一時間目が吉田松陰《よしだしょういん》語録を教えて下さる、軍隊の学校と兼務の先生の講義で、入ってくると教卓の花を見て、いきなり黒板に「玩物喪志《がんぶつそうし》」と書き、「この花を置いたのは誰か」と問うた。「私です」と立つと、「この言葉の意味がわかるか」とのことだから、折口先生の標語を見て、その後の心で花を買った始終を話すと、「わかった」と言って、講義が始まった。二年後、軍隊から解放されて復学してみると、その先生は敗戦の日、宮城前広場の砂の上で割腹をとげて、もう世にはいられなかった。

二人の先生の印象は、学問も心のありようも違っていたけれど、共にすがすがしく私の胸に残っている。

（三）　口述による伝授

折口信夫の全著作の中で、自筆のものと、口述筆記によるものとは、あい半《なか》ばするのではないかと思うほど、口述筆記が多い。教室での学生の講義ノートの類で書物になったもののもこの中に入るが、自宅で門弟と向かいあって、じっくりと話す形での口述筆記が最も多い。たとえば、大正三年七月に大阪の「中外日報」に連載した「零時日記」（1）という七日間の随想などは、その年の四月まで今宮中学で生徒として教えていた伊勢清志に口述筆記させたものである。

機縁の熟せなかつた為に、偶然に死の面前から踵を旋《かへ》したことが、二十八年の生を続けて来る間に、少くとも四回はあつた。一度は木の上から堕ちて、切り株で睾丸を裂いた。幸に一箇月ばかり、小学校を休んで、静養した位のことで、癒着してしまつた。唯すこし性欲に異状のあることを感ずるだけが予後として残つた。一回は殆ど無意識に、他の二回は明らかな用意の下に、自ら生を断たうとした。前の一回は、崖が二間足らずにして柔らかな草原になつてゐたといふ不随意の障礙が、不随意の死から救ひあげてくれた。後の二回も、今から十年以前に、年を踰《こ》えないで連続して起つたのであつた。而も竟《つひ》に死といふものを摑むことが出来なかつた。

それは十六の年の冬から、翌年の春にかけての出来事である。今も其時の事を思ふと、山蔭にわづかばかり残つた雪の色が、胸に沁む。さういふ谷あひの道をば、歯をがち〳〵させながら、一心に登つて行つた若い姿を、まざ〳〵と目に浮べることが出来る。暮の二十六日頃と、三月の月はじめのことであつた。薄日の影のおとろへた麓の村の、むつまじげな家々の人声を聞きながら、項垂《うな》れて二里にあまる停車場への道を急いだ後数月、突如として藤村操の死の報知を聞いて、ある黙会を感じた。

凡下の人の無分別な死の企、他人には何の同感も、あるまじきことである。けれども愛する子らの為に、今すこし書く。

伝習を重んずる旧い家で、愛情に淡白な父母の間に育つて来た自分は、気狂ひの様にはしやぐことがあるかと思ふと、友だちが運動場で騒ぐ声を遠く聞きながら、合歓の木やあかしやの梢をぢつと仰いでゐる、といつた陰鬱な半面を持つてゐた。日清戦争は死のたやすいことを、事実に示して経過した。修身書も文学書も、累代の宗旨も、皆生を重いものとは教へなかつた。生の重大なことは、知識として授けられても、情調は死を肯定し懐しんだ。寂光土《ジヤククワウド》を思ふ心が、七百年の歴史を持つて、民衆心理を支配してゐる国でもある。学校や社会の訓ふる所は、生に執著してはならないといふことを、国民的生活の第一信条としてゐた。けれども単純な判断も、死に結著するまでには、随分の動乱を経たのであつた。口さがない人々は、変事のある毎に、洞察者のやうな口吻で、その家の暗面を喋々した。旧家といふ誇りを有してゐる家から、一人の自殺者を出すといふことは、世間の目には重大な過程を思はせる事件として、映ずるに相違はないのである。

随分ながい引用になったが、何度も今までに読んでいるのに、二十八歳の折口が、中学を出たばかりの教え子を前に座らせて、ゆっくりと語りながら筆記させている場面が、まざまざと自分が師のそばで過した七年近い体験とかさなってきて、手を止めることができなかった。筆記している伊勢清志は、中学の卒業までの三年間を担任として受けもって、最も情熱をこめて折口が教え、伊勢《いせ》・志摩《しま》・熊野《くまの》への『海やまのあひだ』の旅にもともなって行った生徒である。だがこの五年後、鹿児島の造士館高等学校で、青年の奔放な生活を送っている清志の心を変えさせようとして訪れた哀切な折口の歌が、三十首近くも第一歌集『海やまのあひだ』には収められている。

口述筆記で有名なのは『口訳万葉集』で、大正五年、万葉集の全巻を午前・午後・夜と三人の国学院同窓生に交代で筆記をたのみ、三ヶ月で全二十巻を訳了した。しかも注釈書は一冊もそばに置かなかったという。折口の三十歳のことである。

私が先生の家に入って間もなく、自宅で始まった口述筆記は、紀・記、万葉、古今、新古今の秀歌を抜き出して、口訳・語釈・鑑賞を加えた講義で、これはやがて『日本古代抒

情詩集』として一冊になった。秀歌として選ぶ歌に特色があった。たとえば、西行《さいぎょう》の歌、
古畑の岨《ソバ》の立木《タツキ》にゐる鳩の　友呼ぶ声の　すごき夕ぐれ
下の句に特色があるとは思ったが、西行の歌でどうしてこれが選ばれたのかと思ってい
た。口述の解釈がこの歌におよんで、なるほどと納得することができた。この古畑は単なる古い畑でなく、山を開いて焼畑耕作を二・三年つづけ、稗などを収獲したのち放置されてしまった、急斜面の古い畑地跡ということであった。同じ古畑でも、人里から離れた山中の焼畑跡となると、「友よぶ声のすごさ」が一際ちがってくる。そう言えば先生の遠《えん》州《しゅう》・駿河《するが》のあたりの若い日の採訪記に、山中で焼畑耕作の火に巻きこまれて、危い目にあった体験が記されていたことを思い出した。
『日本古代抒情詩集』の次の口述は、先生の歌の自註、すなわち『自歌自註』(全集31巻所収)となった。これは斎藤茂吉《さいとうもきち》の『作歌四十年』を見て、思いつかれたのであったが、茂吉の自註よりはずっと内容が詳細になった。
第一歌集の『海やまのあひだ』は逆年順に編集されているが自註は若い日から、年を順に追って進められた。
私の最初に作つた歌と言ふのは、六十年もたつて、幸か不幸か私自身いまだに覚えてゐる。だがそれをここに書き取るだけのあつかましさはない。

そう言って話されなかったのだが、後にひと休みの時間になって、私が尋ねると、東京の済生学舎へ医学の勉強に上京した叔母の土産の東京絵図の見開きに書きつけた歌は、

たびごろも　あつささむさをしのぎつつ　めぐりゆくゆく　たびごろもかな

というのだったと話された。

聞いてよかったと思った。北原白秋《きたはらはくしゅう》が釈迢空について「黒衣の旅びと」という文章を書いたことはよく知られている。さらに、先生が亡くなる夏、箱根《はこね》の山荘で私が障子を貼り替えていると、截ち残りの紙に先生が即席の歌を書いた。

いまははた　老いかゞまりて、誰よりもかれよりも　低き　しはぶきをする

かくひとり老いかゞまりて、ひとのみな憎む日はやく　到りけるかも

亡くなられる十日ほど前のことだったろうか。何というさびしい歌を詠まれるのだろうと思った。

だがよく考えると、折口信夫という人の生涯は、大阪の町中の医者で薬屋を兼ねた家の

生まれではあるが、少年の頃から祖父が生まれた大和《やまと》の飛鳥《あすか》の古社、飛鳥座《あすかにいます》神社につながる古代の縁と、木津《きづ》の折口家に伝わる願泉寺《がんせんじ》門徒の仏に対する敬虔な心とを、幼い頃から心に持って育った人であった。

「自歌自註」の口述の中で、供養塔という作品に話がおよんだ時、私ははっと眼の前が明るく開けたような気がした。

人も　馬も　道ゆきつかれ死にゝけり。旅寝かさなるほどの　かそけさ

道に死ぬる馬は、仏となりにけり。行きとゞまらむ旅ならなくに

この二首について、自註ではまず次のような説明の言葉がある。

日本の山海道《やまかいどう》の間道をなす道には、至る処で行路病者の古い、新しい墓を見た。又さうでなくとも、馬一匹仆れた山道には、馬頭観音の石塔婆を建てるなど、人や動物の、我々の身辺から俄かに消えて行つたものを祀る塚が多かつた。毎日、山を越え、坂を渡つてゐる間に、必ずその幾つかを見た。私の悲しみは、故人の悲しみがよみがへつて来るものの如くその間つねに新しく覚えた。

（中略）

道に建て残された石塔を見ると、なるほどかうも、行路の旅に人間も馬も倒れ死んでしまふものだつた事を知る。それほどにも感じた事のないありふれた事に、これ程深く、いと遥かなものを心に感受するのは、長い旅寝を重ねる間の極度な心しづまりによるものであらう。さう言つた内容は、かつぐ〲感じてもらふ事が出来るとは思つてゐる。

二首目の歌については、一首目の歌よりわかりやすい感じがする。自註の文章は次のようである。

かうして旅の道で見るもの、行路で死んだ者は、馬すら年を経た仏となつてゐる。私の旅も、その馬の如く、人の如く、命の消耗して盡きてしまふ日まで続けようといふ旅ででもあるやうな気がする……。何処迄行つても死なない限りは、ここを涯てといふ限りのない、さういふ旅をしてゐる訳ではない……のに。

先生のそんな声を聞きながら、この二首の三句目で切れていることの重さを思った。そこから作者自身の思いがくっきりと浮かびあがってくることに、心が安らぐような感じがしたのである。

「瀉瓶」という言葉がある。もともと仏家の言葉で、一瓶の水をそっくり師から弟子にそそぎ入れるように、仏法の奥儀を胸にそそぎこむことである。口述とは実は、師の心の秘奥を、瀉瓶されていることなのだとつくづく思うのであった。

「口述筆記にどうしても耐えられない者もいるのだよ」とある時、先生が言った。そして、私も予科で講義を聴いたことのある、或る兄弟子《あに》の名を言った。

「しばらく続けていると、体がむずむずしてきて、生理的に耐えられないのだね。続けられなくなって、しまいに自分から怒りだすのだよ」

先生が亡くなって一年ほどして、先生が説いた万葉集の一首の独創的な解釈を、自説のようにして雑誌に書いたのはその人だった。

ちょうどその頃、柳田先生が、国学院にそのまま残してある折口古代研究室に、一番年長の弟子の西角井《にしつのい》博士から、一番末輩の私までを集めて、「折口君ほどの人に教えを受けた者なら、師が亡くなっても、いま師が居たならば何を考え、何を為《な》しているかを思って努めなければならぬ。それを、君たちはただ悲しんでいるだけで、不甲斐ないじゃないか」と叱咤された。瀉瓶に耐えられなかった人の姿は、その場には見られなかった。

著者略年譜

明治二〇年（一八八七）　一歳

二月一一日、大阪府西成郡木津村二三四番屋敷（後、大阪市浪速区鷗町一丁目一二三一番地）に誕生。父秀太郎、母こうの四男。折口家は木津願泉寺門徒の百姓で、曽祖父彦七の代に生薬と雑貨の商家となる。祖父造酒ノ介は奈良県高市郡明日香村岡寺前の岡本善右衛門の八男で、同地の飛鳥坐神社神主の飛鳥家の養子になった上折口家の養子に入り、医を本業とし家職を兼ねた。父も河内黒原村の名主の福井家から婿養子に入り、家業を継いだ。信夫生誕当時の家族は、曽祖母とよ・祖母つた・秀太郎・こう・叔母ゆう、えい・姉あゐ・兄の静・順・進の十人。幼時、大和の小泉村で里子として育てられた。

明治二三年（一八九〇）　四歳

木津幼稚園に通う。百人一首を暗誦し、父から口移しに芭蕉の俳句を暗誦させられた。

明治二五年（一八九二）　六歳

四月、木津尋常小学校に入学。

明治二七年（一八九四）　八歳

二月、曽祖母とよ死去（九〇歳）。双生児の異母弟親夫・和夫誕生（生母、叔母ゆう）。四月、次兄順死去（一二歳）。この年、叔母えい東京湯島の済生学舎に遊学し、贈られた『東京名所図会』の見開きに、初めての自作歌「たびごろもあつささむさをしのぎつつめぐりゆくゆくたびごろもかな」の一首を記す。後年、この叔母の庇護を受けることが多い。この頃から家人に伴われて、歌舞伎や人形芝居を観る機会が多い。

明治二九年（一八九六）　一〇歳

四月、大阪市南区竹屋町の育英高等小学校に区外生として入学。

明治三一年（一八九八）　　　　一二歳

七月、姉あゐ、父の生家福井家に嫁ぐ。この頃、高山彦九郎の伝記に感激し、歩いて堺の仁徳陵に参詣。また国学者敷田年治に入門して和文・和歌を学んでいた姉の影響を受ける。

明治三二年（一八九九）　　　　一三歳

四月、大阪府立第五中学（後の天王寺中学）に入学。身長一三四センチ、体重二七キロ。同級に武田祐吉・岩橋小弥太・西田直二郎らがいる。雑誌「少年世界」「帝国文学」「新小説」「文芸倶楽部」「文庫」などを読む。一〇月、「都賀野の牡鹿」を校友会雑誌「桃陰」に発表。

明治三三年（一九〇〇）　　　　一四歳

春、『言海』を精読。夏、初めて大和へ一泊旅行して飛鳥坐神社に参詣する。この年、薄田泣菫『暮笛集』を購読。土井晩翠『天地有情』、島崎藤村『若菜集』など読む。

明治三四年（一九〇一）　　　　一五歳

この年、大阪版『万葉集略解』を父に買って貰い、巻一の歌を筆写して自身の考えを記す。二月に自作文「芙蓉」の朗読を、六月に『雨月物語』の「白峯」の暗誦を学校の文学会で行なう。一一月、中学生の修養を目的とした琴声会に入会。

明治三五年（一九〇二）　　　　一六歳

三月、兄進の投稿歌に添えた短歌一首が「文庫」に入選。五月三日、父秀太郎急逝（五一歳）。同月の文学会に「変生男子」の論題で演説し、中学生の惰弱を戒める。この頃から学業成績著しく下がる。六月に自作新体詩「行く雲」を、一二月に「病める友に贈る」を文学会で朗読。学校図書館の『令義解』『新古今集』など耽読し訓戒を受ける。年末頃、自殺未遂。

明治三六年（一九〇三）　一七歳

春、武田祐吉らと二上山を越え、大和へ二泊旅行。武田らの短歌の会、鳳鳴会に参加し、作歌を多くする。学業成績ますます落ちる。靄遠渓や飛鳥直醸足などと号した。この年か、一夏中、自宅の蔵に籠って『国歌大観』を読破し、『玉葉集』『風雅集』の価値を発見する。

明治三七年（一九〇四）　一八歳

二月、鳳鳴会解散。三月、卒業試験の英語の会話作文・幾何・三角・物理の四科目に欠点を取り、落第。四月、祖母つた・叔母えいと大和飛鳥に旅行。六月、鳳鳴会後身の維水社に加わり、郵送回覧誌「維水」に短歌を発表。夏、大和に四泊の旅行。この頃、『山家集』を愛読し、西行のように生涯を旅することが理想と発言する。

明治三八年（一九〇五）　一九歳

春、芝山正晴と二上山に登る。二月、短歌「壁画」一〇首を校友会誌「桃陰」に発表。三月、天王寺中学校卒業。九月、家人の勧める医科への進学を変更して、新設の國學院（東京飯田町）の大学部予科一年に入学。麹町土手三番町の素人下宿にいた新仏教家、藤無染の部屋に同居し、年末、藤氏に従って小石川柳町の下宿に移る。天王寺中学教諭から國學院大学講師に転じていた三矢重松の恩顧を受ける。この年、作歌約五〇〇首。

明治三九年（一九〇六）　二〇歳

宮井鐘次郎らの宗派神道教義研究団体の神風会に加入し、会誌「神風」に寄稿、しばしば街頭布教の演説を行なう。この頃か、独りで十国峠を越える。

明治四〇年（一九〇七）　二一歳

一月、金田一京助・岩橋小弥太らと國學院講師金沢庄三郎の『辞林』の編集を手伝う。二月、神国青年会を学友と設立。夏頃、小石川指ヶ谷町に下宿。歌人服部躬治に入門し、一度歌の批評を受けて止める。在学中、金沢に朝鮮語を習い、外国語学校の夜学で蒙古語を学ぶ。この年か、上野の図書館に通って古典部の書籍を読破し、新聞記事になる。

明治四一年（一九〇八）　二二歳

七月、本科二年生に進級し、特待生となる。一〇月、考古学会に入会。年末頃、國學院が夜間他校に校舎を貸したことを風刺した狂言「額論」を書き、学友らと同窓会の席で上演。

明治四二年（一九〇九）　二三歳

一〇月、初めて東京根岸短歌会に出席、伊藤左千夫・古泉千樫・土屋文明・斎藤茂吉らを知る。「毎日電報」（後、毎日新聞）の劇評懸賞募集に「封印切漫評」を投稿し、一等に入選。牛込区天神町八二番地、茅辺方に下宿。

明治四三年（一九一〇）　二四歳

七月、國學院大学大学部国文科卒業。卒業論文「言語情調論」。大阪に帰る。九月、京都山崎妙喜庵の関西同人根岸短歌会に出席し、花田比露思らを知る。この時、釈迢空の号を用いる。秋、京都大学病院入院の母に付添う。この年、石川啄木の『一握の砂』を精読。

明治四四年（一九一一）　二五歳

初夏、短歌「かの日のために」一四首を詠む。八月、河内の岩崎家を訪ね、美隆『枕草子私記』を筆写。一一月、大阪府立今宮中学校の嘱託教員となる。同校教員の石丸梧平を知り、大阪文芸同好会に出入り。一二月、東京人類学会に入会。

明治四五・大正元年（一九一二）　二六歳

三月、祖母つた死去（七五歳）。八月、生徒伊勢清志らを連れ、伊勢・志摩・熊野を旅し、短歌一七七首を『安乗帖』と題してまとめる。一一月頃、大阪府豊能郡麻田村蛍ヶ池に独居。

大正二年（一九一三）　二七歳

七・八月、「迢空集―海山のあひだ」を宮武外骨主幹「日刊不二」に発表。八月、梶喜一を伴い、九州・四国に旅行。一〇月以降、自筆本短歌集『ひとりして』を作り、友人に贈る。この頃から短歌表記上の句読点を工夫する。一二月、投稿原稿「三郷巷談」を柳田国男主宰の「郷土研究」に発表。

大正三年（一九一四）　二八歳

三月、今宮中学の職を辞す。四月、上京し、本郷六丁目の赤門前の昌平館に下宿。今宮中学四期生の萩原雄祐・鈴木金太郎・伊勢清志らも同宿。また小説「口ぶえ」を二五回にわたって「不二新聞」に連載。年内に金沢庄三郎編『中等国語読本』十冊の編纂を終えたが、疲労のため、神経衰弱と糖尿病に罹る。

大正四年（一九一五）　二九歳

三月、「異郷意識の進展」を國學院国文学会例会で講演。四月、今宮中学五期生の伊原宇三郎ら上京し、昌平館に下宿。「髯籠の話」を「郷土研究」に発表。六月、新渡戸稲造邸の郷土会に出席し、初めて柳田国男に会い、その知遇を得る。七月、伊藤左千夫三周忌歌会に出席し、島木赤彦・土岐善麿を知る。夏、生活の窮状を家人に訴え、一〇月、小石川金富町の鈴木金太郎の下宿に寄寓。「切火評論」を「アララギ」に発表し、以後、「アララギ」との縁が深くなる。この年、中山太郎を通じてロシア人のニコライ・ネフスキーを知る。

大正五年（一九一六）　三〇歳

一月、武田祐吉の勧めで『万葉集』の口訳を三か月で終え、九月に国文口訳叢書『万葉集』上巻を文会堂書店より刊行（中・下巻は翌年五月）。八月、戯曲「花山寺縁起」執筆。この年、國學院大学に郷土研究会を創立。

大正六年（一九一七）　三一歳

一月、私立郁文館中学教員となる。二月、「アララギ」同人となり、選歌欄を担当。六月、豊多摩郡野方村の井上哲学堂内の小庵鑽仰軒に移る。「身毒丸」を國學院同窓会誌「みづほ」に発表。八月末〜一〇月初め、尾道および九州のアララギ会員のための講演と歌会の旅に出る。無断欠勤一か月に及び、郁文館中学を免職される。

大正七年（一九一八）　三二歳

二月八日、母こう永眠（六一歳）。二〜四月、ニコライ・ネフスキーに『万葉集』や『源氏物語』を講義。八月、宮武外骨の勧めで雑誌「土俗と伝説」を発行。十数種の筆名で執筆。

大正八年（一九一九）　三三歳

一月、國學院大学臨時代理講師となる。六月、豊多摩郡大久保町西大久保三〇七番地の借家に鈴木金太郎と転居。九月、長野県東筑摩郡教育会で講演。以後、信州各地で講演する。

大正九年（一九二〇）　三四歳

五月、「妣が国へ・常世へ」を「國學院雑誌」に発表。歌舞伎座上演の「名残の星月夜」評を「茂吉へ」と題して「アララギ」に寄稿したが、没書。これが「アララギ」を去る一因に。七月、信州・遠州の山間を民間伝承採訪旅行。九月、國學院大学講師（専任）となる。

大正一〇年（一九二一）　三五歳

七・八月、第一回沖縄採訪旅行。帰途、壱岐に渡る。九月、國學院大学教授となる。年末、選者を辞し、アララギから遠ざかる。

大正一一年（一九二二）　三六歳

一月、雑誌「白鳥」を創刊。小説「神の嫁」や詩「おほやまもり」などを発表。五月、初めて上京した南方熊楠に会う。一二月、鈴木金太郎と共に下谷区谷中清水町一二番地に転居。この年、國學院大学師範部学生の間に、短歌結社くぐひ社や高日社おこる。

大正一二年（一九二三）　三七歳

五月、慶應義塾大学文学部講師となる。國學院大学は飯田町から豊多摩郡渋谷町下渋谷に移転。七月、恩師三矢重松没（五三歳）。夏、第二回沖縄採訪旅行。九月一日の関東大震災の報を翌朝の神戸港で聞き、四日正午に横浜港を上陸し、夜徒歩で清水町の家に帰る。帰途、自警団に取り囲まれる。一二月、渋谷町下渋谷羽沢一八五番地の借家に鈴木金太郎と転居。

大正一三年（一九二四）　三八歳

一月、亡師三矢重松の源氏物語全講会を遺族の勧めで再興。四月、古泉千樫の勧めで雑誌「日光」の創刊に加わり、「日本文学の発生」第一稿を発表。以後、同題の論文は稿を重ねて晩年にまで及ぶ。六月、渋谷町下渋谷羽沢一八九番地の借家に鈴木金太郎と転居。八月、第二回の壱岐旅行。一二月、大阪の実家、隣家から出火して類焼。

大正一四年（一九二五）　三九歳

一月、國學院大学予科生の間に短歌結社鳥船社おこる。五月、第一歌集『海やまのあひだ』を改造社より刊行。

大正一五・昭和元年（一九二六）　四〇歳

一月、早川孝太郎と愛知県北設楽郡の花祭りや長野県下伊那郡の新野の雪祭りを見学。三月、信州諏訪の島木赤彦の葬儀に出席。七月、「歌の円寂する時」を「改造」に発表。一二月、土岐善麿編『万葉以後』の解説「短歌本質成立の時代」を発表。

昭和二年（一九二七）　四一歳

六月、國學院の学生中村浩や藤井貞文らを伴い、能登半島に採訪旅行し、藤井春洋の生家を訪う。八月、土佐に十数日をすごして後、室戸岬に到る途中、古泉千樫の死を知る。九月、「水の女」を「民族」に発表。一二月、雑誌「日光」廃刊。

昭和三年（一九二八）　四二歳

四月、慶應義塾大学文学部教授となり、芸能史を開講。同時に源氏物語全講会を國學院から移す。一〇月四日、長兄静死去（四八歳）。同月、東京府荏原郡大井町出石五〇五二番地（後、東京市品川区大井出石町）の二階建て借家に転居。以後、没年まで住む。鈴木金太郎・藤井春洋同居。一二月初旬、藤井春洋と能登半島に採訪旅行。

昭和四年（一九二九）　四三歳

四月、『古代研究』民俗学篇1および国文学篇の二冊を大岡山書店より刊行。八月、信州の別所・上林・発哺などの温泉に籠もる。

昭和五年（一九三〇）　四四歳

一月、第二歌集『春のことぶれ』を梓書房より刊行。四月、「東京日日新聞」（後の「毎日新聞」）の歌壇選者となる。手伝いの宮永みか、能登から来る。六月、『古代研究』民俗学篇2を刊行。八月末、最初の東北採訪旅行をし、遠野・恐山・男鹿などを歩く。遠野では佐々木喜善同行。一一月、「婦人公論」の歌壇選者となる。一二月、初めて飛行機に乗り西下、春日若宮御祭りを見学。

昭和六年（一九三一）　四五歳

一月、藤井春洋、金沢歩兵連隊に入営。三月、西金砂神社の田楽を見学。八・九月、南部や津軽に採訪旅行。一〇月後半、体調を崩す。一二月、北陸に旅行。月末、春洋除隊。

昭和七年（一九三二）　四六歳

三月、文学博士となる。学位論文「『古代研究』国文学篇中、万葉集に関する研究」。一〇月、改造社より雑誌「短歌研究」が創刊され、選者となる。以後、執筆することが多い。

昭和八年（一九三三）　四七歳

四月、藤井春洋、國學院大學講師となる。一〇月、JOAKから「万葉集講座」を一二回放送。一一月、小石川伝通院での古泉千樫七回忌法要・追悼会で北原白秋と講演。

昭和九年（一九三四）　四八歳

一月、姉あゐ死去（五六歳）。四月末、鈴木金太郎大阪に転勤。同居は二一年間に及んだ。夏中、藤井春洋療養のため、北軽井沢の法政大学村の別荘を借りる。一一月、東北旅行し、平泉の延年舞・早池峰の神楽を見学。

昭和一〇年（一九三五）　四九歳

四月、初めて叔母えいを家に招く。七月、信州小谷温泉に行く途中、下川原で落馬。以後、腰部神経痛の原因となる。八月、民間伝承の会を発足。一一月、大阪木津の折口家から分家。一二月〜翌年一月、春洋を伴い、三回目の沖縄採訪旅行。

昭和一一年（一九三六）　五〇歳

一月、「山の音を聴きながら」を「多磨」に発表。二月、國學院郷土研究会大会で「琉球国王の出自」を講演。九月、「新古今前後」を「短歌研究」に連載し始める。

昭和一二年（一九三七）　五一歳

一月、短歌文学全集『釋迢空篇』を第一書房より刊行。二月、山形県の黒川能を見学。三月頃、初めて頭髪を伸ばす。八月、改造社の『新万葉集』の選を始める。一二月、箱根明神ヶ岳の道に迷い、一夜を野宿する。

昭和一三年（一九三八）　五二歳

四月、自選歌五〇首を『新万葉集』に掲載。六月、ＪＯＡＫ国民講座で「短歌の歴史」「短歌の本質」「短歌の鑑賞」を三回放送。七・八月、室生犀星や堀辰雄の尽力で軽井沢に滞在。

昭和一四年（一九三九）　五三歳

一月、小説「死者の書」を「日本評論」に三回連載。四月、箱根仙石原に山荘「叢隠居」を建て、休暇の多くを過ごす。五月、自選歌の朗詠をコロムビア・レコードに吹き込む。一〇月、抒情詞曲「山家集」をＪＯＡＫで放送。一一月中旬、京都帝国大学史学科特別講師として神道を中心に連続講義。この間、近江の比良山で道に迷い、一夜野宿。また天王寺中学時代の恩師田中常憲（白茅）の京都深草の家を訪問。講義終了の後、大和万葉旅行。

昭和一五年（一九四〇）　五四歳

二月、日本文学大系『近代短歌』を河出書房より刊行。一一・一二月、JOAK国文講座で「明治時代の短歌」を八回放送。

昭和一六年（一九四一）　五五歳

一月、宮中御歌会始めの儀に召される。題「漁村曙」。三月、室生犀星宅で雑誌「むらさき」のために「古典について」の対談をし、連句を巻く。『橘曙覧評伝』を教学局より出版。五月、仙台中央放送局主催の東北民謡試聴団の旅行に参加し、車中で柳田国男・土岐善麿と歌仙「東北車中三吟」を巻く。八・九月、中国に旅行し、北京で講演。一二月、太平洋戦争起こり、藤井春洋応召。

昭和一七年（一九四二）　五六歳

四月、春洋召集解除。七月末、箱根仙石原の叢隠居で柳田国男・穂積忠と連句「若すゝきの巻」「かな蛇の巻」を巻く。八月、叔母ゆう死去（七九歳）。九月、歌集『天地に宣る』を日本評論社より刊行。一二月、大日本言論報国会の会員となる。

昭和一八年（一九四三）　五七歳

三月末か四月初め、日本文学報国会理事会で「アラヒトガミ事件」あり、現人神は天皇一人にあらずと発言して収まる。四月、大日本芸能学会を創設し、会長となる。機関誌「芸能」を監修。七月、三矢重松二〇年祭記念歌碑建立のため、山形県鶴岡に赴く。九月、藤井春洋再び応召し、金沢の連隊に入隊。この後、加藤守雄同居（翌年六月まで）。『死者の書』を青磁社より刊行。十月、國學院大学学徒出陣壮行会で、詩「学問の道」を高崎正秀代読。一二月、三兄進上京し同居。

昭和一九年（一九四四）　五八歳

三月、『日本芸能史六講』を三教書院より刊行。四月、慶應義塾大学内に語学研究所が発足し、第一部長となる。七月、藤井春洋硫黄島に着任。柳田国男・鈴木金太郎を保証人として、春洋を養嗣子に入籍。「山越しの阿弥陀像の画因」を雑誌「八雲」に発表。この頃から、長詩型の詞章頻りに心に浮ぶ。八月、叔母えい死去（七三歳）。一一月頃、折口春洋の歌集『鵠が音』の原稿を出版社に渡す。

昭和二〇年（一九四五）　五九歳

一月、越後出湯温泉石水亭に静養。三月、印刷中の詩集『古代感愛集』戦火に焼失し、事前に入手した十数部のみ残る。それを自装し、身辺の者たちに贈る。大阪の生家焼失。三一日、大本営、硫黄島全員玉砕の発表。この頃、信州への疎開を勧められるが、出石に留まる。四月、大阪に親戚を見舞い、能登一ノ宮の藤井家を訪う。七月二六日、文化芸能団体に協力要請する会合で、裏で政府に和平交渉を勧める海軍のその報道部少将が国民には本土決戦を煽る発言をしたことを批判する。八月一五日、日本敗戦の詔勅を聴き、箱根山荘の叢隠居に四十日間籠もる。一一月、叢隠居で大森義憲と連句「湯小屋両吟」を巻く。

昭和二一年（一九四六）　六〇歳

二月、詩篇「近代悲傷集」を「人間」に発表。三月、伊馬鵜平（後、春部と改名）復員して出石宅に同居。四月四日、三兄進死去（六二歳）。この月から、伊馬春部・池田弥三郎・戸板康二らと創作戯曲朗読会「例の会」を開く。五月、國學院大学に「神道概論」を開講。戦後最も心を注いだ講義。六月、春洋と共著の歌集『山の端』を八雲書店より刊行。一一月、國學院大学講堂で自作の戯曲「芹川行幸」を上演し、自身も声の出演をする。一二月、手伝いの矢野花子同居。この年、詩作・劇評の執筆が多い。

昭和二二年（一九四七）　六一歳

三月、戦火に焼けた『古代感愛集』を改訂して青磁社より刊行。四月、國學院学生岡野弘彦同居。八月、『日本雑歌集』を芸文社より、九月、『短歌啓蒙』を芸苑社より、一〇月、『日本文学の発生　序説』を斎藤書店より、一二月、『迢空歌選』を養徳社より刊行。

昭和二三年（一九四八）　六二歳

一・三月、釈迢空短歌綜集三『水の上』を、その四『遠やまひこ』を好学社より刊行。二月二一日、自由学園で「新時代における紀元節の考へ方について」を講演。以後、年数回講話する。四月上・中旬、塩竈・仙台・石巻・気仙沼・関本に講演旅行。弟親夫死去（五五歳）。五月、『古代感愛集』により日本芸術院賞受賞。九月、能登一ノ宮で春洋の墓石を選んで帰宅し、墓碑銘を撰ぶ。「もつとも苦しき　たゝかひに　最くるしみ　死にたる　むかしの陸軍中尉　折口春洋　ならびにその　父　信夫の墓」（翌年七月建立）。一〇月、雑誌「本流」創刊で小林秀雄と「古典をめぐりて」を対談。一二月、第一回日本学術会議会員に選ばれる。この頃、ハワイの短歌グループに添削指導をする（没年まで）。

昭和二四年（一九四九）　六三歳

一月、西脇順三郎と慶應義塾大学研究室で対談。二月、『恋の座』を和木書店より刊行。八月、箱根山荘に伊原宇三郎滞在し、肖像画を製作。六月、『万葉講義　畝傍・飛鳥篇』を推古書院より、九月、『世々の歌びと』を鎌倉文庫より刊行。一一月、「民族学研究」に柳田国男との対談「日本人の神と霊魂の観念そのほか」載る。また、宮中御歌会詠進歌選者を命ぜられ、以後、没年に及ぶ。この年、「婦人公論」の全国未亡人の短歌選を行なう。

昭和二五年（一九五〇）　六四歳

二月、『日本文学啓蒙』を朝日新聞社より刊行。三月、「詩語としての日本語」「詩歴一通」を口述、五月に創元社の『現代詩講座』に発表。七月、「反省の文学源氏物語」を「婦人之友」に発表。一〇月、柳田国男に従い、伊勢・大和・大阪・京都に旅行。岡野弘彦同行。一二月、短歌「冬至の頃」五首を詠む。

昭和二六年（一九五一）　六五歳

一月、「女流の歌を閉塞したもの」を「短歌研究」に発表。二月、「源氏物語と歌舞伎芝居」を東京大学源氏物語特別講座で講演。六月、腰部神経痛激しく日本紀の会・鳥船歌会など床についたまま講ずる。この年、靖国神社から求められ、奉祭歌「人おほくたへらざりけり　海やまにみちてきこえし　こゑもかそけし」を詠む。

昭和二七年（一九五二）　六六歳

一月、『日本古代抒情詩集』のための口述を始める（没後に刊行）。二月、自作の詩・短歌の朗読を「NHK声のライブラリー」に録音。五月、詩集『古代感愛集』『近代悲傷集』を角川書店より刊行。夏、軽井沢の貸別荘に滞在し、室生犀星・堀辰雄らと交歓。八月以来、健康すぐれず。九月二〇日、國學院の講義中、軽い言語障害。一〇月、「民族史観における他界観念」を『古典の新研究』に発表。一一月、第二国立病院で診察を受けるが、内臓・血圧などに異常なしと診断される。東をどり台本「万葉飛鳥之夢」を新橋演舞場で上演。

昭和二八年（一九五三）　六七歳

一月、信州新野の雪祭りの映画化でシナリオ執筆。二月、『かぶき讃』を創元社より刊行。「自歌自註」の口述を開始。四月、横浜の外人墓地を散歩し短歌「孃子塋」連作を詠む。岡野弘彦同行。六月、堀辰雄の葬儀に追悼詩を読む。七月四日から岡野弘彦を伴い箱根山荘に滞在。一二日、箱根に集まった鳥船社有志に各自の今後一年間に研究すべき論題を提出させる。春洋の歌集『鵠が音』校了し、

「追ひ書き」成る。八月、この秋執行の三矢重松三十年祭祝詞を起草。「自歌自註」の口述を続ける気力失せる。八月二五日、「遠東死者之書」「八月十五日」等の詞章や「いまははた　老いかゞまりて、誰よりもかれより　も低き　しはぶきをする」「かくひとり老いかゞまりて、ひとのみな憎む日はやく　到りけるかも」の二首を作る。錯覚と幻視起こり、衰弱著しい。伊馬春部や池田弥三郎ら、下山を勧める。二九日、帰京。三一日、慶應病院に入院。九月二日、胃癌と診断される。三日午後一時一一分永眠。六日、自宅で神式により葬儀。一二月一三日、能登の墓所に、養嗣子春洋と共に遺骨を埋葬。また、大阪木津願泉寺の折口家累代の墓にも分骨埋葬する。

没後、「三田文学」（一一月）、「コスモス」（一二月）、「短歌」（創刊号、翌年一月）、「國學院雜誌」（同年五月）の追悼号が出る。二月、折口博士記念会発足。一〇月から三二年四月にわたって、『折口信夫全集』全三一巻を中央公論社より刊行し、これにより昭和三二年五月、日本芸術院恩賜賞受賞。昭和三〇年六月、歌集『倭をぐな』を中央公論社より刊行。昭和四〇年一一月から四三年六月にわたって、新訂再版『折口信夫全集』全三一巻を中央公論社より刊行。昭和四五年九月から四七年二月にわたって、『折口信夫全集ノート編』全一八巻を中央公論社より刊行。昭和五〇年四月から五一年一二月にわたって、文庫版『折口信夫全集』全三一巻を中央公論社より刊行。昭和六二年一〇月から翌年二月にわたって、『折口信夫全集ノート編』全五巻を中央公論社より刊行。同一〇月、『釈迢空短歌綜集』を河出書房新社より刊行。平成七年二月から一四年四月にわたって、新編『折口信夫全集』全三七巻別巻3（別巻4、未刊行）を中央公論社（後、新社）より刊行。

作品初句索引

一、本書収録の全歌集および「私家版・自家選集」「短歌拾遺」の全作品の初句を歴史的仮名遣いに従って五十音順に配列した。
一、各句の下に、各歌の掲載ページを示した。
一、初句が同一の場合は第二句を、第二句も同一のものは第三句と順次に示した。
一、意味は同じで漢字仮名表記の異なる初句は、そのうちの一つで代表し、（　）をもって付記した。

あ

あゝその日　536
あゝひとり　426
愛新覚羅氏　331
あか〳〵と(赤々と)
　はためき光る　469
　山のつゝじは　222
　夕日さし入る　498・529
明々の　209
藜の葉　249
あかしやの
　垂り花　白く　396
　垂り花見れば　235
　花　ふりたまる　171
　夕目ほのめく　235
県びと　460
暁の(あかつきの)
　霜にひゞきて　329
　山よりくだる　419
　闇を　あはれと　210
暁は
　海の方より　438
　かなしかりけり　444
　しづかかりけり　440
　わかれがたしと　210
あかときを　76・524
赤花の
　照り　しづかなる　572
　照れる朝明の　463
赤ふどしの　11
赤松の
　大木まばらに　561
　繁みたつ山の　154
　むらたつ空は　399
　むらたつ道に　399
　むらたつ山に　400
あかり来る　22
明るきに　495
あきうどの　169
秋老いぬ　534
秋風の　431
秋篠へ　536
秋たけぬ　85・503
秋づけば(長歌)　541
秋にむかふ　151
秋のくさ　419
秋の空
　晴れて澄む日は　337・361
　神楽が丘の　79・506
秋の日と　573
秋の日の　566
秋の山　81・505
秋の夜の
　あかしのもとに　502
　水のせゝらぎ　504
あきびとの
　家に生れて　551
　むれにまじりて　456
秋深く　200
あきらかに
　子どもらも見よ　419
　もの言はむと　する　153
あきらめて

応へて居たり 269
　起きむとすなり 246
　をり と告げ来る 38
飽く時の 453
飽く時も 457
明けがたの 264
明け昏れの 195
暁近き 59
あけ近く 187
明けわたる 465
朝あけて(朝明けて)
　心ほがらに 215
　町に出で立ち 300
朝あつき 55
朝々に
　来ること遅るる 110
　火を持ち来り 47
朝海の 55
朝風に 34
麻刈りの 539
朝来たり 44
朝霧に 506
朝草刈に 223
浅草の 553
朝暗く 229
朝明より(朝けより)
　人にあひつゝ 290
　ほこりのにほひ 182
朝さめて 200
朝立ちて 263
あさ茅原 13
朝月に 507
朝戸あけて 169
朝戸出に 537
朝戸出の
　笠かたむけよ 535
　君はと見れば 532
朝な夕な 422
朝の飯 166
朝咽喉を 185
朝の日の 247
朝の間の 55
朝の夢 347
朝早く 432
曦子の 550
朝日さす 449
朝日てる(朝日照る)
　川のま上の 40
　山のかなしさ 517
　山のさびしさ 72
あさましき
　都会となりぬ 388
　歩兵士官の 416
あさましく
　香にこそにほへ 515
　はだかになりぬ 520
　目にはだかり 492
朝森の 60
朝やけの 24
朝山に 280
朝闇に
　郭公が近く 162
　みだれ啼く声 210
朝ゆふべ
　たのしみもなし 436
　ながむる庭は 372
朝宵に
　粥をすゝろひ 141
　人の来たりて 434
朝よりの 225
足柄の
　金時山に 66
　小峰の原に 48
あしき人に 144
あしこしも 562
あしざまに 451
あしたより 318
足なぐる 500
脚のべて 206
葦原の 547
足もとに 497・525
足もとを 533
明日香風 82・509
あすか川(飛鳥川)
　よどむ川瀬に 538
　渡る瀬多み 534
飛鳥なる 430
あすの夜の 159
遊びつゝ 414
あそび呆けて 448
あたゝかき
　磧に居りて 288
　暮れの廿五日を 465
　今年の睦月 569
　年なりけるか 316
仇の家に 185
あたらしき(新しき)
　石の菩薩の 241
　年のはじめの 21
　年は来向ふ― 407

望を乗せて　532
死にをせしかと　69
あぢきなく
旅やつゞけむ　11
なりて居にけり　447
あぢさゐの（紫陽花の）
蕾ほぐれず　18
花さくころと　413
花の盛りの　130・573
まだとゝのはぬ　18
花むら深く　442
暑き日を　174
暑けくに　283
あなあはれ　444
あな重の　305
あなかしこ　367
あなくるし　574
あなさびし　440
あなどられつゝ　209
兄の子の　29
兄の死を　414
姉が弾く　415
姉の子の　111
安乗の児　487
あは〳〵し

今朝の淡雪に　386
とるに足らざる　569
淡くしむ　488・525
あはずありし　30
阿波に入りて　445
あはむ日の　81・505
淡雪に　249
阿波礼　阿那　313
あはれとぞ　429
あはれ何ごとも　470
あはれなる
後見ゆるかも　79・500
若きけものゝ　516
女の旅か　471
あはれにも　490
あはれよと　369
あはれ　わが　475
相思ふ　289
網曳きする　11
あひし日の　547
あひ住みて　379
会津嶺　35
仰ぎつゝ　131
あふぎては　538
仰ぎ見る　396

あふげば　508
逢阪の　169
近江路の　293
近江路や　539
油火を　359
あへなくも　388
あへばかつ　502
天がける　503
天霧ひ　276
雨霧の　147
天草の　471
天雲の　307
あまたゐる　25
天つ空　545
天つたふ　495
天づたふ　75・523
天つ日の（あまつ日の）
かげのあはれに　488
照れる岡びに　83・507
照り正しきを　329
光あはれに　522
み冬来向ふ　15
天つ日は　457
天飛ぶや　348
蚕の家　10

蚕の子の
かづき苦しみ　11
むれにまじりて　12
蚕の子や　11
あまりにも
隣りしづかに　108
われかしづくに　493
蚕をのこ　11
蚕をのこの　12
蚕をみなの　162
雨あがる　281
天地に
力施す　329
響きとほりて　330
天地の
神の軍を　557
神の叱責に　329
ことわりといふ　545
なしのまゝなる　306
四方に退きゐる　558
雨と鳴る　237
雨にち（散）る　489・524
雨にゆ（行）く　496・524
雨の音　441
雨のゝち　30

雨のゝちに　21
雨の日を　300
雨霽れて
　村はひそけき　247
　山の木草の　174
雨ふりて　459
あめりかの
　子ども泣きやめ　467
進駐軍の　385
進駐兵に　454
あやまたず　121
あやまちを　573
あやまてり　371
鮎とると　545
歩み入る　408
あゆみ来て　134
あゆみつゝ　146
荒々し　309
あら草の　460
あらそひし　108
あらそひの　120
あらた代の
　三朝の栄えの　573
　睦月朔日　237
明治の御代の　373

荒らけく　466
荒御魂　575
あり〳〵て　140
ありうさに　164
あり憂さを　125
ありし日は　545
あるき来て　110
あるきつゝ　295・343
あるじ疾む　154
ある時は　385
あるとしの　512
ある人は　228
あるひまよ　82・506
荒れ鼠　293
荒山に　212
あわたゞしき　132
あわたゞしく
　姥子の坂を　564
　母がむくろを　31
　世はありければ　69
あわびとる　11
あわ雪の　564
青々と
　曇り深まる　223
黒木の御所の　399

護国神社の　563
　山の梢の　14
青うみに　77・487
青うみの(青海の)
　大波来る　492
　まかゞやく日や　526
青草の　467
青雲に　335
青雲ゆ
　雉子鳴き出づる
　大倭べは　368
　倭べを　306
青ざめて　548
青芝に　469
蒼白う　489
青空に　41
あをぞらの(青空の)
　うらさびしさや　123
　下よりかへり　450
青ぞらは　57
青波に　291
青塗りの　291
青葉木の　221
青びれて　366
青峰に　487

青やかに　474
　霞める水の　493
　木どもならべり　207
青山と
青山に
　澄みてあたれる　298
　澄みて光れる　344
　末はまぎるゝ　305
　夕日片照る　76
　夕日まざ〳〵　486・524
あをやまの(青山〔やま〕の)
　草葉のしたに　79・500
　山ふところに　39
青山は
　四方に周れり　304
　尾谷重れり　195

い

優なりし　177
如何にして　433
いからじと　382
怒り倦み　108
斑鳩の　536
怒ること　474

一瞬や　347
一兵卒　339
出雲崎　398
いてふちり　563
いてふ(銀杏)の葉　491・527
いでますら雄　541
いと苦しき　394
いとけなき　45
いとけなく　109
いとけなくて
　死にけるちごの　299
　我が見し町の　130
　我は見にしか　572
いと寒き　423
いとながき(いと長き)
　人間の世の　573
　雷雨の後の　419
いと長く　276
いとはやく　434
いとほしき　334・365
いとほしく　452
いとほのかに　437
いとまありて　461
暇乞ひて　263
いとまつげて　166

糸満の　25
いとわりな　496
いなむしも　562
いにしへか　567
いにしへに
　戦ひ負けし　363
　よきはらからの　286
いにしへの(古の)
　淡海の置目―　369
　生き苦しみし　401
　おほき聖は　157
　大き聖も　371
　孔子もゆるせり　551
　筑摩の出で湯　394
　ひじりと言はれし　313
　人のこほしさ　448
　無慙法師の　233
　教へ子のとも―　425
いにしへびと(いにしへ人)
　あるは来逢はむ　83・506
　我に言ふことの　269
いにしへや　147
犬の子の　21
犬の子は　572
いぬのこを　552

いぬる子の　494
命さへ　528
いのりこし　567
岩が根を　308
巌くえの(巌崩えの)
　落つるひゞきを　214
　下にも　君が　214
岩にゐて　525
岩の間の　117
岩橋も　537
石見のや　142
飯倉の　123
胃ぶくろに　104
いふことの　84・511
家々に　241
いへ〳〵の(家々の)
　ともしき春を　408
　わかきをのこの　562
家裏に　13
家ごとは　197
家ごとを　18
家恋し　490・529
家に飼ふ　261
家場も　345
家のうち　111

家の姥に　240
家の子よ　109
家の外　477
家のため
　博士になれと　71・518
　男ぎらひの　510
家ひさしき　345
家びとに
　心すなほに　105
　告ぐることなく　331
家びとの
　老いを省に来し　167
　起ち居とよもす　111
　まみのあはれに　500
　めをと睦びて　141
家ふえて　32
家古く　435
いまだ　わが　10
今の間に　280・346
今の世の
　媛　貴人の　476
　幼きどちの　382
今は来じ　509
今はしも　282
いまはた　477

颱戸の　466
生れ子の　128
海風の　40
海岸に　317
海くれぬ　493
海越えて　220
倦みつかれ　73・516
海側に　238
海にきぬ　508
海猫の　316
海の青　295
海のおと(海の音)
　聞えぬ朝か　210
　聞えぬ限に　160
海のおも　566
海の風　206
生みふえて　406
生みふやせ　533
海やまに　569
梅の花　286
梅林　555
處々し　373
うら／＼と
　さびしき浜を　205
眠り仏の　221
　野に照る日かげ　250
うらがれの　502
うらさびしく　432
裏だなを　69
浦にいでゝ　489
裏庭の　446
うらぶれて　389
うらみごと　508
うらやましき　401
裏山に　551
うらゝなる　271
うるはしき
　恋ごゝろもて　391
　母の弾く手に　415
うるはしき子の　21
好はしく　135
うるみたる　128
嬉しくて　276
うれしげも　426
うれひつゝ　43
梢高き　565
うろくづの
　うきゐる浪に　70・502
　来よる渚の　489
魚はねて　539

え

穎娃の村　205
えびす講　556

お

おいかけに　540
老いづきて　317
老いづけば　334・364
老い友の　420
老いぬれば
　心あわたゞしと　310
　ふるさと人の　377
老いの身の　381
老いの世に
　かくのどかなる　403
　国さへつひえ　563
老いびとの(老い人の)
　おい呆けてする　370
　かくすこやかに　574
御歌会　314
沖さけて　488・522
おきつ国　522
沖縄に　442
沖縄の
　首里の都の　432
　洋のまぼろし　442
沖縄を　420
奥地より　353
奥牟婁の(おくむろの)
　町の市日に　498
　町の市日の　76・524
　山くもり日の　487・525
奥山の　49
送られ来し　279・352
送られ来て　248
おくれ来て　57
怠りて　298
おこたりも　447
忍阪の　534
おしこらへて　434
おしつまりて俄に寒し
　あか／＼と　556
　思はんに　556
　遠々し　556
　信濃びと　556
　叱られて　556
　戦ひに出でしまゝなる　556
　東より　556
　若くして　556

おしつまりて
　にはかに寒し　155
　ひさめふる日に　556
おしなべて
　煙る野山か―　381
　山かすむ日と　193
おぞやなほ　504
おそろしき
　才女と 人に　401
　しゞまなりきな　72・518
おち鮎よ　507
落ち葉など　435
おとうとの(弟の)
　家より 家に　111
　胸におく手に　501
音羽　221
音耳に　497
おどろかぬ　131
おどろきて
　かれがざえをば　515
　人に告げなむ　434
衰弖　561
おとろへぬ　509
おなじ世に　341
鬼の子の　175・571
おのづから
　歩みとどまる　34
　勇み来るなり　334・365
　咲きゝはまれる　462
　さびしくなり来　561
　覚め来る夢か　53
　棚のもちひの　402
　まなこは開く　46
おのれまづ　168
おひすがる　520
追分の　475
大海原　463
大海に　76・495・525
大海の　442
大川の　57
大き家は　284
大きこゑ　366
大きなる
　袋を 二つ　111
　山虎杖の　265
　欄干橋ありて　292
　らんぷ 取出て　432
　草鞋をぬぎて　310
おほきみの(大君の)
　内つみ庭の　133
大き御門の　133
　民にむかひて　380
　伴の荒夫の　379
　伴の隼雄に
　　知る人の　351
　　向きて言ふ　343
　伴の隼雄の　348
　伴の隼雄は　343
　宣りたまふべき　380
　昼のおまし　132
　御門の衛士の　133
　御言かしこし　559
大君は
　あそばずありき　158
　神といまして
　　神ながら
　　いのり給へり　558
　　思ほしなげく　329
　神にしませば
　　神業の　558
　　ますら雄の　557
おほけなく　508
大阪の　239
大霜は　280・340
大隅の　220
大空に　315
大空の
　鳥も あぐみて　80・501
　もとにかすみて　78・499
大空を　369
大台の　488・527
大寺の
　きんのくつがた　579
　歓喜ぼとけの　427
おほどかに
　声あげて遊ぶ　447
　睡り入るとき　422
　更けゆく夜か　424
大歳の(大年の)
　日ざし をどめる　139
　村をぞ思ふ　197
　湯島の岡の　546
大汝
　この世にありし　431
　少彦名を　431
大橋の
　下にかぐろき　183
　夕やけ鴉　183
大御祖　558
大御心　558

おほみこと　407
大宮の　263
大御代の　318
大八洲(大八州)
国の崎々　575
国のほかなる　560
国の八千島　331
春の光りは　384
日高見の国は　306
おほよそ　152
おほらかに　211
おぼろに　510
おぼろ夜と　232
媼らは　302・351
髣髴に(おもかげに)
顯つさびしさや――　414
たつふる里や　140
おもかげの　136
おもしろき
ことこそなけれ――　301
こなや踊りを　242
声はすれども　211
小説かきも　568
日々にあらねば　476
日々を　ねがひて　446
おもしろく
打つし「しころ」に　168
世ぶあらむなど　432
おもしろくして　233
おもしろげなく　432
おもしろげに　446
思はじとして　339
おもひおこす　563
思ひつゝ
還りか行かむ　462
ひとりあらむと　121
おもひで(出)の　84・499
思ひ見る　122
おもふ心　507
おもふこと(思ふこと)
しば／＼たがひ　84・512
はつかあまりの　547
おもふ子と　545
思ふ子は
雲居はるかに　388
つひに還らず　383
思ふ名を　535
思へども
おもひ見がたく　563
遠く遊ばむ　297
なほ　あはれなり　225
思ほえぬ　292
おもむろに　310
面むかへば　28
親々の　226
祖々も　161
親不知の　277
おりたちて　163
おろ／＼に　75・519
飲食の　382
御柱
海道　凍てゝ　31
今年となりて　212

か

かあをなる　510
海工廠の　294・343
高架線の　65
航空機の　367
航空機は　279・346
郊外の　429
高座に　63
轟として　347
校門の　539
かゝはりなく　516
かゝはりも　396
かゞやかに(輝やかに)
友提督の
還る日も　305
還る日や　349
穂並みゆすれて　62
垣越しに　449
学校の　156
学校の庭　156
かくしつゝ
いつまでくだち　72・517
すべにまどへり　204
かくしても　242
迦具土を　533
かく遠き　376
かくのごと(かくの如)
さびしきときは　578
たくはへ薄く　467
かくばかり　310
かくひとり　477
学問の
悠なるかなや――　412
いたり浅きは　118
かぐ山の　539
かぐ山は　538

迦具山を　534
影あり　347
崖したに　268
陽炎の　474
かげろへる　123
鹿籠の　203
籠は籠　449
風ぐもり　527
かさなりて(重りて)
　猫の子どもの　477
　四方の枯山　187
かざらぎの　552
畏くて　330
畏さは　381
槲の葉の　121
柏崎の　268
橿原の
　殿戸ゆ見れば　308
　ひじりの御代の　303
菓子を買ひ　552
数おほく　560
かずかずの　404
春日野や　535
数ならで　416
霞ゐる　125

霞む日を　474
風出でゝ　105
風すぐる　212
風そよぐ　502
風たちて　495
風の音　456
風の音は
　暮れしに似たる　44
　四方にさやらず　359
風の鳴る　276
風の間は　296
風吹きて　28
風ふけば　117
かそかなる
　生きのなごりを　119
　幻　昼を　467
　睦月の　山に　568
　睦月の　山の　227
かそけくて
　一代過ぎにし　337
　一代終へたる　361
片枝の　56
かたくなに
　炬燵きりたる　262
　子を愛で痴れて　378
　人な憎みそ　122
　まもるひとりを　21
　森鷗外を　464
堅凝りの　232
かたすみに　514
かたときの　513
肩ひろく　243
かたよりて
　雲の明りの　268
　我が立てる　銀座　130
かたりべの　552
かたゐ等の　245
勝ちがたき　381
かちかちに　436
勝ち興奮に　333
かつかつに　275
かつかつも　387
潜く舟　331
上総水脈　410
葛飾の　199
桂木の　150
葛城の　537
葛城や
　高まの峰ゆ　537
　峰のたうげに　534

かどあけて　564
かどにいる　115
かなしきは　549
かなしく　516
かなしごの　554
悲しみに　381
悲しみは　456
かなしよと　576
かならず　215
かならずも
　親の子思はぬ　144
　さびしきことに　179
かにかくに
　戦ひ過ぎぬ　383
　人は人とし　455
鐘鳴りぬ　549
金持ちは　136
かの木かげ　501
かの子こそ　74・513
かの子また　487
かの子らも
　来ずなりぬる　131
　をどるなるべし　442
かの子らや　9
かの見ゆる　26

かの森の 60
かの処女 199
川風に 28
川上の
　足柄山の 288
　槐の花の 219
河岸に 510
川霧に
　月しろ寒き 534
　　もろ枝翳したる 27
川 阪を 176
河嶋の 492
川蒸汽 510
川波の(河波の)
　白くゝだくる 22
濁りかゞやく 167
光り ともしく 182
夜の やはらぎを 167
川の音 330
川原の 26
川みづの 22
川原風 288
川原田に 26
峡越しに 555
かひなしや 508
峡の村 247
かべ茅ゆ 25
壁の上の 470
壁の中に 450
還らざる 564
還り来て 576
かへり来る 561
還り来む 155
かへりみて 181
かへりみの 535
還ることなし 385
顔色を 112
顔ゑみて 33
鎌倉の 449
釜無の 230
神怒り 330
神々の
　奇蹟あらはす 575
　心おもほゆ― 407
　たまのありかの 559
神々も 570
神こゝに 574
かみそりの 31
神憑きの 452
神のごと 72・516
髪のすゑ 514
髪をかる 486
神さびて 241
神宝 152
神力 558
霹靂の 436
神無月 499
かもかくも 196
萱がくれ 227
萱原の 271
萱山に 278・345
乾風に 540
乾風の 52
からかりし 393
からくして
　面を起す 36
　冬過ぎなむか 470
乾鮭の 50
鴉なく 48
鴉棲る 14
から松の 248
枯山に 296
枯山の(から山の)
　梢 さやく〱 44
　木むらに向きて 44
刈りしほの
　麦の穂あかり 59
　麦原のなかは 59
刈りすてゝ 367
かれあしに 78・499
かれ茅の(枯れ茅の)
　なづさふ川の 44
　見おろし遠き 44
枯れ〱て 317
かれも 此も 136
寒菊は 446
寒のうちに 228

き

紀伊の国
　三輪崎とふ 496
　尾鷲の港 494
木々とよむ 40
菊の花(kiku-no-hana)
　sakari sgitt 549
　しどろに臥して 444
　まだきすがるる 171
紀元節に 409
きさらぎの(如月の)
　朝間の照りに 44

いくさに果てし 442
　野に照る光り 442
斑雪の如し― 409
　はつか過ぎたる 289
　はつかの空の 378
　望の日ごろの 309
　山のおくがに 303
　雪の　かそけき 69・520
　夜に積む雪の 263
　連翹さけば 515
ぎし／＼の 293
岸の限 517
岸波に 295
汽車に明けて 54
汽車の中に 290
汽車の燈は 53
汽車の牕(窓〔まど〕)
　あけ放ち居し 282・341
　こゝにし迫る 54
　そこにさびしく 65
汽車はしる 53
汽船まつ 497
きその雪 551
きその宵 152
きそよりの 148
義太夫の 410
北国の 239
　きたなげに
　髪ちゞらせる 437
　人こみあへる 235
北牟婁の 488・526
狐井の 537
木によれば 515
きのふには 551
きのふより 511
木のもとの 40
木場の水 129
きはまりて
　しづけき師走 567
　ものさびしき 12
黍幹と 443
木ぼっこの 16
君がかげ 504
君が舟 504
君死にき 500
君にわかれ 80・503
君をおもひ 504
君をおもふ 545
奇妙なる 432
京住みに 567
京に二年 536
京のやま(山) 79・500
客間の氈 184
きよげなる 453
基督の 458
切り通し道 182
金曜日 413
銀座より
　疲れ帰りて 276
　わかれ来にけり 474
金太郎よ 51
きんぽうげ
　さわだつ花は 61
　むら／＼黄なり 61

く

悔いつゝも 229
草あぢさゐの 452
草かげに 61
くさかげの 308
草かげや 270
日下部の 573
草枯れの 281
草田 463
草のうへに 62
草の株 45
草の露 396
草のなか 61
草の葉に 234
草のはの 562
草の葉は 509
草の原 336・362
草の芽の 547
草の籔 60
草はらに 307
くさむらに(叢に)
　入りかくれ行く 234
　薄きくれなゐ 400
　梅の実ひとつ 235
　追いにがしたる 400
　くれなゐ薄く 441
　澄みて日の照る 290
　日は深ぶかと 425
くさむらの
　草の伏せるを 234
　中より出でゝ 445
　深き夜さめて 396
くさむらを 307
草山の 234
葛の花 9

葛野老 547
くそかづら 507
久高なる 266
久高より 266
くちなしの 410
くちびるに(唇に)
　瘂攣来る 497
　色ある酒も 181
くちひろく 560
愚痴蒙昧の 416
くちをしく
　この憂き時に 433
日ごろをあれば 233
くつがへる 410
沓下に 374
沓下ゆ 457
沓とれば 74・514
沓のまゝに 363
沓はきて 459
くづれふす 73・516
国大いに 352
国頭の 267
国々の
　歌うたひゞと 564
　四方の社の 565

国さかり 29
国民の 575
国つ敵 558
国とほく(国遠く)
　相住みにけり 122
　この若き人を 127
　我におぢつゝ 37
国のため 345
国の名の 448
国の秀の 246
国離れ 401
国原に 534
国びとの
　心さぶる世に 131
　思ひし神は 574
　古きことばの 399
国びとは 335
国深き 304
国敗れたる 390
国やぶれて
　くにまだおこり 563
　人はあらがふ 394
　やぶれしまゝに 404
国土稚く 133
くねりつゝ 417

桑の畑 61
桑畠に 308
桑畠の 216
喰ひ物の 377
喰ふそばの 124
喰ふ物の 401
熊谷の 403
雲おほへ 533
曇り空 410
曇りつゝ 203
曇りとほして 193
曇る日の
　空際ゆ降る 468
　まひる　と思ふ 145
くやしくも 185
くらきまど 171
くら闇に 22
くりすます 568
くりすますは 465
くりや戸の 34
くりやに 108
くりやべの
　しづけき夜らの 59
　夜ふけあか〳〵 103
くるしくも 277

くるしみて(苦しみて)
　生くる世に、汝は 405
　この世をはりし 402
　つひに遂げざらむ 165
狂ひつゝ 440
くるほしく 435
車きぬ(車来ぬ) 84・512
車より
　おり来し女 472
　はしるま夏の 496
来る道は 368
暮れてなほ 309
くれなゐの 469
くれぬ間の 497
暮れの 240
黒髪に 509
黒雲に 509
くろ〴〵と(黒ぐろと)
　縁台の下ゆ 222
　波はうごけり 275
畔ごとに 150
黒ずめる 536
黒土の 62
皇天上帝 443
恍として 460

言問の
　茶屋のそともの　421
　水の面の春に　421
ことなくて　576
言に出でゝ　36
ことばなほ　511
子どもあまた
　育つる家に
　　子らい寝て　45
　　しづかなる　398
子どもの　227
子どもらは　163
子ども居し　286
小鳥　小鳥　74・513
この朝明　262
この朝の　314
このあした　270
このあたりまで　204
この家の
　伊予簾のなかに　67
　針子は　いち日　47
　人の　ゆふげに　41
この海に　548
この菊の　549
この国に　213
この国の
　語を口に　134
　たたかふ時と　377
　とほ世がたりの　578
　人の心の
　　たのみなく　247
　　やすからず　276
　旧き思想の　430
　もとつをしへの　371
この国や　305
この心　31
この子ゆゑ　551
この里の　84・508
この島に　10
この霜に　50
この館や　137
この谿に　283
この夏の　206
この夏も　204
この夏や　225
この庭や　104
このねぬる　73・515
木の葉散る　78・499
この日ごろ(この日頃)
　家ゐることの　441
心もはらに　109
　心よわりて　117
　ことばけはしく　23
　人つぎ〴〵に　215
　ほしきまゝにも　369
　をとめの如く　112
この人を(このひとを)
　幾度か見し　560
　つひのよるべと　512
この冬は
　猪ふえにけり　285・342
　雪到る日も　287
この冬も　572
この部屋に　50
この町に(此町に)
　遊びくらして　134
　たゞ一人のみ　55
このまちの(この町の)
　住みよさに、妻も　126
　古家のしにせ　130
この道や　79・500
この村や　237
この村ゆ　168
この村を　554
この憐き　124
この森の
　一方に　はなし　66
　なかに　誰やら　66
この山や　229
このふゆべ　161
この夜明けて　146
この夜ごろ　265
この夜ふけて　114
この夜らや　447
この夜や　232
この若き　185
このわかれ　81・505
此は　一人　67
己斐駅を　452
恋ひ痩せて　459
恋ひよとは　536
木ぶかく　82・508
こふざうの　550
こぶしさき　562
恋しとぞ　424
五万三千　349
米とげば　103
米の音　422
児湯の川　41
児湯の山　40

さ

村に 出でたり　206
村に入り来つ　456
村を来りて　293
山に向ひて　241
山野に入りて　381
山の昼かな　222
山の冬木の　216
夕ぐれどきを　373
夕さり深き　268
夕となりぬ　568
ゆふべとなれり　249
夕に出でゝ　417
夜となりにけり　419
夜の あけ来たる　472
四方の霞と　289
しづかに　566
静かにも　495
しづけさは(静けさは)
　きはまりにけり　402
　きはまりもなし　421
　常としもなし　32
しつけよき　389
十方の　58
しづまれる　52
自転車を　292

四天王寺　570
自動車に　235
自動車の
　響きぞ来たる　296
　ほこり みじかく　230
　ほこりをあびて　234
　ほこりを かけて　244
　牕 目を過ぎぬ　221
自動車を
　とゞめし人は　283
　深く乗り入れ　427
しどろなる　452
死なずあれと　352
信濃路に　250
信濃べの　250
級畠の　49
死なむ日の　494
死に顔の　118
死にたまふ　53
死にやすき　198
死にゆけば　232
死ぬばかり　275
死ぬること　374
死ぬる子は　126
死ぬる時　199

死ぬる病を　557
死ぬるより　182
しねしなむ　512
師の家の　569
師の家を　569
師の面に　451
師のおもわ　157
篠垣の　37
しのゝめの　491
不忍の　464
忍びつる　534
しのび音に　501
師の道を　156
師は 今は　264
柴負ひて　163
芝口の　65
しば〳〵も
　あくびの起る　113
　まどろむ我か　139
柴山の　200
椎の茸の　198
十一月の　126
十一月 ついたち　210
十月に　452
十五はや　515

十三夜　571
しべりやの
　沍寒に 饑ゑて　446
　虜囚の 還り　441
汐入り田は　240
塩尻の　270
島の上の　558
志摩の国　491
島の沙　307
島の土　432
島の井に　24
島深く　439
島山の
　うへに ひろがる　35
　原に ひとりは　307
　春閑かなる　267
　よきところ標めて　565
緊り来る　164
島をみなの　25
しみ〴〵と(しみ沁みと)
　口あらそへり　171
　寒き昼間を　463
　寒き夜ごろや—　423
　道頓堀川に　557
　ぬくみを覚ゆ　187

町をくだれり　300
　我にもの言ひ　569
市民らが　461
しめやかに
　まひるをぐらき　418
　もの言ひて、まれに　127
霜荒れの　286
霜凍ての　27
霜しろき　477
霜月の
　二十六日　567
　はつかの夜ぞら　556
　日よりなごみの
　あまりにも　15
　空ひろし　158
霜土の　315
霜とくる　45
楚原　245
霜庭を　231
正月の　196
将軍の　339・365
車上より　510
車站の　337・361
趣味あしき　449
手榴弾の　348・365

順礼は　69・520
初七日の　67
白飯の　109
二郎子を　112
白雲の　349
白玉の　422
白玉を　73・515
しらとりの　577
しらぬひの　573
白雪の　409
知りびとの　439
知り人は　366
白く肥えて　185
しろ〴〵と（白々〔白じろ〕と）
　きだはし濡れて　412
経木真田を　60
草の花咲く　494
粉米の如く　376
たゞむき出し　70・520
谷をへだてゝ　412
鉄道花の　417
ばうふうの茎　204
　更けぬる よせの　63
　我に示せる　437
白毛欅の　528

しわくたに　495
師を見れば　452
信薄き　574
しんがぽうる落つ
　青菜 麦の芽　332
　汽車を降りまた　332
　越の古町　332
　何ぞ語の　332
　雪深ぶかと　332
　夜はのにうすは　332
神像と　273
神像に　273
寝台の　269
しんとして　65
新内の
　語りのとぎれ　63
　紫朝 今宵も　410
新暦の五月を　292
新聞を　364

す

数十万　575
数人の　463
菅群の　376
すかんぽの　250

杉垣の　89・546
すぎこしの
　いはひのときに　458
　いはひの夜更け　468
杉木立　538
過ぎし代の　411
過ぎにし　30
過ぎにしを　392
杉檜　490・528
杉むらを　82・509
過ぎ行ける　104
すぐ〳〵と　74・516
過ぐる日は　31
菅の葉に　489・529
すこし釘の　492
すこやかに
　遊ぶ子どもか　140
　網曳きはたらく　11
　いまだありける　120
　養ふ蚕の眠り　198
薄の穂　431
簷深き　15
煤まぜに　165
裾長き　223
裾野原　41

沙原に(砂原に)
　雨近からむ　203
　砂あび 腰を　73・516
　沙の流らふ　204
　沙の吹き立つ　203
沙原は　316
沙山に　203
砂山の　161
沙山は　203
諏訪の湖　280
諏訪びとは　31
すべなきに　141
すべなくて　242
住みつきて　104
住の江の　508
炭焼きの　226
皇御孫の　558
すめろぎの　579
すりの子も　574
隧道の　218
するれんの　418
すゑかねて　548

せ

清潔なる　430
青年の　474
小人の　435
関の戸に　415
堰の水　574
背戸出で丶　538
せどやまの(背戸山の)
　そがひに いまだ　175
　孟宗やぶに　561
せど山へ
　けはひ 過ぎゆく　187
　行きにし人を　211
せど山も　175
銭なくて　235
銭欲りて　448
捷報は　333
蟬のこゑ　225
せむすべも　464
夫も 我も　360
湍を過ぎて　27
戦友の　450
戦國の　561
先生の　569
千町の　495
戦場に　338
千人の　185
戦乱の　429

そ

曾我寺の　287
曾我廼家の　243
曾我の山　286
底の国　525
そこばくも　466
そ丶やこの　527
袖乞ひの　233
供へ物　53
その面の　111
そのかみの
　心なき子も　81・504
　教へご おほく　568
その一代　370
そのむくろ　70・502
そのゆふべ　472
その若き　182
祖父の顔　430
そも〱　443
空清き　229
空くもる(空曇る)
　霜月師走　209
　水無月廿日　491・529
そらごとを　456
空澄みて　307
空高く　466
そらにみつ
　やまとのくには　570
　大倭の恋の　397
空ふかく(空深く)
　風の吹きやむ　453
　水無月五日　371

た

第一　51
大学の　404
大正の
　后の宮の　461
　五年の朝と　68
　しづけき御代の　462
大嘗会　158
たいまでら(当麻でら)
　あさくだり来る　577
　さくらみなから　570
　十二神将　577
道教寺を　427
峠三つ　207
道頓堀　167

たゝかひを(戦ひを)
知らず過ぎ行きし 376
人は思へり 264
戦へば 345
たゝかへる
海を望みて 558
空に向ひて 575
人に向ひて 303・348
たゞ今宵 389
たゞしばし(たゞ暫し)
家を出て来し 422
心しづかに 477
まどろみ覚むる 469
たゝずみて 549
たゝずめば
声ひそやかに 222
ひたに思ほゆ 295
たゞひと木 105
たゞひと言 57
たゞびとの 309
たゞひとり(たゞ一人)
遊ぶ者なき 367
あるかひもなき
老いの身の 450
身なれども 417

歩ける道に 464
花かんざしの 458
ふたりと 肩を 279・352
たゞ二つ 243
たゞ二日 511
畳のうへに
立ちつゝあるく 128
はらばひ あぐる 159
手力の 306
たち続く 552
たちばなの 541
蓼の幹 443
建て物の 274
たど〳〵と 496
たど〳〵の 176
辿りつゝ 468
たなぞこに
錆ふく銀貨 514
燦然として 70・519
たなぞこの(たなそこの)
汗にひたりて 519
にほひは、人に 70・519
たなそこを 217
谷風に 42
谷ごしに 49

谷々に 9
谷々の 223
谷の木の 223
谿の瀬の 304
谷の道 491
谷林に 270
田のくろに 562
たのしげに 359
たのしみに 390
たはやすく 28
たはれつゝ 573
たはれびと 409
たはれめも(たはれ女も)
心正しく 391
春のころもの 440
たびごゝろ(旅ごゝろ)
うつぎ うのはな 222
ものなつかしも 76・525
もろくなり来ぬ 75・486・522
旅ごゝろの 42
たびごろも 532
旅長く 439
旅にありて 316
旅に来て 490
旅にして

髪かる時に 486
聞くは かそけし 340
なほぞさびしき― 398
旅にゐて 82・506
旅人の 242
旅寝して 437
たびの朝 539
旅のふね 489
旅のほど 453
旅びとの(旅人の)
むれ行きすぎて 498
ものいひをかし 492
旅を来て 150
たふとくも 489・527
塔のうへの 443
たぶの木の
ひともと高き 360
ふる木の 杜に 160
たぶの杜 160
塔の山を 124
堪へがたき
肩のいたみに 369
ことしの寒さ 568
堪へ〳〵て 418
たまあへる 539

たまさかに
　入り来　また去る　195
　入り来し　山の　295
たま〳〵に
　人とはあるを　519
　見えてさびしも　77・527
　目属りやすらふ　56
　雪散り来たる　447
たま〳〵は　33
たま手まき　513
田向ひに　12
溜め肥えを　282・347
たゆげにも　493・525
たらちねの　564
鱈の魚　50
誰びとか　433
誰びとに　16
誰一人　63
田居の火の　284・342
田をあがり来て　282・341

ち

血あえたる　56
力なき　305・349
ちぎりあれや　76・525
知識びと　447
父と母の　400
ちゝのみの
　父をおくりて　370
　父をはふりて　371
父母に　331
ちゝはゝの(父母の)
　家にかへりて　468
　生せるにあらず　231
　住みにし家に　375
　庭の訓へに　22
　もだし給へる　460
父母も　250
ぢつとして　518
千鳥なく　493・524
ちはやびと　502
衢風　63
ちまたびと　78・509
提燈の　56
中学の
　壁にうするゝ　509
　子もあげつらふ　386
　庭くまに蔵は　172
　廊のかはらの　80・501
中書島　451
直隷省　428
除夜の鐘
　つきをさめたり　68
　なりしづまりぬ　226
ちりすぐる　496
ちり〴〵に(散りぢりに)
　人は帰りぬ　278
　炎中に入りて　413

つ

通円の　551
司びと　132
疲れつゝ
　かへり来ぬらむ　116
　旅をつゞけぬ　568
月あかし　507
月　朝に　312
月いでて　509
月が瀬に　555
月々の　230
月にむき　80・503
次の代に　388
次の代の　429
筑紫なる　454
つくしの　37
筑紫びと　367
つく〴〵と
　町をくだれり　300
　見つゝはなやぐ　465
つく〴〵に
　見つゝかなしむ　502
　酬いは薄く　228
月よみの　117
机一つ　68
告げやらば　64
辻に立ち　419
つじまちの　565
土のうへに　271
つゝ音を　264
躑躅花　310
虔ましき　36
つゝましく　569
つとよぎる　57
包み紙の　486
つば低く　388
つばらに　40
潰えゆく　402
つぶ〴〵に　30
つぶら石　490・524
つまづきの

　石はろ〴〵と　523
　この石にしも　75・521
つまづけば　489
妻のゐし　127
つま別れ　434
露しもに　548
梅雨ふかき　421
梅雨ふかく　58

て

停車場の
　人ごみを来て　132
　歩廊につゞく　299
朝鮮の　64
敵情報告　338
手さぐりに　513
鉄骨の　274
鉄道の　449
鉄瓶の　28
手にとれば
　あゝ　とよみごこち　528
　黄なる雫の　490・529
　とよみ心地の　492
手の本を　575
出湯の村

　雪の下より　395
　湯宿も　小家　395
寺庭の　179
寺の子ども　179
寺の子は　287
寺の庭　179
寺やまに
　郭公のこゑ　418
　ひと日のぼりて　281
寺やまの(寺山の)
　なぞへを占めて　134
　道おのづから　219
　林のおくの　571
寺山は　237
照り白む　219
照りはたゝく　367
電車より　510

と

とある家　496
とある道　493
戸出づれば　500
東海の　515
東京の　266
東京の町　554
東京に
　帰らむと思ふ　230
　行きて住まむと　127
東京を
　思ひて　寝る　476
　せましとぞ思ふ　181
時ありて　27
時おきて　270
時遅く　242
時過ぎて　294
とき〴〵に　566
時長き　242
時長く
　音も聞えぬ　428
　ひたに輝く　292
時の間の　475
常盤木の
　梢かさなれる　219
　みどりたゆたに　71・518
ときめきの　502
遂げがたき　21
遂げがたく　40
とこしへに　462
牀のうへに　183
どこの子の　68
常臥しに　538
年あけて　169
年かはる　216
年かへる
　春のあしたは　103
　日に逢ふ今日か　261
年くるゝ(年暮るゝ)
　市のどよみの　546
　山のそよぎの　262
年暮れて　186
年毎の
　睦月ついたち　425
　山の睦月に　209
としたけて(年長〔た〕けて)
　朝げ夕げに　392
　歌のこゝろの　120
　還り来し　わが　395
　子らよ思はね　382
　たゞ二人のみ　243
　なほかへるべき　293
　後のあひをば　544
年玉は　51
年どしに
　暮しあやぶき　230
　咽喉ゐごくして　376

人いとふ癖 262
山家さびしく 238
年どしの 458
歳の朝
人ことわりて 262
目ざめ静かに 341
やうやく昼と 455
年の夜の
明くる待ちつゝ 52
雲吹きおろす 50
阪のゝぼりに 50
更くるまでゐて 455
年の夜は 51
年の夜 50
年の夜を 52
年ふかき(歳深き)
ことを思へり 246
山のかそけさ 186
年深く 261
年を経て
思ふことこそ 171
聞くさびしさや 170
外つ海に 202
とゞこほる 497
十年あまり
七とせを経つ 21
三とせを経たり 265
十年へつ 81・504
とゝのほる 137
とゝのほれる 317
隣りびとらの 209
戸によれば 512
との曇る 308
鳥羽の海や 539
とび〳〵に 239
鳶の鳴く 292
遠き道 54
とほき代の(とほ〔遠〕き世の)
安倍の童子の 46
恋がたりなど 447
山家の夜居や 176
遠き世ゆ 178
遠きより 459
とほく来て 557
とほ国に 246
遠くより 33
遠く居て
聞くさびしさも 154
人は音なく 212
遠ざかり来て 267
遠ざかる 533
とぼしかる 369
乏しきを 421
乏しくて 263
遠ぞく 22
とほつ浦 487
遠つびと 247
とほつ世の(遠つ世の)
恋のあはれを 404
恋にゆづらぬ 512
遠つ丘脈の 173
とほ〳〵しく 246
遠ながき 83・507
とほ山に 491
遠丘根に 209
とまり行く(とまりゆく)
音と聞きつゝ
さ夜ふかき 33
目に見えぬ 28
「富久」の 63
富家の 183
友おほく 134
ともかくも 555
ともしきに 317
ともしきは 467
燈一つ 510
ともしびの(ともし火の)
消えゆく如し—— 401
見ゆるをちこち 82・507
もとにひとりは 391
友だちと 297
友だちの(ともだちの)
老いを助くる 318
既に少く 369
友だちは 274
友と来て 571
友どちは 426
友なしに 16
土用の入り 553
豊多摩の 58
鶏が鳴く 471
鳥 けもの
遊べる園に 424
ねむれる時に 457
とりとめもなく 410
鶏の子 10
鳥の子の 572
鳥のこゑ(鳥の声)
鐘のひゞきの 179
時々きこゆ 224

ひとつ聞ゆる　307
遥かなるかも　15
まれになりゆく　236
鳥のなく(鳥の鳴く)
　朝山のぼり　55
　冬山多く　227
　山をおり来て　206
鳥の音を　299
鳥の海の　213
鳥ひとつ　457
鳥屋の荷　221
とるすといの
　如く死なむと　414
　死の如死なむ―　414
瀞見ゆと　488
戸を出で　79
十日着て　156

な

ながおやは　560
長かりき　535
長き日の　58
永き日を　540
ながき夜の　26
ながき夜を　505
汝が心　35
仲子と　45
なが月の　492
なが〳〵と
　おもひ出いふは　504
　山のかけすは　195
なか〳〵に　261
長浜の　506
ながらふる　248
泣きあぐる　139
なき乳母が　536
啼き倦みて　13
鳴き連れて　418
なき人の(亡き人の)
　命のきはを　553
　家を訪ひ来て　553
　今日は、七日に　155
亡き娘に　112
鳴く鳥の　25
なげきする　463
なげきつゝ　387
なげく時　502
なごみごゝち　523
勿死にそや　228
梨畑の　537
なじみ深き　200
那須の寺　372
なぞの鳥　524
なぞや斯く　557
那智に来ぬ　77・492・526
夏海の　166
夏かげの　68
なつかしき
　人多き村に　571
　故家のうしろ　506
　故家の里の　82
　山の村居に　199
夏草の　295
夏ごろも　467
夏にして　271
夏の日の
　照る日に来たり　445
　日でりおくれて　263
夏の日を　440
夏久しき　272
夏深く　401
夏まつり　496
夏やけの　16
夏やまの(夏山の)
　朝のいきれに　40
　青草のうへを　202
灘御影　564
七ぐさの　52
何ごとも
　完にをはりぬ　38
　なかりしごとく　456
何ごとを　495
汝に説きて　143
何とぞして　215
何の書も　297
なにのために　405
何の鳥　493
難波寺(なには寺)
　阿弥陀ヶ池に　216
　堀江の岸に　216
なにはびと(浪花びと)
　紙屋治兵衛の　392
　呆れつゝ遊ぶ　392
なにゆゑの　156
何をわれ　511
菜の花の
　咲き残りたる　293
　すがれて　寒き　293
菜の花は　540
那覇の江に　291

那覇の江の　432
靡き伏す　65
なべてうし　512
『菜穂子』の後　472
直二郎
　あはれといはむ　503
小彌太　洪一　503
なまよみの　406
並み木原　42
並み蔵の　292
涙だに　504
波の音　267
波の秀の　551
並みよろふ　238
波ゆたに　77・487・526
なむあみだ　69・520
南無大師　375
なめらかに　133
名もしらぬ　486
楢の木の　67
なりはひに　312
鳴子の阪　195
馴れつゝも　47
地震頻発り　129
名をしらぬ　76・523
南京に　346
南禅寺　574
南部嶺の　409

に

饒々し　565
二木の海　76・523
にぎはしき（賑はしき）
　霜月芝居　435
　年とはなり来　262
　人死に続ぎて　313
　港なりけり　164
にぎはしく　13
賑はしくして　437
憎まれて　297
憎みがたき
　心はさびし　35
　心ほがらに　135
憎みつゝ　35
憎めども　118
肉屋の　234
二貫目の　230
二三尺　74・514
二三人　59
二時間を　497・528
西寺の
　醜の鼠は　550
　よねのみくらは　550
日曜日の　476
日本の
　古典は　すべて　431
　私学の門を　568
　浪の音する　469
　春還るなり　446
　ふるき睦月の　446
　よき民の　皆　433
　よさをあげつらふ　428
日本の国　409
庭暑き　225
庭垣の　301
にはかにも　76・492・526
庭芝の　36
庭草に　174
庭づたふ　439
庭土に
　あたる日寒し　200
　桜の蕋の　20
庭土の
　うへに、素足の　114・571
　うへに照る日の　126
にはとりの　72・517
庭なかに　224
庭に掃く　110
庭の木に　42
庭の木の
　立ち枯れ見れば　32
　古葉掃きつゝ　38
庭のくま　79・500
庭の面に　83・511
庭萩の　454
屋庭　後苑　178
庭ひろく　359
庭も狭に　282・346
にひばりの　552
贄嶋の　497
にほはしき　441
邇磨の海　145
韮山の　370
二里の瀬戸　489
楡の枝　427
人間の
　悲しみごとも　423
　世に過ぎゆける　313
人間を　476

ぬ

額越しに　401
額のうへに　37
ぬすびとに　419
ぬすびとの　443

ね

寝がたちの　205
根葱抜きて　424
ねぐるしき　494
猫の飯　470
ねころびて　317
寝し夜らの　142
鼠子の　59
ねずみらし　550
ねたる胸(臥たる胸)
　いともやすけし　83・511
　しづまりゆけば　64
寝つゝ聴く　205
寝つゝ　我が　403
熱鉄を　184
臥て後も　52
ねぶのかげ　547
ねぶる子の
　眉のあたりに　491
　胸のうつ血の　501
寝欲しさを　113
合歓の葉の　27
ねむの葉や　203
ねむり来て　277
ねむる子の　527
ねむ　ゐんじゅ(合歓木槐)
　立ち静まれる　204
　深く垂れつゝ　203
ねもごろに　288
ねりくやう　570
ねりゆくは　540

の

軒ごもりに　21
軒並みに　184
のけものゝ　495
野づかさの　546
のどかなる
　隠者の世とは　421
　うつけ心を　112
　海のあなたの　424
　海の音きこゆ　440
　人ごみに　押され　428
　日を出で来つる　275
　山をくだりて—　399
のどかにも
　昨日は遠く　502
　この世過ぎにし　402
のどけさの
　一代の後に　413
　ゆふべ到りて　115
のどけさは　566
野のをちを　42
野は昼の　71・517
のびてはてたる　489
のびはてたる　524
のぼり来て
　ひとりなりけり　308
　山葬りどに　119
のぼりつゝ　424
野も　山も　380
野行く君が　539
のろはしく　547

は

砲声の　347
方二町　498
望楼は　336・362
墓石の　68
はかなさは
　いはほの下に　215
　告げじとおもふ　164
萩が花　81・486・505
萩薄　237
萩は枯れ　110
羽咋の海　361
葉鶏頭　495・525
はこねぢに　567
はしけより　490・529
はした銭　512
はしために　103
はしためを　107
橋づめの　129
榛も　241
はじめより　47
裸にて　440
はたごの　14
はたごやの
　二階より見る　494・526
　廂をぐらく　523
旗じるし　186
はたゝがみ　546

廿年に　371
はたとやむ　540
はた〳〵と　81・505
鰰の　239
はためける　339
撥おとの(撥音の)　487・527
八月の　494
はちすばに　578
はづかしき　505
はつくさに　80・503
はつ〳〵に　562
花瓦斯の　490
花さきぬ　508
はなしかの　410
はなしつゝ　418
話長き　301
花になれし　532
花の後　574
花見びとの
行きあふ音の　201
踊りうたへる　272
母ありき―　415
母の家に　315
母ゆゑに　415
這ひ出でゝ　444
這ひ松の　66
はまなすの　201
浜の道　360
速吸の　54
はやち吹く　23
はやりかぜに　29
はやりかに　158
既壮き　374
はらからの
　かくむ火桶に　32
　一つ衾を　243
はらからは　113
はらだちて(腹だちて)
　口どもり言ふ　128
　ほしきまゝにも　114
　めをとのゝしる　107
榛の木の
　冬芽はいまだ　285
　若芽つやめく　35
榛の芽の　294
漲水の　565
春浅き　288
春いたる(春到る)　406
春遅き　387
春がすみ　547
春風の　532
はるかなる
　かなや―五十年―　416
　かなや潮路の　333
　かなや三年と　248
　かもよ海処の　557
　国に還れと　293
　こだまの如し　374
　島べの土の　574
　空に向ひて　347
　野山に住みて　408
　野山に散りて　404
　山の空なる　578
　わたのしまより　562
　小木　赤泊　561
　尾ねののぼりに　577
春来たる(春来る)
　焦土の岡の　384
　やぶれしことの　384
はるけき　37
はるけく　57
春今朝も　200
春寒の　540
春雨の　82・509
春来りて　431
はるしや菊　74・513
春すでに　361
春に明けて
　十日えびすを　455
　ひと日ふつかと　312
春に入りて　275
春のあらし　20
春の風　387
春の日に　394
春の日の
　青草原に　250
　うらゝに人の　214
　かすめる時に　79・499
　けぶる日よろし　216
　たそがれ久し　217
　七日　日ねもす　296
　七日　暇《ヒマ》なく　296
　光りのうちに　540
　ひと日　昏れ行く　290
　ほどろにたけし　278
春の日は
　影なほ寒し　244
　たゞのどかにて　297
　にはかに寒し　245
春野もだし　549

春の夜の　20
春花の　303
春早き
　辛夷の愁ひ　572
　山のひゞきを　456
はる〴〵と
　来て疲れたり　275
　焼け過ぎにけり　476
春既く　198
春深き
　信濃の寺に　249
　山の桜も　218・571
春深く
　なりゆく空に　389
春祭りの　240
春山と　396
春山の
　青葉たけつゝ　23
　芽ぶきとゝのふ　198
春やゝに　386
馬鈴薯の　449
はろ〴〵と
　なりゆくものか　266
　船出て来しか　466
屋敷林の　245
はろ〴〵に
　浮きて来向ふ　193
　湖を見おろす　120
　聞きつゝ寒し　222
　澄みゆく空か　213
　散りぼふ家居　208
　埃をあぐる　39
　見隠れにけり　160
　睦月の原に　445
　若葉もえ立つ　180
はろ〴〵の　204
半生涯　427
半生を　430
飯店の　363
半時の　444
半日の　372

ひ

日向の海　125
稗の田の　151
ひえ〴〵と（冷え〴〵と）
　処女幾たり　293
　氷雨にぬるゝ　458
飛行機の　448
ひが〳〵し　545
光る湍の　26
牽かれ来て　285・342
彼岸ぞら　379
ひき腮の　34
蜩の　487・523
日ごとに　224
久しくて　275
久しくは　29
ひさに来て　567
ひさ〴〵に
　来て　たちまちに　424
　われに見よと言ひて　553
ひしと鳴る　548
ひそかの　154
ひそかなる
　心をもりて　17
　阪を越え来つ　222
　笑みをこれへぬ　287
ひそ〳〵と　150
ひそやかに
　あゆみをとゞむ　48
　すぎにし人か―　217
　蟬の声すも　235
　ぬれはさびしも　79・500
　ものいひゐまひ　547
世のかたはらに　435
ひた落ちに　49
直面に　22
ひたくだりに　201
ひたぐもる　146
ひたごゝろ
　落ちつかむとす　231
　我は悪めり　236
ひたすらに
　荒山みちは　81
　命貪り　434
　おのが命の　244
　霞むゆふべか　202
　霧わきのぼる　474
　心さびしく　106
　冴ゆる日続く　445
　旅にむかへり　132
　堪へてもいませ　373
　なげうつものゝ　108
　人ことわりて　240
　踏みくだきつゝ　244
　道とほりたり　296
　都大路を　199
　山萱原は　304
　やまひやしなへ　442

日のゝちを　42
日の光り(日の光)
雲にこもりて　292
しづけき時を　476
しみらに乾く　245
そびらにあびて　70
そびらに寒く　520
睦月八日の　197
を草の花に　521
火の峰の　40
燈のもとに　236
日の本の(ひのもとの)
栄えし時に　461
古き文化も　339
もとつをしへは　572
大倭の民も　380
やまとをとこの　375
よき国がらは　560
をみな子たちの　461
火の山に　521
日のゆふべ
板へぐ音を　149
つゝ音聞きし　198
枇杷青き　536
日は天頂に　272
檜原の　44
雲雀は　515
日々出でゝ　312
日々感ずる　434
ひむがしに(東に)
青山めぐる　303
古国おほし　334
美き国ありて　330
ひむがしの(東の)
安房の郡に　375
邃き思想を　330
つかまのいでゆ　562
古き学びの　334
文化は常に　335
洋の護りは　333
病院に来しが　249
病院の　489
百姓の　404
ひやゝけき　79・500
雹ふりて　151
平出の　567
平手して　492
鵯の　407
昼あつき　55
昼出でゝ　208
昼遅く　272
ひるがほの
いまださびしき　13
花　今日ひと日　228
昼ぎらふ　62
昼さめて
こたつに聞けば　47
障子にうごく　239
昼澄みて　294
びるぢんぐ　300
昼とほく　224
昼ねむく　419
ひるのほど　391
昼早く　123
昼山の　201
ひろ〳〵と
荒草立てる　469
安徽の空に　362
凩とほる　281
空照りかへす　277
畳のうえに　221
焼けひろがれる　448
宿の板間の　316
日を逐ひて
きはまり来たる　393
沍寒迫れり　433
火を消して　224
燈をふけば　514

ふ

ぶうげんびるの　559
深川の　129
ふか〳〵と(深々〔深ぶか〕と)
雨ふりしめて　418
霧立ち居たり　451
草のしげれる　439
林の奥に　305
柩のなかに　120
山の緑の　194
湯川に浸り　270
われの眠りを　434
吹きすぎて　214
吹き過ぐる　202
吹きとほる　57
吹きとよむ　61
蕗の葉に　508
ふくとして　533
ふくる夜の　488
更けて戻る　58

冨士の雪　287
二藍の　440
ふた方に(双方に)
　子ども分れて　386
　道の斑雪の　316
二上の
　嶺より出で、　537
　やましづかなる　579
ふたかみ山　577
ふたゝび来て　216
ふたゝびは　164
ふたゝびを　147
二七日　32
二本か　538
二人ある　71・518
藤の花　393
ふぢはらの(藤原の)
　いらつめひとり　578・580
　南家のいへの　579
　四つあるかどに　578
二月三日　454
不遅なる　413
不動坂　532
ふところに　106
ふとさめて　536
太ぶと、
　腹だち書ける　428
　梁仰がれて　247
船べりに　12
船まどの　193
船いたる　486
舟すて、　533
舟に見し　497
舟に見る　523
船のうへに
　幾時経たる　146
　居つゝ思へば　147
舟一つ　521
ふみの上に　124
踏みわたる　35
冬あたゝかく　247
冬いまだ　290・342
冬がれの
　うるし木立ちの　83
　ぬるで木立ちの　507
　野にうす日さし　546
冬ぐさの　81・505
冬寒く　423
冬の雨　452
冬早く
　到れる村の　270
　はじのこずゑの　566
冬深く
　きびしく晴る、　302・351
　山は、ものげの　173
冬山に　186
冬山の
　木原の霜の　45
　榛の芽房を　285
冬山を　553
ふり仰ぐ　173
降りしむる　468
古がめに　56
ふるき人
　かほもおぼえず　398
　みなから我を　13
ふるき人の　400
古き代の　317
ふる国も　181
ふるさとに(ふる里に)
　老いをあづけて　375
　かへれるこゝち　500
　ひとり来たりて　366
ふるさとの(古里の)
　家のうからが　551
　大阪びとの　455
　なにはをみなの　220
　母既に亡く　430
　ふるき乞食の　572
　町をいとふと　29
　やどもうつらふ—　376
ふるさとは　29
古庭と　32
古の世の　537
ふるびとの(古びとの)
　なほ住むと言ふ　283
　四方に散りつゝ　380
ふる〳〵と　496・524
故宮に　337・361
ふる雪の
　盧にはうもれ　447
　ほどろ〳〵に　264
ふろしきに　106

へ

兵隊に
　とらるゝことの　165
　やりてにはかに　555
兵隊の　165
兵隊は　338・364

北海の　428
隔つれば　534
へつらひを　269
紅皿は　554
蛇のむろ　514

ほ

ほい駕籠を　169
ほうとして　249
ほうとつく　85・512
ほう〳〵と
　ありその畠に　498・528
ほがらかに　158
ほがらなる(朗らなる)
　心の人に　19
　歳の朝戸の　465
ほがらに　20
　木叢ふかく　245
　星満ちて　30
ほすゝきに　572
穂すゝきの
　みゝづく呆けて　135
　山わたりゆく　560
ほそやかに　516
ぼた脚を　385
梢の火は　177
牡丹のつぼみ　570
ほつ〳〵と　234
仏をら　250
ほとゝぎす(時鳥)
　なきぬ赤埴　539
　夜毎寝頃に　283
ほと〳〵と
　一銭蒸気　420
　音立て来るは　431
　おとづれ絶えて　288
　我が倦みにけむ　143
ほのかなる　208
ほのかに　501
ほのかにも　263
ほの暗き
　仰ぎに馴るゝ　551
　睦月の朝の　425
ほの白う
　子らが頬見えて　490
　夜霧の中に　497
ほの白く　526
ほの〴〵と
　朝づたひ来る　225
　思ひ見るすら　240
　霞みて見ゆる　207
狐の塚の　457
　心ゆるみに　206
桜一木に　298
炎の中に　470
　み苑の芝原　132
　道はをぐらし　14
　向つ尾の上に　528
　山かすむ日に　199
　夜明くる山に　227
頬赤き　282・340
堀江川　545
堀辰雄の　475
濠の水に　301
ほれ〴〵と(呆れ〴〵と)
　人にむかへば　72・518
　林檎の歌を　394
亡びなき　450
ほろ〳〵と　497
盆荒れの　202
盆すぎて　75・521

ま

まがなしく
　匂ひも来るか
　青檜葉の　494
　雨気さむく　526
捲きたばこ　64
牧に追ふ(牧におふ)　84・499
槙の葉も　459
幔ごしに　533
まくはひの　576
ま熊野の　546
枕べの　33
孫だきに　411
まことある　140
まさびしく　72・518
まさをなる　468
まさ青に　49
ましぐらに　445
ますらをの(ますら雄の)
　命を見よと　118
　最期のことば　558
　とごゝを見ると　541
　果てしあとゞころ　559
　むくろをさめぬ　558
ますら雄は(健男は)
　美しく　身の　426
　言揚よろし　332・365

ことよくはかれ　550
わづらひおほし　505
ますらをよ　541
まだ暮れぬ　44
町風に　496
待ちがたく　36
まちつけず　505
町中に　21
衢なかの(町なかの)
捷ちのとよみに　333
煤ふる庭は　32
寺のゝどけさ——　216
町中を　435
街のうへに　130
町の音　549
町のかど　486・522
町の子の　181
街のはて　58
町びとの
家の子となり　430
生のすべなさに　430
町びとは　39
町溝と　136
町をゆく(町を行く)　79・510
松青し　493

松風や　307
まづしくて　298
まづしさの　157
まづしさは
言のなぐさに　153
人に告げねど　226
骨に徹れり　470
松数拾本　475
松蟬は　251
松の風　360
松一木　305
松ふた木　486・525
松むらに　48
松群の　308
松山に
入り坐て　久し　223
夜の道白く　229
松山の
この片つ枝に　517
冬枝の荒れに　246
松の梢鳴る　251
窓のしたに　43
牖の外《ソト》は　54
牖の外は　53
牖べより　300

まどろみて　567
まどゐする　217
眉間に　53
眉間の　417
まのあたり
神は過ぎさせ　557
そゞろに菊の　549
ま日薄れ来る　64
幹疎木々の　67
真野の宮　399
ま裸に　397
まびさしに　534
ま日深く　68
ま昼の
照りきはまりに　57
照りみなぎらふ　57
ま昼日の　58
ま昼間の　227
まふらあを　382
まむかひに　147
ま向ひの　145
茨田野の　38
ま夜なかに　153
丸天井に　413
丸の内を　552

まれに来て
遊ぶゆたけさ　439
心おちゐぬ　162
まれびとも　392
まれ〳〵に
団扇ふた〳〵　235
我をおひこす　155
まれ〳〵は(まれ稀は)
土におちつく　32
われの煎る茶を　114
まゐり来て　136
満州国　331
満水期　337・363

み

見えわたる　175
見おろせば
膿湧きにごる　32
風に採まるゝ　444
幹だちの　42
みぎはに　22
みくまのゝ　496
み栄魚は　550
見すきかす　579
見ず久に　545

密びとの　107
晦日夜の　170
溝ばたに　318
みそらとぶ(み空とぶ)
日の来たるらし　491・527
船よりくだり　405
み空より
降る光りに　383
降る光りの　559
雲霽れて　239
霙ふる　71・517
三人子の　45
道芝の　548
道づれと　487・524
道とくと　512
道遠く(道とほく)
疲れ来て、人は　127
行き細りつゝ　381
道なかに(道中に)
明りさしたる　21
遊びゐる子も　566
御幣の斎串　52
瀬をなし流れ　137
花売れりけり　30
人かへりみず　105
道なかの　60
道なかは　19
道に死ぬる　17
道に向く　170
みちの逢ひ　511
道のうへ　71・517
道のうへに
かぐろくそゝる　43
立ちつゝわれは　271
みちのくの(陸奥の)
幾重かさなる　206
九ノ戸の町に　207
九ノ戸の町の　207
志太のなへこが　580
十三湊
吹く風に　220
渡り来る　239
閉伊の荒山　304
道の霜　241
道のべに
花咲きながら　417
ひとりながむる　444
笑ふをとめを　391
道の上の　306
道のべの(道の辺の)
救世軍を　312
くなどのまへに　571
広葉の蔓　54
最上の子らの　423
道ばたの
どくだみの花　236
冬の菫の　360
道を来て　197
道を行く　70・519
水つたふ　551
御津寺の　546
水とほし　507
水の面の(水のおもの)
暗きうねりの　22
深きうねりの　22
水の瀬に　289
水の瀬の　289
水の面は　289
水はしる
けふは露ある　547
山は葉月の　488
みつまたの
重ね枝に　473
花咲く道を　473
花は咲きしか　473
花を見に出よ　473
みつ〳〵し
伴の隼雄に
知る人の　302
向きて言ふ　290
伴の隼雄の　302
伴の隼雄は
あやまちも　273
よきことを　273
我が老いの　290
水むけの　56
水桶に　18
緑濃き　164
緑葉の　41
みなぎらふ
光りまばゆき　154
冬の光りの　408
水底に　27
水無月の　251
醜さの　463
峰ごしに　65
峰とほく(峰遠く)
鳴きつゝわたる　66
人のゐるこゑ　579
峰々に　148

峰亘す 49
見のかぎり 161
身のさかり 179
見のさびし 83・511
身の後に 559
見はりたる 495
み冬つき(みふゆつき)
春来なむ日を 408
春来む日まで 405
春も卯月の 246
日ねもす温き 287
冬田の青み 560
みほとけの(み仏の)
うづのみ手より 550
備れる面わ 550
蓮のうてな 550
眉目のほどの 309
耳近く 553
みゝなしの(耳梨の) 538
耳なしの(耳無しの) 550
耳もとの 60
南に 394
みむなみの(南の)
からき島より 555
硫黄が島ゆ 393
支那に向ひて
行きけむと
思ふことだに 344
我は思へど 298
常世の島の 406
とほき島より
思ひ来し 411
還り来し 394
遠の皇門の 560・575
波照間島ゆ 291
洋ぞとゞろく 558
洋の大空 332
洋の曇りを 331
洋のみなかに 331
洋をとよもす 339
わたの悲報の 575
明神の 136
都べに 285
都べの 574
み山木の(深山木の)
谿きはまれる 145
冬のしげりの 200
み吉野の(みよしのゝ)
蔵王の愛しむ 302
見るふみも 226
見る〳〵に 393
三輪の山 194
身をけづる 522
みをびきの 495
水脈ほそる 175
南の(みんなみの)
硫黄が島に 463
遠き島べゆ 389
明の代に 337・363

む

むかしの人 545
昔わが 471
むかしをば 511
向つ峰(丘)の
こぬれはいまだ 552
そばだちたるを 431
橅の梢の 66
むかばきは 535
むぎうらし 12
麦うらしの 12
麦かちて 42
麦の花 62
麦の原の
上にひろがる 46
穂だち はるけく 62
むぎのふに 561
麦芽たつ 48
麦を刈れ 251
むこのねの 548
むさし野は 84・506
貪りて 468
むしあつき 60
娘子の 368
睦月来て 568
睦月来ぬ
かにもかくにも 454
庭の木叢を 454
睦月空 383
むつきたつ(睦月〔むつき〕立つ)
青やかにして 312
家のうしろの 314
海の面あかる 314
驕ることなき 313・350
片時降りて 313
去年と過ぎ行く 311
去年のまゝなる 315
山茶花の花 314
しづけき春と 384
戦ひゞとの

幾日の後よ　492
二日人見ず　493
山荒れて　238
病うどの　237
病人を　233
山うらゆ　562
山奥の　553
山おろしに　286
山おろしの
こゐつぎて起る　554
よべの響きは　220
やまかげに（山蔭に）
獅子ぶえおこる　569
靄をへだてゝ　488
山かげの
青くさ原の　490
刈り田の藻草　118
沼べの草の　145
一むら松に　282
山かげは　262
山かげや　493
やまがたの　570
山川《カハ》の　245
山がはの（山川の）
たぎちに向きて　117
たぎちを見れば　116
激つ急湍に　182
満ちあふれゆく　116
澱の　水の面の　148
山峡の
明るを見れば　180
一樹の桜　296
激ちの波の　17
残雪の道を　174
山鹿より　566
山岸に
昼を　地虫の　9
穂麦のあかり　62
山岸の
葛葉のさがり　43
高処めぐれる　119
藤の紫　318
山ぎはの　469
山霧の
降り来る村に　207
湧き起つ如き　557
山ぐちの　19
山窪の　219
山くらく　295
山小屋に　149
山小屋の　490
山小屋は　236
山里の
薄花桜　248
外面の萩の　304
隣りといふも　208
人の往き来の　119
古家の喪屋に　119
山里は
桜の盛り　298・344
桜もなごり　224
年暖かく　208
山沢の　279・346
山寒き　204
山下に　41
山静か　532
山静カニシテ　563
山芝に　292
山菅の　268
山裾の　486
山住ひを　429
山住みの　180
山底に　296
山高み　196
山路来て
髣髴さびし　163
ゆくりなく思ふ　571
山路来し　523
山寺の　287
やまどりの（山鳥の）
道に出で居て　278
わたしといふは　566
山なかに（山中に）
悸りつゝ　19
家二つありて　303
来入り　かそけき　224
汽車行く夜を　302
今日はあひたる　13
さめ行く夢の　148
過さむ夏の　467
猫のあそぶを　294・343
人はゞからず　222
わが見る夢の　148
山中の
金くそ土の　223
木地屋の家に　571
一木の花の　579
山なかは（山中は）
喰ふものもなし　236
月のおも昏く　14

賑はへど、音　207
山なかや　229
山中ゆ　229
山なれば
秋のみのりの　151
夏萩多く　205
山に来て
村のゝどけき　272
山をさびしと　208
山に臥す　306
山の石　82・506
山のいぬ　315
山の家に　135
山の薯　284
山のうへに　19
山の上の
くに見に　人の　570
雪はたひらに　287
山のうへは　218
山の上より　436
山の湖の　466
山の鬼　409
山の颪　475
山の神も　570
山の木に　422

山の木根　177
山の木の　180
山の霧　14
山の子は　41
山の蜾蠃の　265
山の田に　309
山のたわ　527
やまのはに　577
山の端の　308
山の葉の
荒けくおつる　281
そよぎの音と　219
わかやぐ村に　388
山の端は　294
山の端を　567
山のひだ　82・507
山の秀の　295
山の町　573
山の際に　39
山の際の　9
山の道
岩とゞろかし　494
ほどろの草の　476
山の村に　261
山の宿　205

山の宿の　570
山の湯の
外湯あかるき　205
夜はのたゝへに　149
山の夜に　194
山の餌喰　285
山畠の(山ばたの)
くろの冬草　548
麦の葉生えを　115
山原に
来あふをみなに　205
なほ鳴きやまず　193
山原の
すゝき　おしなべ　560
茅原に　しをるゝ　41
躑躅のさかり―　299
麻生の夏麻を　82・507
山晴れて　149
病ひある　514
山びとの(山人の)
市に出で来て　265
言ひ行くことの　196
嗜む心を　451
歳木樵りつむ　211
年の睦月に　284・341

娘の市に　238
山より来たり　265
徹宵たはれて　177
山びとは
夜々ひたぶるに　227
歓び　浅く　176
轆轤きひつゝ　16
山ふかき(山深き)
あかとき闇や　14
家にやどりて　207
こぞの根雪を　196
たくみの家を　564
最上高湯の　423
八頭郡　457
山深く
こもりて響く　19
ねむり覚め来る　467
雪のふる日に　173
湯屋もいで湯も　196
われは来にけり　19
山懐の　178
山道に　16
山道の　467
山村の　135
山めぐり

幾日の後よ　527
　二日人見ず　76・523
山々の
　たちしづかなる　562
　峡の雲の　444
　睦月朔日　459
山々を　16
闇に　声(闇にこゑ)　75・486・522
やみぬれば　248
闇ふかく　519
病み臥して　140
やみふせる　515
闇夜の　22
屋向ひの　50
病む母の　54
病む母も　50
家群すら　245
家群なき　145
やゝ十日　443
やゝ細りて(やゝほそりて)　490・526
弥生なみ　566
やりどころ　494
やりばなき　437
やるせなく
　ひとりなりけり　519
　漲る力　491・525

ゆ

湯量増す　271
行き逢ひて　223
雪荒れて　238
雪しろの　477
雪すでに　360
行きずりの　11
ゆきつきて　17
行きつゝも　197
行きとほる
　家並みのほかげ　30
　丸の内びるぢんぐ　552
雪のうへに(雪の上に)
　戦待ちて　341
　とやを出で来し　174
雪の来る　155
雪のこる　34
雪のゝち　568
雪の日に　316
雪の日の　548
雪の降る
　山にのぼりて　466
　山より来たり　284
雪の山　465
雪はるゝ　387
雪ふかき(雪深き)
　駅を歩み出　319
　山路越え行く　281
雪ふみて　194
雪ふりて
　きぞの木の葉は　505
　昏るゝ光りの　80・501
　牡丹雪とぞ　243
ゆきふれば　549
雪まつり　570
雪間に　34
ゆき行きて　10
雪を払ひ　272
ゆくところ　494
行くへなき　413
行くへなく(ゆくへなく)
　出でゝ来たりし　435
　なりし昔の　408
ゆくものは(逝くものは)
　疑ひがたし　264
　つひに音なし―　360
ゆくら〳〵　497
ゆくりなき
　友軍を　見し　339
　旅のひと日に　39
ゆくりなく
　塩屋連　397
　月にむかひて　565
　電車どほりに　106
　訪ひしわれゆゑ　10
　ひゞくものかも―　409
　目につきにけり　63
　われは来りて　565
湯気ごもり　229
湯げむりの　554
ゆたかなる　456
楪も　199
弓弦ならす　540
温泉の上に　54
湯のそとに　51
湯の町に　237
湯の牕の　196
湯の村に　228
湯の村の　222
湯の村は　265
湯のやどの　564

湯のやまに(湯の山に) 196
湯の山の 195
ゆばしりに 514
ゆふあへの 59
夕かげに
　色まさり来る 117
　呆れつゝ居れば 67
夕かげの
　あかりにうかぶ 14
　庭のおくかの 56
　まほなるものか 55
夕かげは 562
夕かげる 62
夕川に
　霰たばしる 507
　舟して行けば 504
ゆふぐもの 580
夕ぐるゝ 566
夕ぐれて 271
夕ぐれの
　山の青みと 491・529
　山ふところに 493・528
夕されば
　心おちゐて 499
　丘根吹きくだる 39

夕空に 377
夕空の 148
夕闌けて 54
夕立に(ゆふだちに) 494・524
ゆふだちの 42
夕月の 289
夕づく日
　麻布へさがる 448
　雁のゆくへを 84・506
夕月夜 489・529
夕波に 493・523
夕波の 78・509
夕庭に 345
湯ぶねより 205
夕ばえの 496
夕畑や 62
夕ふかく 117
夕まけて 229
夕やけの(ゆふやけの)
　空のあかりに 60
　たちまち暗き 149
夕山路
　こよひまろねの 503
　こよひまろ寝む 84
夢殿の 557

夢のあと 519
夢の如
　思ほゆるかも
　悔い深き 385
　日の光り 384
ゆゝしくも 539
寛恕なき 38
ゆるせ声は 536
ゆゑしらぬ 171
湯を出でゝ 205

よ

用もなき 115
よきいくさ 348
よき家に 226
よき衣を 389
よきことば 560
よきことも 285
よき恋を 473
よき司 37
よき妻の 123
よき年の 455
よき母も 217
よき春の 384
よき人に 185

よきひとは 556
よき人も 270
よく死にゝ 280
よこしぶき 477
横浜の(横はまの)
　片町さむき 379
　港を出でゝ 471
よしいまは 563
吉野山
　桜がこずゑ 201
　さくらさく日に 570
よすがなき
　心　あやぶく 75・521
　心をはなち 510
四つ五つ 486
夜なか迄 37
世にあれば 317
夜に入りて 310
世に媚びぬ 532
夜の霧に 508
夜のくだち 232
世の相に 143
世のさがの 284・342
世の澆季の 144
夜の空の 468

平凡の 141
世のなかに 170
世のなかの(世の中の)
　おもしろくなる 568
　尊きものを 425
夜の二時に 365
世の人の 306
夜はの波の 215
世は春に 406
夜は見えで 555
宵あさく 30
酔ひおそき 199
宵の戸に 537
宵の間の
　あらしはたえて 532
　冱えはゆるべる 44
宵早く
　子をねかせつゝ 127
　とざす庭かも 218
酔ひ深く 451
よべ暑く 225
よべいねし(よべい寝し)
　部屋にさめたる 45
　村を来離れ 304
酔へどかつ 500
酔へば心 162
昨夜、酔いて 402・563
夜まつりに 177
夜まつりの 175
夜まつりは 178
読み書きの 111
よむ歌も
　みな心に 248
　よむ歌も我を 121
夜目しろく 73・521
夜もすがら 433
四方山の 240
よゝ〳〵と 489
よらで行く 487・527
夜の町 547
夜の町に 30
夜　深き 395
夜ふかく(夜深く)
　起きて勤しむ 369
　薬をつかひ 310
　信濃境に 281
　ほむらをあげて 394
　水をかぶりて 224
夜ふけて 359
よれしなえ 528
よろこびて(歓びて)
　今は戦ふ 335
　うち叩かれて 210
　さびしくなれり 29
　消毒を受く 47
よろこびの 551
よろしさは 184
よろぼひて 455
夜を徹めて 247
世をかろく 572
夜をとほし 310
世を博く 185
四等車の 338・364

ら

らむね呑む 235
喇嘛塔の 428
蠟燭の 519

り

硫気噴く 462
陸橋の 53
諒闇に 140
諒闇の 498
良寛堂に 398
両国の 78・510
隣国の 302

る

留守まもる 113
累々と 452

れ

連翹の 275

ろ

六郷の 428
炉火あかし 491・526
炉は消えて 262
艫をおして 451

わ

黄金の 519
汪然と 431
和賀 438
わがあとに
　歩みゆるべず 10
　来し跫音も 143
わが兄の 414
わが姉の 112

わが怒りに 472
わが斎く 565
わが家に 232
わが家の
飯炊ぎ女を 107
族娘に 475
大き祖母の 370
かなしき傭 345
くりや処女は 142
ひとり処女の 38
わかき子ゆゑに 116
わが家や 109
わが家居 377
我がうから(わが族) 298
わがうたげ― 426
わがうたふ 497
わかうどよ 508
わが学徒
いで行きし日に 560
今か南に 576
わがゝづく 84・506
わが門の 294
わかかりし 172
わが来たり 267
わかきとき(若き時)

遊びくらして 277
きゝしことある 294
旅路にありし 30
はれのよそひと 195
人にまじらむ 274
冬を遊びし 569
むごく叱りし 238
わが居し部屋の 366
若き時の 126
若きどち 453
わが衣の 274
わかき人 446
若き人の
怠りくらす 23
ひきはたかれて 377
むねに沁まざる 436
をどるを 見れば 400
わかき日の 414
若き日を 278・345
わかき身は 411
若き代の 414
わか草の 540
若くして
遊び暮して 273
虚無の徒党の 573

死にゆく人は 125
わが国の
悲しき時に 461
戦ひ利なし 559
ほろぶる時を 439
稚国の 331
わかくより 567
わが暮し 559
若げなる 33
若ければ
頼みがたしも 576
人の恋しく 172
わがこゝち 501
わが心(我が心)
あやまち多く 250
おさへがたしも 297・344
きびしくもありけり 333
とみにかはりぬ 549
慮みて居む― 387
知らざるにあらず 184
たま〳〵やすし 512
むつかりにけり 131
わが心の
さびしきことを 290
乱れてありし 430

わが如く 217
わが恋を 83・506
わが子らの 397
わが子らは 73・516
わが性の 118
わがさかり
あやまたずして 562
いやとほ〳〵し 488・528
おとろへぬらし 83・506
わかさの海 565
わが死なむ 518
わが知れる 420
わがせどに 33
わが為は 417
わが父の
声も聞えぬ 305
残しゝ笛は 459
持てる杖して 414
わが訪はぬ 574
わがともがら 80・503
わがともの(わが友の)
生きよわりつゝ 153
伊波親雲上の 420
伊波の大主 575
いまはの面に 119

さびしき息を　444
わが友は
一行の文も　345
安けくなりぬ　576
我が友を　420
わがなけば　504
我がなじみ　366
わが庭に　56
わが庭の　63
わがねむる　72・517
我が呑まむ　368
我が乗りて　364
わが乗るや（わがのるや）　77・488・527
わが肌に　377
わが母の　415
わが腹の　69・520
わが雲雀　73・516
わが船は　490
わが部屋に　51
わが帆なる　77・493・528
我が本を　317
わが枕　507
わがまつ毛　504
若松の　12

わがまへに（わが前に）
来居て、しづけく　122
立ちはだかれる　427
ふたり立ち舞ふ　67
我が耳は　264
わが御叔母　368
わが黙す　36
若者の　402
わかやかに　74・513
わがやどの　450
わが山に　63
わが病ひ　74・514
わが行くや　505
我が齢（わが齢）
いたづらに斯く　374
いまだ若くて　451
わが若さ　464
わが居る　152
わが処女　393
湧く水の　211
わくら葉の　533
山葵田に　285
わすれがたき　521
忘れつゝ　208
渡し守　538

轍それし　538
わたつみの（わだつみの）
海にいでたる　70・502
豊はた雲と　75・491・522
響きのよさや　161
ゆふべの波の　77・498・528
洋中に（洋なかに）
おだやむ風や　23
七日夜いねて　291
洋なかの（海なかの）
島に越え来て　24
島にたつ子を　378
島にとかげを　405
島のやしろに　214
島の少年の　572
島べに　ひとり　454
わたの風　161
わたの島　559
洋の波　335
洋の西　330
わたる日の　391
わびしいと　497
藁塚の　245
わらはべの　16
われ生れて　575

我生きて　436
我いまだ　335
われ今は　474
我つひに
このたゝかひに　301・353
遂げざりしかな　469
我どちと　423
我どちに　415
我どちよ　272
われに言ふ　162
われの家に　38
我の如　337・362
われの行き　282・347
われの世の　171
我はやく　310
我ひとり
市を出で来て　443
出で居る浜に　294・343
出でゝ歩けど　458
さびしからめやと　428
覚めてしはぶく―　406
起ちて還らむ　417
寝つゝ思へり
隣国の　473
をろゝしの　476

寝る時すぎて 471
われや斯く 372
我よりも
残りがひなき 463
まづしき 家の 297
まづしき人の
言ふことの 244
着る物の 225
若き人 多く 114
我々は 445
われをあざむ 520
われをして 533
わゝけがみ 578

ゐ

田舎家の 549
*坐ながらに 176
井の面の 251
ゐろりに 526

ゑ

越後路を 269
餌に満りて 182
ゑのころを 460
ゑひしれて 504
ゑまひのにほひ 35
ゑら〳〵に 544
槐の実 51

を

岡越えて 424
をかしげに
米なき日々の 433
亡き人のうへを 420
岡原の 137
小椋池 452
幼きが 421
幼くて 142
をさな子の
遊べる家の 386
空しき死にを 299
幼等の 422
をさな等は(幼児等は)
いづこにゆきて 241
春をしみゝに 384
教へ言 575
をしへごの(をしへ子の)
十人の中に 475
皆年長けて 460
をしへつゝ 475
小田原の 451
をちかたに(遠(をち)方に)
しやつを干したり 295
水霧ひ照る 26
屋むら見えたる 242
遠方の 212
をちかたや 210
をちこちに 66
をちこちの 37
をぢなき 29
をちの海 291
をとこにて 579
をとめ髪 195
をとめ子に 398
をとめ子の(娘(処女)子の)
遊べる見れば 368
いねしあひだに 368
かんざしゆゑに 574
清き盛時に 391
沓のかゝとを 297
黒髪にほひ 130
今朝の浜出に 368
心 さびしも 148
五年をもりて 564
守りしくりやは 139
をとめ子は
きそのをとめに 178
をとめびさせよ 573
をとめごも 563
をとめづま 395
処女の 24
をとめはも 38
をとめ一人 14
をとめらと 109
処女らの(をとめ等の)
春の衣を 297
ひたろ満ち居そ 454
をとめらも
をとめの姉も 122
をとめの母も 386
をとめ居て
ことばあらそふ 24
起ち居 寝し居間を 107
男の子ごの 411
峰の上には 49
峰の上の町 43
小橋過ぎ 170
尾張には 368
尾張ノ 37
をみな子の

才も鋭に　272
身体髪膚　389
立ち居するどし　204
とるに足らざる　416
春の衣の　297
ふみ脱ぎ行きし　390
病ひと言へど　228
をみな子は
　いと誇りかに　441
　さびしかりけり　142
　すべなきものか　142
　身の細るまで　470
をみな子を　212
女どち　449
女のみ　444
をみなゆゑ　573
をり〳〵に
　しいづる我の　29
　頭痛を感ず　316
をり〳〵は　83・511
遠賀川を　318
怨敵や　363

釈《しやく》迢《ちよう》空《くう》全《ぜん》歌《か》集《しゆう》

折口《おりくち》信夫《しのぶ》　岡野《おかの》弘彦《ひろひこ》＝編

平成28年 6月25日　初版発行
令和7年 2月5日　7版発行

発行者●山下直久

発行●株式会社KADOKAWA
〒102-8177　東京都千代田区富士見2-13-3
電話　0570-002-301（ナビダイヤル）

角川文庫 19833

印刷所●株式会社KADOKAWA
製本所●株式会社KADOKAWA

表紙画●和田三造

●お問い合わせ
https://www.kadokawa.co.jp/（「お問い合わせ」へお進みください）
※内容によっては、お答えできない場合があります。
※サポートは日本国内のみとさせていただきます。
※Japanese text only

Printed in Japan
ISBN978-4-04-400038-7　C0192

◆◆◆

角川文庫発刊に際して

角川源義

第二次世界大戦の敗北は、軍事力の敗北であった以上に、私たちの若い文化力の敗退であった。私たちの文化が戦争に対して如何に無力であり、単なるあだ花に過ぎなかったかを、私たちは身を以て体験し痛感した。西洋近代文化の摂取にとって、明治以後八十年の歳月は決して短かすぎたとは言えない。にもかかわらず、近代文化の伝統を確立し、自由な批判と柔軟な良識に富む文化層として自らを形成することに私たちは失敗して来た。そしてこれは、各層への文化の普及滲透を任務とする出版人の責任でもあった。

一九四五年以来、私たちは再び振出しに戻り、第一歩から踏み出すことを余儀なくされた。これは大きな不幸ではあるが、反面、これまでの混沌・未熟・歪曲の中にあった我が国の文化に秩序と確たる基礎を齎らすためには絶好の機会でもある。角川書店は、このような祖国の文化的危機にあたり、微力をも顧みず再建の礎石たるべき抱負と決意とをもって出発したが、ここに創立以来の念願を果すべく角川文庫を発刊する。これまで刊行されたあらゆる全集叢書文庫類の長所と短所とを検討し、古今東西の不朽の典籍を、良心的編集のもとに、廉価に、そして書架にふさわしい美本として、多くのひとびとに提供しようとする。しかし私たちは徒らに百科全書的な知識のジレッタントを作ることを目的とせず、あくまで祖国の文化に秩序と再建への道を示し、この文庫を角川書店の栄ある事業として、今後永久に継続発展せしめ、学芸と教養との殿堂として大成せんことを期したい。多くの読書子の愛情ある忠言と支持とによって、この希望と抱負とを完遂せしめられんことを願う。

一九四九年五月三日

角川ソフィア文庫ベストセラー

日本の昔話　柳田国男

「藁しび長者」「狐の恩返し」など日本各地に伝わる昔話106篇を美しい日本語で綴った名著。「むかしむかしあるところに――」からはじまる誰もが聞きなれた昔話の世界に日本人の心の原風景が見えてくる。

日本の伝説　柳田国男

伝説はどのようにして日本に芽生え、育ってきたのか。「咳のおば様」「片目の魚」「山の背くらべ」「伝説と児童」ほか、柳田の貴重な伝説研究の成果をまとめた入門書。名著『日本の昔話』の姉妹編。

日本の祭　柳田国男

古来伝承されてきた神事である祭りの歴史を「祭から祭礼へ」「物忌みと精進」「参詣と参拝」等に分類し解説。近代日本が置き去りにしてきた日本の伝統的な信仰生活を、民俗学の立場から次代を担う若者に説く。

毎日の言葉　柳田国男

普段遣いの言葉の成り立ちや変遷を、豊富な知識と多くの方言を引き合いに出しながら語る。なんにでも「お」を付けたり、二言目にはスミマセンという風潮などへの考察は今でも興味深く役立つ。

山の人生　柳田国男

山で暮らす人々に起こった悲劇や不条理、山の神の嫁入りや神隠しなどの怪奇談、「天狗」や「山男」にまつわる人々の宗教生活などを、実地をもって精細に例証し、透徹した視点で綴る柳田民俗学の代表作。